MW00609152

Una de azúcar y otra de sal

SUSAN WIGGS

Una de
azúcar
y otra de sal

Cualquier forma de reproducción, distribución, comunicación pública o transformación de esta obra solo puede ser realizada con la autorización de sus titulares, salvo excepción prevista por la ley. Diríjase a CEDRO si necesita reproducir algún fragmento de esta obra. www.conlicencia.com - Tels.: 91 702 19 70 / 93 272 04 47

Editado por HarperCollins Ibérica, S. A.
Avenida de Burgos, 8B - Planta 18
28036 Madrid

Una de azúcar y otra de sal
Título original: Sugar and Salt
© 2022 by Laugh, Cry, Dream, Read, LLC.
© 2022, para esta edición HarperCollins Ibérica, S. A.
Publicado por HarperCollins Publishers LLC, New York, U.S.A.
© Traductora: Sonia Figueroa

Todos los derechos están reservados, incluidos los de reproducción total o parcial en cualquier formato o soporte.
Esta edición ha sido publicada con autorización de HarperCollins Publishers LLC, New York, U.S.A.
Esta es una obra de ficción. Nombres, caracteres, lugares y situaciones son producto de la imaginación del autor o son utilizados ficticiamente, y cualquier parecido con personas, vivas o muertas, establecimientos comerciales, hechos o situaciones son pura coincidencia.

Diseño de cubierta: CalderónSTUDIO®
Imagen de cubierta: Shutterstock

ISBN: 978-84-18976-31-5
Depósito legal: M-16925-2022

Para mi hermano Jon,
el artista de la familia y una inspiración para todos nosotros.
Te quiero muchísimo.

Prólogo

Margot Salton se preguntó si habría forma de capturar aquel momento y guardarlo para siempre. ¿Podría atrapar hasta el más mínimo detalle en ámbar y dejarlo encapsulado para toda la eternidad, como un recuerdo que pudiera sacar y aferrar contra sí cuando lo necesitara? Porque aquel era uno de esos momentos únicos que no quería olvidar jamás.

El hombre al que amaba estaba entre el público junto con la familia que ella jamás había esperado llegar a tener, la familia de la que todavía no terminaba de sentirse merecedora. Amigos y personas que le deseaban lo mejor, colegas de profesión, clientes, críticos y admiradores, todos ellos estaban reunidos allí para apoyarla y celebrar lo que había conseguido.

Se le ocurrió de repente que todo aquello podría desmoronarse de golpe si se enteraran de su pasado, pero se obligó a apartar ese pensamiento de su mente.

Puede que no fuera el momento más importante de su vida —ese puesto lo ocupaba el nacimiento de Miles, por supuesto—, pero sentía que estaba viviendo algo muy grande; demasiado grande, quizás, para alguien como ella, una chica en cuyos orígenes tan solo había secretos y problemas.

Después de todo lo que la había llevado hasta allí, no era una persona que se asustara fácilmente, pero resultaba abrumador tomar conciencia de que todos sus sueños, y algunas cosas que ni siquiera se habría atrevido a soñar, estaban convirtiéndose en realidad por fin como por arte de magia. Sin embargo, tal y como suele suceder con todo lo mágico, daba la sensación de que sus sueños eran extremadamente quebradizos y podrían desvanecerse ante el más leve hálito de viento.

Nunca había sido una persona a la que le sucedieran cosas buenas por regla general, pero esto había cambiado recientemente y todavía estaba acostumbrándose a la benévola sonrisa de la suerte.

Llevaba puesta alrededor del cuello una ancha y colorida cinta de la que pendía una pesada medalla que le golpeteaba el pecho al moverse. Resultaba casi embarazosamente llamativa, pero la lucía con orgullo porque era la nueva ganadora del premio Divina, uno de los galardones culinarios más importantes del país y que era especialmente significativo para ella porque no solo reconocía la maestría y la visión en el campo de la restauración, sino que también tenía en cuenta lo que había aportado tanto a sus empleados como a su comunidad.

Aunque todavía le costaba creer que le hubieran entregado una medalla, la verdad; al fin y al cabo, se suponía que servían para indicar un acto heroico, y ella no era una heroína ni mucho menos. En fin, fuera como fuese, iba a saborear ese momento que se había ganado a pulso. La cocina la había salvado, al igual que leer libros y mantener una férrea determinación. Había trabajado muy duro para llegar hasta allí.

Y, finalmente, las personas adecuadas se habían fijado en ella. Los aplausos y los gritos de entusiasmo fueron *in crescendo* mientras bajaba del podio; los *flashes* de las cámaras destellaron, y la gente alzó el móvil para capturar aquel momento. Se prestó una atención especial a sus características botas vaqueras. Bajo las brillantes luces, los camareros circulaban por la zona al aire libre dispuesta para el banquete. Sus bandejas contenían una selección de los mejores aperitivos y *amuse-bouches* creados por ella, así como flautas de burbujeante champán y jarras de limonada de lavanda.

Después de las fotos de rigor se dirigió hacia el fondo del recinto, donde la esperaba un grupo de personas deseosas de felicitarla junto con una botella de champán en una cubitera. Procedió entonces a ir repartiendo abrazos y a chocar los cinco con unos y otros: sus inversores del Privé Group, que habían corrido el riesgo de apostar por ella, la gerente y los subjefes de cocina, los ayudantes de cocina, el personal de barra, los camareros… Todos ellos habían contribuido a que alcanzara el éxito, y estaban allí para celebrar aquel logro y homenajearla. Los periodistas y blogueros gastronómicos, incluso los escépticos que no habían creído en ella y que le habían provocado gastritis nerviosa en infinidad de ocasiones, alzaban ahora sus copas y sonreían con orgullo.

Se detuvo a hacerse una foto con Buckley DeWitt, quien ahora era redactor jefe y editor en *Texas Monthly*. Años atrás, cuando aún trabajaba de corresponsal para dicha revista, había sido el primer periodista que se había fijado en ella. Lucía con jovialidad su oronda figura y tenía fama de encontrar los mejores restaurantes de comida a la brasa del país. Era además la única persona presente que la conocía de su vida anterior. Resultaba increíble que hubiera viajado desde Austin para asistir a aquel evento.

Él se inclinó hacia ella y bajó la voz al decir:

—Tenemos que hablar, se trata de Jimmy Hunt.

Se le heló la sangre en las venas solo con oír aquel nombre.

—Te lo conté todo y lo publicaste, no tengo nada más que decir sobre los Hunt.

—Pero…

—Pero nada, Buckley. Estoy harta, no quiero saber nada más de ese tema —concluyó.

Entonces recobró la compostura y se volvió a saludar a otros invitados.

Margot vio de repente a una mujer que se acercaba entre el gentío, una desconocida que parecía especialmente deseosa de llamar su atención. Le hacía señas con una mano en la que sostenía el menú conmemorativo del evento, y en la otra llevaba un sobre de papel manila y un bolígrafo. No encajaba del todo entre los demás asistentes, que eran básicamente bienintencionados líderes de la comunidad, personal de cocina con tatuajes por doquier y propietarios vecinos que también tenían sus respectivos negocios en Perdita Street. La mujer en cuestión llevaba puestos unos vaqueros viejos y unas zapatillas de deporte sucias, su largo y liso cabello estaba salpicado de canas, y tenía manchas de nicotina tanto en las manos como en los dientes.

Y entonces, de buenas a primeras, la desconocida se plantó ante ella con un súbito arranque de energía y, con una chispeante sonrisa que contrastaba con el acerado brillo de su mirada, preguntó a bocajarro:

—¿Margie Salinas?

Margot titubeó por un segundo; no estaba acostumbrada a oír ese nombre. Frunció el ceño y miró a un lado y a otro. El corazón le dio un vuelco en el pecho.

—¿Disculpe? —contestó al fin.

—Margie Salinas, también conocida como Margot Salton —insistió la mujer.

Hacía años que no oía ese nombre. No esperaba volver a oírlo nunca más, ¡no quería hacerlo!

El mundo se ralentizó; la algarabía del gentío le atronó en los oídos antes de quedar amortiguada y convertirse en un runrún ininteligible; y vio una ráfaga de pequeños detalles con vívida nitidez: el espectacular escenario con vistas a la bahía, las titilantes luces, las fastuosas mesas, los rostros sonrientes… todo lo que quería salvaguardar por siempre en su corazón. Y entonces, en un abrir y cerrar de ojos, los detalles se disolvieron y vio con claridad el turbador y desconocido rostro que tenía ante sí.

—¿Quién cojones es usted?

La mujer le entregó el sobre, presionándolo con firmeza contra su mano para que no lo soltara.

—Considérese notificada.

Primera parte

Siempre estoy hablando sobre cocina y sobre su influencia en la vida y en el estado de ánimo de las personas. Siempre digo que es una fuerza que aporta tranquilidad cuando te enfrentas a lo inesperado. Es un trabajo que realizas con las manos y que te obliga a pensar de forma distinta a cuando estás desempeñando tu oficio, sea cual sea este, o tus quehaceres del día a día. Cocinar te ayuda a apagar el cerebro por un rato, te ayuda a sanar.

Sam Sifton

1

Encontrar el punto justo de azúcar y de sal era la clave para conseguir una salsa barbacoa perfecta. Sí, tratándose de la salsa en cuestión, huelga decir que cada uno tenía su propia opinión sobre la combinación de acidez, especias, fruta y condimentos —ese indescriptible sabor único conocido como *umami*— que conseguía que cada bocado fuera tan sabroso, pero Margot Salton tenía muy claro que la base de todo era el azúcar y la sal; de hecho, incluso había elegido el nombre de su producto estrella en su honor: sugar+salt[*].

Aquella salsa era su superpoder, su secreto, su especialidad. Tiempo atrás, cuando no tenía nada —pues carecía de hogar y de formación académica, y ni siquiera tenía una familia ni cómo ganarse la vida—, había creado la poderosa alquimia de sabores que hacía que hombres hechos y derechos gimieran de placer, que mujeres cautas olvidaran la dieta y que escépticos *gourmets* pidieran más de rodillas.

Había recorrido un largo camino desde sus humildes inicios en Texas, cuando elaboraba los tarros de salsa en casa. Un experto en diseño de marcas había creado la etiqueta y el envoltorio, con lo que su producto tenía ahora un aspecto distintivo y de calidad. En esa

---

[*] N. de la T.: azúcar+sal.

ocasión puso especial esmero en asegurarse de que los packs de muestras de regalo estuvieran perfectos, porque todo dependía de la reunión a la que iba a asistir. Tenía muy claro que la mejor tarjeta de presentación del mundo era una muestra del producto.

Había llegado el gran día, el día en que sus esperanzas estaban puestas en el objetivo final: abrir su propio restaurante.

El local se llamaría Salt, una palabra tan limpia y sencilla como la sustancia en sí. Ella era vivamente consciente del elevado porcentaje de restaurantes nuevos que no tardaban en irse a pique, así que se había preparado a conciencia y había procurado no cometer ningún error de principiante. Había buscado trabajos esporádicos aquí y allá, había tomado clases en la universidad pública, había hecho prácticas y trabajado de auxiliar, y había participado en *pop-ups* y en competiciones para darse a conocer. Había aprendido cómo funcionaba aquel negocio desde el fondo de la cocina hasta la entrada de la casa.

No iba a ser fácil. Según el dicho, «El que algo quiere, algo le cuesta», pero cabía preguntarse por qué tenía que ser así. ¿Por qué no podía haber algo que mereciera la pena y que fuera fácil de conseguir?

Jamás en su vida había trabajado tan duro, y jamás había disfrutado tanto haciéndolo. Aquella carga de trabajo aparentemente interminable no le abrumaba; al fin y al cabo, se había valido por sí misma toda su vida adulta. A veces había logrado salir adelante a base de pura fuerza de voluntad, estaba decidida a ganarse su sitio en la vida mediante sus propios actos. Y ahora, después de pasar años planificando, conceptualizando, haciendo cuentas y debatiéndose entre la euforia y el terror, estaba lista.

Mientras se ponía la ropa sobria a la par que informal recomendada para ocasiones de esta índole —pantalones sastre negros, blusa blanca de seda y chaqueta ceñida—, la asaltaron de repente los nervios, aunque no era la primera vez que presentaba su proyecto ante posibles inversores.

Su idea ya había sido rechazada por varias fuentes de financiación privadas: que si la comida merecía cinco estrellas, pero el concepto era endeble; que si el concepto era sólido, pero el menú no les convencía; que si el plan de negocios no cubría todos los aspectos pertinentes; que si la carne estaba demasiado salada, que si estaba sosa; o que si en California no necesitaban tostadas al estilo de Texas.

Cada rechazo había cimentado más aún su determinación. Quién sabe, puede que ese fuera el beneficio oculto de haber sobrevivido al calvario de Texas: si podía afrontar algo así, podía con lo que fuera.

No obstante, debía acudir a la reunión de ese día con la convicción de que las cosas serían distintas en esa ocasión.

Los sofisticados zapatos que llevaba puestos —un épico hallazgo en una tienda de segunda mano— eran incomodísimos, pero le habían aconsejado que mostrara una imagen de pulcra profesionalidad para inspirar confianza en los inversores. Nada de alardes, sobria a la par que informal; proyecta la imagen, sigue las reglas.

Retrocedió un poco para verse bien en el espejo. Pliegues afilados como cuchillas en los pantalones, su rubio cabello acicalado en una peluquería que había podido permitirse a duras penas.

—¿Qué te parece, Kevin?

Su precioso gato atigrado bostezó y empezó a lamerse una pata.

—Sí, ya lo sé, me siento como una impostora. Joder, ¡si eso es lo que soy!

Se había cambiado el nombre en cuanto se había mudado a San Francisco. La nueva identidad se amoldaba tan bien a ella que a veces conseguía olvidar por completo a Margie Salinas, como si esa persona fuera una vieja compañera del cole que se había mudado a otro sitio al terminar un curso.

En otras ocasiones, sin embargo, cuando despertaba desorientada y llena de pánico, acosada por pesadillas, la muchacha que había sido en otra época regresaba para atormentarla. Volvía a estar en la piel de Margie, sintiéndose atada de pies y manos en el interior de una cápsula, luchando por hallar la forma de salir. Había leído en un libro que el pasado jamás quedaba atrás del todo, que, de hecho, en realidad ni siquiera era algo pasado. Y ella podía dar fe de que así era, incluso después de diez años. A pesar de todo el tiempo que había transcurrido, el dolor llegaba y le impregnaba los poros y jamás podría desprenderse de él. Todavía batallaba con la tristeza que envolvía esos momentos puntuales en los que recordaba aquella otra vida.

Había veces en que lo único que podía hacer era intentar no darle vueltas a lo que había dejado atrás… ni al porqué, pero, aun así, seguía pensando en ello. A pesar de tener la certeza de que era la mejor decisión que podría haber tomado bajo tan horribles circunstancias, seguía dudando de sí misma.

Casi siempre superaba esos momentos a base de fuerza de voluntad y seguía adelante con su vida sin mostrarle a ninguno de los integrantes de su nuevo mundo lo que había en su pasado. Desde el punto de vista del dolor emocional, su partida había sido tan intensa como el trauma que la había precedido, aunque de forma distinta. Una parte de su ser anhelaba mantenerse cerca de lo único que la anclaba a este mundo; pero no, marcharse había sido la única opción viable, dadas las circunstancias y teniendo en cuenta también el tamaño y el alcance de sus metas personales.

Su espíritu de lucha se negaba a dejarse achantar. Se había recompuesto y había cambiado de nombre, de casa, de terapeuta, de amigos. Tan solo se había quedado con su gato. Había alcanzado tal grado de maestría en aikido que podía defenderse de cualquier oponente… menos de los fantasmas, claro. Aunque el pasado la seguía con sigilo y se colaba en su mente sin que pudiera impedírselo, por regla general era capaz de centrarse en forjar un nuevo comienzo.

Parecía haber pasado una eternidad desde los tiempos en que había tenido la audacia de soñar con abrir un restaurante especializado en platos a la brasa en la ciudad más cara de Estados Unidos. Había sido un acto de fe ciega y había hallado en su interior la motivación y el empuje necesarios para crear el futuro que quería lograr. Sin embargo, a pesar de todo, sentía el aguijón del fracaso. ¿Qué le hacía pensar que la reunión de ese día sería distinta a las demás?

Mierda. ¡Seguir las normas solo había servido para llevarla al fracaso!

Siguiendo un impulso, sacudió los pies para quitarse los elegantes zapatos, y el súbito movimiento hizo que Kevin huyera sobresaltado. Se desprendió entonces de los pantalones y la chaqueta, y procedió a ponerse una ropa con la que sí que se sentía cómoda: una minifalda vaquera, una camiseta con el logo de sugar+salt y sus botas vaqueras preferidas. Las piernas al descubierto, para disfrutar de aquel soleado día de verano que ni la niebla podía conquistar.

Entonces llamó a Candy —Candelario Elizondo, su experto asador—, y le dijo que había un cambio de planes.

—Iremos con la camioneta —afirmó.

—¿Vas a llevar el *food truck* al distrito financiero? Te pondrán una multa.

—No lo harán si no vendemos la comida, vamos a regalarla.

Él soltó un súbito comentario en español que Margot no alcanzó a entender antes de añadir:

—Estás chalada.

—¡Nos vemos en una hora! —se limitó a contestar, consciente de que él no le fallaría.

Le había conocido un día en que había ido a vender sus salsas al mercado al aire libre de Fort Mason. Candy era un experto asador con mucha experiencia, un hombre afable que había sido dueño de un próspero rancho en México y había decidido mudarse al norte para empezar de cero después de perderlo todo en una crisis financiera. Juntos ahumaban y cocinaban las carnes a la perfección, empleando para ello un ahumador con troncos enteros de maderas irresistiblemente aromáticas: manzano, nogal, mezquite, roble y cedro. Juntos también, habían lanzado un servicio de *catering* y habían alquilado un *food truck,* y sus creaciones habían atraído con rapidez a un nutrido grupo de devotos seguidores; de hecho, incluso se había publicado un reportaje sobre ambos en el *Examiner*. Ella había participado en *pop-ups* y en competiciones para dar a conocer su propuesta culinaria, y el día en que se quedó sin existencias y empezó a aceptar encargos decidió que por fin había llegado el momento de dar el siguiente paso en sus planes.

Había trabajado sin descanso en una propuesta que incluía la ubicación, la mercadotecnia, la estrategia de servicio y el concepto, tomando como modelo a los mejores de la industria. Ambientación del local, precios de venta al público, flujo de caja, estrategia publicitaria... Había estudiado a conciencia hasta el último detalle y estaba muy segura de sí misma; se sentía preparada.

Candy había aparcado el *food truck* en una zona de estacionamiento de una hora, justo delante del complejo de oficinas de media altura. Llevaba puesta la ropa de trabajo y, al igual que ella, se había puesto la gorra y el delantal con el logo de la empresa. Sus musculosos antebrazos, curtidos por las horas de trabajo manejando las brasas, se flexionaron mientras abría la ventanilla y el toldo.

—¿Estás segura de querer hacerlo así?

—Sí. Deséame suerte —asintió ella.

Al llegar al edificio, un sobrio cartel indicador la condujo a las oficinas del Privé Group, una empresa de inversión especializada en el sector de la restauración que, con más de cien restaurantes en su haber, sumaba un éxito tras otro a la hora de lanzar nuevos proyectos. Los propietarios eran Marc y Simone Beyle, una pareja francesa que vivía en una casa de Sausalito con vistas a la bahía. Tenían una reputación que intimidaba y un paladar exigente, pero ella había logrado que accedieran a oír su propuesta.

Una recepcionista enfundada en el tipo de vestimenta que ella había descartado esa mañana la condujo a una gélida sala de juntas dotada de sillas ergonómicas y de una mesa con el tablero de cristal, y Margot sintió que media docena de miradas se centraban en ella al entrar. El aire acondicionado hizo que se le erizara la piel de las piernas, pero era demasiado tarde para arrepentirse de haber optado por ir vestida así.

Fue depositando sobre la mesa los packs de muestras de regalo de sus salsas junto con las carpetas que contenían su historia personal —la parte que estaba dispuesta a revelar—, su declaración de objetivos, el plan financiero y la propuesta que había diseñado.

—Gracias por acceder a atenderme —les dijo.

—Estamos deseando escuchar su propuesta —contestó Marc, con un ligero y sofisticado acento francés.

Simone, por su parte, tenía unas facciones severas y rígidas, pero en sus ojos había un brillo de interés.

—Pregúntenme lo que quieran, soy un libro abierto —afirmó Margot—. Y después me gustaría poder...

—¿Quiénes son sus referentes culinarios? —preguntó Simone.

No se había preparado para aquella pregunta en particular; por suerte, tenía la respuesta en la punta de la lengua.

—Mi madre, Darla Sal... Salton.

Había estado a punto de decir «Salinas», pero se corrigió en el último momento. Años después de cambiárselo, el apellido la perseguía como una mancha que no se quitaba con nada. Era el apellido de su madre. Procedía de una antigua región de España donde la gente tenía un aspecto más céltico que español.

—Trabajaba en una cocina comercial y se dedicó al sector del *catering* en Texas. Sus salsas y sus sándwiches eran famosos, y yo pasé horas viéndola trabajar en mi niñez —explicó, sin mencionar que eso se debía a que su madre no tenía dinero para pagar una niñera—. Después aprendí a cocinar con brasas con el mejor maestro asador de la zona de Hill Country, el señor Cubby Watson. Tras la muerte de mi madre, tanto él como su esposa, Queen, fueron como unos padres para mí —relató, y se detuvo a tomar aliento. Prosiguió a toda prisa, antes de que pudieran preguntarle por qué se había marchado de Texas—. Aquí, en San Francisco, mi referente culinario es mi propio socio: el señor Candelario Elizondo; de hecho, está abajo...

La interrumpieron con más preguntas: por qué había elegido San Francisco, si su plan financiero no resultaba quizá un poco dudoso, cómo había seleccionado ese tipo de servicio al cliente, qué estrategia de ventas proponía…

Le bastaba con ver la cara que estaban poniendo algunos de aquellos inversores para saber lo que estaban pensando: creían que su propuesta estaba destinada al fracaso. Mierda, su escepticismo era palpable. Sintió que se le caía el alma a los pies, la cosa no iba nada bien.

—Por regla general, pedimos que se organice una pequeña degustación para mostrarnos la propuesta —comentó uno de los miembros de la junta.

—Sí, soy consciente de ello —afirmó. Había intentado alquilar algún espacio para eventos, pero no había encontrado nada que se ajustara a su bolsillo—. Miren, con todo respeto, ya sé que esto es poco convencional, pero cocinar se me da mejor que hablar. Si algo se puede cultivar, yo puedo asarlo a la barbacoa, se lo juro. Tengo la camioneta abajo, ¿les importaría bajar a echar un vistazo?

—¿Ha traído su *food truck*?

Las inmaculadas cejas de Simone se enarcaron en un gesto de sorpresa.

—Pues sí.

Se produjo una agónica pausa. Los Beyle intercambiaron una mirada; Margot contuvo el aliento. Y entonces las sillas se apartaron de la mesa y todo el mundo se dirigió hacia la puerta. El trayecto hasta el aparcamiento se le hizo eterno, pero, una vez salieron a la calle, Margot vio que sus esperanzas se habían cumplido: alrededor de la camioneta había un montón de gente disfrutando de aquella degustación gratuita. Devoraban sus creaciones a la barbacoa como si hubieran estado muriéndose de hambre en una isla desierta; de hecho, había incluso un agente de policía que, en vez de ponerle una multa a la camioneta, como cabría esperar, estaba comiendo a dos carrillos un sándwich de cerdo mechado con un aderezo al que ella había bautizado como «vinagreta de gallo».

Le lanzó a Candy una mirada elocuente antes de ocupar su sitio en la ventanilla y, en un abrir y cerrar de ojos, se sintió como pez en el agua. Ahora sí que estaba en su propia salsa, haciendo lo que se le daba bien: crear una experiencia deliciosa que la gente quería repetir una y otra vez. A la mierda con la sala de juntas y la pretenciosa degustación privada. Fue pasando platos rebosantes de especialidades de la casa, como su meloso pecho de ternera envuelto en la acaramelada capa ahumada en el fuego; las salchichas que había creado en colaboración con un rancho sostenible situado cerca de Point Reyes; y unas costillas increíblemente tiernas bañadas en sus salsas caseras. Estaban expuestos sus mejores platos: ese pan de maíz tan esponjoso como un pudin elaborado a partir de la colección privada de recetas de su madre, las alubias con verduritas, la ensalada de jícama a la pimienta…

—Está todo muy bueno —afirmó Simone.

—Es lo mejor que tengo —contestó ella.

—Bueno, señorita Salton —dijo Marc—, ¿dónde le gustaría abrir su restaurante?

—Hola, debes de ser Margot —la saludó la agente inmobiliaria ofreciéndole la mano—. Yolanda Silva, me alegra muchísimo conocerte por fin en persona.

—Lo mismo digo —contestó Margot estrechándole la mano con firmeza.

«Aquí estoy», pensó para sus adentros. «Esto está pasando, ¡no es un sueño!»

—Tómate algo de beber, tengo que ir un momento a mi despacho para recoger unas cosas antes de ir a ver los locales.

Yolanda tenía un aspecto tan pulcro y organizado como su lugar de trabajo. Llevaba una lustrosa manicura y gafas de diseño.

—Gracias.

Margot abrió la puerta acristalada de la nevera, sacó una botella de Topo Chico y se sentó en el elegante vestíbulo. Tomó un sorbito del burbujeante y frío refresco con nerviosismo. Era difícil de creer, pero, gracias al Privé Group, ahora tenía un equipo, uno de ensueño. La habían puesto en contacto con un grupo administrativo que iba a ayudarla paso a paso en la creación del restaurante, desde el concepto y el diseño hasta la gran inauguración y las etapas posteriores. Después de presentarse de forma tan poco ortodoxa y de algunas tensas y complejas reuniones más, tenía un inversor, un objetivo, un plan. Un futuro.

Todos los contratos se habían firmado, el equipo se había formado y se habían programado los plazos. El único ingrediente que le había faltado en aquel momento había sido tener a alguien con quien poder celebrarlo. De niña, cuando sacaba muy buena nota en el cole, volvía corriendo a casa solo por ver la cara que ponía su madre, esa expresión radiante llena de amor y de orgullo; ahora, de adulta, tenía que conformarse con servirse una copa de vino y brindar con el gato.

Era más que deprimente el hecho de no tener a nadie con quien chocar los cinco, nadie que la abrazara y le dijera lo orgulloso que se sentía de ella. Todavía podía oír el tono de voz de su madre con exactitud, incluso después de tanto tiempo. A veces, daba la impresión de que esos recuerdos eran lo único que la mantenía cuerda... el hecho de haber sido muy importante para alguien en un momento dado de su vida. La habían valorado, había sido amada.

Ahora era una mujer adulta, así que tendría que arreglárselas sin un hombro en el que apoyarse, sin oír palabras de aliento. Aun así, en momentos como ese, sería agradable tener a alguien.

Mientras yacía despierta de noche, a solas con sus pensamientos, todavía le costaba creer que hubiera podido llegar tan lejos. La senda que tenía tras de sí estaba plagada de adversidades, tragedia y lamentaciones, y a menudo le parecía imposible ser merecedora de aquel nuevo comienzo. Intentaba tomar conciencia de su propia valía, sentirla de verdad. La autoayuda y las charlas motivadoras consigo misma solían funcionar, al menos un poco, pero había veces en que el esfuerzo terminaba por construir un muro de soledad que la rodeaba por entero. Sí, era una persona con valía. Si bien ¿hasta qué punto importaba eso si no tenía a nadie con quien compartir los buenos y los malos momentos?

Dudas aparte, el trabajo de verdad estaba a punto de comenzar. No bastaba con tener talento, aunque la buena mano que tenía para la cocina y las salsas era algo indiscutible. Y tampoco bastaba con tener motivación y ganas. Tenía que estar dispuesta a manejar el oficio, la profesión, el negocio y la locura, por muy difícil que fuera. Y eso conllevaba noches sin dormir, jornadas de trabajo interminables, nada de tiempo libre, dolores de cabeza, el estudio minucioso de cada aspecto del negocio y tener las agallas suficientes para seguir adelante a pesar de los fracasos y los contratiempos.

—¿Nos vamos? —preguntó Yolanda en ese momento, al salir de su despacho con una carpeta y una cartera.

Era una mujer de mirada aguda y aspecto elegante que trabajaba con clientes del Privé Group. Su cometido era ayudar a encontrar el local adecuado para abrir los nuevos restaurantes. En ese caso, le había asegurado a Margot que encontraría un lugar que atraería a una buena cantidad de clientes, tanto vecinos de la zona como turistas, con lo que el negocio tendría la posibilidad de funcionar bien durante todo el año y a largo plazo.

Anya Pavlova, la gerente general de Margot, se sumó también al recorrido por los locales. Había manejado algunos de los mejores restaurantes de la zona de la bahía y le encantaba el concepto que Margot tenía en mente para Salt: un comedor moderno y elegante que lo diferenciara de otros locales especializados en platos a la brasa. Querían crear un lugar donde se sirviera una comida espectacular, el tipo de comida que hace que la gente esté dispuesta a hacer cola durante horas para poder probarla, tal y como había pasado con el *food truck.* Solo que en el nuevo establecimiento no habría esperas, porque una aplicación se encargaría de manejar el flujo de clientes del comedor con precisión milimétrica.

—Basándome en vuestros parámetros, encontré estas opciones realmente fantásticas —dijo Yolanda, antes de entregarles los respectivos folletos informativos de cada local.

Ellas ya les habían echado un vistazo por Internet y habían imaginado el restaurante en cada una de aquellas ubicaciones. En el caso de Margot, era la primera vez en toda su vida que iba a ver una propiedad que podría interesarle; para ella, su casa era el primer lugar seguro que encontraba donde poder vivir tranquila con Kevin. En ese momento estaban en el distrito Marina, en un apartamento de alquiler situado encima de un garaje.

Fueron descartando posibles opciones y al final se centraron en tres de los locales. Uno de ellos, el de la zona de Fisherman's Wharf, quedaba cerca del mercado al aire libre de Fort Mason y la cocina había sido remodelada recientemente. El comedor estaba rodeado de ventanas y las amplias vistas enmarcaban un icónico panorama de todos los elementos de San Francisco que tanto atraían a los turistas. Tenía una terraza flotante donde, sentados bajo la caricia de la brisa en mesas dispuestas al amparo de unas sombrillas, los comensales podrían ver pasar los barcos y oír a los leones marinos. Margot podía imaginar aquel lugar vibrante de vida, lleno de gente pasándolo bien.

—Buena parte de la clientela estaría formada por turistas —comentó Anya.

—Eso no tiene nada de malo —afirmó Margot—, aunque me gustaría atraer también a gente de la zona y clientes habituales.

El siguiente local estaba muy bien situado: se encontraba en el barrio de Nob Hill, en una calle donde era muy probable que un restaurante espectacular de comida a la brasa tuviera una gran acogida. Había tiendas que invitaban a pasear y salir de compras, y la bulliciosa zona de los teatros quedaba cerca. Lo malo era que tenía una fachada de aspecto gris y apagado, y que el interior no tenía ningún encanto.

—Podría servirnos —le aseguró Anya—. He visto al equipo de interiores obrar milagros con los sitios más feúchos que puedas imaginar.

La cocina estaba en buenas condiciones y el callejón de servicio era lo bastante grande como para que entraran sin problemas las entregas procedentes de la parrilla de Candy, que estaba situada en una zona industrial.

La tercera opción era un local ubicado en un edificio de estilo clásico situado en Perdita Street, una calle del casco antiguo. Situada en el corazón de uno de los barrios más bulliciosos y concurridos, era una zona de bulevares con desgastados adoquines y arboladas aceras. Algunos de los edificios databan de principios del siglo xx, incluso había unos cuantos que habían sobrevivido al terremoto y posterior incendio de 1906.

Aquel barrio tan animado y lleno de vida atraía tanto a los turistas como a la gente de la zona, y los sábados se celebraba un mercado al aire libre. Había un bar, el Mehndiva, donde podías pedir un vaso de kombucha y bebértelo tranquilamente mientras te hacían un tatuaje temporal de henna. En el mismo barrio se encontraba una vinoteca donde podías degustar vinos Rossi de Sonoma, una original boutique en cuyo escaparate había ropa a juego para perro y dueño, y una acogedora librería ubicada en el edificio más antiguo de la zona.

Justo enfrente de dicha librería, en un edificio de mediana altura, un popular restaurante mexicano había cerrado sus puertas tras la jubilación de los propietarios, y el local estaba disponible. Ahora estaba frío y húmedo por el tiempo que llevaba vacío, pero tenía una buena estructura y a Margot no le costó imaginar el ambiente cómodo y cálido que siempre había visualizado.

Lo único que no terminaba de convencerla era que el lugar compartía la cocina con la panadería de al lado.

—Es un arreglo inusual, pero la cocina es enorme y se compartió durante años con un restaurante —dijo Yolanda—. La panadería es toda una institución en la zona, comenzó siendo un centro comunitario en los años sesenta.

Aunque bastante anticuada, la cocina estaba impecablemente limpia, y resulta que allí les aguardaba una sorpresa. Una puerta donde ponía *Panadería* se abrió y dio paso a una señora de color que llevaba unas gafas de montura gruesa y el cabello recogido en un moño de trencitas, y que sostenía una bandeja de pastas y una jarra de limonada.

—Soy Ida —se presentó, antes de dejar la bandeja sobre un impoluto mostrador de acero inoxidable.

—Usted es la propietaria de la panadería, ¿verdad? Es un placer conocerla —la saludó Margot.

—Antes de nada, tutéame, por favor. Y solo soy la propietaria de nombre, ahora estoy jubilada. Bueno, en teoría. El que maneja las cosas es mi hijo, Jerome, pero todavía conservo una participación en el negocio. Hoy he venido porque quería saber con quién podríamos terminar compartiendo este espacio.

Margot procedió a presentarse, y la mujer retrocedió un poco para verla bien y tomarle la medida.

—Pero mírate, si no abultas nada. ¡Y qué joven eres!

—Sí, pero llevo mucho tiempo trabajando en esto —afirmó Margot—. Empecé preparando sándwiches con mi madre para un *food truck.*

—Siendo así, has sabido abrirte camino en este negocio.

—Sí. Mi madre y yo nos las arreglábamos solas y ella era mi mejor amiga —explicó. De hecho, su madre había sido su mundo entero—. Sus sándwiches eran una delicia. Queso crema con pimiento, pastel de carne ahumado, ensalada de huevo, rosbif y salsa *remoulade,* bollos de mantequilla y miel, pollo frito… La gente estaba loca por sus platos.

Darla jamás había ganado mucho dinero, pero no había sido porque su comida no fuera buena, pues lo era, y mucho, sin embargo no tenía cabeza para los negocios.

—Bueno, aquí tenéis esto que he traído —dijo Ida señalando la bandeja—. Llenad un poco el estómago, después os enseño el lugar.

Los dulces que les ofreció eran una delicia: una esponjosa tarta decorada con lustrosa fruta, unas galletas de melaza que a punto estuvieron de lograr que Margot se desmayara de placer al probarlas, *brownies* de chocolate y cuadraditos de limón pecaminosamente exquisitos.

Mientras Anya le preguntaba a Ida sobre el funcionamiento del negocio, Margot se planteó si las cosas habrían sido distintas si su madre se hubiera centrado en prosperar en vez de limitarse a ir tirando día a día. Su bocadillo de ternera con *pepperoncini,* cuyo ingrediente «secreto» eran unas crujientes patatas fritas a la barbacoa trituradas, había sido seleccionado como el mejor del año por la revista *Texas Monthly,* pero no lo había aprovechado para darse a conocer.

—Mi andadura comenzó aquí mismito, en esta cocina —comentó Ida, mientras les mostraba el lugar.

Las condujo entonces hasta la puerta del abandonado comedor, que estaba anticuado y bastante dejado. Murales con escenas del antiguo México cubrían las paredes.

—Espero volver a verte pronto, Margot —dijo con una cordial sonrisa, una vez dieron por terminado el recorrido.

Las tres se despidieron de ella y salieron al callejón de servicio. Los contenedores de basura estaban colocados en una pulcra fila y todos ellos estaban debidamente etiquetados para un correcto reciclaje. Había un viejo aro de baloncesto en una pared decorada con un mural bastante deteriorado que tenía pinta de datar de la época de la guerra de Vietnam.

—Bueno, es hora de decidir —afirmó Anya—. Hay que repasar los pros y los contras de cada local.

Margot intentó mantener una fría objetividad mientras sopesaba las opciones: la animada zona de Fisherman's Wharf, la elegante sofisticación de Nob Hill o el casco antiguo y el peso histórico de Perdita Street.

—¿Qué opinas tú? —le preguntó a Anya.

—Bueno, compartir una cocina con esa panadería podría ser difícil. Está limpia y es espaciosa, pero el equipamiento está algo anticuado.

—Sí, eso es verdad, pero ten en cuenta que he estado trabajando en un *food truck*. Sé manejarme bien en espacios reducidos. Este lugar es acogedor. Destila una cálida sencillez aquí, en medio de una ciudad que a veces sigue intimidándome. Ida me cae bien, tiene pinta de ser una persona genial. Y ¿cómo has dicho que se llama la panadería?

—Sugar —contestó Anya entregándole una tarjeta del negocio.

Margot esbozó una sonrisa. Tuvo un súbito momento de claridad mental cristalina, uno tan poderoso que todas sus dudas se desvanecieron.

—¡Perfecto!

—Qué rápido ha ido todo —comentó Ida.

El contrato de alquiler estaba firmado, los planes aprobados y los permisos concedidos, de modo que la transformación estaba a punto de quedar completada.

—Vimos un montón de locales —dijo Margot—, pero la búsqueda terminó en cuanto encontré este. Siento que es el lugar perfecto para mí.

—Sí, a veces pasa eso. Sabes sin más que has encontrado lo que buscabas, así de fácil.

«Ojalá sea cierto y haya acertado», pensó Margot para sus adentros. Los últimos tres meses habían sido intensos, pero gratificantes. Un equipo profesional de diseño y desarrollo había convertido en realidad la imagen que tenía en mente. Ella misma había encontrado los candelabros de estilo victoriano, los había pintado con espray negro y los había colgado en el comedor, donde imperaba el color blanco. Los reservados situados a lo largo de las paredes aportaban pequeños toques de color, acentuados por el tono verde manzana de una servilleta colocada en el interior de una copa de tallo alto que relucía en medio del blanco ártico. La impresión general era la de un espacio limpio, pero que no resultaba aséptico ni intimidante.

Todavía olía ligeramente a yeso y pintura, pero no tardaría en inundarse del ahumado y dulce aroma de la comida a la brasa.

La cocina y las zonas de preparación tenían equipamiento nuevo y se habían puesto al día; el personal había sido contratado y había recibido la formación necesaria; las herramientas tecnológicas estaban listas; se les había dado vueltas y más vueltas a los menús; se habían probado los platos y se había llevado a cabo una selección; para el hilo musical se habían elegido canciones tanto nuevas como antiguas que sonarían de fondo sin dificultar el flujo de las conversaciones; el personal de la barra estaría sirviendo en breve cócteles artesanales tales como el Baja Oklahoma y el Wild West martini. Había estado pendiente de todos y cada uno de los detalles que se le habían pasado por la cabeza, pero, al mismo tiempo, había sido plenamente consciente en todo momento de que podría surgir algún problema del lugar más insospechado. Así era el negocio de la restauración, esa era la realidad que no tenía más remedio que aceptar. Quién sabe, puede que ese fuera el motivo de que ese trabajo le resultara tan emocionante y estimulante.

En ese momento estaba sentada con Ida en la lustrosa barra del bar, todo un hallazgo que procedía de un hotel de 1908, y le ofreció el envase de comida para llevar que había traído consigo.

—Ten, te he traído unas muestras de la parrilla y el ahumador.

Además de pecho de ternera y salchichas a la brasa había incluido varios botes de salsa, y a Ida le llamó la atención el nombre que ponía en la etiqueta.

—Azúcar y sal —leyó, con una pequeña sonrisa—. Y ahora somos vecinas. Qué cosas tiene la vida, ¿verdad?

—Para mí fue como una señal del destino —admitió Margot—. Le puse ese nombre a la salsa cuando era pequeña.

—¿En serio? ¡Vaya! —dijo Ida con asombro, y se inclinó un poco hacia ella con sincero interés. Escuchaba con la cabeza ligeramente ladeada, parecía una persona que se sentía a gusto consigo misma—. ¿Tu madre te enseñó la receta?

A Margot le resultaba fácil hablar con ella y eso era de lo más inusual, ya que no solía sentirse a gusto ni relajada con la gente.

—Me dejaba experimentar en la cocina comercial. Cuando llegó el momento de valerme por mí misma, empecé a preparar salsa en pequeñas cantidades para un restaurante de carnes a la brasa donde trabajé años atrás. Cubby Watson's Barbacue, así se llamaba. Lo regentaban Cubby y su mujer, Queen. En la zona de Hill Country de Texas, la barbacoa es poco menos que una religión, y a los Watson siempre les venía bien tener algo de ayuda en la cocina. Comencé lavando platos y preparando ingredientes para las especialidades de la casa y, al ver que yo iba muy en serio, Cubby me enseñó todos los menesteres del oficio, desde atender las brasas hasta servir bebidas en la barra... aunque yo todavía era muy joven para esa tarea en aquel entonces. En fin, la cuestión es que era muy buen maestro.

—Por lo que dices, fue un buen lugar donde empezar.

—Sí, a mí me encantaba, disfrutaba incluso con las tareas duras. Cubby es uno de los mejores maestros asadores del mundo, prepara un pecho de ternera tan tierno que parece que lo haya cocinado con mantequilla. Iba gente que había viajado un montón de kilómetros para probar las salchichas caseras de Queen, sus sándwiches veganos de portobello con cremosa *remoulade,* su tarta al estilo de Texas...

—Qué maravilla. Ya veo en qué te has inspirado al crear tu menú.

Ida no tuvo tiempo de añadir nada más, porque el teléfono del despacho de la panadería empezó a sonar y fue a contestar.

Margot no solía ser tan habladora, pero tenía la sensación de haber encontrado una amiga; a decir verdad, Ida le recordaba a Queen Watson en algunos aspectos. Tenía dieciséis años cuando se había presentado en la cocina del restaurante que los Watson regentaban en Banner Creek, Texas, en busca de trabajo, el que fuese.

Su historia estaba teñida de incertidumbre y desesperación, pero había mantenido la frente en alto y les había mirado a los ojos, primero a Cubby, un hombre reservado de semblante amable, con unas manos llenas de destreza que siempre estaban ajetreadas y unos brazos musculosos capaces de manejar los grandes trozos de carne en la parrilla exterior; y después a Queen, quien la había mirado con semblante impasible de arriba abajo, desde su rubia cabeza hasta sus delgaduchas piernas, antes de comentar que se la veía demasiado joven como para tener que valerse por sí misma.

Margot —Margie, en aquel entonces— no sabía cuáles eran las normas en lo referente a los menores de edad, lo único que sabía en aquel momento era lo mucho que echaba de menos a su madre. Siempre, incluso en las épocas en las que la salud de esta pasaba por un bache, las dos habían sido grandes amigas y habían llevado una vida sencilla, sin nada fuera de lo común… hasta que apareció Del.

Del. Delmar Gantry. Margie tenía trece años cuando le habían dicho que ahora eran una familia, lo que la había desconcertado. «Entonces, ¿qué éramos antes?», le había preguntado a su mamá, quien se había echado a reír. Margie jamás había llegado a entender el chiste. Del tenía mucha labia, estaba desempleado y tenía pinta de estrella de cine. Mamá y él parecían una rutilante pareja de Hollywood. Le recordaban a esas parejas que había visto en la revista *People,* esas que parecían glamurosas aunque solo estuvieran comprando un café o viendo un partido de los Lakers.

Solo que, a diferencia de esas parejas, mamá y Del siempre estaban sin blanca. Y entonces, un día, mientras mamá estaba enseñándole a conducir, detuvo el coche a un lado de la carretera y dijo que le dolía la cabeza. Se desmayó, no despertaba. Para cuando llegó la policía, ya se había ido. Una embolia. Siempre había sido bastante enfermiza, pero el médico del hospital dijo que había sido algo totalmente impredecible sin ningún factor desencadenante y que no se habría podido evitar.

Tanto Margie como Del habían quedado tan destruidos por el impactante golpe y por el dolor que habían quedado a la deriva. Eran como pedazos de un barco que se había hecho añicos, unos pedazos que habían ido alejándose el uno del otro mientras vagaban sin rumbo, sin un anclaje. Mamá había sido el pegamento que mantenía unida a la familia; en cuanto ella no estuvo, el vínculo desapareció también.

Y entonces, un día, se dio cuenta de que Del la miraba de forma rara.

—¿Cuántos años tienes? —le preguntó él.

—Dieciséis —respondió ella; ¿cómo era posible que no lo supiera?

De noche oyó sus pasos acercándose por el pasillo hasta detenerse al otro lado de la puerta de su dormitorio. Contuvo el aliento durante un largo momento, sin exhalar aire ni una sola vez. No lo hizo hasta que, gracias a Dios, los pasos se alejaron y se hizo el silencio de nuevo.

Las miradas que Del le lanzaba siguieron repitiéndose. A veces, cuando había tomado varias cervezas, volvían a oírse sus pasos por el pasillo y rascaba la puerta con suavidad. La apremiante sensación que tenía alojada en la boca del estómago le advertía que se largara de allí, y le hizo caso: se subió al coche de su madre y se marchó. Llevó consigo una maleta que contenía varias mudas de ropa, algunos enseres de cocina y el único objeto de valor que había dejado su madre: una gruesa carpeta manchada de salpicaduras de comida que estaba llena a reventar de sus recetas, escritas a mano y acompañadas de anotaciones.

—Mi mamá falleció —le había explicado a Queen, manteniendo la mirada gacha—. Y Del, su novio, no es un buen tipo.

Ni Cubby ni Queen le hicieron demasiadas preguntas después de eso, lo que fue un gran alivio para ella. No quería hablar de Del.

Ahora sentía una profunda gratitud hacia los Watson. No sabía si alguna vez podría llegar a agradecerles todo lo que habían hecho por ella. Cuando descubrieron que vivía en su coche, la habían alojado en un apartamento situado sobre un garaje cercano al ahumador del restaurante, que quedaba a las afueras del pueblo.

En cuestión de un par de años, había demostrado su destreza y su buen hacer en todos los aspectos del negocio y era una alumna deseosa de aprender el arte de la barbacoa. Cubby bromeaba diciendo que era el hijo que jamás había tenido; de hecho, Queen y él no tenían descendencia y no cabe duda de que habían sorprendido a más de uno cuando habían empezado a llevarla a misa cada domingo. Siendo como era una chica blanca de cabello rubio, jamás había pisado una casa de culto de la comunidad negra, pero Queen era una devota feligresa y Cubby un diácono, y la congregación de la Iglesia de la Esperanza la había recibido con los brazos abiertos. Jamás se había sentido tan arropada y bienvenida en ninguna otra parte.

Gracias a su sueldo, a las propinas y a lo que ganaba produciendo pequeñas cantidades de salsa, había logrado ahorrar lo suficiente para alquilar una casita amueblada situada junto al río, y se instaló allí junto con el gato al que había rescatado de una caja con gatitos que alguien había abandonado en el aparcamiento de un supermercado. Y allí había llevado una vida tranquila y feliz, hasta la noche en que todo se había hecho añicos.

Ida regresó del despacho y depositó el envase de comida para llevar en un recipiente térmico.

—Huele de maravilla, me lo llevaré a casa para la cena.

—A ver si te gusta, ya me darás tu opinión.

—Por ahora, lo que opino es que tú y yo vamos a llevarnos muy bien —dijo Ida, y sonrió de oreja a oreja al ver la cara que ponía Margot—. ¡No te preocupes! Estoy jubilada, ¡te lo aseguro! No voy a meter las narices en tu negocio. ¿Has conocido ya a Jerome?

—He estado muy ocupada, no hemos coincidido aún.

—Bueno, terminaréis por hacerlo tarde o temprano. ¿Te molestaría que compartiera esto con él y sus muchachos?

—No, claro que no. Y hay mucha más comida en el almacén —le ofreció Margot.

—Jerome es padre soltero. No lo tiene fácil, pero es un buen padre.

—Espero conocerle pronto.

—Me gusta que vengan a casa, me hacen mucha compañía.

—¿Estás casada?

—Lo estaba. Nos divorciamos hace mucho tiempo, después de que Jerome terminara la secundaria. Lo único que Douglas me dejó fue su apellido. Volvió a casarse y falleció hace cinco años.

—¿No volviste a casarte?

—No —contestó, e hizo una pausa, como si estuviera a punto de ofrecer una explicación más extensa, pero al final se limitó a encogerse de hombros—. Me acostumbré a estar sola, disfruto de mi propia compañía… demasiado, según mi hijo. Jerome se preocupa por mí.

—Espera un momento. Él está soltero, y ¿resulta que le preocupa que tú también lo estés?

Ida soltó una carcajada.

—Sí, podría decirse que proyecta sobre mí su propia situación. Sabe que a veces me siento sola y sí, supongo que tiene razón en eso, pero… —Su mirada se perdió en el vacío—. En fin, supongo que mi corazón aún está anclado en el pasado —concluyó. Antes de que Margot pudiera preguntarle al respecto, añadió—: ¿Y tú qué? ¿Estás soltera? ¿Sales con alguien?

—Sí, estoy soltera. Y no, no estoy saliendo con nadie en este momento.

Ni en ese momento ni en muchos otros, la verdad. Había aceptado alguna que otra invitación a salir, había tenido unas cuantas primeras citas que no habían cuajado. Quería encontrar a alguien, de verdad que sí. Quería experimentar eso que se siente al dejar entrar a alguien en tu corazón, pero abrirlo resultaba ser más difícil que inaugurar un restaurante. Siempre había una pequeña parte de su ser que se oponía con firmeza a ser vulnerable, una parte que no podía superar el pasado que la atormentaba a diario. Centrarse en otras cosas era una forma de evitar la cuestión; a decir verdad, resultaba más fácil concentrarse en reunirse con el grupo de inversión, planear una estrategia o trabajar con el personal recién contratado.

—Últimamente, mi vida entera se ha centrado en poner en marcha este lugar.

—Yo era joven como tú cuando abrí la panadería —comentó Ida—. Era mi único propósito en la vida. El barrio era muy distinto en los setenta, este espacio era un comedor comunitario dirigido por una iglesia. Compramos el edificio a muy buen precio, nos salió casi regalado. Coloqué un parque para mi pequeño Jerome ahí mismo, justo al lado de mi mesa —relató indicando el despacho con un ademán de la mano—. Los dos solemos decir que somos uña y carne desde entonces. Sus hijos tienen ocho y diez años y son lo más bonito que hay en este mundo.

—Se nota que eres toda una abuela orgullosa de sus nietos.

Margot solo tenía recuerdos vagos y lejanos de sus propios abuelos. Había contactado con ellos tras la muerte de su madre y habían mandado una tarjeta expresando sus condolencias, pero no habían hecho acto de presencia en el triste y apresurado funeral para despedirse de su hija.

Al pensar en los padres de su madre, lo único que le venía a la mente era un extenso vacío. Se los imaginaba como un par de desconocidos sonrientes y genéricos, como sacados de un anuncio de hipotecas.

—Espero llegar a conocer a tus nietos algún día —le dijo a Ida.

—Seguro que los conocerás tarde o temprano, pero ándate con cuidado, ¡ese par come como una plaga de langostas!

—Genial, ¡esa es la clase de gente que más me gusta!

Margot tenía un buen presentimiento sobre Ida y también sobre aquel lugar. Aparte de lo de Miles, era lo más duro y lo mejor que había hecho en toda su vida.

Faltaba una semana para el día de la inauguración. La fecha se atisbaba en el horizonte y se esperaba con tanta ilusión como la mañana de Navidad y con tanto temor como el día del juicio final. Bien entrada la noche, Margot introdujo el código de seguridad de la puerta trasera del restaurante, la que daba al callejón de servicio, y entró en la cocina. Estaba demasiado nerviosa como para conciliar el sueño, así que había decidido aprovechar la quietud de la noche para trabajar un poco.

Menos mal que le encantaba su oficio, porque la lista de cosas por hacer no acababa nunca.

La cocina estaba lista, el personal preparado y el menú decidido y listo para empezar. Por fin. Al día siguiente iba a realizarse un primer servicio de cenas, un ensayo para comprobar cómo funcionaba todo. Se trataba de una cena de cortesía para los miembros de su equipo y sus respectivos invitados, para que pudieran degustar la comida y brindar por el nuevo negocio. La recorría una oleada tras otra de nerviosismo ante la mera idea de abrir las puertas.

Sin embargo, había algo que no terminaba de convencerla en el flujo de trabajo de la cocina. Sabía que, por muy deliciosos que estuvieran los platos, tener que aguantar una larga espera podía echar a perder una comida.

Simuló una y otra vez una comanda imaginaria, cronometrando cada parte de la secuencia. Apenas se daba cuenta del paso del tiempo cuando estaba trabajando en la cocina, era algo que le sucedía a menudo: cuando estaba inmersa en una tarea, era como si el tiempo se detuviera y la esperara.

Localizó un posible foco de atascos al fondo de la cocina, en una pequeña zona con una mesa que se había convertido en el lugar donde se dejaban objetos de lo más variopinto: cartas, utensilios, herramientas, todo lo habido y por haber. Aún no había terminado de organizar aquel espacio, tan solo había logrado instalar allí un tablero de corcho por encima de la mesa. Colgó una foto de Kevin durmiendo a cuerpo de rey en la ventana de su apartamento. Y después colgó otra, una de las pocas que tenía junto a su madre; de hecho, era una tira de fotomatón que se habían sacado la única vez que habían ido a la playa de Corpus Christi. Todavía recordaba aquel día.

Habían paseado en bici a lo largo del rompeolas y habían jugado con las olas, habían comprado conos de cremoso helado y habían gastado unas monedas de veinticinco en una vieja máquina de *pachinko*. Se habían apretujado en el asiento del fotomatón, poniendo caras raras entre risas. «Éramos igualitas», pensó. «Parecíamos hermanas.»

Su madre había escrito un mensaje en el dorso de la tira de fotos: *Eres mi felicidad.*

Sacó la vieja cajonera de madera que había debajo de la mesa, la reemplazó por unas cajas apilables y despejó la superficie de la mesa.

Lo único que había en el cajón superior de la cajonera era polvo y pelusas. El inferior estaba atascado y tironeó de él para intentar abrirlo hasta que lo logró finalmente con un último tirón, uno tan fuerte que cayó de espaldas al suelo y el contenido del cajón quedó esparcido por todas partes: hojas de papel amarillentas y cartas antiquísimas, cajitas de cerillas y de clips… objetos de todo tipo que habían ido acumulándose allí durante años. Puede que algunos de ellos hubieran pertenecido al señor Garza, el anterior propietario del restaurante.

Encontró alguna que otra herramienta, como un molde acanalado para tartas y un molinillo para nuez moscada, y también varias libretitas con un montón de cifras escritas a mano y una cantidad ingente de bolígrafos y lápices.

Lamentablemente, algo se había roto en el fondo del cajón: un portarretratos de un tamaño considerable. Echó los trozos de cristal a la basura y vio que lo que estaba enmarcado era un descolorido certificado del Departamento de Salud que databa de 1975.

El frágil marco de madera se desmontó y una pequeña revista doblada cayó al suelo. Resultó ser un suplemento dominical del *Examiner.* Había estado preservado en la oscuridad, metido entre la parte posterior del portarretratos y el certificado, y estaba en perfectas condiciones.

Se acercó al cubo de basura para reciclaje de papel situado en la pared del fondo, junto a un horno de pan de varios niveles, y se disponía a tirar la revista cuando vio algo que le llamó la atención. El titular de la portada decía lo siguiente: *Grupo local de derechos civiles colabora con activistas antibélicos.* Se había publicado en 1972, en la época de la guerra de Vietnam.

Bajo el titular aparecía una foto de un grupo de manifestantes bloqueando la calle. A pesar de haber ocurrido décadas atrás, era una escena extrañamente reminiscente de los tiempos actuales: personas con carteles escritos a mano que llevaban puestas camisetas y gorras con eslóganes estampados, alzando los puños mientras gritaban o cantaban o entonaban proclamas.

Fue entonces cuando se dio cuenta de que la foto estaba tomada en Perdita Street. Sí, la zona parecía un poco más tosca que en la actualidad, pero no había duda de que era aquella calle. El estudio de tatuajes era una ferretería en aquel entonces, la librería Lost and Found era una tienda de máquinas de escribir llamada The Apothecary Typewriter. Y, a juzgar por la imagen, el local donde ella se encontraba en ese momento albergaba en aquel entonces la Misión Evangélica de Perdita Street.

Le picó la curiosidad, así que depositó el suplemento dominical sobre uno de los mostradores de acero inoxidable para echar un vistazo. Había un artículo detallado sobre dos grupos, uno de derechos civiles y otro antibélico organizado por estudiantes de Berkeley, que habían aunado sus fuerzas. En una de las páginas interiores le llamó la atención otra foto, tipo carnet, de una joven negra que llevaba unas gafas de montura gruesa, acompañada por el siguiente pie de foto:

La señorita Ida Miller, sobrina del sargento Eugene Miller, es una de las organizadoras clave de la acción conjunta para defender los derechos civiles y planificar iniciativas antibélicas.

En la página siguiente aparecía una foto a color de un concierto al aire libre. Unos bailaban, otros comían, otros estaban sentados en mantas a lo largo y ancho de una amplia extensión de terreno en una colina que tenía como distante telón de fondo el campanario del campus de Berkeley. Según ponía allí, la actuación musical estaba a cargo de los Jefferson Airplane y el evento era una «celebración reivindicativa».

Había otra foto de Ida donde salía acompañada de un chico blanco bastante alto, de pelo largo y con gafas a lo John Lennon. Estaban abrazados y se les veía tan absortos el uno en el otro que parecían ajenos al gentío que les rodeaba. Los sentimientos de ambos eran poco menos que tangibles, parecían estar tocando el cielo con las manos.

Se le escapó un suspiro mientras contemplaba aquella vieja foto. Que alguien la mirara así, aunque solo fuera por un momento, parecía un sueño imposible. No, no lo parecía, lo era. Las relaciones sentimentales de ese tipo nunca funcionaban a largo plazo.

Se recordó a sí misma que tenía una vida plena y estimulante. Tenía a su adorado gato y el dojo de aikido, amigos y gente con la que iba a trabajar en aquella increíble andadura nueva que estaba tomando forma por fin. Debía bastarle con eso, debía dejar de pedir la luna cuando tenía en sus manos todas las estrellas del cielo.

Guardó el suplemento dominical para poder mostrárselo a Ida y, como todavía estaba llena de energía por culpa de los nervios, se puso a ordenar una de las mesas de trabajo. Había una caja de vasos nuevos que aún estaban por colocar, así que los sacó y los lavó antes de proceder a ponerlos en su sitio. Después desmontó la caja de cartón y la llevó al correspondiente cubo de basura, pero estaba tan lleno que abrió la puerta trasera y lo sacó para vaciarlo en los contenedores que había en el callejón. La luz de seguridad se encendió, pero parpadeó varias veces y terminó por apagarse. Estaba tan oscuro que apenas veía por dónde iba mientras recorría el callejón en busca de los contenedores.

La niebla de San Francisco tenía algo que añadía una especie de denso frío al aire, algo que hacía que la oscuridad pareciera más impenetrable. A tientas, como buenamente pudo, logró abrir el contenedor con la llave, y entonces abrió la tapa y metió el cartón. Volvió a cerrar con llave, dio media vuelta… y estuvo a punto de chocar con su peor pesadilla: un hombre corpulento y amenazador.

Estaba iluminado apenas por la tenue luz que salía por la ventana de la cocina, su silueta se recortaba contra una espiral de niebla.

La reacción de Margot fue instantánea, perfeccionada por los años de entrenamiento: un lanzamiento en cuatro direcciones. Había practicado el *shihōnage* cientos de veces y, tal y como había sucedido en esos cientos de veces, el asaltante fue lanzado hacia atrás y se estrelló contra el pavimento. Unas gafas salieron despedidas por el suelo y el tipo soltó el aire de los pulmones de golpe, como un globo desinflándose.

Ella aprovechó aquellos valiosos segundos para regresar corriendo al edificio. Introdujo, frenética, el código de seguridad de la puerta, entró atropelladamente, cerró de golpe tras de sí e introdujo el código para bloquear la puerta de nuevo. Tenía el pulso desbocado y respiraba jadeante por el pánico. Dios, Dios, Dios, el móvil, ¿dónde cojones estaba su móvil?

2

La noche estaba envuelta en un manto de niebla, pero Jerome Sugar vio las estrellas. Su cabeza había golpeado con tanta fuerza contra el suelo que estaba un poco aturdido. Durante unos alarmantes segundos, fue incapaz de respirar. Se llevó la mano al bolsillo para sacar su Ventolín, el inhalador que usaba para el asma, pero no hubo suerte. Lo más probable era que se lo hubiera dejado en el coche. Logró rodar hasta quedar tumbado de costado mientras luchaba por respirar, sus gafas habían salido volando y estaba prácticamente ciego sin ellas.

Gimió y tomó una profunda inhalación de aire. Fue incorporándose hasta quedar a cuatro patas y palpar el áspero pavimento en busca de sus gafas, hasta que las encontró a algo menos de un metro de distancia. Uno de los cristales se había rajado, qué bien.

Se levantó y notó que le estaba saliendo un chichón en la parte posterior de la cabeza. Mierda. Que una loca con coleta lo derribara no estaba entre sus planes para esa noche, la verdad.

Se dirigió a la puerta que daba a la cocina. En un principio, no tenía pensado ir, pero Verna había enfermado y, dado que los niños estaban con su ex, se había ofrecido a ir en su lugar. De joven, cuando estaba empezando en el oficio, detestaba que le tocara el primer turno, pero Ida B. había insistido en que, para aprenderlo todo sobre aquel oficio, se tenía que trabajar en todas las áreas del negocio.

Malhumorado, marcó los números del código en el panel y entró en la cocina. Vio a la chica allí parada, con la espalda pegada a uno de los mostradores y un móvil en la mano. Vale, no era una chica, sino una mujer… una joven y rubia enfundada en una minifalda vaquera y unas botas vaqueras, y con unas piernas desnudas que quizás sabría valorar en su justa medida si estuviera de mejor humor.

—¡Voy a llamar a la policía! —le advirtió ella, móvil en ristre y con el pulgar a un suspiro de distancia de la pantalla, listo para marcar.

Él suspiró con cansancio y se frotó la nuca mientras se quitaba la sudadera. Se acercó entonces al fregadero para lavarse las manos.

—¿Qué vas a decirles? ¿Que he llegado para ponerme a trabajar? —dijo poniéndose su delantal blanco, y se volvió para mirarla—. Adelante, hazlo, llama a la policía. No sería la primera vez, aunque supongo que será la primera que me pasa estando en mi propio negocio.

Ella bajó el móvil y miró atónita su delantal. Tenía *Sugar* bordado en el bolsillo superior.

—¡Ay, Dios! ¡Eres Jerome!

—Y tú debes de ser Margot.

Se secó las manos y la miró de arriba abajo.

—¡Cuánto lo siento! —exclamó ella, mientras Jerome se quitaba las gafas y las limpiaba con un trapo. El cristal roto tenía una raja que lo atravesaba de punta a punta—. Te pagaré un cristal nuevo.

—Tengo unas gafas de repuesto en casa —contestó él, antes de volver a ponérselas.

—¡No me puedo creer lo que acabo de hacer! ¡Lo siento muchísimo! Estaba organizando algunas cosas antes de la inauguración y pensaba que estaba sola y… me has sobresaltado.

—Lo mismo podría decir yo.

Tomó nota de la coleta, de los ojazos azules y de aquellos labios rosados fruncidos en un gesto de preocupación. Intentó no bajar la mirada hacia sus piernas de nuevo. Así que aquella era la nueva propietaria del restaurante, ¿no? Su madre le había hablado muy bien de ella; según sus propias palabras «Mi menudita muchachita blanca es una monada, y lista como ella sola». Aunque no había mencionado un carácter violento.

—Por cierto, ¿dónde has aprendido esa técnica?

—En clase de defensa personal —contestó. Sus mejillas se sonrojaron y agachó la cabeza. Se la veía avergonzada—. Perdona que te haya tratado como si fueras una amenaza.

—La mayoría de las chicas que tienen tu aspecto piensan lo peor al conocer a un tipo como yo.

Estaba familiarizado con ese tipo de humillaciones, pero minaban su ánimo.

—No estoy… No he pensado en nada, lamento haber tenido esa reacción instintiva. No quiero actuar así, pero no esperaba que hubiera alguien rondando por aquí a la una de la madrugada.

—No estaba rondando.

—Estaba oscuro. Y te reitero mis disculpas, lo siento muchísimo.

—Un consejo: cuando estés aquí sola de noche, quizás sería mejor que no salieras al callejón.

—Tienes razón. He actuado sin pensar, lo que significa que he incumplido la primera regla de la defensa personal. ¿Qué tal está tu cabeza? Necesitas hielo…

—Tengo que ponerme a trabajar, hoy me toca suplir una baja.

—¡Vaya! ¿Puedo echar una mano?

El rostro de Jerome debió de reflejar su reacción ante aquella propuesta, porque ella se ruborizó aún más.

—O sea… Me gustaría ayudar, me siento fatal al ver que hemos empezado con mal pie —añadió Margot.

—Es la una de la madrugada —le recordó él.

—No tengo ni pizca de sueño, estoy muerta de los nervios por la inauguración del restaurante. Se me da bien trabajar en la cocina, te lo juro. Me gustaría ayudar.

Jerome le indicó con un ademán de la cabeza la hilera de chaquetillas limpias que colgaban de los percheros que había junto a la puerta, y ella esbozó una sonrisa que iluminó la cocina entera antes de quitarse las botas y sustituirlas por unos zuecos. Mierda, estaría encantado de pasar la noche entera viéndola realizar aquella simple tarea… Se obligó a apartar a un lado aquellos pensamientos. Trabajo, estaba en el trabajo.

—Sabía que no podría pegar ojo —comentó ella, mientras se lavaba las manos en el fregadero—, así que he venido para ultimar algunos detalles. Estoy hecha un manojo de nervios.

Jerome recordaba bien esa sensación de nerviosismo. Años atrás, cuando había tomado las riendas de la panadería, su primer proyecto había sido cerrar para realizar unas reformas. Había sido una decisión arriesgada, ya que se trataba de hacer cambios en un lugar que había sido uno de los pilares de la comunidad desde los años setenta.

—Primero las barras de pan rústico, las largas suelen ser las primeras en venderse.

Jerome notó el peso de su mirada mientras lo observaba con atención; al cabo de unos minutos, empezó a ayudarlo y a emular sus movimientos mientras él llenaba las amasadoras. Saltaba a la vista que era una cocinera experimentada, manejaba las manos con seguridad y permanecía atenta. Mientras los ganchos de la amasadora iban rotando, fueron preparando juntos las bandejas de fermentación —harina de maíz para las baguetes, semillas de sésamo para las barras de pan italiano…—, y después colocaron la masa en una mesa para dejarla reposar.

—Yo creo que te irá bien. Mi madre trajo a casa varios platos que le diste para probar; todo estaba espectacular.

—Gracias, me alegra que te gustara.

—Mis hijos lo devoraron, cualquiera diría que habían estado muriéndose de hambre en una celda.

—Tu madre adora a esos niños. Asher y… perdona, no me acuerdo de cómo se llama el otro.

—Ernest. Llevan los nombres de sus abuelos.

—Qué bien.

Se le notaba cierto acento de Texas. Jerome no sabía gran cosa sobre ella, pero Ida B. había mencionado que procedía de allí. Según había leído en una revista de negocios local, aquella nueva andadura contaba con el respaldo de un prestigioso grupo de financiación privada especializado en abrir restaurantes. Había deducido que Margot Salton sería una de esas princesitas privilegiadas que disfrutaban de un fideicomiso, y que quizás se había encaprichado con tener un restaurante; al fin y al cabo, no sería la primera vez que veía a alguien así: gente a la que le encantaba la idea de tener un restaurante, pero que no sentía tanto entusiasmo a la hora de trabajar duro para conseguir que el negocio prosperara. Sin embargo, al observarla ahora, al verla medir con suma eficiencia la masa para dividirla en porciones, se dio cuenta de que a lo mejor estaba equivocado y la había juzgado mal.

Puede que tuviera pinta de princesa de cuento de hadas, pero trabajaba duro y colaboró con empeño mientras él iba enseñándole a marcar las distintas clases de pan y a ir colocándolas en la zona de fermentación. A lo mejor no era tan insoportable como él esperaba. Mientras trabajaban codo a codo, el ambiente fue relajándose y entablaron una conversación.

—¿Y tú, qué?, ¿tienes hijos?

Creyó notar que a ella se le tensaban un poco los hombros y que titubeaba por un instante. Le resultó extraño, porque era una pregunta donde bastaba con responder un «sí» o un «no».

—No, en mi casa solo estamos mi gato y yo. Ah, y el huerto de plantas aromáticas que tengo en la terraza.

—Ida B. me comentó que eres de Texas.

—¿Así llamas a tu madre?

—Sí. Empecé a trabajar aquí a los catorce años y no quería que la gente pensara que recibía un trato especial por el mero hecho de que ella fuera mi madre.

—Yo también trabajaba con la mía. Llevo planeando abrir mi propio restaurante desde hace mucho —comentó. Un pequeño estremecimiento de nerviosismo la recorrió—. ¡No me puedo creer que mi sueño esté haciéndose realidad por fin!

—Salt. Me gusta el nombre.

—Gracias. Podría decirse que fue lo primero que elegí.

—A mí me parece un buen nombre para un restaurante, la verdad.

—Espero que le guste a la gente. De hecho, cuando estaba buscando un local adecuado, supe que este sería el elegido al ver que la panadería se llama Sugar —dijo, y su rostro se iluminó—. ¡Ahora vuelvo! —Fue a toda prisa a una de las despensas y regresó con un bote de una salsa casera llamada sugar+salt—. Llevo preparando esta salsa desde que conseguí mi primer trabajo en un restaurante de carnes a la brasa, cuando era adolescente.

—Se han abierto negocios por motivos más locos.

—Vaya, ¿ahora resulta que estoy chalada?

—¿No lo estamos casi todos los que trabajamos en este sector? —dijo él, mientras se frotaba el chichón.

En ese momento, la puerta se abrió y Omar entró en la cocina.

—Eh, os he oído. ¿A quién estáis llamando chalado?

Se acercó y se hicieron las presentaciones de rigor. Era obvio que había quedado impactado al verla e intentaba disimularlo.

Margot se volvió entonces hacia Jerome.

—¿Quieres hacer un descanso y venir a ver mi local?

—Vale.

A decir verdad, sentía curiosidad por ver cómo había quedado. Había pasado buena parte de su infancia campando a sus anchas por la cocina y el restaurante adyacente, La Comida Perdida. Solía juntarse con los hijos de los Garza, correteaban por el barrio y habían pasado infinidad de horas jugando con el aro de baloncesto que había en el callejón.

Asher y Ernest eran los que jugaban ahora allí cuando estaban con él. Se preguntó qué recuerdos de infancia les quedarían a sus muchachos. Daba la impresión de que estaban tomándose bastante bien lo del divorcio, pero sabía que estaba siendo duro para ellos. Florence y él habían iniciado su relación con las mejores intenciones y grandes esperanzas. El matrimonio no se había desmoronado de repente, había sido una lenta erosión de un amor que antes parecía lo bastante fuerte como para mantener el universo intacto.

Ella ya había vuelto a casarse y los niños mantenían un muro de silencio entre una y otra casa. En cuanto a él, aliviaba la soledad trabajando demasiado y pasando más tiempo en el puerto deportivo donde su madre le había enseñado a navegar.

Margot abrió la puerta que daba al comedor y encendió unas luces. Ida B. había comentado que el lugar había quedado muy bonito, pero se había quedado muy corta. Estaba resplandeciente. Tenía una vibra acogedora y cómoda, una buena distribución, y la iluminación y la acústica eran excelentes. La barra era el punto focal y, según le explicó Margot, procedía del viejo hotel Winslow de Oakland, un lugar donde los reclutas se alistaban tiempo atrás para servir en la guerra hispanoamericana en Filipinas.

—Me gusta. Cuando me dijeron que era «un sitio en plan barbacoa y platos a la brasa», imaginé una decoración tipo restaurante de carretera, llena de pintorescos letreros de metal.

—Venga ya, el diseñador habría salido corriendo. ¿De verdad te gusta?

—Sí.

Jerome se acercó a ver de cerca unos estantes iluminados donde se habían dispuesto hileras de botes de su salsa sugar+salt. También había unos frascos más pequeños que contenían mezclas de especias para aliños, y otros con sales aromatizadas.

—Por lo que se ve, estás lista para poner esto en marcha.

—No, no lo estoy —admitió ella, con una pequeña sonrisa de cansancio—, pero no pienso dejar que eso me detenga. Si esperara a estar lista al cien por cien, no llegaría a abrir jamás.

Regresaron juntos a la cocina, donde el turno de mañana proseguía con el runrún constante de las mezcladoras y los cortapastas como telón de fondo.

—Será mejor que me ponga a trabajar en serio —dijo él—. Gracias por enseñarme tu restaurante antes del gran estreno.

—De nada. Ah, por cierto, encontré algo hace un rato —recordó, y le entregó el viejo suplemento dominical—. Esto estaba metido detrás de un viejo certificado enmarcado. Es de 1972 y sale tu madre, ¡mira lo joven que está!

Jerome sintió curiosidad y echó una ojeada. Ida B. había alcanzado la mayoría de edad en los setenta, era hija de un predicador y una profesora. En las fotos se la veía de adolescente en una especie de manifestación de protesta, acompañada de un tipo alto y blanco. Ella nunca le había contado gran cosa sobre aquella época de su vida, más allá de que finalmente había terminado por dejar atrás la necedad y había hecho lo que la tradición familiar y el buen Señor esperaban de ella: casarse y formar una familia. El matrimonio había terminado cinco minutos después de que él se fuera de casa para ir a la universidad.

—Gracias por dármelo, apuesto a que se alegrará de que lo hayas encontrado.

—Será mejor que me vaya —dijo ella, antes de dejar su chaquetilla en el canasto de ropa sucia—. Ha sido un placer conocerte, Jerome. Bueno, no es que haya sido muy agradable en un primer momento...

—Ya, y que lo digas. En fin, para mí también ha sido un placer.

Ella se inclinó hacia delante para ponerse las botas. Madre mía, qué piernas. Apartó la mirada a toda prisa cuando ella se irguió.

—Perdona de nuevo por lo de... —dijo Margot señalando hacia la puerta trasera con un gesto de la cabeza.

—Sobreviviré.

—Te debo unas gafas.

—Qué va, no te preocupes por eso.

3

Jerome estaba a punto de dar por completada la mañana de trabajo. La última tarea pendiente era llevar una bandeja con varias docenas de pastas variadas a la librería situada al otro lado de la calle. Era una entrega diaria para Natalie, la propietaria, que las servía en la cafetería que había montado en la librería.

Golpeteó la puerta y ella salió a abrir.

—¡Hola, genio del azúcar! —le saludó. Ya tenía el vientre bastante prominente por el embarazo, así que tuvo que retroceder un poco para dejarle pasar—. ¿Qué delicias nos traes esta mañana?

—Lo mejor de lo mejor. Magdalenas, lacitos de hojaldre, cuernitos de mantequilla, cruasanes y galletas bañadas en dos chocolates.

—¡Genial! —Natalie tomó un lacito de chocolate que aún no había terminado de enfriarse y cerró los ojos por un instante al probarlo—. Me gusta esto de tener que comer por dos.

—Encantado de ayudar.

Ella dirigió la mirada hacia la ventana y comentó:

—El nuevo restaurante que tenéis al lado se llama Salt.

—Sí, la gran inauguración será en breve.

—Ya lo sé. La barra del bar es toda una antigüedad. Peach se encargó del trabajo de restauración. Y también la instaló. Me comentó que ha quedado de maravilla.

—¿Os gusta la comida en plan barbacoa?

—Estoy embarazada de ocho meses, me gusta todo. Y Peach es del sur. De modo que sí, le encanta. ¿Has conocido ya a la dueña?

—Eh... coincidí con ella, se llama Margot Salton.

—¿Y qué tal?

—Me hizo esto —repuso indicando el cristal roto de las gafas.

—Vaya. Espero que fuera un accidente.

—Sí, más o menos.

Le contó lo que había pasado en el callejón de servicio. Todavía le costaba creer que una mujer le hubiera derribado.

—Bueno, piensa en positivo, así tendréis una anécdota que contar sobre vuestro primer encuentro.

—No es una demasiado buena —comentó él con ironía.

—Depende de cómo termine la cosa —arguyó ella indicando con un amplio y teatral gesto una mesa sobre la que estaban expuestas las últimas novedades en literatura de ficción—. Venga, cuenta. Es joven, vieja, soltera, casada...

—Joven, soltera.

Sexy.

—¡Uy! A lo mejor hacéis buena pareja.

—Déjalo ya, eres igualita a mi madre.

Tanto Ida B. como sus propios amigos querían que encontrara pareja; de hecho, él mismo compartía ese deseo, pero lo que la gente solía olvidar era que encontrar a alguien era lo fácil. Mantener a alguien a tu lado, amarlo, confiar en esa persona... ahí estaba la dificultad.

—Todos queremos que seas feliz, Sugar.

—Estoy en ello —repuso, y notó un dolorcillo entre los omóplatos. La fatiga empezaba a hacerse sentir después de la noche de trabajo—. Nos vemos, ¡cuídate!

Al llegar a casa se dio una ducha y durmió unas horas. Después regresó a la panadería y tuvo una reunión de planificación; entonces revisó el inventario, se encargó de las nóminas y lidió con el papeleo. Se dio cuenta de que estaba atento por si veía a Margot Salton, pero ella no hizo acto de presencia.

A última hora de la tarde, una vez dio por terminada la jornada de trabajo, se dirigió al puerto deportivo. Había quedado allí con su madre para salir a navegar; era una actividad que ella había disfrutado desde muy joven. Según comentaba la propia Ida B. alguna que otra vez, en aquellos tiempos era inusual que una joven negra tuviera ese pasatiempo, pero era una de sus pasiones y se le daba bien. Él había heredado ese talento para la navegación y albergaba la esperanza de que sus hijos se aficionaran también a ese deporte.

Tan solo había niebla en la zona de siempre, la conocida como The Slot. Estaban los dos solos, como tantas otras veces a lo largo de su niñez. No podía quejarse de cómo le habían tratado sus padres, pero, volviendo la vista atrás, se daba cuenta de que había existido una lacerante tensión subyacente en ese matrimonio. No discutían casi nunca, pero el divorcio no había sorprendido a nadie.

«Me encanta tenerte para mí sola, mi niño», solía decir su madre, con una sonrisa llena de afecto que siempre le golpeaba como un rayo de sol. No era de extrañar que terminara por aficionarse a las actividades que ella realizaba: navegar y cocinar.

Había disfrutado de un montón de privilegios desde pequeño, y esperaba haber sabido valorarlo en su justa medida. Sus padres habían trabajado duro, habían comprado una casa preciosa y el cole del barrio era bueno… y lo de «bueno» quería decir que casi todo el alumnado era blanco, por supuesto. Le habían dicho en más de una ocasión que tenía suerte de poder ir a aquel cole, ¿acaso les decían eso a los niños blancos? No, claro que no. Él tenía más que claro por qué le hacían ese tipo de comentarios.

También tenía muy claro por qué esperaban que fuera el jugador estrella del equipo de baloncesto y el corredor más veloz del de fútbol. Y sí, sabía perfectamente bien por qué la gente se había sorprendido cuando, decidido a demostrar de lo que era capaz, había hecho las pruebas de admisión del equipo interescolar de vela. Para cuando llegó a su segunda temporada, estaba causando estupor al ganar trofeos en el deporte más blanco del mundo.

Esa tarde no había ninguna prisa, navegar era una afición que siempre disfrutaba con su madre. Rodearon la zona posterior de Angel Island, había viento suficiente para subir por el estrecho de Mapache. Enfundada en su chaqueta impermeable y su gorra de color violeta, con el rostro alzado hacia el cielo y su fuerte mano manejando con firme seguridad el timón, Ida B. parecía tan joven como cuando lo llevaba a navegar de niño. En el trayecto de vuelta navegaron a favor del viento y a toda velocidad, relajados y con hambre.

Pararon a comprar patatas fritas con pescado de camino a casa de Ida, cuya cocina contenía un sinfín de recuerdos para él. Había sido allí donde ella había demostrado ese talento innato y esa destreza que habían hecho que la panadería que había abierto a los veinte años fuera todo un éxito, allí había perfeccionado sus técnicas y recetas: el denso bizcocho al estilo Detroit, las pastas ligeras como el aire, ese pastel de champán que se había convertido en una de sus especialidades, los solicitadísimos *kolaches*... Todo ello se había creado allí, en aquella sencilla y anticuada cocina. Ella solía decir que las galletas eran la prueba más pura a la que podía enfrentarse un panadero para demostrar su destreza. Los ingredientes eran sencillos, la técnica lo era todo: usar harina de trigo de invierno, tamizar dos veces, enfriar en el congelador una porción de treinta gramos de mantequilla, pasarla por un rallador, mojarse las puntas de los dedos con suero de mantequilla y trabajar la masa como si fuera tan frágil como una pompa de jabón. Jerome había descubierto su vocación de mano de su madre.

Trabajar en la panadería era como navegar de través, el rumbo más rápido. Le gustaba todo lo relacionado con aquel trabajo: los olores, los sonidos, la camaradería con el personal, los proveedores y los clientes... No estaba fascinado únicamente por el arte de la panadería, sino por el negocio en sí. ¿Qué querían los clientes cada día? ¿Qué preferían para las ocasiones especiales? ¿Qué productos dejaban mejor margen de beneficios?

Para cuando completó sus estudios de secundaria, ya sabía cómo quería que fuera su futuro, así que estudió Hostelería y Turismo en la universidad. Se tomó un año para viajar, durante el cual probó todo tipo de comidas en Europa, África y Asia. Hizo un curso en Lenôtre, París, y fue a Berlín para aprender a preparar el *bienenstich*. Degustó las sabrosas tartas de crema de Macau, así como deliciosos dulces en Cape Town. Aprendió a elaborar mantequilla en la isla de Jersey y descubrió los maravillosos pastelitos de Nanaimo en la de Vancouver.

Habían sido estos últimos los causantes de su matrimonio. Estaba buscando algún hueco libre en la barra de una abarrotada cafetería de Victoria cuando se había fijado en la mujer que tenía al lado, que estaba saboreando un dulce relleno de crema de mantequilla y cubierto de chocolate. Estaba disfrutándolo poco a poco, a pequeños bocados, y había insistido en darle un trocito al enterarse de que él jamás había probado uno.

Se había enamorado de los pastelitos de Nanaimo al instante. Tardó un poco más en enamorarse de Florence, pero consideraban que esa había sido su primera cita.

Se casaron un año después y los niños llegaron al cabo de un tiempo. Sus padres le habían inculcado que debía labrarse un futuro, construir algo que valiera la pena en su comunidad, formar una familia y mantener a salvo a sus seres queridos. Podría decirse que había conseguido dos de tres.

Pasaron unos años más y Florence decidió dar por terminada la relación porque no era feliz, llevaba mucho tiempo sin serlo. En el fondo, él también había estado sintiéndose así, lo que resultó gratificante y deprimente en igual medida. Ambos habían estado tanteando el asunto con cautela a la espera de que el otro dijera algo primero. Florence y él se habían aferrado a su matrimonio hasta que la felicidad se había convertido en amargura; lo habían hecho por el bien de los niños y por el sueño que habían compartido en el pasado. De modo que, a pesar de ser su vocación, aquello para lo que estaba hecho, la panadería no le había conducido a su media naranja.

Su madre, que había sido su apoyo durante el lento y triste proceso de separación, le había dicho en una ocasión: «Si no encontráis la forma de que la relación funcione, puede que sea porque no estáis hechos el uno para el otro». Ella sabía de lo que hablaba, ya que lo había experimentado en carne propia.

En ese momento estaban sentados a la mesa de la cocina, cuyas paredes estaban empapeladas con un vistoso estampado de los años setenta, disfrutando de las patatas fritas y del fresquísimo pescado.

—Conocí a la vecina, Margot Salton.

Ida B. se limpió los labios con una servilleta y se limitó a contestar:

—Ajá.

—No es… lo que me esperaba.

—Ajá.

Ida B. podía imprimir infinidad de significados a aquella simple interjección.

—¿Qué? —preguntó Jerome masticando una porción de pescado frito.

—Es una preciosidad y está soltera.

—Uy, no, ¡ni se te ocurra! Es demasiado joven para mí.

—¿Cuántos años tiene?

—Ni idea, pero es demasiado joven. Si quieres buscarle pareja a alguien, empieza por ti.

Llevaba años intentando que su madre saliera y encontrara pareja, incluso había llegado a apuntarse a clases de baile de salón con ella con el mero propósito de animarla a socializar.

Ella frunció la nariz.

—No es lo mismo, yo ya tengo mis costumbres muy asentadas y no me amoldaría a otra persona. Tú estás empezando a vivir.

—No digas eso, claro que podrías amoldarte.

Ida B. le tenía preocupado en los últimos tiempos. No era por su salud, ya que era una mujer activa y llena de vida. Escribía una columna en *Small Change,* un periódico gratuito del barrio, tenía su círculo de amistades en la iglesia, participaba de forma activa en su club de vela, hacía anotaciones en un viejo cuaderno de cuero en cuya cubierta ponía, en letras estampadas en relieve, Ship's Log*… pero a veces se la veía distante, a la deriva. Se lo comentó en ese momento y ella se limitó a sonreír.

—No estoy triste. Estaría pensando en las musarañas.

—Qué expresión tan rara, ¿no? ¿Qué tendrán que ver las musarañas?

—Ni idea. Yo interpreto que es algo así como perderte en tus recuerdos. Los viejos solemos hacerlo.

—No digas eso, ¡no eres vieja!

—No puede decirse que sea joven.

—Oye, hablando de recuerdos, tengo algo para ti —anunció Jerome. Entonces sacó el viejo suplemento dominical y lo dejó sobre la mesa—. Margot lo encontró mientras organizaba la cocina, es un suplemento dominical de un periódico. De 1972.

Ella se colocó mejor las gafas sobre la nariz, se inclinó hacia delante y contempló con atención el artículo y las fotos.

—Santo Dios, esto sí que me trae recuerdos. Qué tiempos aquellos, ¡aquí sí que era una jovencita!

Pasó la página lentamente, vio la foto en la que estaba acompañada del chico blanco… y Jerome notó cómo cambiaban de golpe su semblante y su expresión corporal. Su postura se suavizó y en su boca se dibujó la sonrisa más dulce y triste que él había visto en toda su vida.

—¿Quién es ese tipo, mamá?

Ella alzó la mirada. Tenía los ojos desenfocados, evocadores.

—¿Qué has dicho, cariño?

—El tipo ese, ¿quién es?

---

* N. de la T.: Cuaderno de bitácora.

Segunda parte

Tengo una mente incapaz de quedarse quieta, por lo que jamás he podido meditar sin ponerme de los nervios. Pero si me das una bola de masa y el sueño no muy lejano de una tarta recién hecha con un precioso enrejado y generosamente espolvoreada con azúcar glas, me inunda una sensación de serenidad; mi mente se aquieta de inmediato.

Cheryl Lu-Lien Tan

4

Verano de 1972

En la etiqueta identificativa que llevaba puesta el chico ponía *Francis LeBlanc*. Tenía una larga melena rubia que le daba aspecto de estrella de cine, parecía sacado de *Dos hombres y un destino*. Sí, la peli sobre Butch Cassidy y Sundance Kid. Ella había ido a verla a Palisades unas cuatro veces como mínimo porque había estado en cartelera más tiempo del previsto. Había tenido que ir a escondidas, claro, porque sus padres eran muy estrictos en lo relativo a las películas donde había tiros y lenguaje malsonante.

Francis LeBlanc no tenía pinta de pegar tiros ni de decir palabrotas.

Ella pronunció el nombre en voz baja al acercarse a la mesa y le supo de lo más dulce, como un delicioso malvavisco que se te deshace en la boca.

A lo mejor la oyó, porque la miró con una sonrisa de oreja a oreja.

—Ese soy yo, Francis LeBlanc. Con B mayúscula, si quieres ponerte en plan minucioso —dijo entregándole un formulario de inscripción.

Según la etiqueta identificativa, era un voluntario y ella se sobresaltó al sentir... algo, un pálpito súbito, como si le reconociera, aunque estaba segura de que era la primera vez que le veía en su vida.

—No tengo problema con ser minuciosa —contestó, mientras escribía su nombre con esmero en el formulario.

—Y tú eres Ida B. Miller —leyó ladeando ligeramente la cabeza para ver bien el nombre, y procedió a escribirlo en una etiqueta—. De la Cocina de la Misión Evangélica de Perdita Street.

—He traído galletas para la mesa de voluntarios.

Dejó sobre la mesa la caja de cartón que las contenía.

—¡Gracias! —Sus ojos azules se iluminaron—. ¿Puedo probar una?

—Claro que sí —contestó Ida. Entonces desató el cordel y abrió la caja—. Las he preparado yo misma. ¿Te gustan las de chocolate blanco y negro?

—¡Madre mía! —exclamó. Probó una y esbozó una extasiada sonrisa—. Gracias, es la mejor galleta que he probado en mi vida, lo digo en serio —reiteró. A continuación le entregó la etiqueta identificativa—. ¿Está teniendo usted un buen día, señorita Miller?

—No puedo quejarme.

Se sentía un poco vergonzosa, siempre había sido tímida con los chicos, en especial con los blancos. Y la cosa no había cambiado ahora que ya había terminado los estudios. Solo había tenido un novio formal, un chico llamado Douglas Sugar que era dos años mayor que ella y se había esfumado en cuanto se había graduado.

Irguió los hombros y alzó la barbilla, decidida a ocultar la timidez que la embargaba.

—He venido a colaborar con las iniciativas conjuntas.

—Igualdad racial y oposición a la guerra, has acudido al sitio adecuado.

Ida quería encontrar su sitio. Acababa de terminar los estudios y seguía esperando a que ocurriera alguna especie de transformación mágica, pero la espera había sido infructuosa hasta el momento. Tenía un empleo que le gustaba en una pequeña cocina comercial; los domingos iba a misa, cantaba en el coro y después servía galletas y bizcocho chifón; y tres días a la semana trabajaba como voluntaria en Perdita Street. Si bien, de momento seguía siendo la misma que al terminar la secundaria, una chica que leía demasiados libros, hacía las mejores galletas de la ciudad y oía música que exasperaba a sus padres.

Llevaba una vida de lo más normal. Nunca había destacado como estudiante, aunque la escritura se le daba bien, al menos cuando se trataba de expresar sus propias opiniones en el editorial de la revista del instituto. Su padre era el pastor de la Iglesia de la Misión Evangélica y su madre estaba a cargo del foro de mujeres. Los niños de la misión decían que ella era su favorita, su jefe afirmaba que era la mejor panadera y repostera que había tenido en la plantilla, le gustaba salir con sus amigas… Sin embargo, seguía esperando a que la vida la sorprendiera, a que se convirtiera en algo extraordinario.

—Dime, Ida B. Miller, ¿te llamas así por Ida B. Wells?

Se quedó impresionada, muy pocas personas captaban la relación, pero entonces se dio cuenta de que él llevaba puesta una camiseta de Berkeley; debía de ser un universitario listillo.

—Mi madre la admiraba muchísimo.

—¿Qué te ha traído hoy a la marcha? —preguntó él.

—El tranvía de Fulton Street.

Él sonrió de oreja a oreja. Ida pensó que estaría encantada de contemplar esa sonrisa el día entero.

—No, me refiero a que en qué grupo estás.

—¡Ah! —Notó que se le encendían las mejillas de rubor—. Con los veteranos negros por la paz. El hermano de mi padre recibió medallas por su valentía en combate y un Corazón Púrpura, pero anoche fue al Cow Palace, las amontonó y las quemó en protesta por la guerra.

Francis LeBlanc bajó la mirada hacia el formulario de Ida y contempló pensativo su nombre.

—¿Tu tío es Eugene Miller?

Ella irguió los hombros con orgullo. El tío Eugene era amigo de Stokely Carmichael, quien protestaba porque el porcentaje de hombres negros que eran llamados a filas era muy superior al de los blancos. Resultaba injusto que a unos hombres que todavía estaban intentando conseguir la igualdad en su propio país se les estuviera enviando al extranjero para luchar por una causa que buena parte de la gente ni siquiera entendía. El tío Eugene estaba junto a Stokely cuando este había gritado desde el escenario del Teatro Griego: «¡A la mierda con el reclutamiento!».

Ella conocía a un montón de chicos que habían sido llamados a filas. Su exnovio, Douglas, había sido licenciado con honores al quedarse sordo de un oído durante el entrenamiento básico. La gente decía que era un tipo con suerte, pero ella no lo tenía tan claro; al fin y al cabo, ¿podía sentirse afortunado si el precio de su libertad era quedar con una discapacidad de por vida?

Siguió conversando con Francis y fue olvidando su timidez. Él le dijo que trabajaba en un puerto deportivo de la zona, que enseñaba a niños a navegar para poder pagarse los estudios. Ella le dijo que había estado en Berkeley, y se echó a reír al ver la cara de sorpresa que ponía. Cinco años atrás, su padre había llevado a toda la familia al campus para oír al Dr. King en los escalones de Sproul Hall. Aprovechando que era menuda y ágil, se había subido a un eucalipto para poder ver mejor al gran líder.

—¡Ojalá hubiera podido presenciar ese momento! —exclamó Francis—. Yo todavía estudiaba en Maine en aquel entonces, era un chaval que pasaba el tiempo navegando.

Para Ida, Maine era un lugar que parecía muy lejano. Era como si estuvieran hablándole del otro extremo del mundo.

Se dirigieron juntos a la zona donde iba a celebrarse la asamblea. Ida era consciente de que estaba ocurriendo algo, lo sentía en lo más profundo de su ser. Cuando Francis LeBlanc la miraba, era como sentir la calidez del sol en su piel desnuda. Caminaron el uno junto al otro durante la marcha y, cuando el gentío se cerró a su alrededor, se tomaron de la mano y no se soltaron hasta llegar al parque Golden Gate.

Se sentaron en una manta en la colina, de cara al escenario. Hubo discursos y música, la gente se abrazaba, entonaba cánticos y fumaba marihuana, pero ella apenas se dio cuenta por lo absorta que estaba conversando con él, conociéndole cada vez más. Conversaron sin parar sobre todo tipo de cosas. Ella le habló de su afición por la panadería y la repostería, de su familia, de lo mucho que le gustaba aquella ciudad; le habló de los niños de la misión, le expresó su deseo de que pudieran disfrutar de un mundo mejor. Cuando él le contó que estaba estudiando Medicina, pensó que era la persona más inteligente que había conocido en su vida, y así se lo dijo.

—¿Y sabes lo que eres tú? —contestó él, mirándola a los ojos con aquella dulce sonrisa bobalicona—. La persona más hermosa que he conocido en la mía. Y no lo digo solo por tu físico, sino por cómo ves el mundo.

—Pues tú eres Sundance Kid.

—¿El de la película?

Echó la cabeza hacia atrás y se tronchó de risa.

Solo se conocían desde hacía unas horas, pero Ida sentía como si le conociera desde siempre. Él la veía de forma distinta al resto del mundo.

Al final de la jornada, mientras Sly & The Family Stone interpretaban sus célebres temas de soul psicodélico, él se volvió a mirarla, posó la palma de la mano en su mejilla y la besó. Fue un beso largo, delicado y profundo, y para Ida fue como si hasta la última partícula de su ser despertara y alcanzara un nivel nuevo de conciencia.

Para cuando decidieron dar por terminada la velada, ya había caído la noche y él insistió en acompañarla a su casa a pesar de que quedaba bastante lejos de la suya. La llevó en su coche, un Karmann Ghia de color mandarina con la capota bajada, y la dejó justo en el portal de su casa. Ella le abrazó con fuerza, reacia a despedirse.

Intercambiaron números de teléfono y él se despidió con otro beso. Ida no quería que aquel momento terminara jamás… La luz de la entrada se encendió y se separaron sobresaltados, como un par de mapaches que merodean en busca de comida. Alzó la mirada y vio a su padre plantado en la puerta en bata y pantuflas, con las gafas de leer bajadas sobre la punta de la nariz.

—Papi, te presento a Francis. Nos hemos conocido en la marcha de hoy.

—Señor Miller —saludó Francis, y extendió la mano.

Se dieron un firme apretón.

—Gracias por traerla a casa.

Las mejillas de su padre estaban rígidas como bloques de madera tallada, y eso nunca era buena señal.

—Sí, señor. Y, con su permiso, me gustaría…

—Buenas noches. Ida, ya es tarde. Será mejor que entres en casa.

La actitud del padre de Ida hacia Francis siguió siendo igual de gélida durante los meses posteriores a ese primer encuentro, pero ella no permitió que eso le restara magia a su inesperado romance con el fascinante desconocido. Pensaba en él al despertarse por la mañana, y también al acostarse por la noche. Aprovechaban la más mínima oportunidad para verse, iban juntos a todas partes y acudían a mítines, conciertos y asambleas. Él le confesó que apenas conocía la ciudad y se dedicaron a recorrerla y a explorar. Ella se sintió un poco avergonzada al ver las salas de cine erótico y los *peep shows* que había por la zona del Presidio, por no hablar del cine Regal de Market Street. En los carteles y los escaparates se mostraban cosas que la hacían dudar de la sensatez de la gente. Le mostró también algunos de los lugares donde se había filmado *Harry el sucio*.

Francis también quiso mostrarle su propio mundo. La llevó a oír música a Union Square, donde disfrutaron de las actuaciones de la Steve Miller Band y de los Doobie Brothers. Huelga decir que, en ambos casos, se trataba de una música muy distinta al jazz que los padres de Ida y las amistades de estos escuchaban en la zona de Fillmore.

La llevó a la Cal[*], el lugar del país donde más protestas y concentraciones se celebraban; había charlas prácticamente a diario. Ella no había vuelto a pisar un campus universitario desde aquella ocasión en que había ido a ver al Dr. King años atrás, era como entrar en un país extranjero donde todo el mundo tenía la misma pinta que Francis: ropa vistosa y llena de color con abalorios y flecos, pelo largo y recto, pantalones de campana y brazos cargados de libros de aspecto muy serio. Todas las conversaciones eran profundamente solemnes, como si todo el mundo tuviera algo trascendental que decir. Aquella gente hablaba de la guerra y de injusticia social como si fueran candidatos a la presidencia del país.

Cuando le confesó a Francis que se sentía fuera de lugar e incómoda entre los estudiantes, él la miró atónito.

—Yo creo que eres una mujer que podría llegar a dirigir el mundo, Ida. Aquí puedes desenvolverte como pez en el agua.

—Ya, eso sería si me matriculara en esta universidad.

—Podrías hacerlo.

Ella soltó una carcajada y negó con la cabeza, la mera idea parecía tan lejana como la luna.

Francis admitió que estudiar era caro. Él mismo había tenido que tomarse un semestre libre para poder trabajar más horas y ahorrar de cara al último año de carrera. Después de eso proseguiría con sus estudios de Medicina.

Mantenían un sinfín de conversaciones sobre todos los temas habidos y por haber: la vida y la muerte, la guerra y la paz, y sí, también hablaban sobre blancos y negros. Eso era algo que no podían negar ni eludir, viviendo en el mundo en que vivían. En el caso de Ida, había una parte de su ser que comprendía que el mundo no estaba preparado para un amor como el que los unía, pero la parte más grande nutría ese amor con una férrea y firme actitud desafiante.

_____

[*] N. de la T.: Universidad de California, Berkeley.

Cuando Francis fue a trabajar de voluntario al hospital de veteranos situado en la parte oeste de la ciudad, le acompañó y fue testigo de su profunda empatía. Él se sentaba junto a los pacientes y los animaba a conversar; según le confió, lo único que querían casi todos ellos era que alguien los escuchara y todos tenían algo valioso que contar.

Hubo un momento tenso cuando un veterano de Vietnam, un hombre pelirrojo de grandes puños y un tatuaje en el cuello, agarró a Francis de la camisa y le dijo:

—¡Quiero advertirte algo!

Ella miró hacia el pasillo para pedir ayuda, pero Francis le indicó que no con un gesto de la cabeza y contestó al paciente con calma.

—¿En serio? A ver, dime. ¿Qué pasa?

—Si sale tu nombre, tienes que resistirte. ¿Está claro? —dijo el hombre, manteniéndolo aferrado por la camisa.

—Te refieres al reclutamiento.

—¡Pues claro! Resístete, ¡prométemelo! ¡No vayas a Vietnam! Esa gente no te ha hecho nada, joder, no tendríamos que meter las narices allí. Si vas, solo será para contribuir al problema y al sufrimiento.

—Te entiendo, hermano.

—Ten, no la pierdas. Te servirá para contactar con una gente que puede ayudarte si te llaman a filas.

El hombre le puso en la mano una tarjeta donde ponía algo sobre un tren de paz con rumbo a Canadá. Más tarde, cuando salieron de la habitación, Ida comentó:

—No te llamarán a filas, eres universitario.

—Nixon piensa minar los puertos principales de Vietnam, así que habrá un reclutamiento masivo. A veces llaman a los estudiantes.

—Tú no tendrás que ir —dijo. Una gélida inquietud la recorrió—. Tienes que quedarte aquí, conmigo.

—Nada me gustaría más que eso.

Ida lo llevó a la misión de Perdita Street y Francis participó de lleno en el trabajo de los voluntarios, echando una mano en la cocina y ayudando con los niños. Daba igual lo que hicieran mientras fuera juntos.

Una soleada tarde en la que soplaba la brisa, él la inició en el mundo de la navegación en un barco que le había prestado un amigo. Francis se había criado en una localidad costera de Maine y navegaba desde niño. Formaba parte del equipo de vela de la universidad y quería compartir con ella su amor por aquel deporte.

Ida se había criado en la bahía, pero no había salido a navegar jamás. Francis le puso un voluminoso chaleco salvavidas que olía a moho y le dijo que se la veía como toda una marinera. Puede que tuviera razón, porque ella disfrutó al máximo de la experiencia, incluso de esos momentos impactantes en los que el barco escoraba y se deslizaban tan cerca de la superficie del agua. Según le aseguró él, con unas cuantas clases estaría manejando el velero como una experta.

Navegar era todo un arte. Cuando Ida fue capaz de navegar por sí sola por la bahía, Francis le entregó una caja plana.

—Te he comprado un regalo, en conmemoración de tu primer recorrido manejando el barco sola.

En la caja ponía *Weems and Plath*. Contenía un bolígrafo y un cuaderno de cuero en cuya cubierta estaba escrito, en letras estampadas en relieve: *Ship's Log.*

—Vas a necesitar tu propio cuaderno de bitácora —añadió él.

—¿Para qué sirve?

—Para ir registrando a dónde has ido.

Ida no había ido a ningún sitio hasta que le había conocido a él.

—¿Con el barco?

—Exacto. Vas apuntando las horas que pasas en el agua y, cuando quieras alquilar un barco, es un registro de tu experiencia. Una vez que tengas tu licencia de navegación, es una bonita crónica de tus logros.

—Alquilar un barco... —musitó. Indicó con un gesto la vario-pinta flota amarrada en el puerto—. ¿Quién querría alquilarme uno? —No quería parecer una desagradecida y apretó el cuaderno contra su pecho—. Llegado el momento, estaré lista.

En una ocasión llevaron al puerto deportivo a un grupo de niños de entre seis y doce años, niños que procedían de los barrios marginales de la ciudad y que asistían al centro de día de la misión. Eran revoltosos y estaban listos para vivir una aventura. Se entusiasmaron al llegar al puerto.

—¡Por fin! ¡Adiós a los parques y los museos de siempre! —exclamó uno de ellos.

Estaban deseando explorar aquel lugar y bajaron como una tromba de la furgoneta. Había pelícanos amarronados, leones marinos, anémonas y percebes poblando las tablas y los pilotes, y bancos de pececillos plateados en el bajío.

—Vais a disfrutar navegando —les aseguró Francis, mientras les conducía hacia la caseta donde estaba el equipo.

Les puso los chalecos salvavidas con la ayuda de Ida y, después de explicarles las normas básicas de seguridad, les enseñó a aparejar y echar al agua el Láser biplaza.

La idea era ir sacándolos a navegar uno a uno mientras Ida se encargaba de supervisar a los que permanecían en el puerto, y se pusieron a ello. Los niños se dispersaron a su alrededor. Algunos se tumbaron boca abajo para entretenerse metiendo un salabre en el agua y gritaban entusiasmados al encontrar un cangrejo o un pez.

En un primer momento, Ida no prestó atención a la gente que había por el puerto —la típica que solía verse por allí vestida con pantalones chinos, mocasines Bass Weejun y camisetas tipo polo—, pero de repente se dio cuenta de que estaban mirando con fijeza a sus niños. Vio que se ponían la mano a modo de visera y les observaban, que iban formando corrillos. Intentó ignorar el hormigueo de inquietud que le recorrió la nuca. Francis zarpó con su primer alumno, un niño llamado Leon que soltó grititos de entusiasmo

70

cuando el viento hinchó la vela. Los otros les contemplaban desde el muelle, más de uno con los ojos como platos y cara de miedo.

Poco después, el capitán del puerto se acercó a ella acompañado de un agente uniformado que debía de ser una especie de policía, ya que en la camisa tenía bordada una placa donde ponía *Agente portuario*.

«Ya estamos», pensó ella para sus adentros. Le hizo gestos a Francis con la mano, indicándole que regresara, y él puso rumbo a tierra de inmediato. Una vez finalizado el amarre, Leon desembarcó un poco tambaleante mientras sus compañeros lo rodeaban entre risas y exclamaciones de entusiasmo.

—¡Ha sido genial! —afirmó.

—¿Puedo ir yo ahora? —preguntó uno de los niños.

—¡No, yo! —exclamó otro.

—¿Tienen autorización para utilizar este equipamiento? —le preguntó el capitán del puerto a Francis.

Ida comprendió a la perfección el significado velado de aquella pregunta.

—He cumplimentado el formulario, como todo el mundo. ¿Cuál es el problema?

—Los barcos son propiedad del departamento de parques.

—Y yo he rellenado el formulario para poder usarlos, como siempre que vengo a navegar. ¿Está diciendo que no puedo usar estos barcos?

Francis no alzó la voz, pero su tono se volvió acerado.

—Lo que digo es que no puede dar clases de navegación sin el debido permiso.

—¿Y qué pasa con aquel grupo de allí? —preguntó señalando hacia un grupo de blancos que estaban divirtiéndose con unos veleros que también eran de uso público.

El capitán frunció los labios.

—La cuestión es que no puede traer a alguien así porque sí, tiene que presentar la solicitud.

—Llevo tres años viniendo a este puerto y he traído invitados otras veces: niños, alumnos, adultos. Trabajo aquí como instructor de vela. Nadie me había dicho que debía pedir permiso.

Al tipo se le enrojecieron el cuello y las orejas. Ida sabía que aquello no era buena señal y se apresuró a intervenir.

—Señor, si nos facilita ese formulario para solicitar permiso, lo cumplimentaremos ahora mismo.

El capitán del puerto miró de soslayo al agente, lanzó una mirada hacia el grupito de mirones enfundados en sus coloridos polos y se volvió finalmente hacia Ida de nuevo.

—Tendré que consultarlo antes con los de administración.

Fue Francis quien contestó.

—De acuerdo, nosotros nos quedamos aquí con los veleros mientras tanto.

—Señor, tiene que salir de las instalaciones con sus invitados mientras aclaramos el asunto —afirmó el agente portuario.

Ida notó que Francis apretaba los puños. Era una furia que ella misma había experimentado en alguna que otra ocasión a lo largo de su vida; para él, sin embargo, seguramente se trataba de la primera vez.

—Vámonos —le dijo, tomándolo del brazo—. Ya volveremos cuando se aclaren las normas de estas instalaciones públicas —dijo enfatizando esta última palabra y, después de fulminar a los dos hombres con la mirada, se volvió hacia el grupito de blancos y les lanzó una mirada que dejaba más que claro lo que pensaba.

Francis y ella ayudaron a los niños a llevar los salvavidas de vuelta a la caseta. Hubo protestas generalizadas por no haber tenido oportunidad de navegar.

—Vamos a volver, os lo prometo —dijo Francis—. Me aseguraré de que ninguno se quede sin navegar. Venga, ¡a ver si encontramos el camión de los helados!

—¡Helado! ¡Qué bien!

Eso bastó para desviar la atención de los niños, pero no todo el mundo pudo olvidar el tema sin más.

—¿Vamos a dejar que nos traten así? ¡No me lo puedo creer! —exclamó Francis, mientras se alejaban en la furgoneta.

Ida se dio cuenta de que no había un «nosotros» en aquella situación. Que un hombre blanco usara los barcos no llamaría la atención en absoluto; un grupo de niños negros, sin embargo, se consideraba una infestación.

—Uno aprende a saber cuándo vale la pena plantar batalla, te das cuenta de cuál es la causa por la que estás dispuesto a dar la vida. A la edad de estos niños, mis amigas y yo fuimos a la piscina de Roosevelt y los blancos que estaban allí se pusieron histéricos. No querían bañarse en la misma agua, ni siquiera querían usar las mismas toallas que nosotras. Nos pusimos a discutir y no conseguimos nada con ello. Al final terminaron por cambiar las normas, pero no lo conseguimos empleando la fuerza, sino a través del sistema que ellos mismos habían creado —explicó, y terminó con un suspiro.

—Debe de ser agotador —comentó él con voz queda—, lo siento. Mira, ¿sabes qué? Conseguiré ponértelo un poco más fácil.

Ella no comprendió a qué se refería hasta la semana siguiente, cuando organizaron otra salida con los niños y vio que dirigía la furgoneta hacia el puente que conducía al puerto deportivo.

—¡No me digas que quieres llevarlos a navegar otra vez! —protestó.

Los niños estallaron en vítores.

—No habrá ningún problema, ya lo verás —le aseguró él.

Ida notó que miraba el reloj cada dos por tres y cuando llegaron al puerto comprendió lo que pasaba: un reportero y un fotógrafo del *Examiner* estaban esperándoles allí. Salieron en el suplemento dominical a la semana siguiente.

A su padre no le hizo ninguna gracia.

—¡No necesitamos que un muchachito blanco interceda por nosotros!

—A lo mejor nos necesitamos los unos a los otros —contestó ella.

—Será mejor que te olvides de la navegación. Cuando uno sube a un barco es para viajar a algún sitio, nada más.

Ida cruzó los brazos y alzó la barbilla con testarudez.

—Me gusta navegar, se me da bien. Y no tiene nada que ver con la raza de una persona.

Su padre dio una sonora palmada sobre la revista, que estaba abierta sobre la mesa.

—¡Claro que tiene que ver! Si pudiste entrar allí fue porque un hombre blanco te lo permitió, ¡solo por eso!

Aquello le dolió.

—¡No es verdad! Soy…

Se interrumpió de golpe porque sabía que se le iba a quebrar la voz, porque sabía que su padre tenía razón. Sabía que jamás podría lograr convencerlo de que apoyara su relación con Francis ni el amor que sentía hacia él.

Su madre lo expresó de forma menos descarnada.

—Así son las cosas, mi niña. Siento mucho que no estén cambiando lo bastante rápido para allanarte el camino.

El escepticismo de sus padres resonaba en su cabeza como la letra de un disco rayado: *Lo único que te espera por ese camino es el dolor de un corazón roto.*

—¡Vosotros no lo comprendéis! —exclamó entre lágrimas—. Esto es algo especial, algo que no había sentido jamás. Estamos hechos el uno para el otro, ¡me lo dice el corazón!

—¿Crees que su familia te aceptará? —preguntó su madre.

—Me enamoré de él, no de su familia.

—No puedes separar lo uno de lo otro. Cuando amas a alguien, entras a formar parte de su mundo.

—Y él del mío. No sé si su familia me aceptará, pero parece ser que la mía ya ha tomado una decisión. ¡Admítelo, mamá! ¡Nunca os parecerá bien que tenga una relación con un hombre blanco!

* * *

Francis la llevó a navegar sin los niños. Se sentía desafiante mientras le ayudaba a preparar el barco. Él manejaba la embarcación con gran seguridad y desenvoltura, y ella saboreó el embriagador placer de surcar las aguas. Una brisa atemperaba el calor y el sol arrancaba destellos del agua que relucían cual monedas de oro; nada parecía imposible en el mundo.

Navegar la ayudaba a olvidar los problemas porque hacía que viviera el momento, que no pensara en nada más allá de la próxima racha de aire. Había llegado a amar la vela tal y como lo amaba a él: con una dicha plena y con total abandono.

Regresaron a puerto despeinados por el viento y con el sabor de la sal en los labios. Francis la condujo a una zona de casas flotantes privadas donde el padre de uno de sus amigos tenía un barco llamado el *Andante*. No era un Sunfish ni un Laser, sino un verdadero velero de regata con camarote: un Catalina. Era una cápsula perfecta donde uno se sentía totalmente aislado del resto del mundo, y la tenían a su plena disposición.

Francis extendió la mano con la palma hacia arriba y la ayudó a subir a bordo. Ella recorrió con la mirada un salón acogedor tenuemente iluminado y entonces se dirigieron hacia la cabina, que estaba situada en la proa de la embarcación. Cuando la tumbó en la angular cama, ella se fundió de buen grado entre sus brazos. No era la primera vez que estaba con un chico, había tenido varios torpes encuentros con su novio del instituto. Tenía los conocimientos justos para saber que lo de «hacer el amor» no funcionaba sin amor. Allí, con Francis, fue cuando comprendió por primera vez cómo se suponía que debía ser aquello, lo que se sentía. Él la hizo sentir amada y especial, y ella se atrevió a pensar que estaban destinados a estar juntos por siempre jamás.

Después, en el largo silencio posterior, se volvió hacia él, posó la mejilla en la palma de su masculina mano y le miró sonriente.

—He visto las estrellas, te lo juro —susurró él.

—Francis, ¡qué cosas dices! ¿Vas a misa?

75

—No, la verdad es que no. Iba de niño, casi todo el mundo iba a la Primera Iglesia Congregacional donde yo vivía. Era un aburrimiento, un montón de plegarias que no tenían sentido y unos cuantos himnos monótonos. Querían que fuéramos buenos cristianos, pero ¿qué tenía de bueno un sermón de tres cuartos de hora donde nos decían que arderíamos en el infierno si no obedecíamos hasta la última de las dichosas normas? Y todo este rollo se resume en que no, no voy a misa. ¿Por qué lo preguntas? ¿Tú sí que vas?

—¿Monótono? ¿Un aburrimiento? —dijo ella con una sonrisa en los labios—. Cielo, has estado yendo a la iglesia equivocada.

—Ah, ¿hay alguna que esté bien?

Mientras esperaba a las puertas de la iglesia, Ida se sentía como si su estómago fuera una vela curvada hacia fuera por una racha de viento, aleteando por los nervios. Francis le había mostrado su mundo y quería que él experimentara el suyo a su vez. Llevarlo a la misa dominical era una decisión audaz, pero no quería que su amor fuera un secreto ni una causa de preocupación, tal y como insistían en mencionar sus padres una y otra vez.

La iglesia era para todo el mundo, recordó para sus adentros.

¿Incluso para los chicos blancos que estudiaban en Berkeley y hablaban en plan finolis y decían que no les gustaba ir a misa?

Sí, para todo el mundo.

Aun así, la invadieron los nervios cuando él aparcó su Karmann Ghia al otro lado de la calle y bajó del coche. Su cuerpo larguirucho emergió del vehículo de carrocería baja. Era innegable lo distinto que era del resto de la congregación. Se había puesto unos pantalones de vestir con camisa y corbata ancha, y unos mocasines *penny loafers,* pero lucía también una gran sonrisa cordial y un cálido brillo en sus ojos azules, y fue presentándose a unos y otros con un entusiasta apretón de manos.

La iglesia del padre de Ida era pequeña, pero, aun así, los sonidos del servicio religioso resonaban con fuerza, y ella disfrutó viendo la cara de sorpresa que iluminó el rostro de Francis. Este oscilaba y daba palmas con torpeza, como un desgarbado péndulo en un reloj alto, pero eso era algo que no parecía molestar a nadie y él mismo parecía sentirse la mar de cómodo.

Una vez terminado el servicio, cuando salieron a la zona de recepción y vio las mesas de comida, él abrió los ojos como platos y exclamó:

—Esto es el cielo, ¿verdad? ¡He muerto y he ido directo al cielo!

Parecía ajeno a las miradas de curiosidad que estaba atrayendo. Las señoras presentes estaban encantadas al verle disfrutar tanto de la comida que habían preparado.

—Ida, voy a soñar con estas galletas hojaldradas tuyas, te lo juro —dijo.

—Cuando abra mi propio negocio, las tendré en el mostrador todos los días.

—Me encanta oírte hablar de lo que piensas hacer, la forma en que estás trazando tu propio camino.

Le resultó gratificante oírle decir aquello. Casi todas sus antiguas compañeras del colegio ya estaban casadas y muchas de ellas tenían hijos; cada dos por tres, alguna metomentodo estaba preguntándole cuándo pensaba casarse y formar una familia. Había sido dama de honor tantas veces que estaba quedándose sin espacio en el armario por culpa de todos aquellos vestidos horribles que seguramente no volvería a ponerse jamás. Así eran las cosas. Sin embargo ella quería algo distinto, y eso era algo que mucha gente no entendía.

A pesar de haber dejado aparcados los estudios durante aquel semestre para ganar algo de dinero, Francis se mantuvo en contacto con sus amigos de la universidad y la invitó a asistir a un mitin que se celebraba en el People's Park. Era una zona donde la universidad tenía intención de construir residencias para estudiantes en un principio, pero, debido a las protestas estudiantiles, se había decidido que fuera un parque y un espacio público de encuentro.

A esas alturas, ella ya se había dado cuenta de que aquella universidad era un hervidero de protestas; y no solo eso, sino que la mayoría de los activistas ni siquiera estudiaban allí. El mitin se descontroló y la policía hizo acto de presencia con perros y gases lacrimógenos. La Guardia Nacional acudió también como apoyo.

Alarmada ante la situación, se aferró a Francis, quien dijo ceñudo:

—Esto pasa muy a menudo, el gobernador Reagan nos envía a la dichosa guardia cada dos por tres.

—¿Cómo salimos de aquí?

—Ven, ahí veo un hueco.

Intentó conducirla hacia el aparcamiento, pero sus manos se soltaron cuando varias personas más intentaron aprovechar el hueco entre empellones.

Ida soltó una exclamación de dolor al sentir un golpe en el hombro. Una especie de lata rodó por el suelo, expulsando una nube de gas, y ella la agarró de forma instintiva y la lanzó lejos con todas sus fuerzas.

—¡Bien hecho! —gritó alguien—. ¡Se la has devuelto a esos cerdos!

Ella tosió, le escocían los ojos y se los cubrió con el antebrazo. Francis logró encontrarla y la tomó de la mano. Consiguieron abrirse paso entre la multitud y salir a trompicones a la calle, que estaba cortada por barricadas.

—¡Esa es! —gritó un policía. Apartó a Francis de un empujón y la flanqueó junto con un compañero—. ¡Estás arrestada, jovencita!

—¿¡Qué!? ¡No! ¡Apártense de mí!

No se apartaron. Francis intentó acercarse, pero se lo impidieron. La arrestaron y la llevaron a los calabozos de la comisaría. Estaba aterrada y muerta de frío, intentaba ocultar sus lágrimas de terror mientras las mujeres que tenía alrededor cantaban y gritaban y estampaban los pies contra el suelo. Lo único que quería era encogerse en un rincón.

Los minutos le parecieron una eternidad hasta que por fin se le permitió llamar a su padre, quien fue a buscarla poco después con cara de muy pocos amigos. Logró sacarla sin que se presentaran cargos porque el agente que la había arrestado no había presentado un informe de la detención.

Ella le relató lo ocurrido mientras iban de camino a casa.

—No hacíamos nada, ellos empezaron a lanzar esa especie de latas de repente. Una de ellas me golpeó, así que la lancé lejos.

—Si no hubieras estado metiendo las narices en lo que no te importa, no te habría golpeado nada.

—Claro, y nada cambiará si nadie actúa en contra de la injusticia. ¿Te acuerdas de cuando mamá y tú me llevasteis a ver el discurso del Dr. King?, ¿recuerdas lo que dijo él? «Morimos cuando nos negamos a defender la justicia.»

—Pues defiéndela, pero no sigas ciegamente a un manojo de fumetas blancos fingiendo ser uno de ellos.

—Las cosas no son así, papá.

Se quedó mirando por la ventanilla del coche de su tío en silencio. Una profunda sensación de vergüenza iba abriéndose paso en su interior, porque él podría tener razón. Quizás, solo quizás.

—Se supone que no puedo volver a verte —susurró Ida por teléfono.

El aparato estaba en el vestíbulo y había tenido que estirar el cable todo lo posible para poder hablar desde fuera de la casa. Estaba sentada en el escalón de la entrada, encogida, abrazándose las piernas para protegerse del frío.

—Cariño, es normal que quieran protegerte. Jamás fue mi intención meterte en problemas.

—¡No es justo! —Le dolía el pecho por el intenso anhelo de verlo, de estar con él—. ¡Te necesito, Francis! Estoy ahogándome sin ti. ¿No podemos escaparnos juntos?, ¿irnos lejos de aquí?

—Irnos lejos… —Su voz sonaba enronquecida por una emoción que ella no supo identificar—. Ida, hay algo que…

—¡Ida B. Miller! ¿Dónde estás?

Era la madre de Ida. El cable del teléfono se tensó como cuando notas un tirón en la caña de pescar.

—Mira, nos vemos en el *Andante*. Tengo que contarte algo —le dijo él, con un apremio que la preocupó.

—A las tres y media, cuando salga de la panadería.

—¡Ida! —la llamó su madre dando otro tirón al cable.

Ida colgó el teléfono con exasperación y entró en casa, temblando de frío y con la cabeza gacha para ocultar las lágrimas.

Las horas de trabajo en la panadería se le hicieron interminables a pesar de que estaba preparando sus *kolaches* preferidos con masa fermentada. El encargado le permitía dedicar algo de tiempo a desarrollar recetas y aquella había tenido un gran éxito entre los clientes. En un momento dado había llegado a la puerta trasera un enorme pedido de calabazas para las tartas y el repartidor había resultado ser Douglas Sugar. Él llevaba un tiempo poniéndole ojitos, haciéndole recordar aquellos tiempos en que eran pareja en el instituto. Era muy fortachón y tenía una sonrisa de miles de kilovatios, pero, aunque en cualquier otro momento habría podido sentirse tentada a devolverle esas miraditas seductoras, su corazón siempre pertenecería a Francis. Eso era algo que tenía muy claro.

Una vez terminado el turno de trabajo, tomó dos autobuses para llegar al puerto deportivo y esperó en la puerta, ya que se necesitaba un código para acceder a las instalaciones. «Que esté aquí, por favor. Francis, te necesito.»

Pero él no estaba allí. Paseó de acá para allá a lo largo del paseo marítimo con la capucha puesta para protegerse de una húmeda niebla que cada vez se oscurecía más. Puede que Francis no hiciera acto de presencia. A lo mejor creía, al igual que sus padres, que no estaban hechos el uno para el otro, pero ¿cómo era posible que algo que la hacía sentir así fuera malo? Aquello era lo más puro y real que había experimentado en toda su existencia, era algo sin lo que no podía vivir. Literalmente.

Interminables minutos fueron pasando lentamente. Llorosa y derrotada, mientras el atardecer iba cayendo, echó a andar con renuencia hacia la parada del autobús. La esfera del sol, desdibujada por la niebla, teñía de deprimentes tonalidades la escena. Transcurrieron más minutos interminables mientras esperaba el autobús. Se llevó la mano al bolsillo para sacar el bono al verlo emerger con lentitud del crepuscular escenario y tenía un pie puesto en el primer escalón cuando oyó su nombre. Al girarse vio a Francis acercándose a la carrera.

Se unieron como un par de poderosos imanes, chocando con fuerza y aferrándose el uno al otro. Él la tomó entonces de la mano y echaron a correr hacia el puerto deportivo, dejando a su paso una estela de risas de alivio que iba extendiéndose tras ellos como una larga pancarta invisible. Fueron al *Andante* y subieron a bordo atropelladamente; después de la primera vez que habían hecho el amor, habían aprovechado la más mínima oportunidad para regresar a aquel barco que se había convertido en su romántico refugio privado. Francis encendió la calefacción y se lanzaron con abandono sobre la cama de la cabina.

La intensidad del momento la dejó sin aliento y, estando al borde del éxtasis, percibió algo más en él… ¿Miedo? ¿Desesperación?

Más tarde, mientras ella iba descendiendo después de tocar el cielo, Francis la apretó muy fuerte contra sí y le dijo con suavidad:

—Tengo que contarte algo.

Fuera cual fuese el tono de voz con el que se pronunciaran esas palabras, nunca presagiaban nada bueno. Ida separó la cabeza de su pecho y alzó la mirada hacia su rostro. Lo observó con atención… y se quedó atónita al ver que estaba llorando. Era la primera vez que le veía derramar lágrimas.

—Francis…

—Ha pasado algo.

—Por Dios, ¿de qué se trata? ¡Dime!

—Ida, ha salido mi número.

Ella se quedó sin respiración. Su mente absorbió el impacto de aquellas palabras como si de un golpe físico se tratara, su cuerpo entero se entumeció como si le hubieran administrado un potente veneno de acción inmediata.

«Ha salido mi número.» Todo el mundo sabía lo que significaba eso, todo el mundo lo sabía. El número de su cartilla de reclutamiento. Quería decir que la fecha de nacimiento de un hombre había salido en el sorteo de reclutamiento y estaba obligado a presentarse ante el Servicio Selectivo. El hecho de que hubiera quemado su cartilla de forma simbólica no significaba que hubiera escapado del sistema.

—¡No! —susurró aterrada—. Tú no… ¡No puede ser! ¡Eres estudiante universitario!

—Dejé aparcados los estudios durante un semestre —le recordó él.

—¡No es justo!

En su mente se arremolinaron los recuerdos del hospital para veteranos donde Francis acudía como voluntario. Al pensar en aquellos hombres que habían regresado de la guerra con heridas físicas y destrozados emocionalmente, la aterró la idea de que Francis se viera obligado a ir.

—Vas a ser médico, no pueden enviarte a Vietnam.

—Ay, mi cielo, ojalá funcionaran así las cosas.

Estados Unidos estaba sembrando de minas los puertos principales de Vietnam del Norte, lo que era como lanzar queroseno a un fuego encendido. Las llamas de la guerra se avivarían más aún con toda seguridad, y se incrementaría el número de hombres que habrían de sufrir y morir en una guerra interminable.

Y ahora iban a llevar a Francis al campo de batalla, la mera idea la atemorizaba.

—¡No vayas! ¡Te lo ruego, Francis!

—Presenté una solicitud de exención por objeción de conciencia y se me ha denegado.

—Le pediré a mi padre que escriba una carta, lo ha hecho muchísimas veces. Seguro que… —se interrumpió al ver un cambio de expresión casi imperceptible en su rostro—. Ay, Dios. Se lo pediste, ¿verdad?

—Lo intentó, cariño. No logró convencerlos.

—¡No puedes ir! —exclamó ella con un súbito arranque de genio—. ¡Me niego! Por favor, Francis, te lo suplico.

Él se incorporó hasta sentarse y la tomó de los hombros.

—Tengo que marcharme, cariño.

Ida notó algo en su tono de voz. ¿Acaso pensaba esconderse?, ¿estaba planeando huir a México o Canadá?

—Sí. Sí, tienes que marcharte, ¡haz lo que sea con tal de no meterte en esa guerra! —Se aferró a él con desesperación—. ¡Llévame contigo! Nos iremos juntos.

—No, cariño, no voy a apartarte de tu familia, de tus amigos, de tu iglesia. No puedo prometerte ningún futuro, no puedo prometerte nada.

—¡Pues te esperaré! Podremos volver a estar juntos cuando termine la guerra.

Él depositó un beso en su frente.

—Te amo con todo mi corazón y siempre te amaré. Jamás te olvidaré, Ida B. Miller, pero lo nuestro ha terminado. No hay alternativa. Desde el lugar al que voy no hay vuelta atrás.

En los días posteriores, Ida deambuló por la vida como una víctima herida. No tenía ganas de comer ni de trabajar, no le apetecía ver a sus amigas ni rezar. Su madre le dijo que había pasado lo que tenía que pasar y que algún día se daría cuenta de ello, que Francis y ella eran demasiado distintos y que su relación tan solo les habría traído problemas si hubieran permanecido juntos.

El dolor y la pérdida eran agotadores, seguía con su rutina como una autómata y se esforzaba por poner buena cara cuando estaba con los niños del centro de día. En una ocasión en que la zona de la bahía disfrutó de unos días inusualmente primaverales para aquella época del año, los pequeños le suplicaron que los llevara a navegar, pero no pudo hacerlo. No tenía la licencia, era demasiado novata aún, era demasiado negra. Su cuaderno de bitácora permanecía en blanco.

De repente, del lugar más insospechado, llegó una brizna de esperanza: Douglas Sugar se unió al equipo de voluntarios de la misión y se encargaría de conducir la furgoneta. Se le daban bien los niños y tenía una vena creativa que los fascinaba; los entretenía con música, trucos de magia y juegos inventados. Ida y él los llevaron de excursión a Chinatown para comprar unas cometas y se sintió un poco más animada al ver sus caritas de sorpresa y entusiasmo ante los exóticos productos de las inusuales tiendas que poblaban la zona. Después fueron a la playa. La marea había bajado y había dejado tras de sí una larga y plana extensión de arena endurecida por las olas; al cabo de un rato, todas las cometas habían ascendido y flotaban al viento cual coloridas pancartas, con el cielo azul como telón de fondo.

Después, cuando los dejaron corretear por la orilla, los niños disfrutaron de lo lindo jugando y chillando entre risas cuando la espumosa y fría agua les bañaba los pies. Finalmente llegó el momento de regresar al comedor comunitario, donde iba a servirse la cena.

Más tarde, cuando Douglas se ofreció a llevarla a casa en la furgoneta, aceptó porque ya estaba anocheciendo. Estando con él volvía a sentirse por fin como la Ida de siempre, al menos en cierta medida; tenía el corazón roto y el alma herida, pero estaba decidida a seguir adelante. Él detuvo la furgoneta en lo alto de Kite Hill, una colina con vistas al puente Golden Gate, y entonces bajaron del vehículo y se sentaron en un banco para contemplar la puesta de sol. Al sentir que Douglas le pasaba un brazo por los hombros, se volvió a mirarlo... y la soledad que la atenazaba se alivió un poquito cuando él la besó.

5

San Francisco, 2017

Había llegado la noche de la inauguración del restaurante y Margot estaba en el comedor, donde iba a pronunciar unas últimas palabras de aliento y motivación ante la plantilla en pleno. Miró a Anya, quien iba ataviada con un sobrio atuendo negro, y le preguntó titubeante:

—¿Seguro que estoy bien con esta ropa?

Había optado por una minifalda vaquera negra, botas vaqueras del mismo color y una blusa blanca de seda. Anya la miró de arriba abajo y asintió antes de contestar.

—Sí, es el *look* que te caracteriza: botas vaqueras y minifalda. Aunque eres la única a la que le queda bien algo así.

—Gracias.

Deslizó las manos por la falda con nerviosismo y sintió un nudo en el estómago. «Llegó el momento, ¡allá vamos!»

—El peinado y el maquillaje también te quedan de maravilla —añadió Anya.

—He ido a una peluquería. ¿No te parece excesivo?

—¿Para una noche como esta? Qué va, se trata de un día especial para ti. ¿Tienes planes para después?

—No. Aparte de sufrir un ataque de nervios, claro.

—Procura tener un detalle especial contigo misma, darte un capricho.

—Lo intentaré. Gracias por estar tan pendiente de mí.

Entre ellas no existía una amistad estrecha, pero llevaban unos meses trabajando codo con codo y se conocían bien. Anya se había alistado en la Armada, donde había servido como especialista en logística. Tenía tres hijos que estaba criando sola y había ayudado a poner en marcha varios restaurantes. No se achantaba ante nada.

El personal estaba reunido en el comedor para recibir las últimas instrucciones. Todos ellos, tanto los que estaban en la cocina como los que trabajaban en el comedor y atendían a los clientes, habían sido seleccionados y preparados por Anya y por ella. El presupuesto no alcanzaba para contratar a profesionales con experiencia, así que, en vez de eso, habían apostado por gente legal con ganas de aprender. La mayoría de ellos eran jóvenes —algunos tenían la misma edad que ella cuando había entrado a trabajar en el restaurante de Cubby Watson—, los había de distintos tamaños, formas y colores, y había depositado en ellos todas sus esperanzas.

Se plantó de espaldas a la barra y dijo, mientras recorría el lugar con la mirada:

—¡Allá vamos, ¡por fin! Todos lo hicisteis genial en el servicio de prueba, el ensayo de anoche fue como la seda. Espero que vuestros familiares y amigos disfrutaran de la cena.

Para poder realizar un ensayo final que sirviera de práctica, los había invitado a todos a traer un comensal. La cosa había salido bien, teniendo en cuenta la cantidad de engranajes que debían funcionar al unísono para que aquello saliera adelante. Le encantaba ver a la gente saboreando los platos que había creado a base de tanto esfuerzo y trabajo: las carnes curadas a la perfección en la parrilla de Candy, las salsas caseras, las variadas guarniciones, los postres tentadores…

Estaba convencida de haber encontrado a la persona perfecta para manejar la barra: Casho, una americana de ascendencia somalí. Tenía una memoria fotográfica capaz de recordar cientos de cócteles y parecía una experta en logística a la hora de controlar el inventario.

Hicieron un brindis con el *shrub* sin alcohol que ella misma había creado, un espumoso cóctel de frutas y hierbas maceradas en vinagre y azúcar.

—Lo que se me da bien no es dar discursos, sino cocinar, así que seré breve. Llevo soñando con esta noche desde la adolescencia y el momento ha llegado por fin, y no sé cómo daros las gracias. Os estoy infinitamente agradecida a todos por estar aquí y como siga hablando empezaré a hiperventilar y puede que llore, y nadie quiere que eso suceda, así que vamos a preparar la sala y a abrir las puertas.

Brindaron y todos se pusieron manos a la obra.

Habían puesto fuera un caballete publicitario escrito a mano donde se anunciaba la gran inauguración, y ya había un puñado de gente revoloteando por la acera: vecinos del barrio que llevaban semanas viendo los preparativos y sentían curiosidad, gente que había obtenido un cupón en la página web, transeúntes a los que debía de haberles llamado la atención el ramo de globos blancos y negros que estaba sujeto al caballete…

Margot no sabía si tenía ganas de llorar o de echarse a reír como una loca. Todo aquello con lo que había soñado estaba a punto de iniciarse, pero antes necesitaba tomarse unos segundos.

Durante el revuelo de actividad, mientras todos dejaban las copas y colocaban bien las sillas y dejaban listas las mesas, aprovechó para salir al callejón de atrás, que parecía ser el único lugar que no era un hervidero de gente. Apoyó la espalda en la pared del edificio, cerró los ojos e intentó recobrar el aliento. El nudo del estómago cada vez estaba más tirante, le ardía el pecho. «Respira…»

—Eh.

Abrió los ojos sobresaltada al oír la voz de Jerome. Él retrocedió un paso y alzó la mano en son de paz.

—No irás a noquearme otra vez, ¿verdad?

—No sé, puede que sí —contestó, y observó el suelo como si estuviera sopesando la idea.

—Por cierto, gracias por esto —dijo él indicando las gafas que llevaba puestas.

—Te lo debía.

Le había dado una tarjeta regalo para cubrir el coste del nuevo cristal.

—No era necesario, pero gracias. Por cierto, no has hecho caso a mi consejo de no salir sola al callejón.

Ella asintió y se rodeó la cintura con los brazos en actitud protectora.

—Sí, es que necesitaba estar unos momentos a solas.

—¿Nervios por la inauguración?

—Un ataque de pánico.

—Vaya, ¿cómo puedo ayudarte?

Lo preguntó con una amabilidad que estuvo a punto de hacer añicos su compostura. Alzó la mirada hacia su rostro… ojos cálidos, expresión cálida, labios cálidos.

—Voy a reponerme. No es la primera vez que tengo ansiedad, me repondré.

—Tengo que confesarte algo: la primera vez que te vi, creí que no tenías ni la más mínima posibilidad, que te habías abierto camino a base de labia y esto de abrir un restaurante no era más que un juego para ti. Estaba convencido de que te darías cuenta de que no podías manejarlo y terminarías por rendirte.

—Genial, gracias por tener tanta fe en mí.

—Es lo que pensaba, pero me hiciste cambiar de opinión. Mira, supongo que lo que yo piense o deje de pensar te trae sin cuidado, pero he visto cómo has ido montando este lugar y eres una persona de armas tomar, una verdadera jabata.

—Ah.

Margot esbozó una trémula sonrisa.

—Mido algo más de metro ochenta y peso noventa kilos. Me lanzaste al suelo como si fuera un puñado de monedas.

—No fue mi intención…

—Ya lo sé. Quería recordarte de lo que eres capaz. Es tu noche. Disfrútala al máximo, chef.

—Gracias por la charla motivadora, entrenador —repuso, y se apartó de la pared.

—Espera un momento.

La tomó del brazo y ella estuvo a punto de reaccionar, pero se contuvo en el último instante. A pesar de todo el tiempo que había pasado, un contacto súbito la sobresaltaba. Esperaba que él no lo hubiera notado.

—¿Qué pasa?

—La falda se te ha manchado de polvo —advirtió, y le sacudió el trasero con sutileza—. Que conste que no estoy propasándome contigo.

—Es lo más parecido a una cita que he vivido en mucho tiempo.

—Lo tendré en cuenta.

El tono de voz que él empleó le hizo sentir… algo, algo que podría ser interés y que desearía tener tiempo de poder explorar.

—Bueno, ahora vas a tener que disculparme, tengo que abrir mi restaurante.

Alzó la barbilla, enderezó los hombros y volvió a entrar en el edificio. Pasó por la cocina, donde todos ocupaban ya sus respectivos puestos, y al entrar en el prístino comedor tuvo la súbita impresión de que se veía demasiado enorme y vacío como para llegar a llenarse.

Cubby solía decir que bastaba un solo servicio para que un restaurante pasara por su mejor o peor noche. Según él, si se daba el segundo caso, había que corregir lo que fuera necesario y volver a intentarlo a la siguiente oportunidad.

Su mirada se encontró con la de Anya, que estaba tras el atril de la jefa de comedor, y compartieron un momento lleno de nerviosismo. Entonces se dirigió hacia la puerta, giró el cartelito donde ponía *Abierto* y abrió de par en par.

—¡Bienvenidos a Salt!

Se apartó a un lado y un puñado de personas fueron entrando lentamente, mirando a su alrededor con actitud titubeante. Nadie quería estar rodeado de mesas vacías, pasar por esa incómoda situación en la que todo el personal está demasiado pendiente de tu grupo porque no hay nadie más, pero Margot no se preocupó, ya que era consciente de que todavía era temprano. Se animó al ver que llegaban algunas parejas más.

La jefa de comedor fue sentando a la gente de acuerdo al plan que habían elaborado con un puntero programa informático. Los sutiles acordes de una relajada lista de reproducción sonaban a través de los ocultos altavoces. Casho estaba atareada sirviendo el cóctel de cortesía de la noche: una margarita con jalapeño y sal ahumada que estaba disponible en dos versiones, con alcohol y sin él.

El goteo de gente fue convirtiéndose en un flujo lo bastante constante como para resultar alentador. Fueron llegando algunos amigos, vecinos y conocidos: su terapeuta, que apareció con su pareja y debía de estar deseando ver el lugar que había provocado que Margot estuviera tan nerviosa durante sus sesiones semanales; Natalie, la dueña de la librería que había al otro lado de la calle, que llegó con su marido; Peach, el contratista que había instalado la icónica barra del bar…

—Es nuestra primera noche de papis alejados de nuestro retoño —le contó Natalie—. Teníamos muchas ganas de disfrutar de esta velada. Te he traído un regalo, para que te dé suerte —dijo, y le dio un libro—. Es de una de mis autoras preferidas.

—*Actos de luz*. Lo disfrutaré pronto.

Margot lo guardó en el atril de la jefa de comedor. Leer había sido su refugio desde que había descubierto la biblioteca pública de niña. Se sentía afortunada de tener en el barrio una concurrida librería.

Llegaron algunos comensales más que habían contribuido a que Salt cobrara vida, como el proveedor de la leña para la parrilla y el diseñador gráfico de los menús. Para ella fue un placer darle la bienvenida a todo el mundo, aunque le habría gustado que hubiera más gente. Hubo un rato agónicamente largo en el que no entraba nadie y el pánico empezó a adueñarse de ella otra vez, pero lo combatió manteniéndose ocupada, repasando cada plato antes de que saliera de la cocina y circulando por el comedor. Procurando no molestar a los comensales, intentó asegurarse con discreción de que se les estaba atendiendo bien e intentó que no se notara demasiado que estaba procurando escuchar los comentarios que hacían sobre el restaurante.

Oyó buenas opiniones sobre la comida, las bebidas, la decoración; la gente valoraba positivamente el tamaño de las raciones y también los panecillos, los bollitos y las gruesas tostadas con mantequilla al estilo de Texas, todo ello recién elaborado por Sugar. Varios comensales se percataron de que se apostaba por los productos de proximidad y hubo unos cuantos que comentaron que la decoración no era la típica de un restaurante tipo barbacoa.

Hubo un momento que quiso guardar para siempre en su memoria: uno largo y relajado en el que, parada junto al pasillo que conducía a la cocina, recorrió el comedor con la mirada. En ese momento, todo era perfecto. El lugar era tal y como lo había imaginado, solo que en ese caso era incluso mejor porque se trataba de una realidad.

Observó a la gente disfrutando de la comida y alzando sus copas para brindar. Los comensales reían y charlaban, se les veía relajados y pasando un buen rato. Había algunos que hasta ponían cara de placer al probar los platos.

«He abierto mi restaurante, mamá», pensó entonces. «Por fin lo conseguí.»

La recorrió una oleada de orgullo que también trajo consigo un inesperado nudo en la garganta, pero no tuvo tiempo de autocompadecerse porque aquel momento de perfección pasó en un abrir y cerrar de ojos. Y poco después comenzaron a sucederse los desastres.

Una mujer devolvió un plato a la cocina porque las patatas duquesa estaban pastosas. A continuación uno de los ayudantes chocó con una camarera en el pasillo de la cocina y el estrépito fue tal que cualquiera diría que había estallado la Tercera Guerra Mundial. Y, justo cuando estaba produciéndose semejante *crescendo* de sonidos, apareció Gloria Calaveras acompañada de un grupo de amigos.

En teoría, se suponía que nadie debería reconocer a la célebre crítica culinaria cuyas reseñas tenían el poder de encumbrar o destruir un establecimiento. En el pasado, los críticos llegaban y comían sin que nadie conociera su identidad, pero mantener el anonimato resultaba imposible hoy en día. La identidad de aquella mujer era un secreto a voces. Con su túnica oscura de seda y sus sofisticadas gafas de sol, un peinado impecable y unas uñas lustrosas, era el glamour personificado. Ella esgrimía palabras como el jefe de cocina maneja su cuchillo predilecto: llegaba a la esencia de un restaurante con sus afiladas armas y servía una experta valoración en el mundo digital.

La publicista del Privé Group le había advertido que Gloria poseía uno de los paladares más refinados y que estaba entre los críticos que más seguimiento tenían dentro del periodismo gastronómico. Si bien, nadie la había avisado de que podría presentarse allí en la velada inaugural.

—¿Qué hace aquí? ¿No podía darme un tiempo de rodaje? —le susurró a Anya con disimulo.

—Relájate. Lo más probable es que lo haga. A los críticos les gusta darles unas semanas a los locales, pero les preocupa que se les adelanten, así que se presentan enseguida para ser los primeros en valorar un sitio. Mira, tú piensa que a lo mejor se queda tan entusiasmada que su reseña será una oda de amor al restaurante.

Resolvieron el problemilla que se había formado en el pasillo de la cocina y la velada siguió su curso, pero, poco después, se oyó un chillido procedente del baño. Multitud de cabezas se volvieron a mirar. La puerta del retrete no había quedado bien cerrada y un hombre había entrado cuando ya estaba ocupado por una mujer… de hecho, por dos mujeres. Más allá de eso, Margot esperaba no saber nada más al respecto.

—Ah, ¿qué es eso que oyen mis oídos? —le dijo a Anya, mientras luchaba por no hiperventilar—. ¿Será el sonido de mi oda de amor?

Por suerte, el contratista todavía estaba allí —¡Peach Gallagher al rescate!—, y reparó el pestillo con rapidez. Margot apenas había tenido tiempo de agradecérselo cuando se quedaron sin masa madre para hacer las tostadas al estilo de Texas. Las gruesas rebanadas untadas de una deliciosa mantequilla a las hierbas elaborada en Punta Reyes eran una de las especialidades de la casa, un acompañamiento esencial de la mayoría de los platos del menú.

El barril de cerveza se atascó; un numeroso grupo de comensales hizo una escenita al recibir la cuenta; un camarero cabreó a uno de los ayudantes de cocina sin sospechar que eso es una muy pero que muy mala idea. El chico terminó llorando por la cortante contestación que le soltó el ayudante.

El resto de la velada fue una locura. Margot se sentía como si estuviera en medio de un descarrilamiento que transcurría a cámara lenta. Para cuando terminó el servicio, el lugar parecía el escenario de una batalla campal y uno de los chicos que lavaban los platos había dejado el trabajo.

Al final, concluida la jornada, Margot se quedó sola mientras terminaba de secar la última tanda de copas. Procedió a colocarlas en el carrito y, una vez finalizada la tarea, salió por la puerta de atrás. Las frías esferas de luz que iluminaban el callejón creaban un escenario desierto, parecía una obra de Edward Hopper sin la humanidad.

Alzó el cuello de la chaqueta para protegerse de la fría niebla y caminó hacia su coche. Poco después se detuvo en seco al ver que tenía una multa por aparcamiento indebido en el parabrisas. En un arranque de furia, soltó un airado improperio y se la metió en el bolsillo.

—Te van a prohibir entrar en la iglesia como te oigan hablar así.

Margot se dio la vuelta de golpe.

—¡Jerome!

El bar se llamaba Pulp y estaba abierto hasta las dos de la madrugada. Según Jerome, era lo bastante deslucido como para resultar interesante, pero no era tan cutre como para preocuparse. Estaba ubicado en un viejo edificio cercano a las escaleras de Lyon Street, y la gerente llamó a Jerome por su nombre al darles la bienvenida.

—¿Eres cliente habitual? —le preguntó Margot.

Él se encogió ligeramente de hombros antes de decir:

—Ven, sentémonos aquí.

Indicó una mesa con un mullido banco curvo cubierto de flecos dorados y tapizado en terciopelo.

Le puso una mano en la base de la espalda y el ligero contacto no la sobresaltó. Y precisamente eso, el hecho de no haberse sobresaltado, fue lo que la sorprendió.

Se sentó en el banco sin decir palabra y procedió a echarle un vistazo a la carta.

—La especialidad de la casa son las ginebras artesanas —dijo él—, pero todas las bebidas son buenas.

Margot se decidió por el *last word:* una mezcla de ginebra, *chartreuse*, marrasquino y zumo de lima.

—Tres chutes de alcohol, me vendrán bien en este momento.

Jerome pidió algo llamado Hanky Panky, que llevaba ginebra y Fernet Branca. Cuando la camarera depositó un platito de frutos secos en la mesa y fue a por las bebidas, él cruzó los brazos sobre la mesa y preguntó sin más:

—Bueno, ¿quieres hablar del tema o prefieres no pensar en ello?

—Qué amabilidad la tuya.

—Soy un buen tipo.

—Eso me dijo tu madre.

—¿En serio?

—Te adora.

Las bebidas llegaron enseguida y Margot tomó un sorbito, saboreando la mezcla de sabores amargos y herbales.

—Me gustaría ser una de esas personas que no les dan mil vueltas a las cosas cuando tienen un mal día, que lo olvidan sin más.

—Pero no lo eres.

—Ni por asomo.

—Bienvenida a la raza humana.

Quizás fuera por el agotamiento o por la frustración, o por aquel primer sorbo de ginebra; fuera por lo que fuese, se sentía atraída por él como si de un imán se tratara. Sí, era guapo, pero había algo más. El timbre de su voz, la forma de sus labios, su mano sosteniendo el tallo de la copa... Vaya, resulta que precisamente ahora, justo cuando estaba inmersa en el momento más importante de su carrera profesional, se sentía atraída por aquel hombre.

Aquello era una idiotez, teniendo en cuenta las circunstancias. En ese momento estaba intentando sacar adelante un restaurante y tenía que estar totalmente centrada; lo que necesitaba no era un novio, sino un amigo.

—Todo parecía ir de maravilla cuando abrimos. Los ensayos habían salido genial, en mi comedor reinaba el buen ambiente y los comensales parecían estar encantados; todo estaba fluyendo sin contratiempos. Era maravilloso... hasta que dejó de serlo.

Le explicó la cadena de desastres que habían ido sucediéndose uno tras otro, en ocasiones incluso habían lidiado con varios problemas a la vez. Cuando llegó a la parte de las mujeres que se habían puesto a chillar en el baño, se dio cuenta de que él estaba intentando contener la risa.

—¡Eh! —exclamó indignada.

—¡Perdón! Los comienzos son duros.

—¿La cagué al contratar a un montón de novatos?

—Eso supone una dificultad añadida —admitió él.

—Sí. Cuando abres un negocio no puedes pagar unos sueldos astronómicos. Esto es todo lo que podía permitirme.

—En ese caso, asegúrate de encontrar a gente buena e invierte en su desarrollo. Aunque también podrías optar por lo que hizo Ida, contratar a la familia.

—No tengo familia, solo cuento con mi gato —dijo contemplando la copa con semblante taciturno.

—Mira, siento que las cosas no hayan ido demasiado bien hoy, pero ha sido la primera noche, es normal que surjan imprevistos y lo sabes. ¿Cuánto tiempo llevas en el negocio?

—Desde que tenía edad suficiente como para empuñar un cuchillo de untar.

—En ese caso, sabes que hay días malos y días buenos.

—Sí, pero es que quería que esta noche fuera perfecta, lo quería con todas mis fuerzas.

—Pues claro, es normal. En mi primera semana de trabajo en la panadería me subí a una escalera para bajar un saco de harina de veinte kilos. Estaba a unos cuatro metros de altura, y va y se me cae al suelo. Explotó contra una divisora de masa, fue como un hongo nuclear. Saltaron todas las alarmas y tuvimos que evacuar el edificio. Además yo parecía el abominable muñeco de nieve.

—¡Madre mía, Jerome! —exclamó, a punto de atragantarse con su *last word*.

—Te estás riendo.

—Qué anécdota tan increíble.

—Tanto el Departamento de Sanidad como el de Empresa y Trabajo redactaron informes, pero la cuestión es que sobreviví, y tú también lo harás —aseguró, y apuró la bebida.

—Ese es el plan, siempre lo ha sido —afirmó Margot, y tomó un sorbito de la suya—. No puedo quitarme de la cabeza el pésimo plato de ternera asada que se ha devuelto a la cocina; de todo lo que ha pasado, creo que es lo que más me cabrea.

—Me lo imagino. Anda, cuéntame algo bueno que haya pasado esta noche.

—Hablas como mi terapeuta.

—Me lo tomaré como un cumplido.

—No lo es, casi siempre termina por incordiarme. Me hace preguntas difíciles de responder, pero esta noche fue distinto, vino a cenar y tanto a su pareja como a ella les encantó la comida.

—¿Lo ves? Ahí tienes algo bueno. Seguro que hay más.

Margot repasó mentalmente el día. Sí, había habido momentos buenos. Y, pensándolo bien, la verdad es que habían sido muchos.

—¿Por qué será que recordamos lo malo en vez de lo bueno?

—Forma parte de la naturaleza humana —respondió él—. Yo intento centrarme en lo positivo siempre que puedo. Oye, ¿tu madre sigue en Texas? Apuesto a que se sentiría muy orgullosa de ti.

Margot fijó la mirada en la distancia.

—Falleció cuando yo tenía dieciséis años. La echo de menos todos los días.

—Cuánto lo siento, debe de ser duro.

—Es… sí. Hoy se abrieron las puertas y fue un gran momento en mi vida, y resulta que no tenía a nadie a mi lado.

—Lo siento mucho, Margot. ¿No estás unida a tu padre?, ¿no tienes hermanos?

—No, mamá y yo estábamos solas. Cuando me vine a vivir a San Francisco no conocía a nadie. Me centré por completo en el trabajo y olvidé tener una vida personal.

—¿Quieres que yo te lo recuerde?

—Tengo una aplicación en el móvil para eso.

—¿Prefieres una aplicación a semejante belleza? —preguntó señalándose a sí mismo con teatralidad.

—Uy, es que no quiero ser una molestia.

—En ese caso, ¿quieres ser una amiga?

Margot lo contempló en silencio. Una suave música de jazz sonaba de fondo en la sala y se oía el tintineo de las copas mientras el camarero de la barra mezclaba bebidas para la última ronda de la noche.

—Sí, está bien —dijo al fin.

—Vale.

—Quería que las cosas fueran bien, que todo fuera perfecto —le confesó—. Y sabía que no era realista poner tan alto el listón, pero no podía evitarlo.

—Poner el listón bien alto no tiene nada de malo; según Ida B., ese es el motivo de que tanto ella como yo estemos solteros.

—¿Tan alto lo pones? —Aquel cambio de tema despertó su interés—. ¿Hasta el punto de que resulte inalcanzable?

—Mis expectativas son tan elevadas que jamás tendré que aventurarme a buscar.

—Para ser un hombre, eres bastante sincero contigo mismo.

—Yo también tengo un terapeuta. Bueno, lo tenía. Hace bastante que no voy.

—¿Por qué no quieres buscar pareja?

—El divorcio me afectó mucho. No me gusta fracasar. Ni sufrir.

—Y no te arriesgas a sufrir si permaneces soltero.

Él se quedó mirándola en silencio unos segundos, y entonces apartó la mirada y preguntó:

—¿Y tú qué? ¿Has estado casada? ¿Estás soltera por decisión propia?

—No me he casado nunca, ni me lo he planteado —contestó. Su móvil vibró en ese momento indicando que tenía una notificación—. Vaya —dijo al ver la pantalla.

—A ver si lo adivino: lo tienes configurado para que te avise cada vez que alguien menciona el restaurante.

—No pienso esconder la cabeza en la arena.

Abrió la aplicación y aparecieron un montón de comentarios.

Jerome le cubrió la mano con la suya para que no viera la pantalla y le pidió con voz suave:

—Prométeme algo.

—¿Qué?

Margot era consciente de la calidez del contacto, de la delicadeza con la que aquella mano cubría la suya.

—Si hay alguna opinión horrible, no te obsesionarás con ella.

—Hecho. Soy una mujer adulta, puedo aguantar las críticas.

—Aquí estoy yo para darte apoyo emocional, por si acaso.

Ella no pudo evitar sonreír.

—¿No tienes que entrar a trabajar temprano?

—Tengo tiempo para una amiga.

Ella sacó el móvil de debajo de su mano.

—Trece opiniones, no sé si me gusta ese número. Bueno, la primera son cuatro estrellas de cinco. *Local precioso, comida deliciosa, servicio lento.* Vale, no está mal.

Fue leyendo varias más y él se acercó un poco en el banco para leer por encima de su hombro. Olía bien, a vermú y a espuma de afeitar. Su mirada fue directa a un punto de la pantalla donde había una única estrella, como cuando tienes un grano en medio de la cara.

—*No tiene sentido que sirvan gofres en un restaurante de comida a la brasa.* Joder. Uy, esta de aquí… *La salsa picante picaba demasiado* —leyó, y se le cayó el alma a los pies al ir encontrando varios comentarios más de esa índole—. *Al ver la decoración, esperaba una cena sofisticada, pero no era más que una barbacoa en plan* food truck; *La camarera farfullaba, apenas la entendía.*

Apuró su bebida y miró fijamente la copa vacía.

—Cielo, no puedes dejar que te afecte tanto cada crítica. Terminarías loca de remate. La cuestión es ver si hay algún aspecto en concreto que se repite y tomar nota de ello.

—Me has llamado «cielo».

—¿He metido la pata? —Él insistió al ver que se limitaba a encogerse de hombros—. ¿Ha sonado con una connotación sexual? Procuro tener cuidado con ese tipo de cosas.

Margot no era un cielo, no era dulce. Puede que él no lo supiera aún, pero no lo era.

Se obligó a centrarse de nuevo en las opiniones sobre el restaurante:

Una verdadera barbacoa al estilo de Texas, ¡por fin!
La comida es igual de buena que la que te sirven en el food truck, *pero más cara.*
¡Ha llegado el restaurante de comida a la brasa de tus sueños!

Había varias espinas entre las rosas: que si era demasiado caro, que si las bebidas estaban aguadas, que si un plato estaba muy salado, que si estaba soso, que si el camarero había tomado mal el pedido, que si había demasiado ruido, que si era demasiado silencioso…

La valoración que más le gustó fue una que le daba cinco estrellas:

El nuevo restaurante que nadie se puede perder. Un pecho de ternera tierno y meloso, con una capa ahumada perfecta y acaramelada como un praliné; con tal de probarlo, merece la pena enfrentarse al tráfico de hora punta. Unas salsas suaves como la seda y con infinidad de matices gracias a las especias que las sazonan. Las guarniciones y acompañamientos no se tratan como algo accesorio, sino que brillan con luz propia. Margot Salton hace verdadera magia, ejerce su única y excepcional maestría sobre la leña, el humo y el fuego.

—Madre mía, esto sí que es una verdadera oda de amor. Gracias, sugarman74 —dijo, y se fijó en el nombre—. ¿Sugarman? Eres tú, ¿verdad?

Jerome no dijo nada, se limitó a mirarla con ojos chispeantes.

—Gracias, es todo un detalle por tu parte —añadió Margot.

—Como te he dicho antes, soy un buen tipo, pero no miento. Tu comida es increíble y espero que tu negocio funcione.

Podría pasar la noche entera mirándolo a los ojos… pero se obligó a apartar a un lado esos pensamientos.

—Sí, eso espero yo también. Bueno, ya es hora de que te deje volver a tu casa. Es tardísimo.

Él pidió la cuenta con un gesto y sacó su billetera y su móvil. Ambos eran de color rosa con destellos.

—¿Te gusta el rosa? —le preguntó ella.

—Ni fu ni fa. En ciertas situaciones, es mejor tener un color que no parezca amenazador.

Margot no supo qué contestar a eso. Aquel hombre era una de las personas más agradables y consideradas que había conocido en su vida, pero eso no quería decir que todo el mundo tuviera esa primera impresión; de hecho, había sido su caso. Cuántos pequeños detalles debía tener en cuenta un hombre negro, cosas que a la gente blanca ni siquiera se le pasaban por la cabeza.

—Quien no te conozca podría sentirse amenazado al verte.

—Sí, a veces me pasa.

—Los prejuicios son un asco. En mi caso, la gente le quita veinte puntos a mi coeficiente intelectual en cuanto oye mi acento.

Él pagó la cuenta y salieron del local. La ciudad era como otro planeta a las dos de la madrugada, inmersa en un silencio sobrenatural, iluminada por las difusas esferas de las farolas envueltas de niebla y salpicada de algún que otro vehículo aparcado aquí y allá.

Cuando Margot desbloqueó su coche con el mando, él le sostuvo la puerta para que entrara y comentó:

—En la página web del ayuntamiento puedes solicitar un permiso de aparcamiento. A los comerciantes nos dan un horario ampliado.

—Lo tendré en cuenta.

—Conduce con cuidado.

—Siempre lo hago.

Y entonces hubo un momento de pausa. Margot lo interpretó como un momento de titubeo en el que ambos estaban pensando lo mismo: «¿Le doy la mano?», «Mierda, ¿qué hago?, ¿le beso?».

Intentó no centrar la mirada en sus labios, pero es que parecían tan suaves y mullidos…

Entonces lo vio retroceder un paso y dedujo que era mejor meterse en el coche sin más.

—Nos vemos, Margot. Descansa.

Estaba demasiado nerviosa como para descansar, tenía en la mente infinidad de cosas que quería mejorar en el restaurante; pero, más allá de eso, quería pensar en Jerome.

6

Salt no fue un exitazo nada más abrir sus puertas, pero tampoco fue un fracaso. Según el equipo de administración, la cosa iba bien en cuanto a reservas, número de comensales, visitas en la página web, presencia en los medios, seguimiento publicitario, impacto en las redes y satisfacción de los clientes. Y, por encima de todo, Salt estaba cumpliendo los objetivos en lo referente a los ingresos obtenidos. Incluso se rumoreaba que podría obtener un premio Divina, uno de los más importantes del sector.

Margot dejaba ese tipo de cuestiones en manos de la empresa de relaciones públicas y se mantenía totalmente centrada en la calidad de la comida y del servicio que recibían los clientes. Aunque era increíble hasta qué punto su propia identidad estaba ligada al restaurante, la verdad; a veces era incapaz de separar ambas cosas. Su autoestima subía y bajaba en función de cómo funcionaran las cosas en su negocio y, aunque no puede decirse que eso fuera positivo para su salud mental, era algo difícil de evitar.

Algunas noches regresaba a casa sumida en una neblina de puro agotamiento, caía rendida en la cama junto a su gato y dormía unas horas como un tronco. En otras ocasiones no podía dormir por los nervios debido a problemas con el personal, con los proveedores, con las cuentas o con la normativa. Sin embargo, últimamente, conforme Salt empezaba a alzar el vuelo, estaba empezando a relajarse un poco y a veces incluso era capaz de dormir como una persona normal.

Tal y como le había aconsejado Anya, procuró encontrar tiempo para actividades que no estuvieran relacionadas con el restaurante. Se subía al coche para ir a la playa de Punta Reyes y recorrer la región vinícola y también se apuntó a un club de lectura y no se saltaba ninguno de los libros, consciente de que le habían servido de refugio en distintas etapas de su vida. La librería del otro lado de la calle organizó una salida ornitológica para recaudar fondos para la Audubon Society, y recorrió la bahía de Tomales para observar los nidos de distintas aves limícolas.

Jerome la invitó a salir a navegar.

—Yo creo que te gustará —le aseguró.

Aceptar la invitación de un tipo con el que compartía la cocina parecía una insensatez, pero entonces pensó en lo amable y considerado que era, en su innegable atractivo, y no pudo contenerse.

—Sí. Sí, por favor, me encantaría ir —contestó, al tiempo que le venía a la mente una imagen de las embarcaciones meciéndose sobre las aguas de color jade y de las velas extendidas cual gráciles alas.

Quedaron en un pequeño puerto deportivo donde Ida y él tenían un velero que, según él, habían comprado años atrás.

—¿Piensas navegar vestida así?

Margot había tardado una eternidad en decidir lo que iba a ponerse, quería tener un aspecto atlético a la par que sexy. Al final se había decidido por una camiseta con escote, unos ceñidos pantalones cortos y chanclas.

—¿No voy bien?

—Tienes que abrigarte más. Perdona, tendría que haberte avisado —dijo. Agarró una mochila de lona que tenía en el velero y sacó un chubasquero enorme y unos pantalones—. Ten, ponte esto. Hace calor, pero la cosa cambia cuando estás navegando.

Genial, adiós a la idea de estar sexy. No obstante, Margot olvidó por completo su aspecto en cuanto el velero estuvo surcando el agua y, una vez que se alejaron de la costa, se alegró de llevar aquellas capas de ropa extra. Mientras él le enseñaba unas nociones básicas, se dio cuenta de que aquello no se parecía a nada que hubiera hecho antes. Era complejo, un desafío ligeramente peligroso.

Con un entusiasmo que a ella le pareció adorable, Jerome le mostró cómo se movía la embarcación bajo el impulso del viento, y cómo ajustar las velas para que formaran un alerón que alzara el casco en la dirección deseada. Le enseñó a emplear la caña para mantener la embarcación perpendicular al viento y la vela mayor hinchada. Mientras le daba instrucciones, estaba sentado muy cerquita de ella y tenía la mano sobre la suya para ayudarla con el manejo. Hubo un triunfal momento en que consiguió que la vela adoptara la forma exacta; el viento se deslizó con fuerza por la curvada superficie de la lona e impulsó al velero hacia delante. La sensación fue indescriptible.

Y la primera vez que navegó a barlovento fue incluso más estimulante. Se oyó un sonido sordo cuando la vela se hinchó con una nueva racha de viento. Jerome señaló hacia un barco bastante grande que creaba una estela a su paso.

—No te sientas intimidada, ¡esta es la parte divertida!

Lo dijo con la boca muy cerquita de su oído y eso la estimuló en otro sentido. La sensación fue más que bienvenida. La cercanía física era inevitable en un velero de aquel tamaño. Ella siempre había dado por hecho que no le gustaba tener demasiado cerca a nadie, pero puede que estuviera equivocada.

Atravesaron la estela de la embarcación grande y contuvo el aliento cuando escoraron hacia un lado. Aunque él le aseguró que el velero no volcaría si mantenía la calma y se limitaba a maniobrar con la caña para aproar al viento, el vertiginoso movimiento la impresionó.

—¡Madre mía!

—La quilla evitará que volquemos —afirmó él. Apenas había terminado de hablar cuando les golpeó otra racha de viento. Sonrió de oreja a oreja al verla soltar un chillido y aferrarse a una cornamusa—. Si tienes ganas de vomitar, ve a la parte de sotavento.

—¡Podría caer por la borda!

—El chaleco se infla cuando se moja. Si te caes, no te dejes arrastrar por el pánico. Quédate donde estás. Puede que parezca que me alejo, pero tengo que hacerlo para poder dar la vuelta. Debes tener fe en que siempre volveré a por ti.

—La tengo —afirmó ella, con la mirada puesta en su rostro; aquella mandíbula se había convertido en su nuevo objeto de ensoñación preferido.

Aprendió a dejarse guiar por el viento, por el agua y por el propio barco. Poco después ya era capaz de manejar por sí misma una racha de viento y la estela de una embarcación grande. Al oír que la vela flameaba, la cazaba y estaba pendiente del movimiento del agua, consciente de que su ondeante forma vaticinaría un cambio inminente del viento.

En una ocasión consiguió hacerlo todo a la perfección sin ayuda de Jerome. La vela quedó en silencio, lo único que se oía era el susurro del velero cortando las aguas y el soplo del viento. Sintió una conexión casi primaria con las olas.

Un león marino emergió del agua en ese momento, como un súbito signo de puntuación que reflejaba la dicha que la embargaba, y se echó a reír con abandono.

—Me gusta oírte reír —dijo Jerome.

—Pues sigue trayéndome a navegar y me oirás hacerlo a menudo —contestó ella.

Seguro que estaba despeinada y con el maquillaje hecho un desastre por el viento y el agua, pero no podía dejar de sonreír.

Jerome la ayudó a desembarcar cuando regresaron a puerto. Margot sintió que le flaqueaban las piernas al pisar tierra firme, pero él evitó que cayera y la alzó en sus brazos antes de depositarla en el suelo.

Se quedó mirándolo obnubilada, sin saber qué decir. Él se sacó un Ventolín del bolsillo, inhaló dos veces y volvió a guardarlo antes de decir, como quien no quiere la cosa:

—Me dejas sin aliento.

—Eso es muy cursi.

Margot sintió que las mejillas y las orejas le ardían de rubor.

—La culpa la tienes tú. Anda, vamos a comer algo.

Margot salía a navegar con Jerome siempre que el tiempo y sus respectivas agendas se lo permitían. Según le contó él, Ida había sido una apasionada de aquel deporte desde joven. Le había inculcado esa afición desde niño, y se había convertido en una actividad que compartían. Le contó también que tanto en el instituto como en la universidad había sido miembro del equipo de vela, y que ahora estaba enseñándoles aquel deporte a sus hijos.

—¿Tú practicabas algún deporte cuando estudiabas?

Ella soltó un bufido burlón.

—Solo si consideras un deporte huir corriendo de las abusonas. A diferencia de ti, no fui a colegios de gente finolis.

—Ah, ¿ahora resulta que soy un finolis?

Jerome no era consciente de ello, pero los privilegios que él había tenido la habrían dejado pasmada en su juventud. A veces se sentía tentada a revelarle más cosas, pero se resistía a hacerlo porque estaba disfrutando demasiado de aquello como para arriesgarse a perderlo.

Cuando completó el primer recorrido por sí sola, se sentaron en la cubierta de popa y Jerome abrió una botella de *prosecco* para brindar.

—¡Brindo por poder salir un rato de la cocina! —dijo ella.

—Esto sí que es vida, practicar el deporte que amo mientras me enamoro.

Margot estuvo a punto de atragantarse con el vino.

—¡Eh!

—¿Qué pasa? ¿No te gusta oír eso?

A decir verdad, sí que le gustaba oírlo a pesar de que era increíblemente romántico y sorprendente. Jamás había conocido a nadie como él. Lo que sentía por Jerome era como navegar… una sensación de plenitud rebosante, de liviandad. Era como deslizarse veloz por las titilantes olas, era mágico.

Él debió de notar que estaba mirándolo con fijeza, porque sonrió y frunció el ceño a la vez. El resultado fue una especie de mueca.

—Estoy intentando adivinarte el pensamiento.

—No sabía lo sola que me sentía hasta que apareciste tú y me enseñaste cómo me siento al no estarlo —reconoció sin pensar.

Mantenía un montón de cosas ocultas, pero no era una mentirosa.

Él dejó a un lado su copa, se giró hacia ella en el banco y posó la palma de la mano en su mejilla.

—No sé si eso me entristece o me alegra.

—Escoge lo segundo. No querría causarte tristeza por nada del mundo.

—Teniendo en cuenta cómo me siento en este momento, nunca lo harás.

—Quién sabe lo que nos depara el futuro.

Él soltó una carcajada al oír aquello y exclamó sonriente:

—¡Hablas como mi madre!

—Me lo tomaré como un cumplido.

Ninguno de los dos dijo nada durante un largo momento y fue él quien rompió finalmente el silencio.

—Estoy pensando en intentar localizar al tal Francis LeBlanc, el tipo que salía en aquel viejo artículo que estaba escondido en la cocina. ¿Qué te parece la idea?

—No sé, creo que sería muy difícil encontrarlo. Y, suponiendo que lo consiguieras, ¿qué ganarías con eso?

—Mi madre lleva mucho tiempo sola. A lo mejor está aferrándose a lo que fuera que tuviera con él.

—Me parece una locura. No son los mismos de antes, cuando se enamoraron locamente. Lo más probable es que ese hombre tenga familia, una vida. O puede que haya muerto. A lo mejor lo mataron en Vietnam o regresó con daños irreparables por el trauma.

—Me encanta tu optimismo —repuso él.

—Es que creo que tu madre podría llevarse una decepción. Puede que incluso termine sufriendo. Seguro que él le rompió el corazón cuando eran jóvenes.

—En ese caso, a lo mejor le sirve para dar carpetazo al asunto.

—¿Después de todo este tiempo? ¿Acaso quieres que se embarque en una búsqueda de su antiguo amor?

—Quizás debería hacerlo.

—A lo mejor se abriría una vieja herida, ¿has pensado en eso?

Él estiró sus largas piernas y pasó el brazo por la regala que ella tenía a su espalda.

—Por eso no le he dicho a mi madre que lo he localizado.

Margot estuvo a punto de atragantarse de nuevo.

—No lo dirás en serio, ¿verdad?

—Completamente en serio. La verdad es que tampoco fue tan difícil. Se cambió de nombre, ahora se llama Frank White. Trabaja en el hospital de veteranos.

—¿Aquí, en la ciudad?

—Sí.

—Y no se lo has dicho a tu madre.

—Aún no. Ni siquiera sé si querría tener esa información.

—No lo sabrás hasta que se lo preguntes —señaló Margot, y titubeó por un instante—. ¿Has hablado con él?

—No.

—Quizás esté felizmente casado. O casado y amargado. A lo mejor es un capullo. ¿Seguro que quieres arriesgarte a provocarle un caos mental a tu madre? ¿Quieres sacar a la luz antiguos recuerdos, cuando ese hombre podría ser alguien que es mejor que permanezca en el pasado?

—Bueno, se me ocurre una forma de averiguarlo. Vayamos a verlo.

—¿Lo dices en serio?

—Muy en serio. Si es un capullo, no hará falta que le mencione el tema a Ida, pero, si al conocerlo me da la impresión de que podría estar interesada en volver a verlo, dejaré que sea ella quien decida.

—Doctor White, doctor White, acuda al mostrador de enfermería cuatro-este, por favor.

Frank White no reaccionó al aviso mientras palpaba el vientre de su paciente y procedía a escuchar por el estetoscopio. Se sintió aliviado al oír movimientos normales de los intestinos y al no notar ninguna anomalía en el abdomen.

—¿No es usted al que están llamando? —le preguntó el señor Johnson, antiguo sargento segundo en el ejército.

—Sí. Ya casi hemos terminado. Siga mejorando y podremos hablar de darle el alta.

—Genial, me gustaría salir de aquí.

—Apuesto a que sus nietos también estarán encantados.

Johnson tenía una foto en la que salía con tres niños sonrientes y un castillo de arena. Frank siempre intentaba conectar con sus pacientes a nivel personal. La mayoría de los médicos habían dejado de hacer rondas de visitas y dejaban esa tarea en manos del personal hospitalario, pero él seguía la evolución de sus pacientes como una gallina clueca con sus polluelos. Podría llevar varios años jubilado, pero prefería seguir trabajando porque era una forma de ocupar sus días.

Mientras iba rumbo al mostrador de enfermería, enderezó los hombros y recurrió al método que usaba desde tiempos inmemoriales para intentar soltar lastre y liberar la mente: inhalar; exhalar; mirar hacia arriba.

Había sido una mañana dura. Había tenido que certificar la muerte de un paciente, un teniente segundo que sirvió en la primera Guerra del Golfo y regresó a casa con heridas que había arrastrado durante décadas. Al final había terminado por sucumbir bajo el peso del dolor y el agotamiento de aquella dura lucha. Se le había comunicado el fallecimiento a la familia. Después de la fúnebre tradición de envolver el cuerpo con la bandera, la camilla había salido de la habitación con lentitud, acompañada del toque de silencio, mientras el personal hospitalario se congregaba en el pasillo. Algunos de los pacientes se habían unido al saludo desde la puerta de sus respectivas habitaciones. Los civiles se habían llevado la mano al corazón; los veteranos habían ofrecido un saludo militar.

Frank había pasado por aquel proceso muchas veces, pero jamás había logrado acostumbrarse. Aunque podría decirse que ahora se le daba mejor lidiar con la situación. Había dedicado su vida a cuidar a los hombres y mujeres que habían cuidado a su vez de la nación y, después de todo ese tiempo, esperaba poder decir que había aportado su granito de arena.

En el mostrador de enfermería había dos personas esperándole: una mujer rubia de piernas largas y botas vaqueras, y un hombre negro bastante alto vestido con pantalones chinos y zapatillas náuticas. Quizás fueran familiares de algún paciente, pero no habría sabido asociarlos a ninguno de los suyos.

—Soy el doctor White, ¿en qué puedo ayudarles?

—¿El doctor Frank White? —El desconocido le ofreció la mano y se dieron un apretón—. Soy Jerome Sugar y ella es Margot Salton. ¿Puede dedicarnos unos minutos?

Frank lanzó una mirara al reloj del vestíbulo.

—Sí, claro.

Les condujo a una zona de espera llena de folletos y revistas.

—No queremos hacerle perder el tiempo, iré al grano. Mi madre se llama Ida B. Miller, creo que usted la conocía años atrás.

7

Febrero de 1977

Frank sabía que a quienes eludían la llamada a filas se les consideraba egoístas, cobardes, carentes de patriotismo. Quizás fuera todas esas cosas, pero quizás se resistía a ser reclutado debido a todas las muertes crueles y sin sentido. Cientos de miles de vietnamitas, camboyanos, laosianos; decenas de miles de norteamericanos. Y no se avistaba un final para una guerra en la que Estados Unidos se había involucrado basándose en una gran mentira: el incidente del golfo de Tonkín.

En la notificación ponía que debía acudir al centro de reclutamiento; en el periódico clandestino del SDS* se detallaban formas de eludir la llamada a filas. Un paciente del hospital de veteranos le había dado una tarjeta que contenía un número de teléfono: el del Tren de la Paz.

Se preguntaba constantemente si habría obrado bien. ¿Era un cobarde? ¿Había fallado a su país? ¿Tendría que haberse presentado a filas, como tantos otros? No le daba miedo luchar ni servir en el ejército. No, lo que le daba miedo era formar parte de una maquinaria bélica que no debería estar allí, sembrando la destrucción

---

* N. de la T.: Students for a Democratic Society, Estudiantes por una Sociedad Democrática.

entre la inocente población civil por una causa que estaba perdida desde hacía mucho. Su solicitud de exención por objeción de conciencia había sido denegada; había alegado que padecía asma, pero se había determinado que no era una causa justificada.

Le daban ganas de darse cabezazos contra la pared por haber dejado aparcados los estudios por falta de dinero. Él mismo se había buscado aquel desastre.

El día de su último encuentro con Ida, sabía que estaba despidiéndose de ella para siempre. Y era obvio que ella también lo intuía. Para bien o para mal, había tenido que tomar una decisión, pero ambas opciones conllevaban el final de su relación. A partir de ahí, debía encontrar la forma de volver a encauzar su vida ateniéndose a la decisión tomada.

Vivir en Canadá fue un exilio extraño. Y también fue el inicio de su nuevo camino, eso sin duda. Se convirtió en Frank White y le mandó un mensaje a su madre a través de un sistema clandestino de correo ideado por una organización de resistencia al reclutamiento formada por expatriados; era preferible ser cauto, ya que ella podría estar bajo vigilancia. Se quedó a vivir en Vancouver y encontró trabajo en un hospital, uno humilde que sustentaba su vocación de curar al prójimo. Cursó los estudios de Medicina, se licenció con matrícula de honor y compró un viejo y destartalado microbús blanco y naranja de la marca Volkswagen. Se sentía tentado a contactar con Ida, la echaba de menos con toda su alma, pero se contuvo haciendo acopio de fuerza de voluntad. Ella merecía tener la libertad de construir una vida sin él; merecía dejar atrás lo que habían compartido y no volver a pensar en ello, vivir sin lamentaciones.

No tenía más opción que pasar página desde un punto de vista emocional y esperaba que ella hubiera hecho lo mismo. Con el paso del tiempo salió con compañeras del hospital, y también con algunas compañeras de la facultad de Medicina. Hubo varias que le dijeron que estaban enamorándose. Una en concreto, una residente de pediatría de mirada cálida, le propuso que se fueran a vivir juntos a

Nelson; según le dijo, la tierra era barata y se había formado una comunidad creciente de expatriados que vivían en una especie de comunas y trabajaban en granjas. Ella argumentó que era una zona rural en la que había escasez de médicos, que allí podrían construir una vida juntos. Era una gran mujer y se sintió tentado a aceptar, pero se dio cuenta de que no la amaba. Quizás estuviera destinado a pasar el resto de la vida buscando la clase de amor que había compartido con Ida.

Su especialidad médica parecía estar predestinada. Necesitaba creer en la redención, así que su carrera profesional iba a ser una penitencia de por vida para pagar por la decisión que había tomado. Dedicaría su vida a servir a los veteranos, a aquellas personas que habían sido destrozadas por la guerra en la que él se había negado a participar. En Canadá no faltaban los heridos y aprendió mucho de aquellos hombres y aquellas mujeres que habían quedado fracturados por el dolor, tanto físico como mental. Tenía la firme convicción de que ninguno de ellos era un caso perdido; aun así, ninguno de ellos llegaría a recuperarse jamás por completo ni retomaría la vida que llevaba antes de la guerra.

Estaba con Albert Baynes, uno de esos pacientes, cuando llegó la noticia de que el presidente Carter había concedido la amnistía. El señor Baynes era un soldado cuya unidad realizaba operaciones de mantenimiento de la paz y apoyo en Vietnam, y había quedado atrapado en el fuego cruzado de una batalla que se había librado durante el nuevo año lunar en una población llamada Hue. Le habían quedado secuelas a largo plazo por las heridas de metralla.

En ese momento, mientras permanecían atentos a la borrosa televisión del pabellón del hospital, el señor Baynes comentó:

—Eso quiere decir que los muchachos pueden volver si quieren.

—Jamás pensé que llegaría este día —murmuró él.

Sintió como si su cuerpo entero reviviera de golpe al oír la noticia, «¡una amnistía!».

En un primer momento, no tenía claro lo que iba a hacer al respecto; al fin y al cabo, se había labrado una vida allí, tenía un trabajo gratificante que le mantenía ocupado. Pero en el fondo quería regresar a Estados Unidos. Y el corazón no le impulsaba a volver a Maine, sino a la zona de la bahía, ya que había sido allí donde había comenzado la vida para él.

De modo que metió sus pertenencias en el microbús y puso rumbo a San Francisco. Nada más llegar, circuló por las calles de la ciudad, recorriendo los lugares de sus recuerdos: el puerto deportivo donde Ida y él salían a navegar y donde habían hecho el amor en la cabina de un barco; el campus donde se habían manifestado; los lugares de los conciertos; la calle donde estaba el comedor social donde habían colaborado como voluntarios…

El mundo había cambiado tanto que apenas lo reconocía. La Misión Evangélica de Perdita Street había cerrado. El edificio albergaba ahora una panadería llamada Sugar que tenía un restaurante mexicano al lado. En la tienda de máquinas de escribir del otro lado de la calle había un letrero anunciando libros de coleccionista e incunables. No le sonaba ni una sola de las caras que veía por la calle.

En cuanto cumplió todos los requisitos para poder ejercer su profesión en el país, se incorporó al centro médico de veteranos situado en Clement Street. Era consciente de que lo que estaba haciendo era arriesgado, pero no era nada comparado con las personas que habían servido en el ejército.

Mientras iniciaba aquel nuevo capítulo de su vida, anhelaba saber lo que había sido de Ida. Habían pasado años y ambos habían tomado rumbos distintos, pero pensaba en ella a diario. Una pequeña parte de su corazón, una parte rebelde y poco disciplinada, todavía seguía albergando esperanza.

No sabía si sería buena idea entrometerse en el mundo que ella había creado para sí misma. ¿Qué clase de mundo sería? Puede que ella no lo considerara una intromisión, quién sabe. ¿Y si su rostro se iluminaba con aquella radiante sonrisa suya y le recibía con los brazos abiertos?

El domingo por la mañana se montó en su microbús y se dirigió a la iglesia de la que era feligresa. Recordaba aún las miradas severas que le había lanzado el padre de Ida y la incómoda sensación de ser un forastero. Aparcó al otro lado de la calle, bajó la ventanilla y esperó a que terminara el servicio religioso de media mañana. La música que emergía del edificio evocó recuerdos de la jubilosa congregación, de aquellos momentos en que la sensación de estar fuera de lugar quedó olvidada ante el exultante regocijo de los cantos y las alabanzas al Señor.

Se preguntaba a menudo qué habría pasado si su número no hubiera salido en el sorteo. Puede que la familia de Ida hubiera terminado por aceptarlo, quizás se habrían dado cuenta de que era un hombre que amaba a su hija y que lo único que quería era hacerla feliz.

Puede que esa posibilidad todavía siguiera existiendo.

Puso la radio, David Bowie estaba cantando *Golden Years.* Al cabo de un rato, las puertas de la iglesia se abrieron y los feligreses fueron emergiendo como hojas arrastradas por las aguas de un río. Los hombres estaban enfundados en prístinas camisas blancas, las mujeres iban ataviadas con coloridos vestidos y sombreros adornados con cintas, y había niños correteando por todas partes.

Y entonces la vio, la reconoció de inmediato: esos andares briosos, el inconfundible contorno de su barbilla… Llevaba puesto un vestido azul marino combinado con un sombrero con cintas y, a pesar de la distancia, era obvio que estaba sonriendo.

El corazón le dio un brinco en el pecho, empezaron a sudarle las palmas de las manos. No sabía qué hacer, ¿se acercaba a ella? ¡Ni siquiera había pensado en lo que iba a decirle!

Ida bajó los escalones de la iglesia, se giró ligeramente y extendió el brazo.

Un niño, enfundado en un pulcro traje azul marino y blanco de estilo marinero, bajó la escalera dando saltitos y tomó su enguantada mano. Al cabo de un momento, un hombre se unió a ellos y tomó la otra mano del pequeño. La familia creaba una dulce estampa mientras se alejaba caminando, con el niño columpiándose entre los dos adultos.

Frank sintió como si acabaran de propinarle un fulminante golpe en el pecho, tardó unos segundos en recobrar el aliento.

Pues claro, pensó para sí. Pues claro que estaba casada y con un hijo. ¿Por qué habría de mantener su vida en suspenso por él, por un futuro que podría no llegar jamás? Él mismo, creyendo que jamás regresaría, la había instado a pasar página. Nadie sabía si la guerra terminaría por fin ni si los hombres que habían huido serían bien recibidos de nuevo en el país; en aquel entonces, nadie imaginaba siquiera que aquel sorteo de reclutamiento sería el último antes de que la guerra llegara a su tumultuoso final.

En aquella última y dolorosa conversación, él le había pedido que siguiera adelante con su vida y eso era lo que Ida había hecho. Quizás se había olvidado por completo de él o le tenía guardado en un rincón de la memoria como una reliquia del pasado.

Ya no eran los de antes. Ella era esposa y madre; él, por su parte, era médico y seguía debatiéndose consigo mismo constantemente por las decisiones tomadas. ¿Hice lo correcto? ¿Soy un cobarde? ¿Es esto una penitencia?

En ese momento, con una nostálgica canción de Elton John sonando en la radio, supo que debía buscar otro camino.

Puso el vehículo en marcha. Tal era su afán por huir del atormentador pasado, que pisó el acelerador y salió pitando de allí, con las ruedas chirriando sobre el asfalto justo delante de la iglesia. Vio por el retrovisor que Ida se detenía de golpe y, con el niño apretado de forma protectora contra su costado, lanzaba una mirada asesina hacia el microbús.

Frank atendía a diario a los hombres y mujeres que habían servido a su país. El hecho de ayudarlos, de llegar a poder curarlos en ocasiones, le daba momentos de redención. Compró una vieja y destartalada casa de estilo tradicional situada en una zona conocida como el Richmond y la restauró. Intentaba no pensar en Ida, pero le perseguían los recuerdos. Una tarde de primavera en que salió a navegar se puso a pensar en la vida que podrían haber compartido y le embargó una profunda nostalgia. Ajustó las velas y se relajó, acunado por el suave oleaje y la cálida temperatura, y realizó los ejercicios básicos que les recomendaba a sus pacientes.

Se visualizó a sí mismo dejando atrás el pasado, liberándose de esa atadura como una nube que es arrastrada por una ráfaga de viento. Déjalo atrás y respira. No era una fórmula mágica, pero aliviaba su corazón tras muchas repeticiones.

Conoció a Donna en una clase de meditación trascendental. Descubrieron que a los dos les costaba concentrarse y no tardaron en encontrar otros puntos en común: les encantaba tanto leer novelas históricas como la música de Led Zeppelin, montar en bicicleta y colaborar en proyectos de voluntariado. Era una mujer preciosa y buena que le confesó su amor antes de que a él se le pasara la idea por la mente.

Aun así, cuando le dijo a su vez que la amaba también, lo dijo de corazón, sabiendo que aquel amor era real y sincero y parecía lo bastante fuerte como para perdurar. Era una emoción distinta al amor desbocado e insaciable que había sentido con Ida, ese amor tumultuoso e intenso que le había consumido como un fuego ardiente. Lo que encontró junto a Donna fue una emoción serena y constante que estaba convencido de que sería duradera.

Ella le ayudó a remodelar la casa y entró a trabajar como profesora de inglés en un instituto cercano. Llevaban una vida tranquila y cómoda basada en la estabilidad, una vida previsible: dos hijos, un niño y una niña; una sucesión de mascotas adoradas y mimadas y cuya pérdida lloraban cuando les llegaba la hora; tres semanas de cada verano pasadas en Maine con la madre y la hermana de Frank. Grady se hizo profesor y Jenna trabajaba en una asociación benéfica.

Pasaron por todos los momentos que conforman una vida bien vivida en familia: hubo vacaciones y celebraciones, pérdidas y alegrías, triunfos y frustraciones. Vivieron también la embriagadora dicha que dan los nietos.

Él se guardaba para sí un pequeño secretillo: jamás se perdía el número dominical de *Small Change,* un periódico gratuito de información local con mucha solera, ya que todas las semanas incluía una columna escrita por Ida B. Sugar; no estaba seguro de si se trataba de un pseudónimo o de su apellido de casada. Dichas columnas consistían en comentarios y observaciones llenos de ingenio y perspicacia sobre el mundo, y al final siempre había una receta —todas ellas tenían pinta de estar deliciosas— acompañada de trucos y consejos. Cada vez que leía algo escrito por ella le parecía oír su voz, su risa, ese irrefrenable espíritu suyo… pero solo por un momento. Su propia familia y su trabajo lo mantenían felizmente ocupado y satisfecho.

Donna le dejó demasiado pronto, se la arrebató uno de los enemigos a los que un médico no siempre puede derrotar: el cáncer. Sufrió profundamente, pero sus hijos le ayudaron a ir levantando cabeza. Los tres se apoyaron y se dieron consuelo durante la oscura y abrumadora tristeza de la pérdida. Gracias a sus nietos redescubrió la alegría, las risas, la dicha de vivir. Les enseñó a navegar, tal y como había hecho con los niños de la misión tantos años atrás.

No podía lamentar la vida que había tenido. No, no podía lamentarla ni por un solo segundo.

A ojos de sus amigos, era un viudo joven y vigoroso que debería conocer a alguien, como si ese elusivo «alguien» pudiera llenar de nuevo su vida y hacerle sentir pleno. Lo que sus bienintencionados amigos y la metomentodo de su hija ignoraban era que hacía mucho que él había descartado esa posibilidad; de hecho, ni siquiera sabía si dicha posibilidad había llegado a existir jamás. Puede que esos sentimientos que todavía seguía recordando, los sentimientos que le habían consumido por completo cuando era un joven locamente enamorado de Ida, no hubieran sido más que una ilusión, como las distorsionadas visiones que había tenido la primera y única vez que había probado el LSD.

Sin embargo, en el preciso momento en que se dio cuenta de que podría volver a ver a Ida y se imaginó tomando su mano en la suya, su mundo entero se iluminó.

8

Ida miró a Jerome con exasperación.

—Venga, ya te puedes ir. Por el amor de Dios, ¡no necesito un acompañante!

Ya estaba lo bastante nerviosa como para que él acrecentara más aún la tensión.

—Te esperaré aquí.

Ella apartó la mirada y, reprimiendo el impulso de mirarse una vez más en el retrovisor para ver cómo estaba, bajó del coche.

—¡Ni se te ocurra! Acordamos que pasarías a buscarme a las cinco. Ya hablaremos largo y tendido durante la cena. Y estamos a primer viernes de mes, seguro que hay música en directo en el parque. Podríamos ir.

—Llámame, mamá. ¿Me oyes? Por el motivo que sea, a la hora que sea. Lo digo en serio.

—No te preocupes tanto, todo saldrá bien. Anda, vete ya.

Ida se echó la mochila al hombro, pasó frente al despacho del capitán del puerto y caminó junto a las hileras de pilotes. Le había costado Dios y ayuda decidir cómo iba a ir vestida, aunque sabía que era absurdo porque llevaba décadas navegando y sabía perfectamente bien qué ropa ponerse: pantalón pirata, mocasines antideslizantes de Ilse Jacobsen, camisa fina, chaqueta impermeable y gafas de sol;

de hecho, seguramente iba vestida de forma idéntica a la última vez que había salido a navegar con él, décadas atrás.

Aun así, había tardado una hora en arreglarse, y buena parte de ese tiempo lo había pasado mirándose al espejo mientras intentaba reconectar con la Ida de aquel entonces, la Ida de dieciocho años, la cría que se había enamorado de él con toda su alma. Cuando él se había marchado, había guardado ese amor como quien deposita una flor prensada entre las páginas de un viejo libro. Estaba fuera de la vista y muy bien escondido, pero jamás había quedado olvidado del todo.

Jerome, el hijo más leal creado jamás por el Señor, había sido el artífice de aquel encuentro. Había sido un gesto generoso y considerado por su parte, pero había dado aquel paso sin saber que había reabierto una puerta del pasado, una que ocultaba los más profundos secretos que ella albergaba. Era consciente de que se avecinaban conversaciones peliagudas. Jamás había hablado con su hijo sobre Francis, no había nada que decir. Él se había marchado, Douglas Sugar había regresado a su vida y quiso casarse con ella. Eran demasiado jóvenes para saber lo que querían, pero se sentía abandonada, Douglas llenaba el vacío que sentía dentro y estaba deseosa de iniciar su vida.

Cuando Jerome nació a los siete meses de casados no hubo nadie, ni una sola persona, que dijera una palabra al respecto. Ni siquiera Douglas. El médico fue el único que le comentó en privado que se trataba de un niño sano y totalmente desarrollado. Sí, tenía la piel clara, pero lo mismo podía decirse tanto de Douglas como de ella misma; al fin y al cabo, las raíces familiares de ambos eran tan turbulentas como las de cualquier otra persona negra de Estados Unidos. Tan solo había un hombre al que Jerome podía llamar papá: Douglas Sugar. Esa era la única verdad que había conocido su hijo.

No estaba familiarizada con aquel puerto deportivo situado en Oyster Cove, al sur de la ciudad. Francis —Frank— tenía una embarcación allí. Permanecía atenta a los cartelitos con la letra y los números con los que se designaban los pantalanes y sus correspondientes amarraderos. Sus pasos fueron ralentizándose mientras su corazón se aceleraba. Cuando Jerome le había dicho que había contactado con el hombre que salía en las fotos de aquel viejo suplemento dominical, se había sentido emocionada. Mortificada. Extática. Aterrada.

Francis LeBlanc había sido su primer amor verdadero y recordaba ese sentimiento como si lo hubiera metido en su mochila y lo hubiera llevado consigo a todas partes. Aquello era una bendición a la par que una carga. Lo primero, porque aquel amor le había enseñado, por un brevísimo espacio de tiempo, que el cielo podía tocarse con las manos; lo segundo, porque era un recordatorio de algo que había perdido.

Él se hacía llamar Frank White en la actualidad. Era médico, padre, abuelo. Viudo. Le había dicho a Jerome que estaría encantado de que ella le llamara.

Se había quedado mirando fijamente su número de teléfono, como una adolescente que necesita pareja para el baile de fin de curso. Y entonces se había servido un buen trago de Fernet Branca y le había llamado.

—Quiero saberlo todo —había dicho él.

—Ha pasado una eternidad, tardaremos otra eternidad en contárnoslo todo.

Había pasado una vida entera desde el día en que se habían despedido el uno del otro, resignados ante lo inevitable. Matrimonio, trabajo, hijos, nietos… Estaba por verse si, después de tantos avatares a lo largo del camino, eran dos personas totalmente distintas o si una parte de su antigua esencia había permanecido inalterable.

Él le había dicho que tenía un barco, que saldrían a navegar.

Estaba esperándola en el pantalán C, amarradero once, junto a un precioso velero de líneas finas mucho mejor que los de uso público que habían utilizado en su momento. Notó que se tensaba un poco al verla acercarse y, de hecho, ella misma se tensó a su vez.

Aquel hombre había sido su mundo entero en otros tiempos, la pieza de rompecabezas que faltaba en su joven corazón, una especie de Sundance Kid. Ahora era un desconocido.

Estaba tal y como lo recordaba, solo que con más años encima, claro. Cómodo en su propia piel, con el mismo cuerpo larguirucho.

Se preguntó qué vería él al mirarla. Estaba menos prieta, tenía el pelo suelto en vez de retorcido en pulcras y lustrosas trencitas, y su rostro estaba surcado por arrugas que daban fe de la vida que había tenido. El corazón le martilleaba en el pecho a pesar de que iba acercándose a él a paso lento.

—Bueno, aquí estamos. Es difícil de creer, ¿verdad?

Los ojos de él sonrieron antes de que su boca dibujara una sonrisa. El suyo era el rostro de un hombre mayor, un rostro curtido surcado de arrugas, pero el joven al que ella había conocido resplandecía como el sol asomando entre las nubes.

—Nunca pensé que este día llegaría. Qué maravilla verte, Ida.

—Francis. ¿Alguien te llama así ahora?

—Solo tú.

Con una ligera inclinación que casi podría describirse como caballerosa, le ofreció la mano con la palma hacia arriba.

Era un gesto que ella recordaba del pasado, así como el tacto de su mano cuando la ayudó a subir a bordo. Lo recordaba todo.

Le entregó la caja de galletas que había traído consigo y a él se le iluminó el rostro al abrirla.

—¡Las de chocolate blanco y negro! Siguen siendo mis favoritas.

—Lo suponía.

El barco era precioso y guardaba cierto parecido con el Catalina, el que se había convertido en el refugio donde hacían el amor en el pasado. Lo alistaron todo entre los dos y zarparon siguiendo la popular ruta de navegación, que discurría en dirección contraria a las agujas del reloj. Conforme la ciudad iba quedando atrás y la embarcación cortaba el agua, tanto los nervios como la actitud titubeante de ambos fueron desvaneciéndose. Ida sintió que algo se abría en su interior, como una flor que abre sus pétalos, y se percató de que a él estaba pasándole lo mismo. Se pusieron a conversar y la sorprendió ver lo bien que fluía todo.

Las palabras y las historias iban brotando de ambos sin cesar. Un pensamiento conducía al siguiente en un ritmo que resultaba extrañamente familiar, tan familiar como la dinámica que se creó durante la travesía. Se dirigieron al norte para cruzar la bahía amurados a babor; navegando a sotavento. Ida se puso la mano a modo de visera y contempló el campanario del campus de Berkeley, cuya majestuosa estampa no había cambiado en nada desde sus días de juventud.

Entonces se volvieron el uno hacia el otro. Él la tomó de la mano y dijo sonriente:

—Esto es muy agradable, incluso más de lo que había imaginado.

—¿Imaginaste este momento?

—Muchas veces —confesó, y titubeó antes de seguir—: La verdad es que te vi de nuevo, pero no te diste cuenta.

—¿A qué te refieres? ¿Cuándo me viste?

—Justo después de la amnistía. Antes de eso, creía que pasaría el resto de mi vida en el exilio, pero, cuando el presidente Carter anunció la amnistía, regresé a la bahía. Visité todos nuestros viejos lugares compartidos, no sabía si intentar buscarte. Fue una insensatez por mi parte, pero quería averiguar qué había sido de ti y fui a tu iglesia un domingo, justo cuando estaba terminando la misa. Me quedé en el coche escuchando la radio, sudando a más no poder, intentando hacer acopio de valor para acercarme a hablar contigo. Y entonces… entontes te vi. Salías de la iglesia y qué preciosa estabas, Ida. Llevabas puesto un vestido blanco y azul marino y un sombrero decorado con cintas.

Ella recordaba aquel vestido; las personas suelen recordar sus prendas de ropa favoritas. Lo había comprado nuevecito en I. Magnin, para ir conjuntada con el trajecito de marinero que le había comprado a Jerome.

Una tristeza cargada de nostalgia suavizó la sonrisa de Francis.

—Saliste de la iglesia con un niño y con tu marido. Los tres os tomasteis de la mano. Y en aquel momento me di cuenta de que tenía que dejarte tranquila con tu familia, tenía que dejar que vivieras tu vida en paz.

—Oh, Francis, no sabía…

—¿Habrían cambiado en algo las cosas si te hubieras enterado?

Ida permaneció callada durante unos agónicos segundos. Él la había visto, había visto a Jerome.

—¿Y tú qué? ¿Te planteaste alguna vez intentar encontrarme?

—Ay, Francis, no sé qué decirte. Pensaba en ti, te recordaba, pero encontrarte de nuevo… jamás se me ocurrió esa idea.

—Lo entiendo.

No, él no lo entendía porque había cosas de las que no estaba enterado, cosas que podrían cambiarlo todo. Habían hablado de sus respectivas vidas. Él había estado casado, había tenido un matrimonio feliz que había terminado demasiado pronto; ella también había estado casada, y su matrimonio había terminado a su debido tiempo. Francis estaba contemplando las posibilidades, ella las dificultades.

—Me gustaría volver a verte, Ida.

—A mí también.

Su corazón había hablado antes de que su boca tuviera tiempo de reaccionar. Santo Dios, ¿qué estaba dando comienzo?

No perdió la sonrisa en todo el trayecto de regreso a puerto y siguieron charlando mientras esperaba a que Jerome llegara a recogerla.

—Me alegré mucho cuando me llamaste —admitió Francis—. Pensé que me engañaban los oídos el día en que tu hijo y su novia vinieron a verme al hospital.

Ida le miró de soslayo.

—¿Su novia?

—Ah, ¿Margot y él están casados?

Ida ni siquiera estaba enterada de que hubiera algo entre ellos, pero se limitó a contestar:

—No, es su novia.

Tomó nota mental de indagar al respecto. Así que Jerome tenía novia, ¿no? ¡Menuda sorpresa!

—En fin, la cuestión es que me alegro de que él hiciera el esfuerzo de localizarme.

—Yo también, Francis. Frank.

Iba a tardar un poco en acostumbrarse al nuevo nombre.

Se volvió hacia él cuando el coche de Jerome apareció y se detuvo frente a las oficinas del capitán de puerto, y fue lo más natural del mundo ponerse de puntillas y darle un abrazo.

Mientras saboreaba esa sensación casi olvidada de ser estrechada entre los brazos de un hombre, pensó que aquello podría seguir adelante; de ser así, iba a tener que aclarar ciertas cosas, y no solo con él.

—Se está muy bien aquí, mamá. Has tenido una buena idea —dijo Jerome, antes de pasarle el té endulzado con hielo picado que acababa de sacar de la nevera portátil.

Ida rodeó el frío recipiente con las manos y contempló a su hijo bajo la luz vespertina. Asistir a los conciertos veraniegos que se celebraban el primer viernes de mes en el parque era una tradición para ellos, lo hacían desde siempre. Douglas viajaba mucho por cuestiones de trabajo cuando Jerome era pequeño, así que estaban los dos solos con mucha frecuencia.

—Es muy agradable, ¿verdad? Deberíamos hacerlo más a menudo.

Se relajó sobre la vieja manta a cuadros que usaban para las comidas al aire libre y contempló la zona este de la bahía. Estaban disfrutando de la velada y, a pesar del gentío y de la música procedente del anfiteatro, tenían cierta privacidad y el ambiente no era nada inseguro. A lo largo de los años, su hijo y ella habían pasado muchas horas felices en aquel lugar. Allí habían conversado sobre los estudios y el futuro de Jerome, sobre el divorcio de ella, sobre el matrimonio de él, sus hijos, su divorcio. El ciclo de la vida.

Si bien, jamás habían hablado del tema que ella estaba a punto de sacar. No sabía cómo iniciar la conversación más difícil de toda su vida, así que fue directa al grano.

—Fue todo un detalle por tu parte localizar a Francis… Frank. Frank White. No me lo esperaba, creía que permanecería perdido en el pasado por siempre.

Él soltó una pequeña carcajada.

—Ahora que tenemos Internet, nada queda perdido en el pasado.

—A los dieciocho años, recién salida del instituto, me enamoré perdidamente de él.

—Supongo que todos nos enamoramos a esa edad, ¿no? Yo no olvidaré jamás a Linda Lubchik, ¿te acuerdas de ella?

No, para nada. Ida respiró hondo y prosiguió con el tema.

—Bueno, resulta que Francis me parecía tan romántico como un héroe sacado de un cuento de hadas. Como ya habrás deducido, tuvimos una aventura. No, fue más que eso: aquella relación me cambió la vida, pero mis padres no la aprobaban. Él era un universitario de Maine, un chico blanco. Pensaban que solo me traería problemas.

—Sí, imagino que el abuelo Miller dejó clara su opinión al respecto.

—Eran otros tiempos. Yo era muy joven y estaba llena de sueños; él estudiaba Medicina en Berkeley y era igualito a Robert Redford en sus mejores tiempos. Estaba convencida de que lo nuestro era para siempre, pero fue llamado a filas. Fueron tiempos horribles, se fue a Canadá.

—Ah, entonces huyó para evitar que lo reclutaran.

—Yo le alenté a irse, la guerra destrozaba a la gente. Yo sabía que eso implicaba perderlo, porque una vez que se fuera no habría vuelta atrás, pero no quería que fuera al frente.

—¿No estaba exento por ser estudiante? Era lo que se hacía, ¿no? Sobre todo tratándose de chicos blancos con montones de dinero.

—No era rico, dejó los estudios aparcados durante un semestre por motivos económicos.

Jerome se reclinó un poco hacia atrás y cruzó los brazos.

—Papá fue llamado a filas y no se escaqueó.

—Sí, así es, y estoy orgullosa de él por su actitud. Lo que le pasó durante el entrenamiento básico fue terrible, pero la pérdida de audición lo salvó de tener que ir al frente. En cualquier caso, le habría dicho lo mismo que le dije a Francis. Lo mismo que mi tío Eugene, un veterano condecorado, les decía a los muchachos: que no fueran, que no se estaba obrando bien.

Ida contempló en silencio el vuelo de una pareja de pelícanos que sobrevolaban la bahía, y prosiguió con su relato al cabo de unos segundos.

—Douglas y yo nos hicimos pareja después de que Francis se marchara. Yo trabajaba en una panadería y él era conductor de reparto, me cortejó debidamente y le quise de corazón. Cuando me dijo que quería casarse conmigo, me pareció bien, sentí que era lo correcto. Era un buen hombre y mis padres tenían una gran opinión de él, al igual que yo misma. Era una jovencita. Cuando llegaste tú, daba la impresión de que todo era perfecto. A mis ojos, éramos una familia sólida y feliz, y cada día rezo para que tú sintieras lo mismo.

—Claro que sí, mamá. Siendo sincero, la verdad es que me llevé un disgusto cuando os divorciasteis, pero lo superé hace mucho.

Ella respiró hondo para darse fuerzas.

—Estaba embarazada cuando tu padre y yo nos casamos. Eran otros tiempos, para una familia era una deshonra enorme que un bebé naciera fuera del matrimonio.

—Eso ya lo sé, mamá. Lo he sabido desde que tuve edad suficiente para leer un calendario.

—Lo único que digo es que tu papá es tu papá… Douglas Sugar, el hombre que te crio, el que celebraba cada uno de tus logros, te ayudaba a levantarte cuando te caías y te quería con todo su corazón.

—Eso también lo sé.

Jerome frunció ligeramente el ceño, era obvio que no entendía a qué venía todo aquello.

Ida respiró hondo una última vez para darse valor.

—Hijo, lo que tienes que saber es que él no es tu padre biológico.

—Mi… vale, un momento. ¿¡Qué!?

Se quedó petrificado.

—Tu padre biológico es Francis, eso es lo que estoy diciéndote.

—¡Un momento! —Jerome contempló con fijeza sus propias manos. Las giró. En sus ojos, unos ojos de un oscuro color miel, apareció un brillo acerado—. No digas tonterías.

—Cielo…

—¿Eres consciente de lo que estás diciendo? ¿Qué cojones significa esto? ¡Mi padre es mi padre!

—Sí, claro que sí —asintió Ida, y se obligó a mirar a su hijo a los ojos—. Eso no lo dudes jamás. Fue tu padre todos y cada uno de los días de tu vida, siempre, hasta el momento de su muerte. Eso no lo cambiará nadie jamás.

—Y ahora me estás diciendo que te había dejado embarazada otro tipo, uno que se largó para no ir a la guerra.

—Sí.

—¿Lo sabía papá? ¿Por eso os divorciasteis?

—No fue… —Ida titubeó. Douglas y ella se habían sentido inmensamente felices con la llegada de Jerome. Habían intentado tener más hijos en repetidas ocasiones, pero no lo habían conseguido. Y Douglas y su segunda esposa no habían tenido hijos—. No hablamos del tema. Cariño, él era mi esposo y tú mi hijo, y éramos una familia.

—Ay, mamá, por Dios, ¿un tipo blanco? ¿Lo dices en serio? No doy crédito.

Bajó la mirada. Se contempló a sí mismo, el dorso de sus propias manos.

Ida no sabía que estaba embarazada cuando empezó a salir con Douglas; al darse cuenta, había apartado el tema de su mente como si fuera a resolverse por arte de magia. Después, cuando Douglas le había propuesto matrimonio, se había convencido a sí misma de que aquello era obra del destino.

—¿Quién más está enterado?

—Tanto el médico que me atendió en el parto como tu pediatra me dijeron que eras un niño sano y completamente desarrollado. Nadie más cuestionó el asunto, no hubo preguntas al respecto ni comentarios velados. Las cosas eran muy distintas en aquel entonces, no estaba bien visto que la gente hiciera cálculos. Muchas chicas se metían en problemas… así se decía, «meterse en problemas». Yo era joven, estaba asustada y manejé las circunstancias lo mejor que pude, y siempre estaré agradecida a Douglas por ser tan buen padre para ti.

—¿Él no llegó a enterarse? ¿No tenía ni idea?

—Nunca me dijo nada al respecto. Te quería con todo su corazón, Jerome. Sus sentimientos hacia ti estaban a la vista de todos, y eso no cambió jamás. Siempre fue un gran padre.

Su hijo apretó las rodillas contra el pecho y desvió la cara. Era tan apuesto y fuerte, y se desenvolvía con una dignidad tan innata. La gente comentaba a veces que era igualito a su padre, quizás fuera por lo unidos que habían estado siempre. Ese par eran como uña y carne.

—¿Se lo has dicho a Frank?

—No. Y no lo haré sin tu consentimiento. Nunca pensé que tendría esta conversación contigo. Supongo que ahora estarás arrepentido de haberlo buscado para darme una sorpresa.

Lo escudriñó con la mirada mientras intentaba adivinar qué se le estaría pasando por la cabeza.

Él soltó una larga y sonora exhalación antes de contestar.

—Dame… dame un momento.

Ida lo observó en silencio y buscó rasgos de Francis en aquel rostro apuesto y cincelado. No podía dejar de pensar en lo que Frank le había confesado antes, lo de que la había visto salir de la iglesia llevando a Jerome tomado de la mano. Los caminos de padre e hijo se habían cruzado sin que nadie se percatara de ello. Optó por no decírselo a Jerome, sería mejor dejarlo para otro momento.

—En fin, Frank está… te has alegrado de volver a verlo —dijo él al fin.

Resultaba difícil describir la abrumadora sensación que la había embargado al verlo. Todos los sentimientos de su juventud habían resurgido de golpe, como si todavía fuera aquella muchacha soñadora.

—Creo que es posible que él y yo empecemos a salir juntos.

—Lo crees.

—Todo esto es muy inesperado. Puede que la cosa quede en nada, pero a lo mejor… sigue adelante.

—¿En serio? —Jerome sacudió la cabeza y apartó la mirada.

—Sí —contestó. Ida se sentía profundamente dividida, le dolía pensar que su felicidad junto a Francis pudiera abrir una brecha entre su hijo y ella—. No sabía si los sentimientos todavía seguirían ahí; de hecho, sigo sin saberlo con certeza. Llevo mucho tiempo sola, pero creo… espero haber encontrado lo que he echado en falta durante todos estos años.

—Ah —dijo Jerome volviéndose hacia ella. Sus ojos brillaban por las lágrimas contenidas—. Bueno, mamá, ¡ya era hora!

En la noche elegida por Ida para contarle a Frank lo de Jerome, le preparó la cena: pollo a la cazuela, verduritas esparragadas, unas gruesas rodajas de tomate que no necesitaban más aliño que una pizca de sal y una jarra de té frío. Resultaba gratificante dar de comer a un hombre con buen apetito y verlo disfrutar de la comida.

—Gracias —dijo él terminada la cena, mientras se reclinaba en la silla con cara de satisfacción—. Si no me pasa nada más por el resto de mi vida, moriré feliz.

—¡No exageres! —contestó ella sonriente.

Sirvió dos copitas de fernet con gaseosa para bajar la cena y entonces le mostró un tríptico con tres fotos enmarcadas de Jerome: una de su graduación universitaria, otra en la que salía con sus hijos y una tercera donde estaba alzando el trofeo que había ganado en una regata.

—Él es el logro del que más me enorgullezco.

—No sabes cuánto agradezco que decidiera buscarme. Es un hombre fuerte y con muy buena planta. Se parece mucho a ti, Ida.

—Creo que quiso echarte un buen vistazo antes de decirme que te había encontrado.

—Te protege, es normal.

—Sí, pero hay algo que él no sabía —advirtió Ida, y se movió con nerviosismo en la silla—. Si hubiera estado enterado… —Enderezó los hombros, carraspeó ligeramente—. Nació a los nueve meses de que te marcharas.

Su piel clara empalideció de golpe y se puso macilenta; su rostro se quedó visiblemente sin sangre.

—Se lo dije ayer —añadió ella.

—¿Jerome no tenía ni idea? —preguntó él con voz trémula.

—Era una de esas cosas que es fácil no mencionar. Quizás tendría que habérselo contado antes, pero, para serte sincera, nuestra vida en familia transcurría con normalidad. Para Jerome, mi marido era su padre. Decirle otra cosa habría sido confuso para él. Dejé a un lado ese tema, me centré en mi hijo, pero… en fin, ahora que estás aquí, tenía que decírselo. Y a ti.

Frank contempló las fotografías en silencio, como absorbiéndolas con los ojos. Ida le mostró un álbum donde había algunas más, imágenes cada vez más avejentadas de momentos felices.

—Dios mío, si yo lo hubiera sabido… —murmuró él.

—Quién sabe lo que habría pasado. Tomamos las decisiones que tomamos. Vivimos nuestras respectivas vidas, al igual que nuestras familias, pero esto —abarcó con un amplio gesto de la mano la cocina— cambia las cosas. Jerome y tú merecíais saber la verdad.

Él asintió como si el mero gesto le causara dolor.

—El día del que te hablé, cuando regresé a Estados Unidos y esperé frente a tu iglesia…

—Francis… Frank…

—Ahora vuelvo la vista atrás y veo ese día bajo otro prisma —dijo, y se frotó los ojos—. Esa fue la primera vez que vi a mi hijo, sangre de mi sangre. Se me rompe el corazón al darme cuenta de lo cerca que estuve de él aquel día. Ese niño, el hombre en que se ha convertido, es un desconocido porque mantuve la distancia. No le vi crecer, no participé en su educación.

—Yo estaba casada, no podemos cambiar la forma en que sucedieron las cosas.

—Sí, ya lo sé —asintió, y cubrió las manos de Ida con las suyas—. Soy consciente de ello. Cuéntame cosas sobre él, Ida. Háblame de mi hijo.

—El hombre al que conociste, el que fue a verte al hospital, es tal y como crees que es. Lo mejor que tiene mi hijo es ese enorme corazón tierno y bondadoso. Cuando le conté que tú eres su padre biológico casi con total certeza, se quedó atónito, pero se alegró por mí. Llevo mucho tiempo sola y siempre quiso que conociera a alguien, que volviera a encontrar el amor. Sabe que esta podría ser mi oportunidad.

—Ida. Yo creo que sí que lo es, que esta es nuestra oportunidad.

9

—¿Qué haces, papi? —Ernest se sentó junto a Jerome en el escalón de la puerta trasera y tomó un tarro metálico que había en el suelo—. ¿Qué es esto?

—Betún, estoy lustrándome los zapatos.

—Esos son los que te pones para ir a la iglesia. Es la primera vez que te veo lustrarlos.

—A tu edad hacía de limpiabotas para ganar un dinerillo —le aseguró Jerome, mientras seguía cepillando el cuero con firmes movimientos.

—¿Qué?

Soltó una carcajada al ver la cara de sorpresa de su hijo.

—Era un emprendedor. Los domingos solía limpiarle los zapatos al abuelo Miller antes de ir a la iglesia y me daba un dólar. Cuando yo era pequeño, eso era un pastón.

—¡Yo no lo haría por menos de cinco! —le aseguró Ernest.

—Vaya, ¡menudo caradura estás hecho!

Le enseñó cómo aplicar un poco de betún y cómo usarlo junto al cepillo para conseguir el lustre perfecto.

—Vale, ahora ya sé cómo se hace, pero aún no me has dicho por qué vas a ponerte los zapatos de los domingos si estamos a lunes.

—Esta noche tengo que ir a un sitio.

Jerome no alzó la mirada al hacer la confesión.

135

—¿Por eso nos vamos a casa de mamá hoy?

—Vais a su casa porque os toca según lo acordado.

—Lobo dice que los acuerdos se pueden cambiar.

Jerome sintió que apretaba los dientes, era un acto reflejo habitual. Otra vez el tal Lobo, el tipo con el que se había casado su ex el año anterior. Lobo era «el nuevo papi».

Hizo un esfuerzo consciente por relajarse. Era de esperar, incluso aconsejable, que tanto Florence como él mismo pasaran página tras el divorcio. Había sido una muerte compasiva, el golpe de gracia a una relación que llevaba demasiado tiempo con soporte vital. En el momento de la separación tenía claro que su mujer, diez años menor que él y muy atractiva, terminaría por encontrar pareja de nuevo, y así había sido: un tipo que trabajaba en el sector tecnológico y al que le encantaban los coches caros. Había tenido que aceptar el hecho de que sus hijos pasarían la mitad del tiempo con alguien que él no conocía de nada. Florence y él esperaban que la salud emocional de sus hijos no se viera afectada por el divorcio y, hasta donde alcanzaba a ver, los dos niños parecían haber asimilado bien el cambio, pero le resultaba raro imaginarlos a caballo entre las dos familias. La casa de Florence y la suya eran como dos islas dispares habitadas por tribus totalmente distintas que jamás se entremezclaban.

Se preguntó qué pensaría su ex de Margot, en caso de que las cosas siguieran avanzando en la dirección que él quería.

—Pero hoy no, campeón —le dijo a Ernest—. Asher y tú tenéis que estar listos en media hora. Y no olvides los libros de la biblioteca, tu madre me dijo que ya tendríais que haberlos devuelto.

—No he terminado de leer *El crossover*. Voy lento, no puedo evitarlo.

—Oye, se supone que los poemas hay que leerlos sin prisa, ¿no? No tiene nada de malo que te tomes tu tiempo, campeón.

—Sí, claro. Díselo a Asher.

—Él está cumpliendo con su papel de hermano, es normal que te toque las narices. Ayuda a forjar el carácter.

—¿Qué quiere decir eso?

Jerome sostuvo en alto uno de los zapatos para asegurarse de que estuviera bien lustroso.

—Muchas cosas. Tener confianza, aceptarse a uno mismo. Que te tomes tu tiempo leyendo no es ningún defecto.

Asher era todo un as en la escuela, un niño que había destacado en los estudios desde parvulitos, y tener un hermano como él no debía de ser nada fácil. A Ernest le costaba darle sentido a las letras y a las palabras, y para nadie había sido una sorpresa que le diagnosticaran dislexia.

Jerome intentó recordar cómo era su vida a la edad de su hijo. Salía a navegar con su madre, su padre y él trasteaban con coches y a veces iban a Baker Beach para curiosear en el recinto de la batería de artillería de Chamberlin. Ahora tenía la duda de si su padre habría sospechado la verdad en alguna ocasión al mirarle, ya que era un hombre inteligente y sabía contar; en cualquier caso, cabía concluir que a su padre no le había importado lo más mínimo que no les unieran lazos de sangre.

Gracias por ese regalo.

—No has terminado de explicarme lo de los zapatos, papá. ¿A qué sitio tienes que ir con los zapatos tan limpios?

A Ernest le costaba leer un libro, pero leía de maravilla a la gente. Siempre era el primero en darse cuenta de que Jerome estaba pensativo por algo.

—¡Tú y tus preguntas! —contestó, con una sonrisa de oreja a oreja.

—¡Tú y tu manía de no responder a mis preguntas!

—He conocido a una chica, me gusta mucho.

—¿Qué clase de chica?

—Una mujer —se corrigió—. La he invitado a ir conmigo al New Century, el salón de baile.

Estuvo dándole vueltas a la idea durante días, intentando convencerse de que sería mejor no hacerlo: que si era demasiado joven para él, que si era demasiado blanca para él, que si no era un hombre al que se le dieran bien las relaciones... Pero no podía dejar de pensar en aquel momento en que la había acompañado al coche al salir del bar, ni en los momentos que habían pasado navegando por la bahía y que habían sido incluso mejores.

De modo que la había invitado a salir y ella había aceptado. A decir verdad, ya sentía que aquello era distinto a las otras relaciones que había intentado iniciar después del divorcio. Margot en sí era distinta: inteligente y segura de sí misma, pero tímida. Era reservada, se guardaba las cosas para sí con una especie de cautela que impulsaba a Jerome a querer encontrar la forma de atravesar ese muro.

Volvió a meter el betún y todo lo demás en su kit de limpieza de calzado.

—¿Vas a llevarla a bailar? ¿Al sitio aquel al que llevaste a la abuela Ida?

Ernest lo miraba sorprendido.

—Mira, quiero impresionarla. Estos zapatos lustrosos servirán para que vea lo guapetón que estoy cuando me arreglo.

—Y así le gustarás más.

—Es una forma de mostrarle que me importa su opinión.

—¿Es guapa?

La respuesta a eso era un sonoro «¿Guapa? No, ¡espectacular!». Ojazos cálidos, labios plenos y rosados, piernas y minifaldas. Por no hablar de las dichosas botas vaqueras, ni de los pantalones de yoga y la camiseta ajustada que se ponía para navegar, ni del cabello rubio y largo —bueno, él daba por hecho que era largo, porque siempre lo llevaba bien recogido en un alborotado moño—. No era la primera vez que salía con una chica blanca, lo había hecho en una o dos ocasiones, pero nunca con una tan, pero tan blanca. Y de Texas. Y tampoco había salido con nadie tan joven, debía de tener unos quince años menos que él. Una muñequita delicada... que podía derribar como si nada a un hombre hecho y derecho.

—Sí, guapísima —le dijo a Ernest.

Entraron en la casa y encontraron a Asher en la cocina, bebiendo zumo de naranja a morro.

—¿Qué parte de «usa un vaso» no entiendes? —le preguntó Jerome.

—Me lo voy a beber todo —contestó el niño con naturalidad.

Ernest no tardó en poner a su hermano al tanto de las novedades.

—Papá está poniéndose guapo para una cita, yo creo que puede ser algo serio.

—¿Ah, sí?

Asher se terminó el zumo y eructó.

—No nos precipitemos —advirtió Jerome, e indicó a Asher que tirara el envase vacío al correspondiente cubo de basura. Se sintió aliviado al oír que un coche pitaba frente a la casa—. Han venido a buscaros, aseguraos de que lo lleváis todo.

Hubo un pequeño revuelo de actividad mientras recogían las mochilas y los libros, el guepardo de peluche que Ernest llevaba a todas partes y, por supuesto, la bolsa de Fritos de Asher, por si moría de hambre durante el trayecto hasta la casa de su madre.

Mientras se despedía de ambos con un beso en el umbral, ya estaba echándolos de menos, el ruido constante y la energía caótica, las risas, incluso las discusiones. En los primeros meses tras la separación, cuando acordó con Florence los pormenores de la custodia, ese era el desgarrador momento de todas las semanas al que tanto temía: despedirse de los niños y volver a entrar en una casa donde reinaba un ensordecedor silencio. Una vez que oía el sonido de las puertas del coche cerrándose, se enfrentaba a una vida que ya no reconocía; parado en medio de la sala de estar, giraba lentamente y contemplaba aquel lugar donde antes vivía una familia, un lugar que antes rebosaba de una vibrante energía colectiva.

El paso del tiempo no sirvió para que le resultara menos duro, pero encontró formas de lidiar con la situación. Acudía a terapia, se distraía trabajando en el plan de gestión y marketing de la panadería, y también dedicaba algo de tiempo a ejercitarse, como cuando iba a la universidad y estaba en los equipos de vela y de remo. Fue un alivio volver a estar en forma porque, no se sabe cómo, estando inmerso en el ajetreo de la vida familiar había empezado a ir vestido con pantalones de padre y a tener pinta de… en fin, pinta de padre, y un padre con una parte central bien rellenita, como los bollos que Ida B. había hecho célebres en la panadería.

Hacer remo y correr habían solucionado eso, y volvía a sentirse en cierto grado como el Jerome de antes.

Las chicas eran otra de las distracciones. Louise, la encargada de la panadería, le había enseñado todas las aplicaciones para buscar pareja habidas y por haber. Hecho un mar de nervios, había visto pasar por la pantalla de su móvil los rostros de cientos de mujeres, mujeres sonrientes, esperanzadas y un pelín nerviosas cuyos selfis tan solo captaban su atención por un nanosegundo. Era una actividad extraña y despiadada, ya que, tal y como sucedía con el que él mismo había colgado con tanto nerviosismo, detrás de cada uno de esos perfiles había una historia humana complicada, desgarradora, esperanzada.

Había conocido a varias mujeres muy agradables. En un par de ocasiones, había iniciado algo de forma tentativa y de repente se había dado cuenta de que, por el motivo que fuese, aquello no iba a cuajar. Cada vez que se desanimaba, se recordaba a sí mismo que había aprendido alguna que otra cosa en el transcurso de un matrimonio de diez años. Entre esas cosas estaba saber detectar que algo iba mal, que una relación no funcionaba, así que aprendió a prestarle atención a esa gélida voz interior que admitía que no funcionaría por mucho que lo intentara.

Una de sus novias, una en concreto que le confesó estar sinceramente enamorada de él, le enseñó también que era mejor ser honesto y no alargar las cosas innecesariamente. Cuando una relación no funcionaba, ir dejando pasar el tiempo no era justo para ninguna de las dos personas.

Dejó a un lado sus atribulados pensamientos y se dio una ducha. Ya le había dado demasiadas vueltas al pasado, en ese momento podría estar embarcándose en algo nuevo, algo distinto e inesperado. Algo con un acento de Texas y unos ojazos azules. Algo que todavía no iba mal.

La noche de la inauguración del restaurante había sido dura, pero daba la impresión de que las cosas iban mejorando. Siempre surgiría algún que otro problema, en el sector de la restauración, eso era lo habitual, pero Margot iba ganando confianza en sí misma y, cuando le había comentado que pensaba tomarse una noche libre, él la había invitado a ir al New Century.

Pasó a buscarla a su casa, un apartamento situado encima del garaje de una pareja de ancianos. La casa tenía una puerta de seguridad con interfono y, siguiendo las indicaciones que ella le había dado, le mandó un mensaje de texto para avisar de su llegada.

Se quedó sin aliento al verla acercarse por un camino ribeteado de flores, pero, a diferencia de la noche en que la conoció, no tuvo que usar su Ventolín. Siempre había sabido que era una mujer objetivamente guapa —eso lo sabía todo el mundo, solo había que mirarla—, pero esa noche parecía sacada de un sueño. Se había puesto un vestido entallado con falda amplia y unas sandalias con tacón, llevaba su ondulado cabello suelto y se había maquillado.

Al llegar a la puerta, Margot presionó un botón para que se abriera y salió a la calle.

—Hola —le saludó.

—Madre mía, estás fantástica.

—Gracias. Y tú no te quedas atrás, o sea…

Lo repasó de arriba abajo con una mirada que le resultó de lo más gratificante. Jerome le abrió la puerta del coche y, mientras esperaba a que entrara, notó que una pareja que pasaba por allí les lanzaba una mirada de soslayo, una de esas miraditas elocuentes. Por suerte, era algo que ya no sucedía con tanta frecuencia, pero incluso allí, en la ciudad, todavía había gente que lanzaba ese tipo de miradas a las parejas interraciales.

Decidió dejar a un lado el tema, porque eso era lo que hacía siempre. Tuvo la impresión de que Margot no se había percatado de nada y no le extrañó. Los blancos no solían notar ese tipo de cosas.

—¿Has ido a clases de baile alguna vez?

—¿Quién, yo? —Ella soltó una carcajada—. Qué va, a menos que cuente bailar en línea al ritmo de *Cotton-Eye Joe* con un puñado de vaqueros borrachos.

—Esto es un pelín distinto.

—¿Cómo te interesaste por los bailes de salón?

—Supongo que parece una afición extraña, pero tengo mis razones. Hace un tiempo gané unas clases gratuitas en una rifa benéfica organizada por el cole de mis hijos, y convencí a Ida B. de que viniera conmigo. Pensé que podría servirle para hacer amigos, que incluso podría encontrar pareja o alguien que al menos aliviara la soledad. Ya sabes.

—Sí, sí que lo sé.

Ella apartó la mirada por un segundo.

—Bueno, pues resulta que las cosas no salieron como yo pensaba. Ella no disfrutó de las clases, pero yo sí. No me lo esperaba, pero había algo en eso de ponerse de punta en blanco y aprender los movimientos del baile que hizo que volviera a sentirme humano después del divorcio.

—De modo que Ida lo dejó y tú seguiste con las clases.

—Exacto. Para serte sincero, también pensé que sería una buena forma de conocer chicas.

—Ah. ¿Lo es?

—Pues descubrí que no es una actividad que atraiga demasiado a la gente de mi edad. Si no es una de esas veladas dedicadas a parejas que practican para el baile de su boda, suelo ser el más joven del grupo, pero lo paso bien. Es una actividad distinta, algo que me sirve para salir de casa cuando los niños no están.

—Vale, tengo ganas de probar qué tal se me da.

—¿Y tú qué?, ¿cuáles son tus pasatiempos? ¿Alguna anécdota curiosa, en plan «fui a clases de baile con mi madre»?

—Creo que navegar es mi nuevo pasatiempo favorito.

Jerome tuvo ganas de lanzar un victorioso puñetazo al aire al oír aquello, pero disimuló y ella añadió:

—Me encanta leer, siempre estoy leyendo. Cuando vi la librería de Perdita Street, me alegré más aún de haber decidido abrir allí mi restaurante.

—¿Qué clase de libros te gustan?

—Los que me hacen olvidar mi vida por un rato.

Aquello le sorprendió y se volvió a mirarla.

—¿Por qué quieres olvidarla?

—Tengo un pasado.

Aferró con fuerza el bolso sobre su regazo y empezó a juguetear con la correa con nerviosismo.

—Todos lo tenemos. ¿Quieres hablar del tema?

Ella titubeó antes de contestar.

—Puede que sí. A lo mejor te lo cuento.

—No te sientas presionada. O sea, haz lo que tú quieras. Se me da bien escuchar.

—Sí, ya lo sé —asintió Margot, y miró por la ventanilla del coche—. Es agradable ser escuchada.

Margot iba a conocer a los hijos de Jerome, con quien llevaba varios meses inmersa en una danza mucho más delicada que los bailes de salón que, con torpeza y entre risas, habían seguido aprendiendo. Como si de un tango se tratara, se acercaban el uno al otro con un par de tentativos pasos y de repente hacían amago de alejarse para, acto seguido, acercarse de nuevo. Jerome estaba ganándose su confianza poquito a poco, de una forma que a ella no le resultaba amenazante apenas.

La había invitado a salir a navegar aquella tarde con los niños. Al parecer, usarían una embarcación que iba a prestarle un amigo, un *sloop* dotado de cubierta superior y una pequeña cabina. Margot no tenía más remedio que admitir que aquello era un gran paso; según Anya, un hombre no les presenta una chica a sus hijos a menos que quiera que la relación avance.

La cuestión era si eso era lo que ella quería.

La respuesta era afirmativa. Inequívocamente afirmativa.

No iba a ser fácil, era consciente de ello. Todavía estaba pendiente el asunto de su pasado, y esa era una puerta que mantenía cerrada y que solo le abría a su terapeuta, pero, si de verdad quería dejarse llevar por lo que sentía por Jerome, iba a tener que abrirse y sincerarse con él. El problema radicaba en que el propio Jerome también llevaba a cuestas la mochila de su propio pasado: dos niños y una exmujer a la que podría no parecerle bien que alguien como Margie entrara a formar parte de la vida de sus hijos.

Decidió que ese día lo dedicaría a divertirse, que evitaría darle vueltas y más vueltas a eso en la cabeza. Ernest y Asher eran increíblemente adorables, un par de pilluelos con sonrisas traviesas, ojos chispeantes y una energía inagotable.

—No conozco a muchos niños —les dijo—. Aparte de la comida que suele gustarles en mi restaurante, no sé gran cosa sobre ellos, pero sois personas, ¿no? Se me da bien tratar con la gente. Ya me diréis qué tal lo estoy haciendo.

—Uy, ten cuidado, estos dos muchachos no se callan su opinión.

—Me han valorado miles de veces en Yelp, no me asustan las opiniones —dijo. Venía armada con provisiones—. He traído comida.

Dejó la nevera en la cubierta de popa.

—¿Carne a la brasa?

—Ah, me he enterado de que os gusta la que yo preparo, pero no, hoy he elegido otra cosa: sándwiches de pastrami con queso fundido, recién salidos del horno. Yo creo que os gustarán. Y ya sé que a vuestro padre se le dan mejor los postres, pero os he traído una tarta al estilo de Texas, el estado donde nací.

Bastó con eso para que la aceptaran sin dudar.

—¿Podemos comer ya, papá? —preguntó Ernest.

—Vamos a atracar en Angel Island; comeremos allí.

—¿Pueden picar algo mientras tanto? —preguntó Margot.

—Buena idea, así no morirán de inanición en el camino —asintió Jerome.

—Limonada con miel y fritos con queso y chile. Esto os quitará el hambre.

Ernest fue un pozo inagotable de preguntas mientras navegaban en dirección norte hacia el parque estatal de la isla. Le preguntó por su edad, de qué marca era su coche, si tenía perro, si sabía nadar… Ella se sintió como si estuviera en un concurso de la tele ante semejante aluvión. Asher, por su parte, era un año mayor que su hermano y era un niño ocurrente además de observador; notó que era diestra y no le pasó desapercibida la cicatriz que ella tenía en el brazo, resultado de una mala decisión cuando era niña. Al llegar a la isla, subieron por una colina hasta un prado cubierto de suave hierba y doradas amapolas. Una vez que Jerome extendió la manta, holgazanearon al sol y disfrutaron de la comida. Tanto la tarta como los sándwiches fueron un éxito rotundo, tal y como esperaba. Al fin y al cabo, aquellos sándwiches habían sido uno de los productos estrella del *food truck.* El relleno consistía en finas lonchas de pastrami curado, chucrut con ajo, eneldo, queso suizo y salsa rusa, y los panecillos estaban untados con mantequilla a las hierbas, crujientes semillas y sal.

—Gracias por la comida —dijo Ernest, sin necesidad de que su padre le indicara que debía hacerlo.

—Lástima que solo hayas traído doce bocatas; cocinas muy bien —comentó Asher.

—Cocina de maravilla —afirmó Jerome—, pero apuesto a que no sabíais que es experta en defensa personal.

Los dos niños se volvieron a mirarla al unísono.

—¿Como en Cobra Kai? —preguntó Ernest.

—En serio, es muy buena.

—No exageres —le pidió ella.

—Podrías hacerles una demostración.

—Ya, o darles otro vaso de limonada.

—¡Enséñanos! —le pidió Ernest.

Margot se puso de pie.

—Vale. La primera norma de la autodefensa es evitar meterse en una pelea —dijo, y sonrió al ver la cara de decepción que ponían—. Pero digamos que os veis en una situación que no podéis eludir; en ese caso, hay que usar la energía del propio contrincante en su contra. Por otra parte, saber cómo caer es uno de los primeros movimientos que hay que aprender, porque deberíais estar preparados para caer sin romperos nada. Hay que procurar dar en el suelo con los antebrazos; golpearlo sin estrellarse.

Los niños estaban fascinados y la observaron muy atentos mientras les mostraba cómo caer sin hacerse daño. Acto seguido, hizo que practicaran un poco. Primero les hizo caer estando de rodillas y después pasaron a hacerlo estando de pie. Ellos querían aprender más, así que les enseñó un par de movimientos básicos. Este arte marcial no era tan espectacular como las que salen en las pelis, pero ellos disfrutaron de lo lindo y protestaron cuando Jerome anunció que era hora de regresar.

—Podemos seguir practicando otro día si queréis, en el gimnasio donde entreno tienen cursos para niños —propuso ella.

—Preferimos que nos enseñes tú —repuso Ernest.

—Sí, ya estamos apuntados a un montón de cursos —afirmó Asher.

Jerome la miró en plan «¡No sé de qué se quejan!» y exclamó:

—Vaya, ¡perdón por apuntaros a distintas actividades!

—Mi madre nunca me apuntó a nada —dijo Margot. «Solo al servicio de comida gratuita en el comedor escolar», pensó para sus adentros—. Yo ni siquiera sabía que existían todas esas actividades, aprendí aikido siendo adulta, pero me enseñó otras muchas cosas:

aprendí a desenvolverme en una cocina y a usar una parrilla, y puedo preparar cualquier sándwich habido y por haber. Los que he traído hoy, por ejemplo, eran una receta de mi madre.

Regresaron al puerto deportivo y atracaron el barco, cansados y satisfechos tras la jornada de navegación. Margot esperó a que estuvieran en el coche y entonces se volvió hacia los niños.

—Os he traído algo —anunció, y sacó tres sudaderas dobladas del mismo color. Tenían bordado el nombre del restaurante, Salt, y un estilizado logo que consistía en una molécula de sal—. Las diseñamos para venderlas en el restaurante y la primera remesa ha llegado hoy —explicó. Desdobló la más pequeña y se la mostró a Ernest—. ¿Qué te parece?, ¿te la quieres probar?

Se sorprendió al ver que el niño intercambiaba una mirada de preocupación con su hermano.

—Yo creo que es de tu talla. Si prefieres otro color o…

—¡Nunca nos ponemos sudaderas con capucha! —soltó Ernest de repente.

—¡Ah! Eh… vaya, no sabía que no os gustaban.

Miró desconcertada a Jerome, quien se limitó a decir:

—Un hombre negro debe tener en cuenta lo que pensará la gente al verlo con capucha.

Ella sintió que se le caía el alma a los pies.

—¡Qué idiota soy! Ni siquiera me paré a pensar. Y ese es el problema, ¡mi problema! Chicos, lo siento muchísimo —se disculpó, y recordó de pronto algo horrible—. ¡Ay, Dios! ¡Le he dado una a todos los empleados de la cocina! ¡Mier…! Eh… ¡Leches! Voy a llamarlos a todos.

—Podríamos usarlas de pijama y cuando estemos en casa —propuso Asher alzando su sudadera y mirándola pensativo.

—Sí, buena idea —repuso Jerome, dándole unas palmaditas en el hombro—. Bueno, es hora de irse.

Margot se sentía fatal y toda la culpa era suya. Sabía lo que era el llamado «privilegio blanco», pero había sido tan necia como para creer que no era aplicable en su caso. Era hija de una madre adolescente, había crecido en la pobreza y no había terminado los estudios, así que jamás se había considerado una persona privilegiada. Jerome, por su parte, se había criado en una familia que le había dado amor, unos cimientos sólidos, una educación y una buena profesión. Y, a pesar de todas esas ventajas, sus hijos y él tenían que lidiar con cosas que ella apenas podía imaginar.

Tenían que dejar a los niños en casa de su madre y, cuando llegaron allí, observó en silencio a Jerome mientras los pequeños salían del coche con sus respectivas mochilas y corrían por el camino que conducía a la puerta trasera. Él permaneció con la mirada al frente, inexpresivo, con la mandíbula visiblemente tensa.

—Debe de ser duro —comentó con voz suave.

—Ahora ya estoy acostumbrado, aunque me pregunto qué le cuentan a su madre y a Lobo.

—¿Lobo? ¿Así se llama su marido?

Él puso el coche en marcha y se incorporó a la carretera antes de contestar.

—Sí, ya sé que es difícil de creer. No es mal tipo. Afrolatino, trabaja en el sector tecnológico. Para mí, lo más duro del divorcio era saber que mis hijos iban a tener otra vida, una separada de la que yo les doy. De momento parece que se llevan bien con él. Esta mañana me han dicho que su madre está embarazada.

Margot sintió un latigazo de ansiedad. Incluso ahora, después de tanto tiempo, tenía una extraña reacción ante la idea de un embarazo. Se preguntaba cómo sería planear la llegada de un bebé, esperar ese momento con dicha.

—Ah. ¿Cómo te sientes al respecto?

—Yo no tengo nada que ver ahí. A los niños podría venirles bien tener un hermanito o hermanita. Tendría que haber sido la propia Florence quien me diera la noticia, pero lo de comunicarnos es algo que no siempre se nos da bien. Me entero de casi todas las novedades a través de los niños.

—Me pregunto qué contarán sobre mí.

—Seguro que dicen que eres Cobra Kai.

Margot no tenía ni idea de lo que quería decir eso. Le preocupaba que la madre de los niños quisiera hacer algunas preguntas sobre ella y que no le gustaran las respuestas.

—Me han parecido unos niños estupendos, así que está claro que los estáis criando muy bien.

—Eso espero. Ese es el plan, al menos. Por cierto, ¿sabes lo que también es difícil de creer? Lo de Ida y Frank.

—Ah, ¿la cosa va bien?

Le encantaba la idea de que esa relación prosperara, aunque al principio había sido escéptica y se había negado a creer que una historia de amor del pasado pudiera revivir; Jerome, pensando en la felicidad de su madre, había optado por ser optimista. Frank tenía pinta de ser un hombre muy agradable, la verdad. Era viudo, un médico que atendía a veteranos. Era precioso pensar que pudieran terminar juntos después de todo. Ida le había dicho en una ocasión que la vida estaba llena de sorpresas.

Se sentía un pelín satisfecha por el papel que había jugado en aquel reencuentro. Si no hubiera estado trabajando a altas horas de la noche, si no hubiera roto sin querer aquel certificado enmarcado, si no hubiera encontrado el viejo suplemento dominical que contenía el artículo, era posible que Ida y Frank no hubieran vuelto a verse jamás. Era algo digno de un relato de fantasía, la historia de un amor perdido que se reencuentra al cabo de los años.

—Eso parece, se han vuelto inseparables —contestó Jerome—. Frank tiene un velero grande y realmente precioso. Me he enterado de que fue él quien la enseñó a navegar —dijo. Después se quedó callado y se giró para mirar a Margot por un momento antes de volver a centrarse en la carretera—. Hay muchas cosas de las que no estaba enterado.

—Entonces, tu madre está feliz, ¿no?

—Nunca la había visto así. Lleva soltera desde que terminé la secundaria. Es la primera vez que la veo tener una relación seria con un hombre. Siempre ha sido una persona alegre, pero esto… la llena de luz, está radiante. No sé si la cosa durará, pero me gusta verla así.

—Qué bien. Y bien por ti, por haberlo hecho posible —comentó ella, y se sorprendió al ver que él tensaba de nuevo la mandíbula—. ¿Qué pasa?

—Es verdad que se trata de algo positivo, pero también es complicado.

—¿Por qué?

Él apretó con más fuerza el volante.

—Porque ella tuvo un hijo suyo.

—¡¿Qué!? ¡Madre mía, Jerome! ¿Lo dices en serio? ¿Tu madre tuvo un hijo con Frank White?

—Sí.

—Y el bebé… el niño. ¿Lo dio en adopción? —preguntó ella; fue la primera opción que acudió a su mente.

Él soltó un bufido burlón.

—Qué va, decidió quedarse conmigo.

Margot no daba crédito a lo que estaba oyendo. ¿El viejo médico blanco? ¿Con Ida?

—¿Tú? Entonces, ¿ese tipo es tu padre?

—Desde un punto de vista biológico, pues sí. No sabían que estaba embarazada cuando Frank se marchó a Canadá. Ella era joven, estaba embarazada y apareció un buen hombre: mi padre, Douglas Sugar. Él fue mi padre y así ha sido siempre a ojos de todo el mundo, pero ella no quiso que hubiera ningún secreto ahora que Frank ha vuelto a su vida.

—Increíble. Y tú estás… ¿cómo te sientes con todo esto? ¿Te arrepientes de haberlo localizado?

—Hace feliz a mi madre, eso es lo que cuenta. Por eso no puedo lamentar la decisión de buscarlo.

—Sí, ella es feliz, pero ¿y tú qué? ¿Cómo te ha afectado la noticia?

Jerome apretó la mandíbula y mantuvo los ojos en la carretera.

—Es raro pensar que Frank y yo ni siquiera nos conocíamos. A ver, tuve al mejor padre del mundo hasta el día de su muerte. Engendrar un hijo no es nada, ser padre lo es todo.

Esa era una verdad dolorosa, Margot lo sabía mejor que nadie.

—¿Te sientes distinto ahora que sabes que fue Frank quien te engendró?

—No, para nada. No tendría sentido. He pasado la vida entera con el ADN de ese hombre en el cuerpo y jamás lo supe hasta ahora. ¿Importa un poco?, ¿importa mucho? No lo sé. Puede que eso explique por qué tengo asma, por qué llevo gafas.

—¿Frank tiene asma?

—Sí.

—Madre mía, Jerome. No es algo fácil de digerir.

—Lo llevo bien. Conocí a Jenna y Grady, sus hijos. A decir verdad, no siento ningún vínculo con ellos, pero me parecieron buena gente. Y mi madre está de maravilla, así que supongo que todos terminaremos por asimilarlo.

Margot se tomó unos segundos para asimilarlo a su vez. Pensó en las vidas que se habían visto afectadas por lo que había ocurrido tantos años atrás. No se trataba solo de Ida y Frank. Aquello también tenía un impacto en sus respectivos hijos y en sus nietos. Menudo drama, y todo porque ella había encontrado por casualidad aquel viejo y bien preservado suplemento dominical.

—Mi madre dice que es un romance otoñal. Cuando los veo juntos… están igualitos que en aquellas viejas fotos —comentó Jerome, y le lanzó una mirada a Margot—. La forma en que la mira… podría ser yo mirándote a ti.

Margot sintió que la embargaba una cálida emoción al oír aquellas palabras, pero tenía que hacer un esfuerzo hercúleo para renunciar a ese estado de alerta extrema al que estaba acostumbrada. Había aprendido a ser excesivamente cauta y a veces se sentía amenazada cuando se acercaba a él.

—¿Fue duro aceptar lo de Frank? —le preguntó.

—No, no lo fue una vez que me recobré de la sorpresa inicial. Mi padre era mi padre; Frank fue el novio de mi madre. Debo admitir que fue impactante, pero, no, aceptarlo no fue duro. Mi madre... ella hizo lo que hizo. No soy quién para juzgar lo que una persona hizo en su pasado, eso es algo que le pertenece única y exclusivamente a ella.

—Eres muy comprensivo con la gente, Jerome. Admiro tu actitud.

—Todo el mundo tiene un pasado, lo que importa es quién eres ahora.

Margot pensó en el hecho de que unos secretos sin revelar habían sido la causa de que Ida y Frank permanecieran alejados el uno del otro durante décadas. Se volvió ligeramente en el asiento y observó a Jerome. ¿Se parecía a Frank, aunque fuera un poquito? A sus ojos aquel hombre era un sueño hecho realidad. Jamás había conocido a nadie como él y todavía le costaba creer que pudiera existir alguien así, alguien que parecía sacado de su imaginación.

—¿Podrías parar el coche en algún sitio?

—Claro. Necesitas un baño o...

—Un lugar donde poder hablar. Tengo algo que contarte.

—Parece serio.

Los músculos de sus antebrazos se habían tensado visiblemente.

—Voy en serio contigo, Jerome, y... quiero hablar de un par de cosas.

—Mira, si es por lo de las sudaderas de los niños...

—Uf, no me lo recuerdes. Menuda caga... metedura de pata. Pero... Jerome, se trata de... otra cosa.

—Vale, ahora estoy preocupado.

Ella no dijo nada. No quería intentar apaciguarlo ni minimizar el impacto de lo que debía contarle. Cabía la posibilidad de que él decidiera cortar la relación al enterarse, pero tenía que saber la verdad. Jerome tenía que saber quién era ella en realidad, conocerla de verdad, incluso si eso significaba perderlo, tal y como había perdido a otras personas que no habían podido asimilar el pasado que ella acarreaba a sus espaldas. Varios años atrás, había conocido a un tipo que tenía un buen corte de pelo y una risa fuerte, y que ganaba un pastón en el sector tecnológico. Ella se había atrevido a contarle lo que había ocurrido y él le había asegurado que lo comprendía, se había solidarizado con ella… pero, de buenas a primeras, las cosas habían cambiado entre ellos y cada uno siguió su propio camino, como si se hubiera abierto una falla y estuvieran en lados opuestos.

Jerome enfiló por Sea Cliff Avenue en dirección a China Beach, donde acantilados golpeados por el mar se alzaban sobre rocosas ensenadas y playas de arena. Tomaron un zigzagueante camino y pasaron por Deadman's Point, donde había un ominoso cartel con la siguiente advertencia: *Múltiples personas han muerto despeñadas a partir de este punto.*

Bajaron a pie hasta un mirador y contemplaron las vistas en silencio. A sus pies se extendía una playa y el puente Golden Gate y los cabos de Marín se atisbaban en la distancia. Jerome se sentó de piernas cruzadas en la hierba, la tomó de la mano y la instó a sentarse a su lado antes de decir:

—Mi padre solía traerme a este lugar. Yo jugaba en el parque infantil hasta quedar agotado y sudoroso. Veníamos aquí para nadar un rato y después íbamos a Zim's para zamparnos unas hamburguesas y unos batidos. ¿Habías venido alguna vez?

Ella negó con la cabeza. Le envidiaba por los buenos recuerdos que tenía de su padre.

—Me siento como si estuviéramos a un mundo de distancia de la ciudad.

—Bueno, cuéntame. ¿Qué querías decirme?

Margot apretó las rodillas contra el pecho, pero él negó con la cabeza y entonces la atrajo hacia sí y la rodeó con sus largos brazos. Ella sintió ganas de llorar al ver la ternura con la que la trataba.

—Es una historia muy larga —le advirtió.

—Lo que me sobra ahora es tiempo.

—Hay ciertas cosas sobre mí… cosas de las que no me gusta hablar —confesó. Se sentía increíblemente nerviosa y vulnerable—.

Pero voy realmente en serio contigo y acabo de conocer a esos encantos de niños que tienes, y esto empieza a parecerme muy real. En plan, que la cosa podría llegar a cuajar.

—En ese caso, debo de estar haciendo algo bien.

—Ay, Jerome… —Qué cosas tan dulces le decía aquel hombre—. Quiero que sepas quién soy.

—Soy consciente de que hablo mucho, pero también se me da bastante bien escuchar.

—Sí, eso ya lo sé. Es muy agradable que te escuchen. Creo que deberías saber lo que pasó antes de que me marchara de Texas, porque podría… podría cambiar la opinión que tienes de mí.

Le sostenía la mirada al hablar, consciente de que esa podría ser la última conversación que mantuvieran. El soplo de la brisa la acarició y le agitó el pelo; él se lo apartó de la cara con delicadeza.

—Cariño, la opinión que tengo de ti no cambiaría por nada del mundo.

—Soy… si voy a tener relación con tus hijos, tienes que estar enterado de esto.

Él le lanzó una mirada penetrante que hizo que se le encogiera el estómago. Respiró hondo, inhalando el olor del océano y de los retorcidos cipreses que salpicaban el acantilado.

—No me convertí en una experta en aikido porque sí, tuve mis motivos.

—Y yo que creía que eras la caña porque sí.

Margot volvió a respirar hondo y escuchó el susurro de las olas al romper contra las rocas. Llevaba demasiado tiempo manteniendo a la bestia tras la puerta porque sabía que, si llegaba a sacarla, todo cambiaría.

«Venga, hazlo», se instó a sí misma. «Cuéntaselo. Si realmente es como tú crees, no saldrá huyendo al enterarse.» Sin embargo, si sucedía lo contrario, si aquello lo ahuyentaba, ella podría volver a considerarse una persona a la que ningún hombre bueno podría llegar a amar.

Jamás.

Tercera parte

Existen tres cosas que no pueden ocultarse durante mucho tiempo: el sol, la luna y la verdad.

Buda

10

Banner Creek, Texas, 2007

Encontrar el punto justo de azúcar y de sal era la clave para conseguir una salsa barbacoa perfecta. Sí, tratándose de la salsa en cuestión, huelga decir que cada uno tenía su propia opinión sobre la combinación de acidez, especias, fruta y condimentos —ese indescriptible sabor único conocido como *umami*— que conseguía que cada bocado fuera tan sabroso, pero Margie Salinas tenía muy claro que la base de todo eran el azúcar y la sal.

De modo que, cuando Cubby Watson le dio la oportunidad de producir su propia salsa especial para los clientes del restaurante, la bautizó con el nombre de sugar+salt. Imprimió etiquetas en la biblioteca pública porque su presupuesto no daba para más, pero se prometió a sí misma que algún día tendría una diseñada por profesionales, una que le daría a su salsa un aspecto tan fino y selecto como el de una botella de vino del caro.

Cuando terminó su jornada de trabajo sirviendo mesas en el comedor, se dirigió a la despensa y contempló la hilera de botes de su salsa. Tenía un intenso color burdeos y estaba moteada de las especias que ella misma tostaba y molía en su pequeña cocina.

—La cosa esa está vendiéndose como sandía en un día de calor —comentó Cubby al entrar en la despensa. La ardiente parrilla exterior donde asaba la carne había impregnado su camisa y su delantal de humo de mezquite—. Espero que estés lista para preparar un montón más.

Ella sonrió con cansancio y dejó en el canasto de la cocina su delantal, que llevaba bordado el logo del restaurante.

—Más que lista, no te preocupes. Esta noche me pondré a preparar una tanda cuando llegue a casa. La dejaré cocinando a fuego lento hasta mañana.

—Calculo que hoy hemos vendido unos seis litros, aquí tienes tu parte.

Le entregó un bolsito de dinero cerrado con cremallera y repleto de billetes.

—Gracias, Cubby, ¡eres el mejor!

Lo dijo porque era la pura verdad. No había día en que ella no recordara sentirse agradecida por el hecho de que tanto él como Queen, su mujer, estuvieran en su vida. Ellos le habían dado una oportunidad justo cuando pensaba que se había quedado sin opciones.

Fue al vestuario, se puso la ropa de calle — minifalda y botas vaqueras— y saludó a Nanda, que acababa de llegar junto con el personal de limpieza. Se soltó el moño y se miró al espejo, junto al cual habían colgado un recorte de periódico enmarcado de la revista *Texas Monthly,* la más admirada de todo el estado. El recorte en cuestión contenía una reseña donde se hacía mención especial a sus salsas. El autor, Buckley DeWitt, las había descubierto en el mercado al aire libre y había seguido comprándolas desde entonces. Era obvio que ella le gustaba, aunque fuera un poquito, porque se le enrojecían las orejas y tartamudeaba cuando hablaban, pero, en cualquier caso, era un escritor muy bueno y destacaba especialmente a la hora de escribir sobre restaurantes especializados en platos a la brasa. Una buena valoración en *Texas Monthly* podía provocar una estampida.

Buckley le había confesado que, en realidad, lo que quería era escribir sobre temas judiciales, sobre crímenes y castigos. Incluso tenía un blog electrónico al margen de la revista, uno llamado *Lone Star Justice* que publicaba usando un pseudónimo porque expresaba opiniones que podrían cabrear a más de uno.

Al salir del restaurante por la puerta trasera encontró a Cubby contemplando las estrellas mientras disfrutaba de su cigarro de todas las noches, un Black & Mild, acompañado de un trago de Hennessy.

—Mi propiedad está sujeta a una servidumbre de derecho público, ¿te lo había dicho?

—¿Eso es malo?

Margie apenas sabía lo que era una servidumbre.

—Significa que el condado podría construir un rascacielos justo encima de mí y yo no podría decir ni pío.

—Venga ya, Cubby, nadie va a construir un rascacielos en Banner Creek.

—Quién sabe, espero que tengas razón —dijo reclinándose hacia atrás en su silla.

—¡Claro que la tengo! Adiós.

—¡Ve con cuidado!

Frente al restaurante, algunas de las chicas se dirigían a las camionetas de los chicos con los que habían quedado, dispuestas a disfrutar de la velada bailando en el Greene's Dance Hall o nadando en el Blue Hole. En ocasiones, sus compañeras de trabajo y ella iban a la ciudad para ver actuar a los Austin Lounge Lizards.

Ginny Coombs le hizo señas con la mano para que se acercara.

—¡Eh, Margie! ¿Dónde está Jimmy? ¿Os apetece venir a nadar?

Margie eludió su mirada y agachó ligeramente la cabeza antes de admitir en voz baja:

—Lo mío con Jimmy se terminó.

—No lo dirás en serio, ¿verdad? —Ginny le dio una calada a su Virginia Slim—. Joder, chica, ni siquiera le diste una oportunidad. He visto plátanos con una fecha de caducidad más larga que tus novios.

Margie sonrió al imaginarse a Jimmy Hunt como un plátano pasado.

—En fin, supongo que vuelvo a estar en el mercado.

—Joder, ¿qué fue lo que pasó? Erais la pareja perfecta; además, estamos hablando del mismísimo Jimmy Hunt.

Ginny pronunció su nombre con la reverencia que se le profesa a un heroico conquistador. Y, de hecho, así se le consideraba en aquellos lares, ya que los Hunt eran una familia más que conocida por la gran fortuna que habían amasado gracias al petróleo, por su atractivo físico y por su poderosa influencia. En un pueblo como aquel, uno lo bastante pequeño como para que todo el mundo se conociera, esos tres factores tenían mucho peso y, dado que Banner Creek estaba a poca distancia del capitolio de Austin, la influencia de aquella familia llegaba a la legislatura estatal.

Había conocido a Jimmy en un salón de baile al que había ido con unas amigas. Era un chico de cuerpo macizo con el cabello oscuro y ondulado, una mandíbula cuadrada y ojos chispeantes, y le había llamado la atención de inmediato. Era uno de los jugadores estrella de los Aggies de Texas, uno de esos que salían al terreno de juego en casi todos los partidos; según decían, era el pateador con más talento de la liga universitaria.

Ella se había sentido atraída por su sentido del humor, por la soltura con la que se desenvolvía en la pista de baile y por aquellos ojos azules de mirada cautivadora. Después la había llevado a casa en su ranchera último modelo con Waylon sonando en la radio, una escopeta en la parte de atrás del vehículo y una botella abierta de cerveza Shiner entre los muslos. Según le explicó él con su risa de barítono, un Hunt podía tomar un trago estando al volante sin ningún problema: su hermana era ayudante del *sheriff;* su primo favorito, jefe de policía; y Briscoe, su hermano mayor, tenía intención de presentar su candidatura a fiscal del distrito. Una gran familia feliz.

Margie no tenía experiencia en ese aspecto, en lo de tener una familia, una gran familia feliz.

Le había invitado a entrar al llegar a casa y, después de charlar un rato sobre fútbol americano — el año próximo sería su última temporada como jugador en la liga universitaria, pero iban a seleccionarlo para jugar en la NFL—, compartieron unos besos y caricias. Él le dijo que era tan guapa que estaba haciéndole olvidar que era un caballero.

Era un chico divertido y Margie se sentía sola, así que, cuando tuvo otra noche libre, le invitó a volver a casa con la promesa de prepararle una cena casera. Le había servido pollo aderezado con una pizca de adulación, porque era una jovencita texana de pies a cabeza y era fan del equipo de fútbol americano de la universidad. Él se había mostrado abierto y encantador al hablar de sí mismo, de su familia, de los grandes logros que habían conseguido, pero no mostró demasiado interés cuando ella le contó que su madre había fallecido. La gente tenía tendencia a eludir el dolor ajeno. Quizás fuera ese el motivo de que a Margie le gustara tanto ir a la iglesia con Queen y Cubby todos los domingos, porque los feligreses no rehuían el dolor.

Dejó que Jimmy le hiciera el amor porque tenía unos labios bonitos y plenos y olía de maravilla y estaba un poco achispada y se sentía terriblemente sola. Sacó un condón del cajón de la mesita de noche —su madre siempre decía que era inútil esperar que un hombre fuera a acordarse de eso— y él lo aceptó con una carcajada complaciente, pero a la mañana siguiente encontró el paquetito en el suelo. Estaba abierto, pero el condón todavía estaba dentro.

Cuando le recriminó al respecto, él reaccionó con esa misma carcajada sexy.

—No me gusta bañarme con las botas puestas —se había limitado a decir.

—Pues tendrás que hacerlo la próxima vez, si es que quieres que haya una próxima —había contestado ella, mientras le preparaba beicon y huevos para desayunar.

Abrió la cajita donde tenía las píldoras anticonceptivas con la intención de doblar la dosis como precaución, para contrarrestar el descuido de la noche anterior, pero no le quedaba ninguna. La receta había caducado, había gastado todo su dinero en pagar la renta y los ingredientes para la salsa y todavía no había acudido a la clínica para que se la renovaran. Era algo que sucedía algún que otro mes.

Él la invitó a ir al campo de tiro para practicar y la idea le llamó la atención porque jamás había disparado un arma. «No sé, puede que vaya», le había contestado.

Jimmy subió a su ranchera y se largó con un fuerte acelerón que hizo que la gravilla del suelo saliera disparada hacia el porche. Kevin, el gato de Margie, se llevó un susto, y ella lo alzó en brazos para calmarlo mientras seguía la ranchera con la mirada. A través de la polvareda alcanzó a ver una pegatina de una bandera confederada y un símbolo de la fraternidad Kappa Alpha.

Dejó a Kevin en el suelo y dio media vuelta. Entonces recogió la toalla que Jimmy había dejado tirada en el suelo del baño, lavó los platos del desayuno y barrió el polvo que él había metido con sus botas la noche anterior.

Pensó en el condón sin usar y en el hecho de que él no le hubiera preguntado ni una sola cosa sobre sí misma. De haberlo hecho, quizás le habría explicado por qué estaba sin blanca y cómo pensaba salir del agujero en el que estaba metida; quizás le habría hablado de lo que ocupaba sus pensamientos y sus sueños.

Y pensó también en el hecho de que, mientras él la abrazaba y le hacía el amor, se había sentido más sola que nunca.

Le llamó al día siguiente para cancelar la salida al campo de tiro. Entonces respiró hondo y le dijo que no quería volver a verlo.

—Pues eso es una lástima, nena, y un error. Sería una lástima que te perdieras toda la diversión, sé cómo tratar de maravilla a una mujer.

Ella no había visto nada que confirmara semejante afirmación, pero optó por contestar:

—Sí, ya lo sé. Supongo que tienes razón, pero es que ahora tengo muchas cosas en mente y no estoy en un buen momento para tener pareja. Esperaba poder solucionarlo, pero me equivoqué.

Era consciente de que estaba intentando suavizar el golpe. La explicación que estaba dándole tenía como objetivo evitar herir sus sentimientos, como si esa fuera responsabilidad suya. «No es por ti, sino por mí.»

Lo que tendría que haberle dicho si hubiera tenido las agallas necesarias era que había sido un capullo con lo del condón, que había mostrado una total falta de respeto hacia ella. Tendría que haberle dicho que un engaño como ese suponía una brecha insalvable en cualquier relación, incluso en una esporádica. Puede que su madre le hubiera dado más consejos respecto a los hombres si siguiera viva, en plan cómo mantenerse firme cuando los deseos de una estaban en conflicto con el sentido común, o cómo encontrar hombres que te trataran bien. Aunque también cabía la posibilidad de que su madre no hubiera sido de mucha ayuda, porque, tratándose de hombres, no podía decirse que hubiera tomado las mejores decisiones.

—Bueno, pues qué pena —dijo Jimmy.

—Gracias por comprenderlo. Lo siento de verdad, Jimmy.

—Vale. Nos vemos, nena.

Margie regresó al presente cuando Ginny Coombs le dio un pequeño codazo.

—¿Estás total y absolutamente segura de no querer darle otra oportunidad a Jimmy Hunt? Quién sabe, a lo mejor resulta que la cosa sale bien. Tendrías la vida resuelta, los Hunt están forrados de dinero. Podrías decirle adiós al trabajo de camarera.

—La verdad es que me gusta este trabajo. Y, en cuanto a Jimmy… no terminamos de encajar.

—Bueno, no pasa nada. Aún eres joven.

Ginny apagó el cigarrillo en el cenicero que había en la calle y se llevó un chicle a la boca.

—Gracias por comprenderlo. A lo mejor necesito un descanso y no salir con nadie, al menos por una temporada. En fin, ¡que os divirtáis esta noche!

Jimmy llevaba toda la tarde mandándole mensajes de texto. Oyó una nueva notificación procedente de su bolsillo mientras entraba en el coche y se tomó un momento para bloquear su número antes de salir del aparcamiento y poner rumbo a casa.

Se alejó del pueblo por la estrecha y serpenteante carretera, manteniéndose alerta por si se cruzaba en su camino un armadillo o un ciervo mulo. Banner Creek discurría por el camino en el vado y el agua salpicó el chasis del coche cuando pasó entre los postes de hormigón.

Su casita estaba situada junto al río; en otros tiempos había sido un pabellón de pesca. Era sencilla a más no poder, una estación de paso para una persona que todavía no estaba segura de cuál era su papel en la vida. Era el primer hogar de verdad que había tenido desde la muerte de su madre y, aunque no era más que un lugar donde poner sus pertenencias, contaba con una buena cocina de gas y al casero no le importaba que tuviera un gato. Los vecinos de la casa de al lado, los Pratt, tenían varios hijos adolescentes de lo más ruidosos, pero no eran una molestia para ella.

En cuanto metió la llave en la cerradura y abrió la puerta, Kevin bajó de la barandilla del porche y se restregó contra sus tobillos.

—Venga, colega, vamos a preparar un poco de salsa.

Encendió la luz mientras el gato la precedía al interior de la casa. Era un chiquitín feúcho y había sido bastante arisco de pequeño, pero ella lo había llevado a casa y había ido acostumbrándolo a su nueva vida a base de paciencia y cariño. Ahora era su mejor amigo y permaneció atento a cada uno de sus movimientos mientras ella guardaba la bolsa de dinero en el cajón. Siempre estaba al borde de la bancarrota porque, a raíz del accidente que había sufrido el año anterior, una compañía de facturación médica se llevaba una buena tajada de su mensualidad. Cubby era consciente de la situación y le pagaba en efectivo siempre que podía.

Abrió una botella de Shiner y puso música. Aún no tenía edad para comprar cerveza, pero Jimmy había dejado un pack de seis en la nevera.

Tenía la cocina entera organizada en torno a la producción de su salsa: cuatro ollas de cocción lenta colocadas en fila en la encimera; mantenía una envasadora a presión y una esterilizadora en la cocina de gas; tenía macetas de hierbas aromáticas en el porche, y tostaba y molía sus propias especias.

Le encantaba experimentar con sus salsas. El punto de inicio de todas ellas eran el azúcar y la sal; después solía añadir vinagre y cebollas y tomates, pero, a partir de ahí, probaba todo tipo de ideas: que si un toquecito de *bourbon,* que si una pizca de mostaza molida a la piedra, que si unos chiles en adobo, o ideas descabelladas como una vaina de vainilla de Madagascar, chocolate amargo, Coca-Cola, café, anís estrellado, tamarindo, calamondines de Florida… Anotaba detalladamente cada mezcla de ingredientes, se mantenía informada de cuáles eran los sabores que estaban más de moda e iba añadiendo sus propias recetas al tesoro más valioso que le había legado su madre: una enorme carpeta llena a rebosar de recortes y recetas escritas a mano.

Las cebollas solían provocar ríos de dolorosas lágrimas, pero había aprendido que el truco era refrigerarlas y, posteriormente, cortarlas rápidamente en daditos con un cuchillo muy afilado. Cantando al son de una canción de Brandi Carlile, sacó su cuchillo de finísima hoja de cerámica y se puso a pelar y a cortar mientras tomaba algún que otro traguito de cerveza de vez en cuando. La salsa de esa noche llevaba manzanas Ozark Granny, unas verdes y lustrosas que había comprado en el mercado al aire libre. Quería intentar caramelizarlas junto con las cebollas antes de añadirlas a la olla. La enorme sartén de hierro fundido salpicaba grasa por todas partes, así que se quitó la bonita blusa de rayón que llevaba puesta por miedo a que se echara a perder. Entonces se colocó el delantal con peto encima del sujetador y prosiguió con su tarea.

Mientras preparaba todo lo necesario para las ollas de cocción lenta, se puso a planear la velada perfecta: se daría un largo baño mientras leía un libro. Aparte de cocinar, la lectura era lo que más disfrutaba en el mundo. Leía libros que la llevaban a lugares lejanos, que le permitían experimentar una vida distinta, que hacían que viera el mundo bajo otro prisma. De no haber tenido que dejar los estudios por culpa de Del, lo más probable habría sido que su afición por la lectura la hubiera llevado derecha a la universidad, por inusual que eso pudiera parecer en una chica con unos orígenes como los suyos. Su consejera del instituto le había asegurado en multitud de ocasiones que estaba más que capacitada para ir a la universidad, como si el dinero necesario para pagar unos estudios fuera a aparecer por arte de magia.

El resplandor de unos faros barrió por un momento la cocina, deslizándose por el mobiliario barato que ya venía con la casa al alquilarla. No prestó demasiada atención, supuso que sería alguno de los hijos de los Pratt, pero entonces, en la pausa entre Brandi Carlile y Dave Grohl, oyó un portazo y vio a alguien en su porche.

La puerta mosquitera se abrió de golpe y, de buenas a primeras, Jimmy Hunt estaba allí, plantado en el umbral de su casa, con la cadera ladeada a un lado, un pulgar metido en la presilla del cinturón y una sonrisa en la cara. Tenía los ojos ligeramente desenfocados, seguramente había estado bebiendo o fumando hierba. Del bolsillo superior de su chaqueta vaquera asomaba un paquete de Swisher Sweets.

«Nos vemos, nena.» Esas habían sido sus palabras cuando le había dicho que no quería volver a salir con él. Ella no se las había tomado de forma literal, pero, a juzgar por la situación, tendría que haberlo hecho.

Sintió que el alma se le caía a los pies, ¿qué parte de «lo nuestro ha terminado» no había entendido?

—Hola, Jimmy.

—Eh, nena, no me gusta la forma en que hemos dejado las cosas. Creo que deberíamos hablar.

La luz tenue le daba un aspecto ligeramente misterioso… y amenazador. Se le veía totalmente seguro de sí mismo mientras la miraba de arriba abajo y se centraba en sus piernas.

La recorrió un estremecimiento.

—Mira, Jimmy, hablar sería una pérdida de tiempo. Ya te lo dije, tú y yo no somos… la cosa no funcionaría.

Él se acercó a la nevera como si estuviera en su casa y sacó una cerveza.

—Apenas nos has dado una oportunidad, nena. Puedo tratarte de maravilla, eres lo más bonito que he visto en mi vida.

No era el primero en decirle algo así. Margie había salido a su madre y, al igual que esta, no había tardado en aprender que ser guapa no siempre era una ventaja. A veces atraía la atención de gente indeseable.

—Te agradecería que te fueras. Ahora mismo, por favor.

—Todavía no he terminado mi cerveza —contestó él, antes de tomar un largo trago.

Margie lo contempló desde el otro extremo de la cocina. Estaba allí plantado, mirando alrededor como si fuera el dueño y señor de aquel lugar. Sintió un hormigueo en la nuca, un temor incipiente.

—Dejémoslo ya. Estoy ocupada. Por última vez, Jimmy: vete de mi casa, te lo pido por favor.

Él apuró la cerveza en un par de tragos, dejó a un lado la vacía botella marrón y en sus húmedos labios se dibujó una sonrisita torcida. Y entonces bajó la mirada hacia su sujetador, uno fino y delicado que apenas quedaba cubierto por el peto del delantal.

—Nena, tus labios dicen que no, pero ese cuerpecito tuyo dice que sí.

Margie hizo una mueca al oír semejante estupidez.

—Venga ya, no quiero montármelo contigo.

Hey There Delilah había empezado a sonar en la radio. Lanzó una fugaz mirada hacia su móvil, lo había dejado sobre la encimera mientras se cargaba. No iba a tener que llamar a la policía para que se lo llevaran de allí, ¿no?

¿Y si tenía que hacerlo? En ese caso, quizás apareciera alguno de los primos de Jimmy.

—Claro que quieres —afirmó él con toda naturalidad—.

167

Puedo tratarte de maravilla, nena. De hecho, estar conmigo puede venirte de maravilla, apuesto a que no sabes lo que dice la gente de por aquí a tus espaldas. Te ven como un bicho raro que se dedica a preparar brebajes como una bruja y que va a la iglesia negra como si fuera lo más normal del mundo. Allí no pegas ni con cola.

Margie no contestó, no tenía sentido darle conversación.

El aire estaba impregnado del olor de las manzanas y las cebollas caramelizándose. Apagó el fuego de la sartén de forma instintiva y entonces le espetó, más que un poco cabreada:

—Mira, estoy ocupada. Vete a buscar una fiesta. Algunas de mis compañeras de trabajo pensaban ir al Blue Hole o…

—Aquí mismo tengo tu fiestecita.

De repente, con un rápido movimiento que la tomó por sorpresa, la atrajo contra su cuerpo para que notara su erección, y entonces se inclinó hacia ella y la besó con fuerza.

Margie le apartó de un empellón y retrocedió contra la encimera, atónita y furiosa.

—¡Déjalo ya, Jimmy, si no quieres que…!

—¿Que qué? ¿Qué piensas hacer? —preguntó él con una carcajada burlona, mientras iba desabrochándose la chaqueta.

Ella agarró el cuchillo como una exhalación. Ardía de furia, una furia avivada por el miedo.

—¡Lo digo en serio! ¡Lárgate a tu casa!

—Qué graciosa eres —dijo haciendo ademán de arrebatarle el cuchillo.

Margie giró la empuñadura para amenazarle con la afilada hoja, estaba claro que él no tenía conciencia del filo quirúrgico que poseía un cuchillo de cerámica. Le cortó la piel como si de mantequilla se tratara, justo entre el pulgar y el índice.

—¡Ay, Dios! ¡Lo siento! —exclamó al ver brotar sangre de la herida—. Ha sido sin querer.

—¡Mieeerda! Sabía que eras tonta, pero no tanto.

Margie agarró un rollo de servilletas de papel y, al volverse de nuevo hacia él, vio que estaba desenfundando una pistola de una sobaquera que llevaba bajo la chaqueta.

—Tan tonta que quieres usar un cuchillo para enfrentarte a una pistola.

Soltó una exclamación ahogada, el cuchillo se le cayó al suelo y oyó que se hacía añicos. Ese era el problema de los de cerámica: eran letalmente afilados, pero frágiles. Su acelerado pulso le resonaba en los oídos, un profundo miedo le martilleaba en las entrañas. Puede que la pistola no estuviera cargada; a lo mejor era un juguete, tenía pinta de serlo; puede que tuviera el seguro puesto; no tenía ni idea de cómo era el seguro de un arma; no tenía ni idea de cómo funcionaba un arma. Lo único que sabía era que nunca le habían gustado, que solo traían desgracias.

—Venga ya, Jimmy, no estoy buscando pelea. Guarda eso —dijo ofreciéndole una servilleta de papel—. Ten, límpiate la mano. Es lo primero que hay que hacer. No era mi intención herirte, ha sido sin querer.

—Ya, lo imagino.

El negro cañón de la pistola apuntaba directamente al pecho de Margie.

—Te estoy pidiendo que guardes eso, por favor.

—No, no me apetece. No estás siendo nada amable conmigo.

Ah. Lo que quería era que fuera amable con él.

—Tienes razón, Jimmy —asintió luchando por evitar que le temblara la voz. Sí, tenía que seguirle el juego, porque estaba claro que tenía las de perder empleando la fuerza—. No te he tratado con amabilidad y lo lamento. Mira, te propongo una cosa: salgamos a dar una vuelta. Es sábado noche, ¿qué te parece si vamos a escuchar algo de música al Tierney?

Él sonrió de nuevo y enfundó el arma en la sobaquera que tenía bajo el brazo izquierdo.

—Así me gusta más.

La recorrió un alivio tan grande que sintió que le flaqueaban las piernas.

169

—Vale, muy bien. Espera un momento, me… me cambio de ropa en un santiamén.

Pasó por su lado procurando mantener las distancias y entró en el dormitorio, que estaba a unos pasos escasos de la puerta. La indignaba que estuviera haciéndola sentir incómoda allí, en su propia casa, justo donde se suponía que debería sentirse a salvo.

—Qué monada, el delantal ese encima del sujetador queda muy sexy.

No se había dado cuenta de que la había seguido. Intentó agarrarla del brazo, pero ella lo esquivó.

—Tengo que ir al baño, espera aquí. Echa un poco de agua en ese corte, tómate otra cerveza.

No tenía ni la más mínima intención de ir con él a ningún sitio, pero estaba atrapada en su propia casa. Tenía que encontrar la forma de salir de allí.

Él no le hizo ni caso. En vez de esperar, entró tras ella en el dormitorio.

—La otra noche nos divertimos de lo lindo en esta habitación —le dijo, mientras iba acorralándola hacia la cama—. Vamos a divertirnos un poco más.

—Dejémoslo para después, en el Tierney siempre hay buenos músicos tocando.

—Aquí hay alguien que también es bueno tocando —afirmó él con una sonrisita sugerente, mientras bloqueaba el paso hacia la puerta.

Margie intentó colarse por debajo de su brazo y la detuvo con un rápido movimiento, como un cepo que se cierra de golpe. A pesar de estar borracho, conservaba los rápidos reflejos de un atleta. Sus musculosos brazos la rodearon cual duras e inamovibles tenazas.

—¡Eh, frena un poco! —le pidió, luchando por no dejarse arrastrar por el pánico—. Salgamos a dar una vuelta, a pasarlo bien.

—Ya estoy pasándolo de maravilla, nena.

La echó hacia atrás para hacerla caer en la cama. Empleó tanta fuerza que Margie rebotó de forma casi cómica en el colchón y se quedó sin aliento.

—¡Joder, Jimmy! ¿No me dijiste que eras un caballero? —le espetó indignada.

—Claro que lo soy —contestó. La aprisionó contra la cama, metió una rodilla entre sus piernas y le sujetó ambas muñecas por encima de la cabeza—. Estoy hecho todo un caballero. El caballeroso Jimmy, ¡ese soy yo!

Margie forcejeó y se retorció para intentar liberarse, pero él siguió sujetándola con aquella mano que parecía un cepo de hierro. Entonces, empleando la que tenía libre, le apartó el delantal a un lado con un fuerte tirón.

—¡Eh! ¡Ya basta! —exclamó ella en voz alta y cortante, mientras la tira de la prenda se le hundía en el cuello como una soga.

Él rompió el cierre delantero del sujetador y se quedó mirando fijamente sus pechos.

—Ah, qué delicia.

—En serio, ¡para ya! —Tenía la garganta constreñida por el pánico, le costaba articular palabra—. ¡No tienes por qué ser tan brusco! —Su mente iba a toda velocidad, la instaba a intentar calmarlo—. Hagámoslo como la otra noche. Lentamente, sin prisa.

—Sí, así me gusta.

La besó con brusquedad, hundiendo la lengua hasta el fondo.

Margie se quedó inmóvil, contuvo el aliento, esperó a que el beso terminara y entonces susurró:

—Oye, tengo que ir al baño. Y de paso te traigo otra cerveza.

—Sí, me apetece otro trago —respondió, y le soltó las muñecas.

—Enseguida vuelvo —dijo ella posando las palmas de las manos en sus hombros e intentando que se echara hacia atrás—. Espérame aquí.

Él se echó a un lado, se estiró en la cama y se apoyó cómodamente en el cabecero de hierro.

La invadió un alivio abrumador y aprovechó para levantarse a toda prisa y apretar el delantal contra su pecho desnudo. Oyó el taconeo de sus propias botas mientras se dirigía a la cocina. Kevin estaba allí, agazapado junto a la puerta, moviendo la punta de la cola y mirando alerta a un lado y otro. No se fiaba de los desconocidos.

Abrió la nevera y sacó la última botella de cerveza. Su móvil estaba encima de la encimera. Lo agarró, lo abrió y su pulgar se deslizó a toda prisa por el teclado.

911, ¿cuál es su emergencia?

Tenía la mano en la puerta de la calle cuando sintió la mano de Jimmy en la nuca. Agarró la tira del delantal y tiró con tanta fuerza que la hizo caer de espaldas contra su pecho. El teléfono salió volando y la botella de cerveza cayó al suelo, pero no llegó a romperse.

—¡Socorro! ¡Que alguien me ayude! —lo gritó tan fuerte como pudo, con la esperanza de que los vecinos la oyeran.

Quizás se produjera un milagro y la operadora de emergencias siguiera aún al otro lado de la línea.

—Venga, nena, deja de berrear.

La apretó contra su cuerpo, la alzó del suelo y la llevó de vuelta al dormitorio. Margie le arañó las manos y echó los brazos hacia atrás para intentar arañarle la cara y el cuello.

—¡Ay! ¡No hagas eso, joder!

Llegó a la cama en dos zancadas, se dio la vuelta y la echó de espaldas sobre el colchón con brusquedad.

Ella soltó otro grito, una especie de incoherente sonido animal, y él tensó la tira del delantal para cortarle la respiración. No podía emitir sonido alguno, no podía respirar, ¡no podía respirar!

Él le alzó la falda de golpe y tironeó de sus bragas hasta que logró rasgarlas.

La tira del delantal la estaba estrangulando, el corazón le atronaba en los oídos. Arqueó el cuerpo y se retorció de lado a lado. Vio las estrellas cuando él le propinó un sonoro bofetón, unas estrellas que se convirtieron en mariposas que se alejaron volando. Puede que perdiera el conocimiento, porque cuando parpadeó él tenía los pantalones abiertos y sus propias piernas también estaban abiertas. La penetró con una fuerte embestida.

Le mordió el hombro con todas sus fuerzas y él gritó de dolor y le propinó otro bofetón en el mismo lado de la cara. Margie notó que algo se rompía, pensó que era un hueso… no, había sido un diente.

Consiguió torcer la mano derecha hasta liberarla de su férrea sujeción e intentó arañarle los ojos, pero él hundió la cara en la almohada y soltó un gemido ahogado. Notaba la presión de su codo hincándosele en las costillas… No, no era su codo, era la pistola, la que llevaba en la sobaquera.

No intentes enfrentarte a una pistola con un cuchillo, no intentes…

Maniobró con la mano hasta que logró agarrar el arma. No sabía qué parte tenía aferrada, pero él seguía embistiendo una y otra y otra vez y ella no podía respirar. No tenía ni idea de armas, pero sabía distinguir un gatillo. Sabía lo que se sentía al ahogarse, lo que se sentía al asfixiarse. Quería perderse en el olvido, dormir para siempre.

Su dedo corazón se deslizó por el patrón del gatillo. ¿Y si estaba puesto el seguro?, ¿y si no estaba cargada?, ¿y si…?

Echó hacia atrás el dedo y apretó. Nada.

«¡Ahh!» Le oyó exhalar un gemido al correrse. Recordaba ese mismo sonido de placer de la otra noche… «¡Ahh!»

Notó que la parte inferior del cuerpo de Jimmy se relajaba contra el suyo, pero él apretó con más fuerza la tira de tela y la sensación de asfixia se acrecentó. El pulso le martilleaba en los ojos como si su corazón estuviera intentando latir a través de ellos y vio estrellas y apretó el gatillo de nuevo y con más fuerza y su dedo corazón apretó y entonces…

¡Bang!

11

El papel crujía bajo el cuerpo de Margie mientras permanecía tumbada en la camilla. Era un papel como el de las carnicerías, el que se usaba para envolver los pedidos de carne del restaurante. Cubby trataba la carne con esmero porque se trataba de la piedra angular de su negocio, aquello que atraía a montones de personas a su restaurante; para él, la manipulación segura de los alimentos era poco menos que una religión, y se aseguraba de que tanto ella como el resto del personal observaran en todo momento las normas de seguridad e higiene.

Cuando se había dado cuenta de que ella iba muy en serio con lo de aprender el arte de la barbacoa texana, Cubby le dijo que lo primero era obtener los mejores ingredientes: reses alimentadas con pasto y criadas al aire libre, a las que no se les hubiera suministrado hormonas. La llevó a la granja orgánica de los Meister, donde las prácticas de sacrificio de los animales estaban certificadas. Ella creía que se sentiría descompuesta, pero no había sido así, ni siquiera cuando el cuerpo del animal había sido alzado y drenado. Ese mismo olor la envolvía ahora por completo, intenso y penetrante como el cobre o el hierro.

Porque ahora ella misma era un trozo de carne. Era un trozo de carne extendido sobre el blanco papel de carnicero y estaba helada. Puede que no tanto como la nevera donde Cubby guardaba la carne, pero tenía tanto, tanto frío, que prácticamente estaba a punto de estremecerse convulsivamente. Y estaba húmeda y pegajosa, tan pegajosa… La sangre era como brea que le manchaba el estómago y las piernas desnudas, que le apelmazaba el pelo. Intentó levantarse como un resorte de la camilla, salir corriendo y huir lo más lejos posible.

Tenía las manos sujetas a algo y le entró el pánico. ¿Estaba inmovilizada? ¿Por qué?

Sus manos, sus muñecas… Jimmy Hunt le había sujetado las manos por encima de la cabeza.

—¡Soltadme! —De su boca no emergió sonido alguno, pero no cesó en su empeño de hablar y de liberarse—. ¡Necesito las manos!

Una mujer vestida con ropa quirúrgica y una bata blanca le dijo algo en voz baja a otra que estaba presente, quien se acercó a su vez a la cortina marrón y habló con alguien. Al cabo de unos segundos, se volvió hacia ella y le dijo:

—Lo lamento de verdad, pero no podemos hacerlo.

Según la placa que llevaba prendida en la bata, se llamaba Brenda Pike y pertenecía a un centro del condado de Hayden para la asistencia a víctimas de violación.

—Cuando nosotras terminemos, la policía tendrá que hablar contigo.

—La policía —alcanzó a decir Margie con voz ronca.

Ah, sí, había intentado llamar al 911, ¿no? Y entonces Jimmy la había atacado como una fiera salvaje.

Tuvo flashes de terror y dolor. Gritos. Los gritos habían hecho que él la golpeara y entonces la había estrangulado hasta hacerla callar. Había intentado arañarlo y la había golpeado otra vez. Y otra. Ella había buscado a tientas, su mano había encontrado la pistola enfundada y entonces…

¡Bang!

—Necesito que te quedes quieta, por favor. Te prometo que aquí estás a salvo.

Fue la otra mujer quien le dijo aquello con voz firme, pero amable.

Según la placa identificativa que llevaba prendida en la bata, se llamaba Angela Garza y era enfermera. Tenía un aro en la nariz, un tatuaje en la muñeca y unos ojos de mirada aguda que la estaban recorriendo de arriba abajo como si estuviera leyendo una especie de código.

—Soy enfermera examinadora de agresiones sexuales y examinadora forense de agresiones sexuales, estoy especializada en realizar este tipo de exploraciones.

Una nube de irrealidad nubló la mente de Margie. «Soy Angela, hoy seré tu proveedora de servicios relativos a las agresiones sexuales.»

—¿Sabes dónde estás?

Una clínica, vete tú a saber dónde. Techo de azulejos, cortina marrón, el rítmico sonido de algún monitor cardíaco, el susurro de un ventilador. Negó con la cabeza.

—Estás en el Hospital Católico St. Michael's, en Alameda.

Eso estaba a varios pueblos de distancia de Banner Creek. No sabía cómo había llegado hasta allí. La sangre, tanta sangre, ríos y ríos. Se desmayó, despertó cien años después.

Luces estroboscópicas a través de la ventana, policía y enfermeros en su casa. «¡Apartadlo de mí!», había intentado gritar, pero se había quedado sin voz. Alguien cortó la tira del delantal, la cubrió con una sábana blanca, le cubrió la nariz y la boca con una mascarilla y le pidió que respirara.

Voces tensas hablando entre ellas, el chasquido de una radio.

A la de tres. Una, dos, tres… y entonces estaba tumbada en la camilla de traslado, la alzaron y la sacaron de la casa. Collarín cervical alrededor del cuello, sujeto con velcro bajo la barbilla. Sintió que la asfixiaba, le entró el pánico, forcejeó mientras luchaba por respirar, y entonces hubo una especie de flash y después… nada.

—Lamento que hayas pasado por esto —estaba diciéndole Angela—. Espero que me des toda la información posible sobre el incidente. Denunciarlo puede ayudarte a sentir que recobras algo de control.

Era como si las palabras fueran cayendo del techo: que si había un equipo de respuesta ante las agresiones sexuales, que si ese equipo iba a encargarse de organizar la investigación… La información ganaba velocidad y pasaba de largo, como los objetos de Dorothy en el tornado de *El mago de Oz*. Flashes y motitas de luz, torbellinos.

¿Quieres que llamemos a alguien?

No, no tengo a nadie.

¿Algún amigo, quizás?

Su mejor amigo era Kevin, un gato.

Kevin. Le dijo que tenía que dar de comer a su gato, pero de su boca no salió sonido alguno.

La enfermera tenía un listado de cosas que debía ir comprobando. Y entonces llegó una asistente con hojas de papel y bolsas; con un carrito, un peine de cerdas finas, formularios, un portapapeles, una cámara, tubos de ensayo y placas transparentes, un rollo de etiquetas impresas; con bastoncillos, tanto largos como cortos, alineados y listos para ser introducidos; con unas tijeras raras y un hemostato. Le tomaron muestras de las manos y embolsaron los bastoncillos.

—Tengo que hacer pis.

Sus palabras emergieron en un susurro. Jimmy la había estrangulado. Había silenciado su voz, la había borrado hasta convertirla en un mero susurro aterrado.

—Intenta aguantar —le pidió la enfermera—. Es difícil, pero necesito que aguantes un ratito más.

—Tengo… tengo que hacer pis, me estoy…

Demasiado tarde. Se meó encima. Nunca había hecho algo así… excepto la noche anterior, cuando él estaba estrangulándola. También se lo había hecho encima.

La enfermera y su asistente fueron catalogando todas las prendas que llevaba encima… delantal, sujetador, botas, bragas, falda. El sujetador y las bragas estaban hechos jirones. Hicieron fotos y documentaron las heridas, las mordeduras, las amoratadas marcas de dedos en sus pechos, una uña rota, los signos claros de estrangulación, las heridas que indicaban que había sido golpeada en varias ocasiones y que la habían sujetado a la fuerza.

La sangre era un río de pegajosa brea. Tanta y tanta sangre. ¿La había partido Jimmy por la mitad? ¿La había hecho sangrar a chorro como una manguera?

Angela fue narrando cada paso con voz carente de inflexión, dictando las heridas. Se midieron las laceraciones que tenía en el rostro; había una lámpara como las que usan los dentistas. Había ido al dentista una única vez en la vida, cuando un diente le dolía un montón y le dio fiebre. Mamá se encontraba mal, así que había sido la enfermera del cole quien se había encargado de llevarla a la consulta.

Un absceso, eso habían dicho que era. Ella solo quería que se lo quitaran. «Sacadlo, arrancadlo, que se acabe ya esta agonía», había intentado rogarles; lo que fuera con tal de poner fin a aquel dolor. Les había oído discutir sobre el pago de la visita, hasta que al final la enfermera había claudicado y había decidido pagar de su propio bolsillo.

Había gritado al sentir el profundo pinchazo de la enorme aguja y el diente había salido entonces en un río de pus que había salpicado la lámpara. El alivio había sido inmediato. La habían mandado a casa con unas pastillas, después de aconsejarle que acudiera al dentista con regularidad. Sí, claro, como si su madre pudiera permitirse semejante gasto.

La enfermera Angela tomó una foto de su cuello. «Signos claros de estrangulamiento.»

Los restos que tenía bajo las uñas fueron a parar a una pequeña placa de cristal que fue depositada en un recipiente.

Preguntas, tantísimas preguntas personales. La historia de su vida. Era una chica de veinte años, ¿qué historia iba a tener a sus espaldas? Se había criado en un parque de casas móviles llamado El

Arroyo, situado en un barrio marginal del oeste de Austin. No había llegado a conocer a su padre, tanto su madre como él eran unos críos cuando ella había nacido. En serio, sus padres no eran más que unas personas normales y corrientes cuyo único problema había sido que eran demasiado jóvenes. «No quería saber nada de nosotras», le había explicado mamá cuando ella tuvo edad suficiente para preguntar. Al parecer, cuando mamá les reveló a sus propios padres que estaba embarazada, la echaron de casa. Eran de la vieja escuela y dijeron que no podían soportar semejante deshonra.

La enfermera y su asistente lo guardaron todo —pelo, ropa, saliva…— para ser analizado. También tomaron nota de que tenía un diente roto y una muela medio suelta.

Bastoncillos por todas partes, en lugares donde jamás habría pensado que pudiera introducirse uno. Exámenes internos de la boca, la vulva, el ano.

—¿Te han hecho alguna vez un examen pélvico? —le preguntó la enfermera.

No tenía voz, así que se limitó a negar con la cabeza.

Angela procedió a explicarle el procedimiento paso a paso, pero eso no sirvió para que resultara menos impactante ni doloroso. La oyó tomar nota de la presencia de flujo vaginal, que parece ser que indicaba una elevada fertilidad.

Se oyó el sonido de pasos que se acercaban a toda prisa más allá de la cortina.

—¿Dónde está? —gritó una mujer a viva voz—. ¿Dónde está mi hijo? ¿Dónde está mi Jimmy?

«¿¡Qué!?» Margie miró frenética alrededor, ¿Jimmy Hunt estaba suelto por ahí? ¿Dónde? ¿Dónde estaba?

—Octavia, por favor, no puedes entrar ahí —contestó alguien.

Octavia. ¿De qué le sonaba ese nombre? Octavia.

—¡Tengo que ver a mi hijo! —gritó la mujer.

¿Jimmy estaba allí? ¿Dónde? Le entró de nuevo el pánico mientras le buscaba con la mirada.

—Tranquila, no te va a pasar nada —le aseguró Angela—. Estás a salvo, nadie va a hacerte ningún daño. Ya casi hemos terminado la exploración.

Las voces se perdieron en la distancia. Por fin terminó todo. Dejaron de toquetearla y examinarla, de recoger muestras con bastoncillos, de hincarle agujas y hacerle pruebas.

—¿Puedo irme a casa y asearme? Por favor.

Su voz era un susurro impregnado de miedo.

—Puedes ducharte aquí.

Siempre le había encantado la bañera que tenía en casa. No era gran cosa, una de esas antiguas con patas de león y un par de manchas de herrumbre en el desagüe. Queen le había regalado unos jabones y unas toallas preciosas por su cumpleaños, y era el lugar donde se relajaba y disfrutaba de los libros. En ese momento estaba leyendo uno titulado *La ladrona de libros*. Iba de una chica que sobrevivía a algo terrible en la Alemania nazi.

—Solo me queda comentarte un par de cosas —le dijo entonces la enfermera—. Tienes derecho a recibir tratamiento para enfermedades de transmisión sexual.

Margie asintió. Jamás había contraído una de esas enfermedades, practicaba sexo seguro, pero no podía decirse lo mismo de Jimmy Hunt.

—¿Podrías decirme si estás embarazada?

—No.

—¿No lo estás o no lo sabes?

—No.

—¿Cuándo te vino el último periodo?

—No me acuerdo —dudó. Su voz sonaba susurrante y extraña—. Espera, sí, fue un domingo. Me acuerdo porque fui a misa.

Estaba arreglándose para encontrarse con Cubby y Queen, e iba de acá para allá por la habitación cuando se dio cuenta de que le había bajado la regla. Qué lejano parecía ahora ese momento.

—Hace dos domingos —añadió.

La asistente salió de nuevo al pasillo y regresó poco después con una cajita rosa de plástico y una bandeja que contenía paquetes de pastillas, un peine y un cepillo de dientes.

—De enfermería —le dijo.

—¿Puedes tragar una pastilla? —preguntó Angela.

Sí, sí que podía. Le hicieron tragar más de una.

—Estamos dándote tratamiento para cubrir todas las enfermedades de transmisión sexual, incluyendo el VIH. Hemos hecho una prueba de embarazo que daría positivo en caso de que estuvieras embarazada de dos semanas o más. Vas a recibir anticonceptivos de emergencia: una píldora ahora, otra dentro de doce horas.

—Vale.

—Tienes que tomártelas tal y como se te indica, ¿podrás hacerlo?

—Vale.

—Es importante.

Brenda le entregó un panfleto que tenía por título *Tú no tienes la culpa: qué hacer después de sufrir una agresión sexual.*

¿Qué hacer? Lo único que ella quería era dormir durante mil años.

—… para tomarte declaración —estaba diciendo Angela.

Margie estaba demasiado cansada como para pedirle que lo repitiera.

Se oyeron nuevas voces procedentes del otro lado de la cortina. Angela se asomó para hablar con alguien.

—Tiene que darse una ducha —dijo. Se oyó una respuesta ininteligible—. Venga ya, está cubierta de… —Margie no entendió lo que decía—. A ver si hay alguna agente que pueda… —Su voz se volvió ininteligible.

Margie se quedó dormida unos cinco segundos… o cinco horas, no habría sabido decirlo. La cortina se abrió y una mujer uniformada y con el pelo recogido en un moño entró sin más. Tanto Angela como la otra mujer la miraron ceñudas, pero se apartaron a un lado. Una mujer asiática enfundada en ropa quirúrgica desbloqueó las ruedas de la camilla, la sacaron de allí y la condujeron por un pasillo. Luces en el techo, mostradores con ordenadores y pizarras blancas pasaban de largo con rapidez; un gran ascensor de carga las bajó una planta, dos, las puertas se abrieron y salieron a otro pasillo; doblaron una esquina y cruzaron una puerta con un cartel donde ponía *Ducha*.

Había un vestuario adyacente a una ducha con azulejos en la pared, dotada de una cortina casi transparente y dispensadores de jabón y champú. Había toallas, varios artículos de aseo y una bata desechable de color rosáceo envuelta en film transparente para después de la ducha.

La mujer uniformada le quitó una esposa y después la otra. Aquello la dejó atónita, no sabía que fuera eso lo que habían usado para sujetarla. ¿Por qué se las habían puesto?

Flexionó las muñecas, le dolió todo cuando fue incorporándose apoyada en los codos hasta sentarse en la camilla. El gel y el ungüento que había usado Angela eran pegajosos. Tocó la sábana y la bata que la cubrían y alzó la mirada hacia la agente de policía.

—Disculpe —susurró.

—¿Qué quiere?

—¿Puedo tener algo de intimidad? Al ducharme —aclaró, intentando enunciar las palabras con claridad.

—No voy a moverme de aquí.

Margie estaba demasiado cansada para discutir. Se sentía muy mal. La habían toqueteado y examinado como si fuera una res de primera en el mercado de ganado. En la sala de observación, todo el mundo había visto hasta el último recoveco de su cuerpo, habían examinado sus zonas más privadas, habían recolectado sus flujos íntimos en bolsas y tubos. Que la observara una mujer más no era nada del otro mundo; a esas alturas, ya no había nada del otro mundo.

Se mareó un poco al bajar de la camilla. Dejó caer la sábana y se quitó la suave y descolorida bata de hospital. Unas pequeñas escamas herrumbrosas salpicaron el suelo. Se dio cuenta de que tenía los pies muy sucios… tenía herrumbre bajo las uñas de los dedos de pies y manos, y unos largos manchurrones amarronados le bajaban por las piernas.

Se metió en la ducha y la encendió. Se encogió al recibir el chorro de agua fría, retrocedió y esperó a que saliera caliente. La herrumbre se convirtió de nuevo en sangre que bajaba en ondulantes regueros hasta el desagüe, donde giraba lentamente como si de la escena de una película de terror se tratara.

Había tantísima sangre… ¿de dónde salía?, ¿de su entrepierna? ¿Le había bajado la regla? ¿Le salía de las entrañas? Vomitó de improviso una bilis amarillenta que giró y giró en el desagüe.

La envolvió una nube de vaho y se perdió allí con la mente en blanco, sin pensar en nada. Alzó el rostro hacia el chorro de agua. Inhaló tan hondo bajo aquella ardiente lluvia que estuvo a punto de atragantarse. Le flaquearon las piernas. Tanteó a ciegas hasta que su mano encontró el agarrador que estaba sujeto a la pared. Se mojó bien el pelo y lo lavó con champú. Frotó y frotó hasta el último milímetro de su cuero cabelludo.

Entonces procedió a ir lavando a conciencia cada parte de su cuerpo: cara, orejas, cuello, pecho, brazos, muslos, entrepierna… todo. Repitió el proceso entero dos veces más. El jabón y el agua hacían que le escocieran las heridas y saboreó el dolor, se sintió purificada por él.

—Vaya terminando, lleva demasiado tiempo ahí metida —dijo la agente, y se abanicó con el portapapeles para intentar disipar el vaho.

«Voy a quedarme aquí para siempre», contestó ella para sus adentros.

Y entonces pensó en su casa. ¿Podría regresar sabiendo lo que le había ocurrido allí?

—Mi gato, tengo que darle de comer —musitó.

Cerró el grifo y se envolvió en una toalla, una acartonada y áspera que le irritó la piel. A continuación se escurrió el pelo e intentó

183

peinárselo con los dedos. Tenía dolorida la parte lateral de la cabeza, Jimmy le había tirado del pelo con tanta fuerza que creyó que se lo había arrancado.

Había unas bragas de papel de lo más raras. Según la etiqueta, la bata desechable de color rosa era una XS, pero le quedaba muy grande y holgada. Se ciñó el cordón de la prenda alrededor de la cintura, se puso los calcetines amarillos con puntitos de goma antideslizantes en las suelas y metió los pies en las fundas desechables.

El kit que le habían dado contenía un cepillo de dientes y un pequeño tubo de pasta, un peine y una loción. El espejo situado encima del lavamanos estaba empañado; despejó una pequeña zona con el dorso del puño.

La imagen que tenía ante sí la sobresaltó, el ser que la miraba desde el espejo era una parodia grotesca de la Margie de antes. Tenía un ojo morado y prácticamente cerrado; varios hematomas ensombrecían la mejilla y la barbilla; tenía la amoratada impronta de una mano alrededor del cuello; descubrió el aspecto que tenía una laceración en la cara. Tenía además mordeduras en el cuello y en el hombro; que ella recordara, era la primera vez que le mordían… bueno, que lo hacía un ser humano.

Bajó la mirada hacia su escote y vio más moratones y mordeduras salpicándole los pechos. Él le había dicho que era tan guapa que estaba haciéndole olvidar que era un caballero.

«¡Deja de pensar en eso!»

Intentó controlar los abominables pensamientos que se arremolinaban en su mente.

—Tengo que irme ya. Mi gato, y tengo que ir a trabajar —acertó a decir.

Sí, exacto, el trabajo. Un punto de normalidad, pero entonces se dio cuenta de que no tenía forma de regresar a casa. No tenía su billetera, ni una tarjeta de crédito, ni dinero en efectivo. Y tampoco su móvil.

—Eh… tendría que llamar a alguien, para que venga a buscarme.

No sabía qué hora era, ¿habría amanecido ya? No tenía ni idea, no había visto ningún reloj. Ni ventanas. No sabía si era de día o de noche.

La agente titubeó antes de contestar.

—Vamos a ir a comisaría, tiene que presentar declaración.

«Lo que tengo que hacer es dormir», pensó, un poco tambaleante.

—Necesitan su versión.

—Mi versión —repitió, y su voz se quebró.

—Sí, su versión del incidente.

—¿Sigue aquí la mujer del centro de asistencia a víctimas de violación?, ¿la señora Pike? Me dijo que se quedaría conmigo.

—Vamos, tenemos que ir a comisaría.

Margie estaba demasiado exhausta para seguir con aquel intercambio de palabras. Después de lo que acababa de ocurrir, quizás fuera aconsejable no apartarse demasiado de la policía.

12

Cuando Margie salió a la calle, descubrió que era pleno día. El sol la deslumbró y parpadeó como un perrito de las praderas que emerge de su búnker subterráneo.

La comisaría estaba situada en el complejo municipal junto con el ayuntamiento y los juzgados; era la zona del casco antiguo de la ciudad y todos los domingos se montaba allí un mercado al aire libre. Ella se consideraba afortunada por no haber tenido que pisar nunca la comisaría, ya que hacerlo significaba que te había pasado algo malo: habías perdido algún objeto preciado, te habían robado el coche, te habían hurtado algo, o tú misma habías cometido alguna ilegalidad.

En la zona de recepción había un agente tras una mampara de seguridad; había carteles informativos sobre seguridad en las paredes y un tablón donde colgaban multitud de tarjetas comerciales y anuncios de todo tipo: fianzas relámpago, un abogado que te defendía si habías conducido borracho, panfletos de la Cámara de Comercio, e incluso un menú del restaurante de Cubby. Sus carnes a la brasa eran famosas entre los polis, quienes preferían sus platos a los de sus propias madres; de hecho, al mediodía siempre solía haber personal de oficina y agentes entre los comensales que llenaban el restaurante.

La condujeron a una pequeña y desnuda oficina donde la recibió una mujer. Era la inspectora Glover y tenía lo que su madre solía describir como un «*look* al estilo *hippie* de Austin»: cabello salpicado de canas y rostro sin maquillar y surcado de arrugas debido al efecto del sol y el tabaco.

—Mi función es ayudarte a aclarar lo que pasó anoche.

Margie no contestó. Tenía la cabeza embotada, le dolía todo y estaba tan, pero tan cansada…

—¿Cómo estás? —preguntó la inspectora Glover—. Soy consciente de que es un momento muy duro, debes de estar exhausta, pero es importante oír tu versión de los hechos.

Margie dirigió la mirada hacia la puerta. Era de cristal y tenía persianas. Había un espejo en la pared opuesta, huelga decir que era uno de esos en los que te veían desde el otro lado. En el restaurante de Cubby había uno detrás de la caja registradora.

—Aquí estás a salvo —afirmó la inspectora, y le dio una botella de agua—. Si tienes hambre…

—No —contestó. No tenía intención de volver a comer en toda su vida—. La mujer… Brenda, la señora Pike, del centro de asistencia a víctimas de violación. Dijo que estaría aquí.

—Puedo hacer que alguien la llame por teléfono.

La inspectora se levantó de la silla y entreabrió la puerta y habló brevemente con alguien. Entonces regresó al escritorio y sacó un portapapeles, algunos formularios, varios bolígrafos y un bloc de papel amarillo. Uno de los manuales que tenía sobre el escritorio llevaba como título *Normas y procedimientos para supervivientes de agresiones sexuales*.

—Grabaré esta conversación para asegurarnos de que no pasamos por alto ningún detalle.

—Se ve que lo tiene todo bien preparado —dijo Margie, con la mirada puesta en las dos cámaras de vigilancia situadas en las esquinas.

—Es para tu propia protección.

«Y la tuya también, seguramente», pensó Margie, que había visto algún que otro video en Internet.

187

—Empecemos por tu nombre y dirección.

La parte en la que facilitó la información básica fue simple. Marjorie Salinas, la llamaban Margie, dirección, lugar de empleo, estudios. Había entrado a trabajar en el restaurante de Cubby tres años atrás; se había mudado a una casa amueblada situada junto a Banner Creek el año anterior.

—Vale, ahora me gustaría que me hablaras un poco de ti misma. Tómate tu tiempo.

Margie fijó la mirada en la superficie del escritorio. Verde y lleno de rasguños, como el de una profesora. Siempre le había gustado mucho ir al colegio, le encantaba leer. Mientras su madre estaba ocupada preparando sándwiches, ella solía acurrucarse en un rincón y leer para sentirse acompañada. Había ido a clases intensivas de matemáticas en el cole, le encantaba aprender español y practicaba el idioma con las ayudantes de la cocina comercial. Varios profesores la habían animado a que se inscribiera en la universidad, pero le había parecido que eso sería como intentar clasificarse para las olimpiadas. La entristeció tener que dejar los estudios antes de que terminara el curso, pero no tuvo más remedio que hacerlo.

Mamá pasaba mucho tiempo enferma y todo el dinero que tenían se destinaba a pagar sus medicinas y tratamientos. «Ay, mamá, ¡cuánto te necesito!»

—Cuando tenía catorce años, Del vino a vivir con nosotras. Delmar Gantry —dijo con voz ronca.

—Ah, entonces es tu padrastro.

—No, no estaban casados. Del y yo, pues… perdimos el contacto tras la muerte de mi madre —explicó, sin mencionar las miraditas que él solía lanzarle—. Ahora no tenemos ninguna relación.

—¿Todavía conservas su teléfono? —hablaba con voz serena y pausada, mostrando mucha paciencia.

—Lo tengo en el móvil. ¿Dónde…? Necesito mi móvil.

La inspectora se acercó a la puerta de nuevo y, minutos después, el móvil llegó en el interior de una bolsita de plástico con cierre. Lo sacó y lo depositó sobre el escritorio frente a Margie. Estaba manchado, lleno de salpicaduras oscuras.

Margie lo abrió y en la pantallita apareció una foto de Kevin. Fue a *Contactos* y le mostró el número de Del a la inspectora.

—Gracias —dijo, e hizo unas anotaciones—. Bueno, vamos a avanzar. Necesito que me cuentes lo que pasó anoche.

Margie intentó centrar su dispersa mente. Le contó que había sido una noche como cualquier otra en el restaurante. Cubby siempre cerraba a las diez, incluso los sábados; según solía decir, a partir de esa hora nunca pasaba nada bueno. Banner Creek había sido en el pasado una de esas poblaciones donde los negros no podían salir a la calle después del atardecer porque, de hacerlo, quién sabe lo que podría pasarles a manos de los blancos. Según contaba Cubby, su padre recordaba aquellos tiempos a la perfección y lo que le había contado al respecto no sonaba nada agradable.

Margie le explicó a la inspectora que las chicas la habían invitado a salir a divertirse.

—¿Sueles salir después del trabajo? ¿Bebes alcohol? ¿Vas a bares, a bailar y tal?

—A veces.

—¿Todas las noches?

—No. Una o dos veces por semana, quizás.

—¿Conoces a hombres en esas salidas?

—Sí, claro.

—¿Te acuestas con ellos?

—¿Qué tiene que ver eso con lo de anoche?

—Me limito a intentar hacerme una idea de las circunstancias.

—Sé lo que está preguntando. Tengo veinte años y dejé los estudios; trabajo de camarera y preparo salsa barbacoa; salgo a veces con chicos; de vez en cuando me acuesto con alguno. Igual que muchas otras chicas.

—Entonces, ¿conociste a James Hunt y saliste con él?

—Sí.

—¿Y te liaste con él?

—Sí.

—O sea, que mantuviste relaciones sexuales con él.

—Sí. Al principio me pareció agradable, pero resulta que estaba equivocada. —Y hasta qué punto—. Rompí con él. Y entonces se presentó en mi casa y me violó.

La recorrió una furia ardiente que irradió a través de sus dedos, de sus ojos.

—Lamento que esto te altere, pero debo tomarte declaración lo antes posible después del incidente. ¿Saliste con Jimmy antes de anoche?

—Acabo de decírselo. La noche que nos conocimos, yo estaba en un baile con las chicas; varias noches después, le preparé la cena y pasó la noche en mi casa. Al día siguiente, se ofreció a llevarme a un campo de tiro.

—¿Ah, sí? ¿Te gusta disparar?

—No, no tengo ni idea de cómo se hace, pero sonaba interesante, una actividad entretenida —dijo. Fijó la mirada en su regazo. La camiseta prestada que llevaba puesta estaba arrugadísima. La inspectora quería que relatara una y otra vez lo mismo, y resultaba agotador—. Pero al final no fuimos porque me lo pensé mejor, decidí que él y yo no encajábamos como pareja.

—¿Qué te hizo llegar a esa decisión?

Jimmy no se había molestado en ayudarla a lavar los platos, había dejado las toallas tiradas por el suelo del baño y…

—Le pedí que usara un condón y no lo hizo.

—¿Estás segura de eso?

—Sí. Puede preguntárselo, no lo negará.

La inspectora la miró de forma rara. Fue una mirada fugaz, pero Margie la captó.

—Más tarde, ese mismo día, le dije que no quería ir al campo de tiro. Que no quería volver a verlo.

Recordó el aluvión de mensajes de texto que habían colapsado su móvil después de eso, antes de que optara por bloquear el número de teléfono de Jimmy. Se frotó el cuello. Le costaba reconocer su propia voz, le dolía el cuerpo entero.

—¿Puedo irme ya? Tengo que darle de comer a mi gato —explicó frotándose las muñecas con las manos—. Si rescatas a alguien, tienes que alimentarlo y cuidarlo bien.

La inspectora dejó pasar unos segundos antes de contestar.

—Vamos a repasar esto, es importante. A ver. Llegaste a casa, ¿qué pasó entonces?

Era como si hubieran transcurrido cien años desde que había vivido aquello. Desde que estaba en la cocina, preparando la salsa barbacoa con los botes alineados cual soldaditos a lo largo de la encimera, con las tablas de cortar y el pelador y el cuchillo preparados. Recordaba haber cantado al son de las canciones que iban sonando en la radio… Brandi Carlile, Dave Grohl y los Plain White T's. Le encantaban esos artistas, pero sabía que jamás sería capaz de volver a escuchar sus canciones.

Su voz carecía de fuerza mientras relataba que había visto las luces de los faros de un vehículo, que había pensado que serían los vecinos…

—¿Tienes amistad con ellos?

—Bueno, supongo que tenemos una relación cordial. Son adolescentes.

La inspectora le pidió sus nombres y los anotó.

—Pero los faros… no eran los vecinos.

—No, no eran ellos. Era… Jimmy me sobresaltó.

—¿Se acercó a ti con sigilo?

—No, es que… no le esperaba.

—¿Forzó la puerta de tu casa?

—No.

—¿Le dejaste entrar?

—No. Supongo que la puerta no estaría cerrada con llave, yo acababa de llegar.

—¿Sueles dejarla abierta?

—La cierro de noche. Es que tenía pensado trabajar un rato, preparar mi salsa, pero él entró de buenas a primeras y… me sobresalté.

—¿Recuerdas la conversación?

—No. Hablamos de naderías, sacó una cerveza de la nevera.

—¿Estaba bebiendo?

—Ya estaba borracho.

—¿Cómo te diste cuenta?

—Por sus ojos. Los tenía nublados, hablaba arrastrando las palabras.

—¿Qué cerveza estaba bebiendo?

—Una Shiner. En la botella chata, no era de las de cuello largo.

—Tenías cerveza en la nevera. ¿De dónde la sacaste?

—Del propio Jimmy. Había dejado un pack de seis botellas.

—¿Cuándo?

—Antes de que rompiera con él.

Empezaba a confundirse ella misma. Jimmy había llevado un pack de seis botellas a su casa la noche en que le había preparado la cena y su comportamiento había sido bastante bueno en esa ocasión, aunque se había mostrado un poco fanfarrón al hablar de sí mismo y de su familia. «Briscoe, mi hermano mayor, es abogado. Algún día llegará a ser el fiscal general del estado, espera y verás. No me extrañaría que llegue a ser gobernador, tiene inteligencia de sobra. Yo seré la estrella de fútbol de la familia.»

—¿Estaba el pack de cervezas completo anoche?

—¿Qué? —Estaba exhausta. Bostezó, estaba desesperada por dormir. ¿Conseguiría volver a dormir alguna vez?—. Cinco, había cinco.

—¿Quién se bebió la sexta?

—La abrí para bebérmela mientras cocinaba.

—Entonces, estabas bebiendo.

—Sí.

—¿Cuánto bebiste?

—A ver, no lo sé. Estaba en mi propia casa, había… había terminado mi jornada de trabajo.

Santo Dios. Un tipo la había violado, y ¿resulta que lo que le preocupaba a aquella mujer era que hubiera bebido alcohol sin tener la edad mínima?

—¿Sueles beber mucho?

—No, para nada —afirmó ceñuda—. En fin, como le decía, Jimmy estaba borracho anoche y tenía ganas de sexo. No se tomó muy bien que cortara con él, pero yo no esperaba que se presentara en mi casa de improviso y me atacara.

—Háblame de eso. Apareció y te sorprendió.

—Él había estado bebiendo —repitió. Los ojos, la forma en que arrastraba las palabras—. Le pedí que se fuera. Intenté ser amable, pero estaba cabreado.

—¿Cómo te diste cuenta de eso?

—Actuaba con mucha brusquedad. Me agarró con fuerza, intentó besarme.

—¿Cómo ibas vestida?

Margie la miró atónita.

—¿Disculpe?

—¿Ropa de calle? ¿Te cambiaste al llegar a casa?

—¿Qué más da lo que llevara puesto? Estaba preparando salsa barbacoa.

—Todos los detalles son importantes.

—Botas y una falda. Llevaba una blusa que no quería que se me manchara de aceite, así que me la quité y me puse un delantal. Uno de esos con peto del restaurante de Cubby —explicó, y se tocó el cuello—. Me apretó el cuello con la tira de tela de ese delantal.

—¿Lo hizo justo en ese momento?

—No solo en ese. Agarré un cuchillo al ver que no me soltaba.

—¿Qué clase de cuchillo?

Ella se lo describió y le relató que él se había cortado al intentar arrebatárselo.

—Fue sin querer. Y entonces me dijo que era una tonta por querer enfrentarme a una pistola con un cuchillo. Pensé que estaba bromeando, pero me mostró su pistola.

—¿Qué tipo de pistola?

—No lo sé. Una especie de revólver, la llevaba enfundada en una sobaquera. Yo no sabía si estaba cargada ni si tenía el seguro puesto, ni cómo se comprueba una cosa así. Es que… no entiendo de armas.

—Pero te interesaban, has comentado que ibas a ir al campo de tiro con él.

—También he comentado que cancelé esos planes. Me asusté al ver la pistola en mi cocina, le pedí que la guardara.

—¿Lo hizo?

—Ajá.

—¿La enfundó en la sobaquera?

—Sí. Pero se negaba a irse. Me di cuenta de que no iba a dejarme en paz, así que fingí que le seguía el juego.

Describió a continuación las distintas tretas que había intentado: pedirle que salieran a dar una vuelta, decir que tenía que ir al baño, decir que volvería a acostarse con él.

—Antes has dicho que no querías hacerlo.

—Quería que se fuera y me dejara en paz. Intenté actuar como si estuviera cooperando. Hasta que pudiera huir y tal, ya sabe.

—¿Huir de tu propia casa?

—Sí, ir a la de los vecinos.

—En ese caso, podrías haberte marchado antes de que la cosa fuera a más.

Margie sintió una punzada de indignación.

—Lo intenté, se lo aseguro, pero me tenía acorralada.

—¿Podrías contarme lo que dijiste e hiciste llegados a ese punto?

—Le ofrecí otra cerveza y le invité a ir al dormitorio. Para ganar tiempo. Propuse que podríamos tener sexo, como la otra vez.

—¿Le invitaste a tener relaciones sexuales contigo?

—Lo dije por decir. Estaba borracho como una cuba y pensé que sería una forma de distraerlo hasta que pudiera huir, llamar a alguien. Dudo mucho que se diera cuenta de que yo estaba temblando de miedo. Pensé que… no sé lo que pensé. Que él terminaría rápido, que se quedaría dormido y podría aprovechar para ir a pedir auxilio. No lo sé.

Dicho en voz alta, la verdad es que su plan sonaba absurdo. ¿Ofrecerle sexo a un tipo para que te deje en paz?, ¿en serio?

Retorció el cordón de sus pantalones con nerviosismo.

—Fui a la nevera a por la cerveza. Mi móvil estaba sobre la encimera, así que llamé al 911. Él me vio, se cabreó muchísimo otra vez y me atacó.

—¿Podrías ser más específica?

—Tiró de la tira del delantal, me agarró del pelo, me llevó a la fuerza al dormitorio —recordó. Empezó a hiperventilar, tomó un poco de agua y estuvo a punto de vomitar de nuevo. Respiró entre dientes y fijó la mirada en sus desgarradas uñas—. Le arañé con todas mis fuerzas.

Había visto suficientes series policiacas como para saber que eso era importante y por qué.

Relató cómo la había agarrado, había apretado la tira de tela alrededor de su cuello y le había sujetado las muñecas, cómo la había golpeado cuando ella había gritado, que le había roto el cierre delantero del sujetador y le había rasgado las bragas; describió cómo la había inmovilizado, cómo la había penetrado de golpe y había empezado a moverse como un pistón; el olor a sudor y a cerveza, la sensación de estar muriendo por falta de aire.

Su mano encontrando un objeto duro, la pistola enfundada.

—¿Él tenía su pistola encima mientras practicabais sexo?

No estaban practicando sexo, fue una violación.

—Yo intentaba empujarlo, quitármelo de encima, y la toqué. La pistola, la toqué.

Describió de nuevo que él la llevaba en una sobaquera, contra la caja torácica.

—¿La funda estaba cerrada?

—No lo sé.

—¿Tú la abriste?

—No. A lo mejor. No lo sé.

—¿Tú la sacaste de la funda?

—No lo sé —respondió. Se llevó una mano a la mejilla, la tenía hinchada, amoratada y dolorida. Recordó a Jimmy apretándole aún más la tira alrededor del cuello, recordó haber visto estrellas y notar que la vejiga se le aflojaba y se vaciaba—. Noté el gatillo. Con mi dedo corazón, noté el gatillo.

—¿Estaba puesto el seguro?

—No lo sé, no entiendo de armas.

—¿No sabes cómo funciona el seguro?

—No.

—¿Sabes cómo funciona un gatillo?

—Pues… es un gatillo. Aprietas, lo echas hacia atrás. Todo el mundo lo sabe.

—Dices que notaste el gatillo. ¿Lo apretaste?

Margie bajó la mirada hacia su propia mano derecha. La flexionó. Tenía las uñas rotas, pero estaban limpias gracias a la ducha. Abrió y cerró el puño. La pistola era pequeña, como un juguete.

—Sí, supongo que sí que lo hice.

—¿Qué fue lo que hiciste?

—Apretar el gatillo.

—¿Hubo descarga?

Descarga. Recordó que Angela le había comentado que podría tener una descarga de adrenalina después de la exploración y de todo lo ocurrido.

—¿La pistola disparó? —insistió la inspectora.

¡Bang!

—Sí.

—¿Una vez? ¿O fueron más?

—Una única vez. Creo.

—¿Estás segura?

—No.

—¿Qué pasó a continuación?

—No… No me acuerdo —contestó. Se frotó el codo, lo tenía lleno de moratones y le dolía—. No podía respirar. Él estaba apretando, aplastándome.

El enorme peso encima, ese calor asfixiante, los terribles gemidos roncos de placer de Jimmy. Y entonces un completo silencio, él aplastándola con todo el peso de su cuerpo.

—¿Qué te pasó en el codo? —preguntó la inspectora.

Le habían hecho una radiografía en Urgencias y habían descubierto que lo tenía dislocado. Estaba gritando de dolor cuando alguien —un médico bajito y un enfermero— le había dado un tirón en el brazo y ella había gemido como un animal herido. Entonces el codo se le había puesto en su sitio y el dolor había remitido.

—Me caí —contestó.

—¿Dónde?

—En el suelo. Del… del dormitorio.

Estaba resbaladizo, como si hubiera un charco de aceite.

—¿Te levantaste? ¿Te ayudó alguien?

Recordó unas luces estroboscópicas, haces de luz de linternas en movimiento, alguien llamando a la puerta. El dolor era tan intenso que sintió que se mareaba, a lo mejor había perdido el conocimiento. Más luces, un fuerte sonido de pasos, una mascarilla que tenía un olor peculiar, camilla y sentir que la volteaban y oír que alguien contaba hasta tres y el papel que crujía y la fría luz de la sala de Urgencias; la cortina marrón, tijeras y bastoncillos.

Temblaba con tanta fuerza que tuvo que aferrarse al borde de la mesa.

—Estoy muy cansada, tengo que irme a casa. Hoy me toca jornada partida en el restaurante.

Lo que fuera que le diera un resquicio de normalidad, que le devolviera algo de su vida cotidiana.

La inspectora Glover se acercó de nuevo a la puerta, la entreabrió y murmuró algo. Varios minutos después, depositó sobre el escritorio un sobre de manila que contenía un documento.

—No es más que un documento donde se constata que, hasta donde tú sabes, tu declaración es veraz —explicó, y puso una tarjeta sobre la mesa—. Puedes llamarme a cualquier hora si recuerdas algún detalle más, o si quieres modificar o corregir algo.

Margie leyó la tarjeta, vio que ponía *Investigaciones Criminales.* «Yo no soy la criminal en todo esto», pensó para sus adentros.

—Firma y pon la fecha al pie del documento, por favor. Me encargaré de archivarlo.

Esta declaración, consistente en seis páginas, es cierta a mi saber y entender, y la ofrezco con el conocimiento de que, en caso de ser presentada como prueba, podré ser procesada en caso de haber declarado deliberadamente en la presente algo que sepa que es falso o que no crea cierto.

Nunca se había sentido tan cansada en toda su vida. Escribió su nombre y la fecha. Se sorprendió al ver la hora que se reflejaba en la hoja impresa.

—La hora está mal, no es posible que sean ya las 13:45.

No cuadraba con el reloj que había visto en la zona de recepción. La inspectora echó un vistazo al documento.

—La impresora debe de estar mal configurada, después lo corrijo.

—¿Puedo irme ya a casa?

A ver cómo se las arreglaba para regresar. Puede que la mujer del centro de asistencia a víctimas de violación, Brenda Pike, accediera a llevarla en su coche. ¿No se suponía que tendría que estar allí? Por cierto, ¿dónde estaba la cajita rosa con las pastillas y los folletos? «Tienes que tomártelas tal y como se te indica.»

—Espera aquí, enseguida vuelvo.

—Estoy harta de esperar —repuso, y se levantó de forma tan súbita que volcó la silla—. Tengo que ir al baño, ¿dónde está?

Volvía a tener náuseas.

La inspectora se levantó a su vez con toda rapidez y se limitó a mirarla con ojos de halcón. La puerta se abrió y dos agentes entraron en la habitación: una mujer con el pelo sujeto en un moño y un hombre que le resultó ligeramente familiar y que dijo sin más:

—Marjorie Salinas, está usted arrestada por el asesinato de James Bryant Hunt. Tiene derecho a permanecer en silencio. Cualquier cosa que diga puede y será utilizada en su contra en un tribunal de justicia. Tiene derecho a un abogado. Si no puede pagar un abogado, se le proveerá uno a costas del Estado.

No estaba segura de haber oído aquello correctamente. Sintió que le flaqueaban las piernas, estuvo a punto de derrumbarse.

—Pero qué… ¡No!

Aterrada, confundida, lanzó una mirada hacia la inspectora, que estaba parada junto a la puerta.

Con un chasqueo metálico, las esposas le rodearon las muñecas como gélidos brazaletes.

13

Margie estaba tumbada de costado en un catre, de cara a una pared de bloques de hormigón pintada en un tono beis rosado que le recordaba a la plastilina. Apretó las manos entre las rodillas y el uniforme carcelario que le habían obligado a ponerse se manchó con la tinta que habían usado para tomarle las huellas dactilares. Al ficharla le habían quitado todo lo que llevaba encima, aunque no era gran cosa: la cajita de plástico del hospital, la ropa desechable y los zapatos de plástico. Le habían hecho la foto policial y recibió un insulto velado por parte de la mujer que había realizado el registro de cavidades corporales, al que se había sometido con los dientes apretados a pesar de estar gritando de furia y angustia por dentro. Le habían colocado una pulsera de reclusa con su correspondiente código de barras y le habían examinado las manos para ver si tenía restos de pólvora.

Sumida en una nube de aturdimiento, había estado ante un juez que, a través de un monitor de televisión, le había dicho que permanecería en prisión preventiva con las presas comunes hasta que se fijara la fecha del juicio. Los pabellones eran unidades llenas de minúsculos cubículos y resquebrajados muebles de plástico, de esos de jardín que tenían pinta de haber pasado demasiado tiempo al aire libre.

«Tiene derecho a permanecer en silencio.»

Ella le había contado a la inspectora todo lo que le había pasado, le habían dicho que aquello era una declaración testimonial. La inspectora Glover, valiéndose de esa actitud *hippie* y empática, la había tranquilizado asegurándole que tenía que tomarle declaración, que era el procedimiento habitual. Aquella mujer había escuchado sus explicaciones con semblante comprensivo y sus preguntas la habían impulsado a ir reconstruyendo detalladamente el horrible suceso.

«Tiene derecho a un abogado.»

No tenía abogado, ¿quién iba a tener algo así? Ningún conocido suyo, desde luego. Los ricos contrataban abogados para que redactaran sus testamentos, resolvieran sus frívolas demandas y les ayudaran con sus divorcios. El año pasado, una mujer que se emborrachó en el restaurante, rompió un taburete y se cayó de espaldas. Se había fracturado las dos muñecas y había demandado a Cubby. El seguro se había encargado de pagar la compensación acordada, pero Cubby había estado a punto de caer en la bancarrota debido a los gastos que no estaban cubiertos. Ella había oído a Queen diciéndole a Tillie, la encargada, que habían tenido que pedir una segunda hipoteca sobre la casa para conseguir algo de dinero. No entendía casi nada de hipotecas, pero buscó información al respecto y se enteró de que eran unos créditos enormes que la gente pedía para poder pagar su casa. Se tardaba unos treinta años en pagarlos del todo. Treinta años. No podía ni imaginarse dedicando todo ese tiempo a hacer algo… como estar encerrada en la cárcel, acusada injustamente de un delito.

Y tampoco podía imaginarse comprando una casa, aunque a veces deseaba que la casita amueblada situada junto al río fuera suya para poder hacer algunos arreglos. Podría instalar una cocina algo mejor, por ejemplo, y unos armarios más bonitos, y pintarla de un color mono. Y también podría cambiar el suelo del dormitorio, porque había quedado hecho un desastre por toda aquella sangre, ríos y ríos de sangre que habían creado un charco resbaladizo como el aceite, y había resbalado en ella y se había caído y ¡zas! Se había dislocado el codo en su desesperación por salir de allí.

«El asesinato de James Bryant Hunt.»

Jimmy estaba muerto, pero ¿cómo podían afirmar que le había asesinado? Había sido al revés, ¡era él quien había intentado matarla!

Compartía celda con otra persona, una mujer delgada y agitada que no podía quedarse quieta. Seguramente era drogadicta y estaba con el mono. Ella permanecía tumbada de costado y de cara a la pared, con el cuerpo bien encogido para intentar protegerse del horror de estar en la cárcel.

Durmió cinco minutos, durmió cien años. Despertó con el estómago revuelto, le escanearon el código de barras de la pulsera y la llevaron a un baño comunitario con un tosco retrete y sin puertas en los cubículos.

No tenía a nadie con quien poder hablar. Encontró un lápiz, pero no tenía papel. Utilizó su manual carcelario para ir escribiendo sus enmadejados pensamientos. Había tantos interrogantes, pero no tenía a nadie que pudiera responder a todas las preguntas que se arremolinaban en su mente. Había trabajadores sociales y presas «de confianza» y alguien llamado «comandante de guardia», pero no sabía cómo encontrar a esas personas.

El manual enumeraba un listado interminable de normas, perdió la cuenta mientras lo leía: cuándo y cómo se pasaba lista, el uso de la sala común, el horario para ver la tele, los dos libros que se podían tomar prestados de un carrito de lectura que había en el pabellón… Había que rellenar formularios de solicitud para todo lo habido y por haber: consulta a enfermería, compras o llamadas de teléfono. Asistió a la reunión de un grupo de plegaria, pero no lo hizo porque estuviera sintiéndose especialmente devota, sino porque tenían hojas de papel en las que podría escribir.

La comida llegaba en un carrito y las mujeres iban acercándose de cuatro en cuatro para recoger sus respectivas bandejas. Le escanearon la pulsera y se quedó allí plantada, sin saber dónde sentarse. La comida era un batiburrillo de carbohidratos, cebolla y carne grasienta. Mordisqueó una rebanada de pan en silencio, nadie quería hablar con ella. Sin embargo, no se rindió e intentó llamar la atención de alguien. Fue haciendo preguntas y cambiando de asiento hasta que una funcionaria le dio un toquecito en la espalda.

—Decídete y ponte a comer, señorita.

—Acabo de llegar, tengo que llamar a alguien —dijo. Pero ¿a quién? No se sabía de memoria el teléfono de nadie, los tenía todos en el móvil. Le habían arrebatado la tarjeta de Brenda junto con todo lo demás… incluso su dignidad, cuyos últimos vestigios habían perecido durante el registro de cavidades corporales—. Tengo que averiguar cómo puedo salir de aquí.

—Seguirás presa hasta la lectura de cargos.

—¿Qué es eso?

—Donde se leen los cargos presentados en tu contra. Te declararás inocente o culpable, y se establecerá la fianza.

—¿Cuándo será eso?

—Cuando ellos lo decidan. Come, muchacha.

—Pero…

La mujer se alejó sin más.

Para evitar enloquecer en aquel lugar, Margie tomó prestados dos libros del carrito y se puso a leer sin parar. Devoró un ajado ejemplar de *El cuento de la criada* en el transcurso de una noche en la que no pegó ojo. Aprendía español con un grueso tomo de autoestudio y practicaba a diario, charlando con las asistentas sociales y las reclusas. En el cole siempre había sacado excelentes notas en clase de español y le habría gustado poder seguir aprendiendo.

No tardó en descubrir que todo el mundo hablaba de ella. El asesinato de Jimmy Hunt había sido un bombazo en la zona y la noticia se había extendido como un virus entre la población carcelaria. No entabló amistad con nadie, pero había unas cuantas mujeres que estaban dispuestas a hablar con ella. Un día, cuando estaba eligiendo los libros que iba a llevarse del carrito, una reclusa llamada Sadie se acercó y se quedó mirándola con ojos penetrantes, como si estuviera tomándole la medida. Margie ya se había dado cuenta de que aquella mujer era una verdadera cotilla que revoloteaba por la unidad como un colibrí, recolectando chismes aquí y allá, pero también era muy inteligente, estaba estudiando en la universidad cuando la arrestaron por algo de lo que se negaba a hablar. La cuestión era que estaba enterada de muchas cosas y distribuía la preciada información entre las presas.

—Tú eres la que mató de un tiro a Jimmy Hunt.

Margie sintió que el corazón le daba un vuelco y miró alarmada a un lado y otro.

—Eh… no. Pero eso es lo que dicen.

—Disparar a un Hunt en este condado es una muy mala idea.

—¿Por qué dicen que le maté?

—Bueno, vamos a ver; según el *Hayden County Star,* lo encontraron muerto en tu casa con un disparo en la arteria femoral. Es la grande que está en la zona de la entrepierna; por lo que dicen, murió desangrado.

Margie vislumbró relampagueantes fragmentos de recuerdos a través de la neblina que le nublaba la mente. Un chorro de sangre, como si se hubiera abierto de repente una manguera; Jimmy soltó un alarido de dolor y le gritó que era una zorra de mierda y entonces la aplastó con todo su peso y ella se debatió y se retorció y él seguía vociferando. Logró salir de debajo de su pesado cuerpo de alguna forma, se puso en pie tambaleante, y entonces resbaló y cayó al suelo y oyó una especie de chasquido que debía de ser su codo dislocándose, y entonces hubo una explosión de dolor.

Estaba gritando sin que saliera sonido alguno por su boca y Jimmy gritó enfurecido y se incorporó. Intentó agarrarla, pero trastabilló y cayó al suelo. Se arrastró por el suelo para intentar alcanzarla. Ella logró salir de la habitación, inhalando bocanadas de aire a través de su maltrecho cuello, hasta que le fallaron las piernas y se desplomó.

Al cabo de un minuto o de una hora, aparecieron luces, policías, enfermeros.

—No era mi intención… yo solo quería que parara.

—Está muerto porque le pegaste un tiro.

—Estaba violándome.

Sadie rebuscó en el carrito y le pasó un ejemplar de un libro titulado *La ley y tú.*

Margie regresó de inmediato a su catre y se puso a leer. A diferencia de lo que se veía en las series de la tele sobre crímenes y juicios, los homicidios no tenían distintos grados en Texas; allí, un asesinato era un asesinato —*una depravada indiferencia hacia la vida humana*— y se consideraba un crimen grave que comportaba duras penas, incluida la pena de muerte.

—¿No tienes abogado? —le preguntó Sadie.

—No. ¿Qué hay que hacer?

—En teoría, te leen los cargos a los pocos días. No se hace siempre aquí, a ver lo que te toca. La gente como nosotras no suele tener ni idea de nada. Te asignan un abogado, pero ya veremos si te sirve de algo. Las cosas suelen ir muy lentas en este lugar.

Margie se sentía atrapada, iba fluctuando entre la frustración ante semejante injusticia y un miedo atroz. Cuando lo peor que podía pasarte era la pena de muerte, el terror cobraba un nuevo significado.

—Entonces, ¿cuál es el siguiente paso? —le preguntó a Sadie.

—Se supone que habrá una vista preliminar. Es como un pequeño juicio sin jurado, solo está presente el juez. Puede desestimar los cargos o fijar una fecha de juicio.

—¿Cómo se consigue que los desestime?

—Una no le pega un tiro a un tipo en su propia casa.

—¡Tuve que hacerlo! ¡Estaba estrangulándome!

—Pues que tu abogado explique eso.

—No tengo abogado. Aunque hubiera sabido a quién llamar, no tengo dinero para pagar.

—Tienes derecho a uno de oficio.

—Eso me han dicho. Y también que hay muchos casos atrasados y tengo que esperar a que me toque.

—Tu físico podría ayudarte en la lectura de cargos —comentó Sadie—. Bate bien esos ojazos azules, arréglate un poco. Hay dos minutos de agua caliente en la ducha, aprovéchalos al máximo.

Cuando llegó el día de la lectura de cargos, un triste batallón de criminales entró en la sala del juzgado arrastrando los pies y se sentaron en fila en los bancos, a la espera de que les llegara su turno. Fueron leyéndoles los cargos una a una, la acusada respondía a la acusación y ahí quedaba todo. Podías declararte culpable, no culpable o *nolo contendere*.

—Caso número 14749. El estado de Texas contra Marjorie Salinas.

Se acercó al estrado, tal y como había visto que hacían las demás. Se apartó el pelo de la cara y alzó la mirada hacia el juez, un hombre muy guapo con un elegante corte de pelo, rostro alargado y delgado, ojos agudos y una alianza de boda grande y ostentosa en el dedo.

—¿Comparece usted por cuenta propia?

—¿Qué?

—¿No tiene abogado?

«Si no puede pagar un abogado, se le asignará uno.»

—No, pero quiero…

—Está acusada del asesinato de James Bryant Hunt. ¿Cómo se declara?

Se quedó paralizada. «Está muerto porque le pegaste un tiro.»

—¿Cómo se declara? —repitió el juez.

—No culpable, su señoría.

Todavía tenía la garganta dolorida y se le quebró la voz. Según el libro que había leído, declararse «no culpable» quería decir que estabas refutando los cargos que se te imputaban. Las palabras le habían salido con escasa fuerza, así que las repitió procurando hablar más fuerte.

—No soy culpable, pero…

—La fianza queda establecida en doscientos cincuenta mil dólares en efectivo.

Era una cifra tan exorbitante que ni le cabía en la cabeza. Conocía la palabra «fianza», pero no sabía cómo funcionaba ese proceso. Y sabía menos aún de dónde sacar doscientos cincuenta mil dólares.

—¿Es eso lo que cuesta sacarme de la cárcel? —preguntó.

—Puede depositarse la fianza en la secretaría judicial.

—Pero es que no tengo…

El juez golpeó su mazo.

—Siguiente caso.

—Pero…

—Siguiente.

La primera vez que Margie lloró fue cuando Queen fue a verla. Estaban separadas por una mampara de plexiglás, pero la dulce y triste sonrisa de Queen atravesó aquella barrera, la tocó en un punto sensible y fue como si un dique se rompiera en su interior y se echó a llorar.

—Ay, cielo, mira cómo estás.

Queen sostenía el bolso en el regazo y sus dedos se movían inquietos sobre la tela, como si estuviera tocando la guitarra.

Margie agachó la cabeza y fijó los ojos en sus esposadas manos.

—En este lugar no hay espejos. Supongo que es mejor así, después de lo que pasó.

Por encima de los lavamanos del baño había unas planchas de acero inoxidable y a veces vislumbraba su reflejo en los divisores de vidrio armado del pasillo, pero nunca se miraba de cerca. No quería asustarse aún más de lo que ya estaba.

—¿Qué te hizo ese chico, muchacha?

—Ay, Queenie. Podrás imaginártelo.

—Sí, cielo, supongo que sí. Si no quieres hablar del tema, no hace falta que lo hagas.

—Tengo miedo. Estoy preocupada por Kevin, mi gato. Dijeron que tengo que seguir aquí hasta que vea a un abogado de oficio. Tiene que celebrarse no sé qué vista, pero no sé cuándo será.

—Qué injusto.

—¿Puedes pasar por mi casa para darle de comer a mi gato? —Se sorprendió al ver que miraba a ambos lados con cautela y se acercaba un poco más a la mampara—. ¿Qué pasa?

—Está prohibido entrar en tu casa, por lo de la investigación. Veré lo que puedo hacer respecto al gato.

—Gracias. Ay, Dios, ¡estar aquí es horrible!

—¿Han fijado una fianza?

Margie le dijo la cifra.

—Y en efectivo, ¿quién va a tener esa cantidad de dinero? Sadie, una de las reclusas, me dijo que tiene que ser una cifra tan alta porque consideran que hay mucho riesgo de fuga porque no tengo vínculos fuertes con la comunidad, y porque parece ser que soy un peligro para la sociedad. En fin, da igual. No podría pagarlo de todas formas.

—Mira, sabes que te prestaríamos ese dinero si…

—¡No os lo permitiría! —Margie se mostró muy firme al respecto.

El restaurante iba viento en popa, pero ella sabía que no les sobraba el dinero y no estaba dispuesta a aceptarles ni un centavo.

—En cualquier caso, es mejor que por ahora no se te vea por allí, es una locura cómo está el pueblo por la muerte de ese muchacho.

—¿Qué quieres decir?

—Mira esto.

Queen abrió su bolso y miró ceñuda a la guardia, que hizo ademán de acercarse.

—Solo voy a enseñarle un periódico —le dijo.

La mujer alzó las manos con las palmas hacia fuera y retrocedió. Cuando Queen te lanzaba esa mirada amenazante, no había quien osara chistarle siquiera.

Alzó un ejemplar del *Hayden County Star* para que Margie lo viera. En la portada había una gran foto donde se veían flores, velas, juguetes de peluche y objetos relacionados con el fútbol americano apilados en la entrada del estadio del instituto, el estadio donde Jimmy Hunt había sido el mejor jugador del equipo. La valla y los quioscos estaban cubiertos de versículos de la Biblia y poemas escritos a mano, y había una gran pancarta donde ponía *Justicia para Jimmy Hunt.*

En la portada aparecían también varias fotos más pequeñas de su madre, Octavia Hunt. Un velo le cubría el rostro y se la veía rota de dolor, apoyada en su marido medio desfallecida. Y también había imágenes de jugadores de fútbol llorando y de animadoras con cara de estupefacción. En un pie de foto ponía *Un alud de muestras de cariño hacia un héroe local.*

Un miedo visceral le encogió el estómago. Ella había apretado el gatillo y él había muerto. Estaba estrangulándola y ella luchaba por defenderse, pero nadie parecía estar enterado de esa versión de los hechos. ¿Cómo se podía convencer a un pueblo entero de que el héroe al que habían visto crecer era un salvaje violador?

Alguien había hecho un cartel con la foto de su ficha policial. Su rostro se veía bien grande en primer plano, aterrado y amoratado, acompañado de tres palabras: *Pena de muerte.*

—El funeral fue todo un espectáculo —dijo Queen con pesar, mientras doblaba el periódico y volvía a guardarlo en el bolso—. La banda de música del equipo de los Aggies tocó durante la ceremonia, cualquiera diría que era un héroe de guerra.

—A la gente le gusta el fútbol.

—Tienes muy mala cara —advirtió Queen echándose un poco hacia delante.

—Estoy que me muero de la ansiedad. Tengo hambre a todas horas, pero la comida es horrible. Y también tengo náuseas cada dos por tres.

—¿No puedes ir a la enfermería?

—Rellené una solicitud, pero siempre me dicen que tengo que seguir esperando.

En aquel lugar todo era una espera continua.

—Tienes que comer, estás demasiado delgada. Hazme caso, procura comer. Te he ingresado algo de dinero en tu cuenta de peculio. No es gran cosa, pero quería que tuvieras algo.

—Ay, Queenie…

Exhaló el nombre poco menos que en un sollozo.

—Y ve a la enfermería. Tienes muy mala cara, tienen que hacer algo. No sabes cuánto siento lo que se está pasando, rezaré mucho por ti.

Margie se despidió de ella con un ronco susurro, le entraron náuseas y se sintió de nuevo al borde de las lágrimas. Aquello era algo que no había vuelto a sentir desde la muerte de su madre… ese amor cariñoso y tierno que parecía emanar de Queen como la calidez de unas brasas.

Las semanas posteriores fueron una sucesión de retrasos inexplicados y solicitudes que caían en saco roto. Y, durante todo ese tiempo, Margie albergó la esperanza de que Queen regresara o de que fuera a verla algún compañero del restaurante, alguna de las camareras quizás, como Nanda, la jefa del equipo de limpieza, o Jock, un señor mayor que les abastecía de troncos y que siempre parecía tener unas palabras amables para ella. Pero no recibió ninguna visita. A lo mejor estaban muy ocupados; quizás, después de todo, resulta que las chicas no eran amigas de verdad, sino meras personas con las que trabajaba.

Ya no estaba segura de nada.

14

La situación de Margie no era nada fuera de lo común; al igual que ella, la mayoría de las reclusas estaban perdidas en una especie de limbo mientras esperaban que sus respectivos casos fueran atendidos por la justicia. Y, al igual que ella, la mayoría —por no decir casi todas— también eran pobres. En teoría, tenían que presentar cargos contra ella dentro de un periodo de tiempo razonable y debían asignarle un abogado de oficio, pero parece ser que lo que la ley dictaba en ese sentido carecía de importancia. Y no tenía a quién acudir, no había nadie a quien poder pedirle información ni quejarse.

La comida era un horror, no había nada que le pareciera pasable. Intentaba comer, pero todo estaba acartonado y gomoso y poco menos que incomible. Una de las mujeres de la cafetería le dijo que parecía un espantapájaros.

El hecho de no poder probar bocado terminó por ayudarla en cierta forma porque, después de presentar una cantidad ingente de solitudes, se le permitió por fin acudir a la enfermería. La enfermera de guardia, la señora Renfro, examinó sus heridas y fue la primera persona que tuvo unas palabras amables para ella en aquel lugar.

—Comida, descanso y ejercicio. Pasa todo el tiempo que puedas en el patio, recuerda respirar.

En un rincón del patio había un huerto con plantas aromáticas, pimientos, tomates cherri y otros tipos de hortalizas; toda distracción era bienvenida, así que Margie procuró mantenerse ocupada atendiéndolo. Un día regresó un poco tarde al pabellón y la supervisora de la cafetería decidió ponerla a trabajar en la cocina; en teoría, se suponía que era un castigo, pero para ella fue como un soplo de aire fresco.

No era una presa de confianza; al parecer, se la consideraba «sin clasificar», lo que dedujo que quería decir que todavía no la habían etiquetado como «problemática». Trabajar en la cocina le sirvió al menos para evadirse del tedio y la preocupación que la asolaban día y noche. La preparación de la comida consistía básicamente en abrir sobres y latas y verter el contenido en recipientes de acero inoxidable dispuestos en una bandeja de calentamiento. En realidad, no podía decirse que aquello fuera cocinar. Con el pelo cubierto por una redecilla, las manos enfundadas en guantes y el uniforme cubierto con un delantal, abría la rampa y procedía a ir depositando allí las bandejas de la comida, que solía consistir en algo así como ensaladilla de patatas, pudin, zumo y bocadillo de ternera picada. Los bocadillos en cuestión casi siempre volvían prácticamente enteritos, apenas mordisqueados.

Sus conocimientos de español seguían siendo básicos, pero podía comunicarse con el personal de cocina; tratándose de comida, siempre encontraba la forma de expresarse. Y aquellas personas la trataban al menos como un ser humano. Ninfa, la encargada, se acercó en una ocasión a ella cuando estaba en la mesa de los condimentos, mezclando azúcar y sal con mostaza, pimienta y un pelín de vinagre en una tacita. Añadió también unos copos de cebolla deshidratada, algo de pimentón y, sin decir palabra, le ofreció la taza a Ninfa. Esta encogió ligeramente un hombro, probó la mezcla y entonces asintió antes de decretar:

—Mejor. Sí.

No se podía hacer nada respecto a la calidad de la comida, servicio, ingredientes… pero siempre había alguna forma de mejorar el sabor. Echó una mano con las galletas y las salchichas en salsa del desayuno; aderezó el soso pollo con una botella de zumo de limón y con tomillo procedente del jardín; condimentó el bagre frito.

La situación en la que estaba seguía siendo aterradora, pero hubo dos cosas que fueron su salvación: los libros del carrito y el trabajo en la cafetería. El proyecto de la cocina —mejorar la comida para sus compañeras de cárcel— la mantenía anclada a la realidad; de no ser por él, seguramente la habría consumido la desesperación.

En la hoja de papel que había conseguido en el grupo de plegaria, iba haciendo marquitas a lápiz para llevar la cuenta de los días que iban pasando. Llevaba encerrada cuarenta y cuatro días cuando la esposaron y la condujeron a una sala sin ventanas donde había una mesa y dos sillas. La funcionaria de prisiones le dijo que iba a visitarla su abogado de oficio.

Un abogado. Por fin.

Se llamaba Landry Yates y tenía pinta de *boy scout:* aspecto pulcro y mejillas sonrosadas, ni siquiera parecía tener edad suficiente para que le creciera la barba. Recorría la pequeña sala con la mirada como si estuviera desesperado por encontrar alguna escapatoria, sus manos jugueteaban con nerviosismo con su maletín, el bolígrafo se le cayó al suelo dos veces y su blanquecina frente carente de arrugas estaba perlada de sudor.

¿Acaso era ella quien le inspiraba aquel miedo? A lo mejor pensaba que realmente era una asesina.

—Llevo una eternidad en este sitio, ¿por qué ha tardado tanto?

Él depositó su maletín sobre la mesa y sacó un teléfono y un cuaderno amarillo de notas.

—Lamento mucho la… situación en la que se encuentra. Estoy listo para tomar su declaración.

—La mujer aquella ya me la tomó hace semanas, ¿no puede conseguir una copia?

La miró sorprendido.

—¿Qué mujer?

—La inspectora Glover. Justo después de que pasara lo que pasó, justo antes de que me encerraran.

—Vaya. ¿Una declaración testimonial?

—Eso fue lo que ella dijo.

—¿Antes de que le leyeran sus derechos?

Margie conocía esa terminología gracias a los libros que había estado leyendo.

—Sí.

El semblante de Landry empalideció aún más. Anotó algo en su cuaderno.

—Dar una declaración nunca lleva a nada bueno. Supongo que los informes estarán aquí, pero aún no he tenido tiempo de leerlos.

—Me dijeron que tenía que hacerlo, creía que no tenía otra opción.

Él apretó los labios en un gesto de desaprobación.

—Dar esa declaración era algo voluntario.

—Pues no me lo pareció en su momento, pensé que les ayudaría a atrapar al tipo que me había violado. Me dijeron que tenía que hacerlo.

—¿Qué les contó usted?

—Respondí a todas las preguntas de la inspectora, le relaté lo que me había hecho Jimmy. Por favor, llevo mucho tiempo encerrada aquí, quiero irme a casa.

—Necesito que me cuente todo lo que le dijo a la inspectora, pero tiene que saber que todo cuanto diga ahora será confidencial. Quedará entre usted y yo. No es necesario que se guarde nada. Una vez que tenga en mis manos toda la información, veré lo que puede hacerse.

—¿Cuánto tiempo va a alargarse esto?

—No hay un plazo concreto, depende de la carga de trabajo de los juzgados.

—Lo único que quiero es irme a casa —insistió Margie.

Al abogado se le cayó de nuevo el bolígrafo al suelo y se agachó a recogerlo antes de contestar.

—Presentaré un recurso de *habeas corpus,* pero es la coordinadora del juzgado quien decide lo que se incluye en la agenda, y la decisión está después en manos del juez. Lo principal ahora es que me cuente lo que pasó. Todo, sin omitir nada.

Margie volvió a relatar de nuevo aquella noche de los horrores hasta el momento del disparo. El teléfono del señor Yates vibraba cada dos por tres; iba recibiendo un sinfín de mensajes de texto y de llamadas que iba revisando. Daba la impresión de que no le prestaba tanta atención como la inspectora ni mucho menos.

—No era mi intención hacerle daño. Estaba asfixiándome, no podía respirar, tenía que conseguir detenerlo.

Se le revolvió el estómago. En toda su vida, los únicos seres vivos a los que había matado habían sido algunos mosquitos y alguna que otra cucaracha; y, sin embargo, aquella noche había disparado a un hombre con una pistola.

—Tienen que programar la fecha de la vista —dijo él.

Su móvil vibró de nuevo mientras le pasaba un documento escrito para que lo firmara.

Ella se quedó mirando ceñuda aquella hoja de papel y dijo con firmeza:

—No pienso escribir mi nombre ni en un solo documento legal más.

—Esto es para ayudarla. Voy a intentar que la dejen en libertad hasta el juicio.

—Dijeron que tengo que pagar la fianza, que tiene que ser en efectivo.

—Vamos a ver lo que se puede hacer al respecto. Todavía no hay caso ni acusación formal. Lo único que tienen de momento es un crimen, una sospechosa y un arresto.

Margie no confiaba lo más mínimo en lo que pudiera lograr Landry Yates. Se le veía sincero, incluso comprensivo en cuanto a su situación, pero estaba distraído porque tenía que encargarse de demasiados casos; de hecho, él mismo admitió que no contaba con suficiente personal ni con el presupuesto necesario para contratar servicios auxiliares que le ayudaran.

Cuando la informaron de que él había conseguido por fin que se fijara la fecha para la vista preliminar, se sintió más indispuesta que nunca. Se arregló lo mejor que pudo. Ninfa le prestó un coletero y le encontró un uniforme carcelario limpio.

Una funcionaria de prisiones la acompañó. Teniendo en cuenta la indignación y lo caldeado que estaba el ambiente en la zona, Landry no quería que la embutieran en un coche patrulla ni que su entrada en los juzgados se convirtiera en un espectáculo.

En ese momento estaba sentada junto a él en un duro banco de mármol situado en el pasillo adyacente a la sala, esperando a que les tocara entrar. El aire olía a abrillantador de muebles y la elevada cúpula que coronaba el vestíbulo amplificaba el rítmico sonido de los ventiladores del techo.

—Está nervioso, se le nota por cómo mira cada dos por tres esa vitrina de ahí.

Era una vitrina de cristal que contenía la lista de los jueces que iban a presidir la sala durante la jornada.

—No es el juez que esperaba que nos tocara. Este, Shelby Hale, centró su campaña en mostrarse como un defensor a ultranza de la ley y el orden. Le gusta poner tras las rejas a la gente. Y encima juega al golf en el Hayden Country Club.

—Déjeme adivinar. Los Hunt son miembros de ese club.

—Octavia Hunt pertenece a la junta directiva.

—¿No significa eso que hay un conflicto de intereses?

—En teoría.

A Margie le habría gustado verle más seguro de sí mismo, pero resulta que estaba tan atareado que no tenía tiempo de nada. Eran tantas las personas a las que un abogado de oficio tenía que ayudar, que no disponía ni de un momento de descanso. Landry se veía obligado a hacer malabarismos para lidiar con todo lo que tenía entre manos —casos, vistas, audiencias…— y carecía de personal suficiente. Esa era la cruda realidad y no había nada que ella pudiera hacer al respecto.

Una vez entraron en la sala, vieron que no quedaba libre ni uno solo de los asientos del público; según le comentó él, aquello no era lo habitual ni mucho menos. Todo el mundo quería ver al monstruo que había matado de un tiro al hijo predilecto del lugar. Agentes de policía y alguaciles iban de acá para allá, manteniendo el orden.

Se volvió hacia Landry al oírle mascullar una imprecación en voz baja.

—¿Qué pasa? —susurró.

—Creía que mandarían a un ayudante, pero parece ser que ha venido la fiscal del distrito en persona, Úrsula Flores.

—¿Y eso es malo?

Él apretó los labios por un momento antes de contestar.

—Es una buena fiscal.

Margie observó a la mujer en cuestión. Estaba sentada tras la larga mesa situada delante de la barandilla de separación con el público y su aspecto era impecable: lustroso cabello oscuro, traje sastre entallado y movimientos medidos y eficientes mientras organizaba su material sobre la mesa.

—¿No nos conviene tener una que sea buena?

—No, porque es la encargada de conseguir una condena en su contra. Un buen fiscal puede hacer que hasta un sándwich de jamón sea declarado culpable.

Varios minutos después, un hombre trajeado se unió a la señora Flores en la mesa de la fiscalía, uno alto y de porte militar que lanzó una mirada asesina a Margie, como intentando fulminarla a base de pura fuerza de voluntad. Ella se dio cuenta de que le resultaba familiar…

Se parecía a Jimmy Hunt.

«Briscoe, mi hermano mayor, es abogado. Algún día llegará a ser el fiscal general del estado, espera y verás. No me extrañaría que llegue a ser gobernador, tiene inteligencia de sobra.»

Se fijó en una pareja que permanecía con las cabezas muy juntas, hablando en voz baja. La mujer también le sonaba de algo y, después de pasar varios segundos intentando ubicarla, se dio cuenta de que la había visto en el restaurante de Cubby todos los martes.

—¿Son los padres de Jimmy? —le preguntó a Landry en voz baja.

Él hizo un pequeño gesto de asentimiento.

Era más que improbable que la poderosa Octavia Hunt se hubiera dado cuenta de que Margie Salinas había sido su camarera en numerosas ocasiones en el restaurante. Se estremeció y mantuvo la mirada fija en la superficie de la mesa que tenía ante sí.

Finalmente llegó el momento de que Landry hablara ante el juez.

—Solicito que se deje en libertad a mi clienta para poder preparar mejor su defensa.

—Eso es absurdo, señoría —dijo la señora Flores—. Ya hemos aportado numeras pruebas que demuestran que existe un elevado peligro de fuga y que la señorita Salinas es un peligro público. El único vínculo que le une a la comunidad es un trabajo de camarera a tiempo parcial. Huyó del hogar familiar, situado en otra localidad, y vagó sin rumbo fijo hasta llegar a Banner Creek. No terminó los estudios. Mintió sobre su edad para conseguir trabajo en un garito y, cuando se descubrió el engaño, decidió trabajar de camarera. No hay nada que le ate a este lugar, nada en absoluto.

Margie agachó la cabeza al oír aquello, ¿así la veía la gente?, ¿como una vaga que había dejado tirados los estudios, una mentirosa, una vagabunda…? Visto desde fuera, todo lo que había dicho la señora Flores era cierto, pero nada de todo ello la definía como persona. Lo único que el juez sabía sobre ella hasta el momento era lo que la fiscalía le había dicho: que era una vagabunda sin estudios, que se valía de su físico para salir adelante, que iba de cama en cama, que bebía y se iba de juerga todas las noches al salir del trabajo. Según ella misma había admitido en la declaración testimonial, estaba ligera de ropa en su cocina cuando Jimmy había llegado a la casa.

—Era la novia de Jimmy —prosiguió la fiscal—. Lo tenía totalmente encandilado, pero lo mató de un tiro. Mientras estaba tirado en el suelo, muriendo desangrado en un charco de sangre, no le prestó ningún auxilio. No intentó taponar la herida ni salvarle la vida en ningún momento. Para cuando llegaron las autoridades, ya no había salvación posible para este joven, esta rutilante estrella de los Aggies de Texas.

—¡Protesto! —intervino Landry—. Está testificando, su señoría. Ese no es el propósito de esta vista…

—Se acepta —dijo el juez con voz serena.

—La señorita Salinas actuó en defensa propia —declaró Landry. Su voz sonaba un poco trémula mientras consultaba unos papeles que tenía en una carpeta—. La enfermera examinadora documentó un total de treinta y tres heridas. Mi clienta fue estrangulada, golpeada, violada…

—¡Eso son puras especulaciones! —espetó la fiscal—. Era la novia de la víctima. Habían mantenido relaciones sexuales previamente y en esta ocasión en particular sucedió lo mismo, hasta que ella le disparó e intentó huir de la escena del crimen.

—¡No estaba huyendo! —susurró Margie—. Yo solo…

—Silencio, por favor —le pidió Landry haciendo un gesto con la mano para indicarle que no hablara.

La fiscal del distrito describió una noche que no tenía nada que ver con la que Margie había vivido. Habló de lo bien que lo habían pasado cuando se conocieron, de cómo disfrutaban juntos. Había una declaración jurada en la que Ginny Coombs, su compañera de trabajo, describía su incipiente relación sentimental. Mensajes de texto extraídos del registro de ambos móviles demostraban que ambas partes habían esperado con ilusión aquella cita en casa de Margie para cenar, y que él había pasado la noche allí pocos días antes de que le matara de un tiro. Después de mostrar en la pantalla de la sala imágenes agrandadas de las sugerentes conversaciones, la fiscal mostró también el súbito rechazo de ella, un rechazo que había roto en pedazos el tierno corazón de Jimmy Hunter.

Sin embargo, lo peor de todo fue que había fotografías de la escena del crimen, incluyendo algunas del cuerpo de Jimmy. Margie fue incapaz de mirar.

En cientos de ocasiones hubiera querido ponerse en pie como un resorte y explicar lo que había ocurrido, pero Landry le había advertido que no abriera la boca. «Ejerza su derecho a permanecer en silencio», le había pedido con severidad una y otra vez. De modo que tuvo que conformarse con tomar el cuaderno amarillo que él tenía sobre la mesa y, furibunda, ir escribiéndole allí comentarios y puntualizaciones a los que daba énfasis con múltiples líneas de subrayado y signos de exclamación.

Tal y como Landry había predicho, la fiscalía expuso el caso. El juez examinó entonces los documentos aportados, leyendo ceñudo las páginas y formulando alguna que otra pregunta, y Margie pensó para sus adentros que debía de ser duro desempeñar aquel trabajo. Tenía que ser deprimente escuchar las atrocidades que las personas cometían unas contra otras.

Se presentaron declaraciones de sus compañeros de trabajo, así como mensajes de texto y relatos de gente que los había visto juntos. El propósito era demostrar que ella había buscado la compañía de Jimmy por voluntad propia y estaba encantada de ser su pareja; se quería dar a entender que las heridas se habían producido al practicar sexo duro consentido. Se la pintó como una mujer despreocupada que disfrutaba llamando la atención participando en juergas, vistiendo ropa reveladora e invitando a un hombre a su casa. Afirmaron que era una descarada oportunista que había querido aprovecharse del estatus social de Jimmy Hunt y del dinero de su familia.

Landry presentó una objeción ante semejante caracterización, pero el juez la desestimó.

Margie se las ingenió para mantener la calma cuando llegó el momento de que su propio abogado le hiciera las preguntas y las puntualizaciones con las que ya contaba. Sí, había conocido a Jimmy Hunt en un baile; era guapo y encantador y sí, le había invitado a ir a su casa y le había preparado la cena y sí, se había acostado con él. El objetivo de las preguntas y de sus consiguientes respuestas era anticiparse a las cuestiones que saldrían a colación cuando llegara el turno de preguntas de la fiscalía.

—Usted llevaba muy poca ropa encima, señorita Salinas. Estaba bebiendo a pesar de no tener veintiún años. Había sido promiscua con Jimmy y con otros hombres. Teniendo en cuenta estos hechos, ¿es posible que la supuesta violación fuera provocada por su propia conducta?

Ese era el interrogante que habría de atormentar a Margie. Lo rehuiría durante años, ocultándose de las más profundas dudas que albergaba en su interior… «Se lo buscó ella misma.»

No quería esos recuerdos, no quería que formaran parte de su historia, no quería revivir lo que el incidente le había hecho sentir. No quería que eso afectara a la persona que era en realidad.

—… y hétenos aquí, sin más testigos que la acusada, quien ha demostrado ser una mentirosa —añadió la fiscal—. Qué conveniente que la única persona que presenció el incidente aparte de ella fuera asesinada.

Margie escribió a toda prisa *Yo no mentí* en el cuaderno de Landry, quien optó por intervenir.

—Su señoría, estaba defendiéndose de un agresor letal. No tuvo más opción que…

—Cualquier persona razonable podría haber escapado sin hacer daño a nadie —insistió la fiscal—, podría haber salido corriendo de allí. No existió violación alguna. Lo que pasó fue que estaba enfadada y disparó contra él, y ahora miente para intentar salvarse.

«Tengo que darle de comer a mi gato», pensó ella para sus adentros.

—Y no debemos olvidar que disparó a su pareja a bocajarro. Es obvio que es un peligro público.

No se le permitía hablar, así que dejó de intentarlo. Languidecer en la cárcel le había enseñado a desconectar y refugiarse en su propia mente.

—Está permitiendo que me pinten como una asesina —le espetó a Landry durante un receso—. ¿Por qué no explica lo que sucedió en realidad? ¿Cuántos testimonios ha recabado a mi favor?

—Vamos a dejar que los hechos hablen por sí mismos —contestó él.

Estaba distraído con su Blackberry, revisando su correo electrónico.

—Ah, vale, deduzco que nadie ha dado la cara por mí. ¿Ni siquiera Cubby o Queen? ¿Ninguno de los feligreses de la iglesia?

—Estuve hablando con varias personas, pero hay que tener en cuenta la enormidad de lo que se les está pidiendo. En una situación como esta, las cosas pueden ponerse muy feas para la gente de color.

Margie sintió que se le helaba la sangre en las venas, no había pensado en eso.

—¿Está diciendo que les intimidarían?, ¿les acosarían?

—Sus amigos se juegan mucho, tienen mucho que perder.

Landry volvió a centrarse en su correo electrónico.

Puede que Sadie estuviera en lo cierto y ese fuera el motivo de que Queen no hubiera regresado tras aquella primera visita. ¿Acaso la habría amenazado alguien por apoyar a la mujer que le había pegado un tiro a Jimmy Hunt?

—Joder, Landry, ¿está tan tranquilo ante algo así?

—Da igual que lo esté o no.

—Podría intentar localizar a exnovias de Jimmy, apuesto a que yo no soy la primera chica con la que se pone violento.

—Quizás dispongamos de personal suficiente para investigar eso si se celebra un juicio, tendré más tiempo para recabar información.

—¿Cómo que «si se celebra»?

Lo miró sorprendida.

—Debemos ser optimistas —contestó Landry. A continuación guardó su Blackberry y le echó un vistazo al reloj—. Tenemos que volver a entrar.

Una vez estuvieron de nuevo en la sala, Landry la retrató como una joven que trabajaba duro y que se había hecho popular en un conocido restaurante de la zona gracias a sus botes de salsa casera. Sí, había estado una o dos veces con Jimmy, pero sus registros telefónicos demostraban que había cortado con él de forma tajante.

Margie deseó haber sido más clara y directa con Jimmy, en vez de intentar suavizar el golpe. «Ahora tengo muchas cosas en mente y no estoy en un buen momento para tener pareja…» Tendría que haberle dicho que se había portado como un capullo y que lo que había hecho con el condón la noche en que se había quedado a dormir en su casa había sido una falta de respeto y una irresponsabilidad.

—Además, llamó al 911 —indicó Landry—. Es obvio que se sintió amenazada cuando James Hunt apareció en su casa.

Landry no se anduvo con miramientos al documentar los resultados del informe de la enfermera y mostró en la pantalla las descarnadas imágenes donde se mostraban las heridas. Margie intentó no volver a sentir aquel agónico dolor por todo el cuerpo. «Ahora estás bien, estás bien», se repetía a sí misma una y otra vez.

Hubo un momento fugaz, un atisbo de esperanza, cuando dio la impresión de que las palabras de la señora Garza iban dirigidas directamente al juez: «Puedo afirmar que la violación fue causada única y exclusivamente por el violador».

La fiscal se puso en pie como un resorte y protestó.

Landry concluyó entonces diciendo que Margie había sido agredida en su propia casa y que temía por su vida. Mientras se defendía de aquel letal ataque, se había producido un forcejeo en el que había encontrado la pistola, la propia pistola con la que él mismo la había amenazado, y había logrado salvar su vida disparando una única vez.

El juez anunció que procedería a revisar a fondo tanto los documentos como las pruebas y que emitiría su decisión respecto a la existencia de causa probable. El caso sería remitido entonces a un gran jurado y, como dicho jurado no se reuniría en varias semanas, la espera iba a continuar.

Finalmente, el juez Hale dio por terminada la vista golpeando el mazo. Su anillo de turquesa llamó la atención de Margie, quien vio entonces que la maciza montura de plata tenía forma de cráneo de cuernos largos, el símbolo de la UT*. No se movió de su asiento mientras la sala iba vaciándose de gente.

—Me siento como si acabaran de violarme de nuevo —dijo con voz queda y trémula—. ¿Y no van a reducir la fianza?, ¿lo he oído bien?

—Sí. Lo que significa que librará batalla desde una celda de prisión.

—No, no puedo… ¡tiene que hacer algo!

Su corazón batía como las alas de un pájaro enjaulado.

—No se puede hacer nada más hasta que el gran jurado se reúna y eso será dentro de seis semanas. Después de eso, veremos lo que dice la fiscal.

—¿Qué va a decir? Ya me ha hecho parecer culpable a más no poder y ha convencido al juez de que no me deje salir.

—Para ser sincero, la cárcel puede ser el único lugar seguro para usted.

—¿Qué quiere decir con eso?, ¿los Hunt me la tienen jurada? —Interpretó su silencio como una respuesta afirmativa—. ¡Pues será mejor que no le hagan ningún daño a mi gato!

—El gato es la menor de sus preocupaciones. Mire, es una artimaña de la fiscalía para evitar que se celebre un juicio. Estos requieren una inversión de tiempo, dinero y recursos por parte del estado, y el sistema siempre tiene sobrecarga de trabajo. Lo que se busca al mantenerla tras las rejas es ir minando su ánimo, eso le da ventaja a la fiscalía a la hora de conseguir que termine por aceptar un acuerdo.

---

* N. de la T.: Universidad de Texas en Austin.

—¿Qué tipo de acuerdo?

—Seguramente le ofrecerán que se declare culpable de un cargo menor.

—¿Por qué habría de hacer algo así? ¡No soy culpable de nada!

—Para evitar esperar durante meses y meses a que se fije la fecha del juicio, años incluso.

—No quiero un acuerdo de esos, ¡lo que quiero es que me declaren inocente! Me defendí de un tipo que estaba violándome en mi propia casa, en mi propia cama.

—La cuestión es que disparó a un hombre.

—Sí, porque…

—Porque nada. Está muerto porque usted le disparó.

—Lo está porque estaba violándome y yo luché por defenderme.

Landry alzó una mano para interrumpirla.

—Si no quiere permanecer tras las rejas hasta quién sabe cuándo, debería plantearse aceptar un posible acuerdo de culpabilidad. Dado que no tiene antecedentes, podría terminar recibiendo una condena más moderada.

—¡No merezco que me condenen a nada!

—Eso no está en sus manos. Si recibe una condena dura, será porque no aceptamos un acuerdo.

—No pienso declararme culpable solo porque usted me lo diga.

—La fiscalía alegará que usted le pegó un tiro a un hombre durante una disputa de enamorados. Al final será el jurado quien decida.

Margie sintió que el alma se le caía a los pies al oír aquello. En aquel condado, cualquier jurado estaría formado por personas que tendrían a los Hunt en un pedestal.

—¿Y qué piensa hacer usted?

Se le veía cansado y distraído.

—Esto es lo que hay: usted dio una declaración firmada…

—Como víctima. Joder, se lo conté todo a la policía para que arrestaran a Jimmy por violarme. ¡Ni siquiera sabía que estaba muerto! ¿Cómo pueden utilizar eso para condenarme?

—La declaración es admisible. Puedo argumentar lo contrario, pero ellos argumentarán a su vez que se trata de un testimonio. Solicité la grabación de video de aquel día, pero parece ser que el equipo de grabación estaba estropeado y no existen imágenes, tan solo la declaración que usted hizo.

—La inspectora hizo una grabación —afirmó ella.

—Puedo solicitarla, pero no creo que sea admitida. La decisión está en manos del juez.

—¿Cómo es posible que un juez permita lo que está pasando? Se supone que están para que se haga justicia, ¿no?

—Mire, los Hunt son verdaderas celebridades en esta zona, líderes de la comunidad. Tienen un poder y una influencia enormes. Tienen fama en todo el estado de ser ciudadanos intachables.

—Y justo por eso sé que me está mintiendo con lo de conseguir una condena menor si me declaro culpable. Se asegurarán de que termine encerrada de por vida o en la silla eléctrica.

—No hay silla eléctrica en Texas.

—Da igual, lo que sea que se use hoy en día. Seguro que los Hunt creen que es lo que merezco.

—Se trata de una situación difícil, no voy a fingir lo contrario —dijo Landry, con cara de circunstancias—. Jimmy era el chico de oro de esta gente, un héroe tanto dentro como fuera del terreno de juego.

—Era un violador.

—La fiscalía demostrará que usted y él mantenían una relación. Encontrarán testigos que confirmen que salieron juntos en varias ocasiones.

—Me forzó. Me estranguló, me mordió y me golpeó.

—Eso podría caracterizarse como sexo duro —dijo. Se sonrojó y se movió con nerviosismo en la silla—. Hay personas a las que… en fin, ese tipo de cosas pasan a veces entre dos personas que mantienen una relación íntima, y no es un crimen.

—Fue autodefensa, actué en defensa propia.

—Bueno, en Texas tenemos la Doctrina Castillo. Es la ley que permite disparar en defensa propia, en ciertas circunstancias.

—Llámela como quiera, eso fue lo que pasó.

—Podemos solicitar al juez que dicte sentencia en base a eso, pero es arriesgado. Podría argumentarse que usted no corría ningún peligro inminente, que actuó con agresividad, que le provocó.

—¿La agresiva fui yo? —Margie se llevó la palma de la mano al cuello—. Jimmy estaba intentando matarme, tenía derecho a defenderme. Señor Yates, necesito que se centre más en este caso. Por favor.

Margie tenía náuseas a menudo y le costaba conciliar el sueño. Siguió refugiándose en la lectura. Leyó *Matar a un ruiseñor,* que, según Sadie, seguía siendo un clásico a pesar de estar anticuado. Le gustaban los libros que llevaban el sello de Oprah, porque eran oscuros y serios y eso reflejaba a la perfección lo que ella sentía por dentro. También le gustaban las novelas románticas que alimentaban sus fantasías sobre poder vivir otra vida, una de esas en las que la gente seguía el dictado de su corazón y resolvía todos sus problemas en el último capítulo. Siguió aprendiendo español, practicando las frases en voz baja. Leyó más libros sobre las leyes de Texas y en uno de ellos encontró un artículo sobre la reciente ley que había mencionado Landry, la Doctrina Castillo. Leyó tantas veces ese artículo que prácticamente se lo sabía de memoria.

Estar en la cárcel era una pesadilla horrible, pero una distinta a la que se mostraba en las series de televisión. No había planes de huida ni intrigas entre las reclusas, no había bandas ni peleas. No, lo que había era tiempo, horas interminables en las que te aburrías y te preocupabas y buscabas algo para leer, lo que fuera, y te quedabas mirando concursos absurdos en la tele de la sala común. Seguía ayudando en la cocina, ideando cómo preparar salsas con los productos sobrantes o con la fruta con hueso que llegaba demasiado madura. Aprendió varios truquillos gracias a Ninfa y al personal de cocina, que eran capaces de obrar maravillas con un saco de masa de maíz y unas cuantas latas de adobo. Vivía para aquellas horas de la mañana y de la tarde en las que se le permitía pasear por el patio y cuidar del huerto. Lo que fuera con tal de aferrarse a su humanidad, a su individualidad.

Landry fue a verla para informarle de que, tal y como había predicho, la fiscalía había ofrecido un acuerdo: podía evitar enfrentarse a un juicio y a un futuro incierto si se declaraba culpable de homicidio en el calor del momento.

Estaba paseando por el patio después de hablar con él cuando Sadie se le acercó y le preguntó, tras observarla en silencio unos segundos:

—¿Malas noticias?

—Mi abogado dice que debería aceptar un acuerdo de culpabilidad; según él, es mi mejor opción.

—¿Para qué?

—Para pasar quince años en prisión —contestó. La idea la aterraba, tenía ganas de vomitar—. Puede que más.

—¿Qué opinas tú?

—Me da igual si son quince años o quince minutos. No pienso decir que soy culpable de un crimen cuando lo único que hice fue defenderme.

—Entonces, ¿así están las cosas?

—Sí, supongo que sí. Landry Yates cree que debería aceptar.

—¿Puedes pedir que te cambien de abogado?

—No, me dijeron que no se puede.

Se sentía cansada y triste a todas horas. Tenía hambre y después le daban náuseas y, por algún motivo que no alcanzaba a entender, cada vez le costaba más concentrarse. A lo mejor tenía infección de orina, porque tenía que ir al baño cada dos por tres. Le habían dado unas pastillas, pero no parecían haber servido de mucho porque vomitó en la ducha aquella misma mañana.

Llevaba unos días con la vaga sensación de que tenía algo pendiente, algo que debería recordar. Estaba duchándose cuando vio el envoltorio de un tampón en el suelo, junto a la papelera, y fue justo entonces cuando la horrible realidad la golpeó como un puñetazo en el estómago.

No le había bajado la regla.

15

—Tengo que deshacerme de él. Fuera, ¡lo quiero fuera! —le dijo a la enfermera—. Tienen que sacármelo, ¡es una emergencia!

—Tranquila, cielo. Te entiendo —contestó la señora Renfro con voz tranquilizadora.

Se llamaba Judy Renfro y era la enfermera amable, la que le caía bien a todas las reclusas de la unidad. Era la enfermera de más edad, llevaba prendido en la bata el lazo rosa representativo de la lucha contra el cáncer y la forma en que te miraba cuando pisabas la enfermería tenía la capacidad mágica de hacer que dejaras de ser una reclusa más, que volvieras a convertirte en un ser humano.

La señora Renfro le había preguntado acerca de sus heridas al verlas por primera vez y se había mostrado empática al oír su descarnado relato. Margie le había relatado todo lo que Jimmy Hunt le había hecho, no se había guardado nada, y aquella mujer la había escuchado como si estuviera compartiendo su sufrimiento.

Margie había pasado la noche previa en vela, visualizando mentalmente el inexorable avance de los minutos mientras las células que un monstruo había ocultado en su interior iban dividiéndose en secreto. Recordó las duras facciones de Jimmy Hunt, su insolente sonrisita, su voz cruel, sus manazas y esos pies enormes, sus gélidos ojos de color verdoso. Aquel tipo había implantado su semilla como si estuviera asestándole un último golpe de despedida, un «¡Que te den!» final como colofón a su deleznable agresión.

Había llegado a la enfermería a primera hora de la mañana. La enfermera le había dicho que lo más probable era que no le hubiera bajado la regla debido a su extrema delgadez y al estrés, pero la prueba de embarazo había dicho algo muy distinto. Habían realizado otra como precaución y el resultado se había confirmado.

—La enfermera que me examinó después de la agresión dijo que habían hecho una prueba y que había dado negativo.

—Es poco común que haya un falso negativo —le explicó la enfermera—. Yo creo que el embarazo era demasiado incipiente como para conseguir un resultado fiable.

—Tengo que deshacerme de él, tengo que abortar. ¡No puedo tener un hijo del hombre que me violó!

—Lamento de verdad todo esto, no puedo ni imaginar por lo que estás pasando. Y lamento tener que preguntarte esto, pero debo asegurarme. ¿Mantuviste relaciones sexuales con más personas desde tu última menstruación?

—No, en absoluto. No voy por ahí acostándome con cualquiera. La noche que pasé con Jimmy fue algo muy inusual en mí. Joder, ¡cuánto me arrepiento ahora de lo de aquella noche!

—¿No te dieron algo cuando te hicieron la exploración después del incidente? No te pusieron una inyección, ni te dieron unas pastillas…

—Sí. Unas pastillas para las enfermedades venéreas y un anticonceptivo de emergencia, pero… —Margie bajó la mirada, tenía recuerdos muy vagos de aquella mañana—. Devolví en la ducha justo después de tomármelas.

—¿Te diste cuenta de si arrojaste las pastillas?

—No. Estaba en la ducha, ni siquiera se me ocurrió comprobarlo. Y se suponía que debía tomarme una segunda dosis a las doce horas. La enfermera me dijo que era muy importante seguir las instrucciones, pero para entonces ya me habían quitado todas mis cosas, me metieron en una celda y no volví a ver nada de todo aquello.

—¿Dónde te trataron después de la agresión? Recuérdamelo.

—En el St. Michael's —respondió. Al ver que sus labios se apretaban y formaban una fina línea de desaprobación, añadió—: No fue elección mía, no tuve ni voz ni voto. ¿No tendrían que haberme llevado a ese hospital?

—Bueno, es que… en mi opinión, no es la mejor opción en lo que respecta a los anticonceptivos de emergencia. Algunos hospitales católicos emplean una pastilla que impide la fertilización, pero que no actúa contra un zigoto que ya ha sido concebido. Así que no sería efectiva en caso de que un embrión ya estuviera implantado.

—¿Por qué utilizar una pastilla que es posible que no funcione?

—Por la creencia de que un óvulo fertilizado debe protegerse como si de un ser humano se tratara, al margen de si es viable o no. No se oponen a que se prevenga la concepción, pero, si existe un óvulo fertilizado, se sentirían moralmente obligados a preservarlo.

—Preservar un zigoto o una blástula o lo que sea, ¿me está diciendo que esa es su obligación moral? ¿Y qué pasa con una mujer de carne y hueso que acaba de sufrir una violación?

El corazón le martilleaba en el pecho mientras luchaba por no dejarse arrastrar por el pánico.

—Cada hospital se rige según sus propias normas —contestó la señora Renfro, mientras le tomaba la temperatura.

—¿Y no se les ocurrió informarme de que estaban administrándome algo que podría no funcionar?

La sangre le hervía en las venas, no podía creer que nadie se hubiera molestado en explicarle algo así. Era una violación en otro sentido, una indiferencia total hacia ella como persona.

—Lo siento. La situación es difícil cuando la ciencia médica debe competir con los dogmas religiosos.

—¿Difícil? Sí, claro, sobre todo cuando no se molestan en advertir a la gente que los tratamientos podrían no servir de nada. ¿Es demasiado tarde para tomarme otra pastilla que lo solucione?

—Sí.

—Entonces, ¿qué hago?

La idea de tener un bebé era totalmente surrealista.

—Puedes solicitar un permiso para ir a una clínica e interrumpir el embarazo.

La recorrió un alivio enorme, sintió cómo se le relajaban los hombros y el cuello.

—Vale, voy a solicitarlo. ¿Qué tengo que hacer?

—Cumplimentar un formulario de solicitud para la intervención. Es similar a los que presentas cuando tienes que venir a la enfermería. Si lo aprueban…

—Un momento, ¿es posible que no lo hagan?

Su pulso se aceleró.

—Bueno, teniendo en cuenta que no se trata de una intervención médica necesaria…

—Pero ¿qué dice? ¡Me violaron! De modo que sí, ¡claro que es necesaria! No puedo tener un hijo por quedarme embarazada a consecuencia de una violación.

—Físicamente es posible, por eso se contempla la opción del aborto.

—Y yo opto por ella. ¿Qué es lo que tengo que hacer?

—Hay un proceso establecido. En primer lugar, presentas una solicitud ante el administrador de la cárcel. Una vez que consigas su aprobación, tendrás que conseguir una orden judicial para poder ser trasladada fuera de las instalaciones. Deberás pagar por adelantado el coste de la seguridad y del transporte, y lo que cueste el aborto en sí.

—Está hablando de cientos de dólares.

—Sí —asintió la señora Renfro, y le tomó el pulso y la tensión—. Ve a comer algo y descansa un poco. Piensa en cómo vas a cubrir esos gastos. Te conseguiré una lista de las clínicas autorizadas.

Margie estaba en shock; sabía de antemano que no iba a poder reunir ese dinero. La última vez que había revisado su cuenta bancaria tenía ahorrados menos de cien dólares. Los gastos médicos derivados del accidente se llevaban casi todo su sueldo y el resto era para pagar el alquiler y los gastos mensuales.

Pensó en Cubby, pero descartó la idea al instante. No podía pedirle un préstamo, ¿cuándo podría devolvérselo? Estaba tan desesperada que se planteó pedírselo a Del. ¿Sería capaz de acudir a él?, ¿estaría dispuesto a ayudarla? No, seguramente no. Tras la muerte de mamá, una vez que el impacto del inesperado golpe se había disipado, Del se había cabreado porque ella había dejado como único legado los pagos pendientes de las tarjetas de crédito. Era más que improbable que sintiera la más mínima compasión por la situación en la que Margie se encontraba.

Si bien no podía quedarse de brazos cruzados, tener el hijo de Jimmy Hunt sería una abominación. Evitar semejante horror tenía precedencia sobre todo lo demás.

Hizo acopio de valor y, tras conseguir el teléfono de Del a través de la empresa distribuidora de cerveza para la que trabajaba en el pasado, empleó el preciado dinero que tenía en su libreta de peculio para llamarlo. Siempre se habían llevado bien cuando mamá estaba viva, puede que él recordara aquellos viejos tiempos.

—Me enteré de que estabas metida en un lío, sale en todos los periódicos digitales.

—Necesito que me ayudes, es urgente. Un asunto médico. Sabes que no te lo pediría si pudiera encontrar otra solución.

—¿Estás enferma, muchacha?

Lo dijo con un tonito indolente y socarrón que hizo emerger malos recuerdos.

—Eh… sí. Tiene que verme un médico y necesito dinero.

—No puedo ayudarte. Y mucho menos después de todo este tiempo.

—Nunca te pedí nada después de que mamá muriera. Lo único que te pido ahora es un préstamo.

—He dicho que no —le espetó con sequedad—. Se supone que ni siquiera debería estar hablando contigo.

—¿Por qué…? —La recorrió un escalofrío de aprensión; «ay, Dios»—. Contactaron contigo, ¿verdad? —preguntó con voz trémula—. Los Hunt.

Landry le había advertido que, si iban a juicio, la fiscalía procuraría desenterrar toda la mugre que hubiera en su vida, que buscarían a gente de su pasado.

—Quieren que testifiques en mi contra.

—Mira, Margie…

—¿Sí o no, Del? ¿Qué pasa?, ¿has conseguido una furgoneta nueva?, ¿unos palos de golf?

Él no contestó, su silencio fue respuesta más que suficiente. Margie colgó el teléfono y se apoyó en la pared mientras intentaba asimilar todo aquello. Pues claro que habían contactado con él, era de esperar. Sabían que podía servirles para dar una mala imagen de ella. Era un tipo débil y tenía un ego enorme, se sentiría halagado e importante si le hacían creer que estaba ayudando a los Hunt.

Su abogado confirmó poco después sus sospechas: Del había dado una declaración en la que aseguraba que en la adolescencia ya era una descarada, que le gustaba provocarle paseando por la casa ligera de ropa y que salía a hurtadillas para verse con chicos. Según él, pasaba de ir a clase, vestía muy provocativa y no le había agradecido lo más mínimo que le diera un techo y comida tras la muerte de su madre.

No esperaba gran cosa de Del. Lo que la tomó por sorpresa era que estuviera en el bando enemigo.

La solicitud escrita que Margie presentó para la intervención médica no recibió respuesta alguna. Nada, silencio absoluto. Y no había forma de compeler al administrador de la cárcel a que respondiera. Finalmente, al ver que ya había pasado una semana, suplicó a la señora Renfro que interviniera, y esta le informó poco después de que el capitán Graham, el administrador, estaba «estudiando el asunto».

Varios días después, una funcionaria fue a devolverle la solitud que había presentado.

—No seguiste bien el procedimiento.

—¿Qué leches quiere decir eso?

—Esto es una solicitud para una intervención médica. Lo que tienes que presentar son los formularios para solicitar una intervención opcional.

Más papeleo, más retrasos. Los obstáculos para conseguir la ayuda que necesitaba iban surgiendo uno tras otro a cada paso del camino. La cárcel era un feudo sometido al ruin y férreo yugo del capitán Graham, que era un acérrimo activista en contra del derecho a decidir de las mujeres. Según él, un grupito de células del tamaño de un garbanzo debía estar por encima de la voluntad de una mujer de carne y hueso. Si resulta que la mujer en cuestión era una reclusa de la cárcel que él controlaba, nadie podía impedir que se tomara todo el tiempo del mundo en lidiar con el asunto.

Mientras intentaba sortear aquel laberinto de obstáculos, Margie se dio cuenta de cuál era el juego de aquel hombre: estaba perdiendo tiempo, evitando responder a su solicitud para que aquel embarazo no deseado siguiera avanzando.

Intentó hablar del tema con Landry, pero él insistía en que su trabajo consistía en defenderla de la acusación de homicidio, que no era tarea suya batallar por su derecho a un aborto.

Pasó horas y horas consultando libros que tomó prestados de la biblioteca central de la cárcel con el objetivo de informarse bien sobre el tema, y descubrió que había una sentencia del Tribunal Supremo donde se protegían los derechos reproductivos de una mujer encarcelada.

Llevó el libro consigo a su siguiente visita a la enfermería y le mostró a la señora Renfro el fragmento concreto donde se mencionaba el tema.

—Lo pone justo aquí. Tengo una necesidad médica urgente y estoy en mi derecho de recibir asistencia.

—El capitán podría alegar que no estás encarcelada, que solo estás a la espera de que se celebre el juicio —dijo la señora Renfro, mientras anotaba su peso—. Has ganado algo menos de medio kilo. Ten, deberías estar tomándote esto.

Le entregó un bote de pastillas.

—No necesito vitaminas prenatales, no pienso estar embarazada.

—Tu cuerpo las necesita. Hazte un favor a ti misma: tómatelas hasta que se interrumpa el embarazo. No son solo para el feto, también te irán bien a ti.

—Señora Renfro, estoy desesperada —admitió con voz trémula—. Una de las chicas de mi unidad dijo que existe una manera de hacer que baje el periodo a la fuerza…

—Santo Dios, ¡ni se te ocurra! Prométeme que no te autolesionarás. Lo digo en serio, Margie. Dios mío, este es uno de los motivos que llevaron a que el aborto se hiciera de forma segura y legal: que las muchachas no se dañaran a sí mismas al intentar librarse de un embarazo.

Margie pensó en los comentarios furtivos que había oído en la cocina, en los remedios caseros que seguramente no funcionaban, pero que se sentía tan tentada a probar.

—¿Para qué mujeres es legal el aborto?, ¿para todas? ¿O resulta que solo es legal para las que tienen suficiente dinero?

—Mira, se supone que debo informar al capitán Graham si una reclusa habla de autolesionarse.

Margie se encogió como si la hubiera golpeado y retrocedió un poco hacia la puerta, donde la funcionaria de turno esperaba para llevarla de vuelta a la unidad.

—No, ¡no lo haga! Señora, por favor, se lo suplico…

—Prométeme que no intentarás ninguna de esas locuras. Tienes que darme tu palabra.

—Se lo prometo, señora.

La señora Renfro se puso de espaldas a la puerta y bajó la voz al añadir:

—Mira, estuve indagando un poco y contacté con una agencia, la Fundación Amiga, un grupo afincado en San Antonio que defiende los derechos de las reclusas. A ver si pueden echar una mano.

La enviada de la Fundación Amiga llegó en cuestión de días. Se llamaba Truly Stone, llevaba el pelo recogido en dos coletas, mascaba chicle y parecía una estudiante de secundaria. Aunque tenía pinta de ser muy avispada y daba la impresión de que te escuchaba con el cuerpo entero al inclinarse hacia la ventanilla de la zona de visitas con una expresión de atención plena en su pecoso rostro.

—Comprendo al cien por cien que tengas tanta prisa —le aseguró, una vez que Margie le hubo explicado la situación—. Nadie puede ordenarte que lleves a término un embarazo si no quieres. Es ilegal.

—Esto es la cárcel, en este sitio nos dan órdenes a todas horas.

Aquella misma mañana habían hecho un pase de lista antes del amanecer porque la funcionaria del turno de noche no encontraba su móvil. Las mujeres de su unidad habían estado despiertas desde las cuatro desmantelando catres y celdas, hasta que el móvil había aparecido en la sala de personal.

—Sí, eso lo entiendo, pero evitar que abortes y obligarte a dar a luz al hijo de un violador no puede formar parte de tu castigo. Sigues teniendo ciertos derechos.

—Debería tenerlos todos, no tendría que estar encerrada en este lugar. Lo único de lo que soy culpable es de defender mi vida.

—El administrador no está obligado a tener en cuenta esas circunstancias. Mientras estés bajo la custodia del sistema, debes respetar sus reglas, pero la cuestión es que estás en tu derecho de tomar esta decisión. Esa es la buena noticia.

—Lo que significa que también hay una mala, para equilibrar las cosas.

Truly frunció los labios, hizo una pompita de chicle y la hizo estallar. ¡Bang!

Margie se estremeció.

—El personal de la cárcel dispone de mucho margen para poder ignorar y bloquear tu solicitud; por otra parte, las instalaciones autorizadas a las que tienes derecho a acceder son escasas. Por motivos que no están obligados a explicar, solo ciertas clínicas están autorizadas a tratar a las reclusas. Podría haber una larga lista de espera solo para conseguir que te incluyan en la agenda. Me preocupa que los de administración pierdan el tiempo y alarguen la espera hasta que sea demasiado tarde para practicarte un aborto seguro a tiempo.

—Yo creo que eso es lo que están haciendo.

—Bienvenida al patriarcado. Intentaré ayudarte, pero es que… a veces es difícil trabajar con el sistema.

—¿Podrías ser mi abogada?

Landry siempre tenía pinta de estar agobiado y hasta arriba de trabajo.

—No soy abogada, estoy haciendo las prácticas del Máster en Salud Pública. En cualquier caso, no estamos hablando de una cuestión legal. Tu derecho a decidir que quieres interrumpir este embarazo es una cuestión procesal.

—¿Qué es lo que tengo que hacer?

—Voy a intentar conseguir el dinero necesario para cubrir los gastos de traslado y seguridad. La fundación puede encargarse también de tus asuntos pendientes, hasta cierto punto. Pago del alquiler, facturas…

—¿Puede ir alguien a ver cómo está mi gato?, ¿a asegurarse de que no pasa hambre?

Le dio la dirección de su casa y Truly la anotó.

—Sí, y mantendremos al día el pago del alquiler. Veré lo que puede hacerse para que el administrador apruebe la intervención, a ver si podemos acelerar las cosas.

—Que sea pronto, por favor.

Retorció la pulsera de reclusa alrededor de la muñeca con nerviosismo.

—Haré lo que pueda —respondió, e hizo estallar otra pompa de chicle—. Ya sé que no parezco gran cosa, pero soy peleona. No abandono una batalla si sé que estoy del bando que tiene la razón.

Margie sintió un atisbo de esperanza por primera vez en semanas. Sí, seguía estando encerrada; sí, seguía estando embarazada y asustada, pero por fin tenía la impresión de que había un camino a seguir, una vía de progreso con alguien que no estaba supeditado al administrador de la cárcel.

—Truly Stone. ¿De verdad te llamas así?

La observó con curiosidad a través de la mampara de plexiglás.

—Desde el día en que nací —asintió, y sus mejillas se ruborizaron—. Y sí, la gente solía hacer chistecitos con mi nombre. Me llamaban Truly Stoned*... ya sabes, en plan «colocada que te cagas». A decir verdad, nunca he estado colocada. ¿Y tú?

—Una sola vez. Tenía trece años y era una tonta.

Hacía mucho que no pensaba en aquel día. Su madre tenía que preparar un *catering* y ella la había acompañado para echar una mano. Su madre era famosa a pequeña escala por delicias tales como los bocadillos de escalope de pollo, los burritos veganos de *shawarma* o los sándwiches de ternera ahumada. En ocasiones, el recorrido las llevaba por las elegantes y serpenteantes calles de Austin donde vivían los millonarios: Westlake, Bee Caves, Driftwood, Rocky Cliffs... En el pasado, las increíbles mansiones se habían construido gracias a fortunas generadas por el petróleo, pero la cosa había cambiado. En la actualidad, el dinero que fluía por aquellas calles tan meticulosamente cuidadas pertenecía a millonarios del sector tecnológico y de los medios de comunicación.

Margie fantaseaba con cómo sería la vida al otro lado de las elegantes verjas de hierro forjado, de los muros de piedra caliza. Su

---

* N. de la T.: «Stoned» significa «fumada, colocada»; «Truly Stoned» sería «realmente fumada». De ahí el juego de palabras a partir de su nombre, Truly Stone.

madre y ella habían trabajado en casas donde había piscinas de esas de horizonte y grandes casetas. Había casas que tenían una habitación entera solo para un piano de cola, y otras con salas de cine donde había filas de mullidas butacas frente a una pantalla.

En una ocasión, a su madre le salió un trabajo en una de las mansiones de Rocky Cliffs. Había que preparar el *catering* para una fiesta de verano celebrada por el reverendo Beauregard Falcon, quien, según le dijo ella en tono de broma, era un telepredicador evangelista que tenía dinero para dar y regalar. Su mansión tenía vistas al río Colorado y se encontraba en una de las zonas más exclusivas de la capital. Margie le había suplicado a su madre que la dejara ir para ayudarla, a los trece años ya sabía de sobra cómo ser útil.

Y así fue como, llegado el día, se preparó para poner rumbo a aquella fiesta. Iba uniformada de forma idéntica a su madre: pantalón negro, prístina camisa blanca y delantal. Además su larga cabellera rubia estaba recogida en una pulcra trenza.

—Míranos, ¡parecemos gemelas! —dijo su madre, con una radiante sonrisa de orgullo.

Le encantaba que la gente comentara que parecían hermanas en vez de madre e hija.

Era una fiesta de cróquet; al parecer, era algo que estaba muy de moda entre los millonarios. Los invitados debían ir vestidos de blanco de pies a cabeza. Fue como entrar en un mundo de cuento de hadas donde todos y cada uno de los presentes iba a tener su final feliz.

Había una extensión de césped que parecía una gran alfombra verde, y allí se entretenían con el anticuado juego mientras tomaban relajadamente julepes de menta y limonada de lavanda. Había un músico interpretando piezas de jazz en un colorido piano vertical. Era una escena alegre y elegante. Habían montado un pabellón para la comida en un patio empedrado adyacente a la cocina y la gente se deshacía en elogios sobre los sándwiches de su madre, sus piadinas, sus sabrosos tacos. En cuanto a la propia Margie, todo el mundo era superamable con ella y le decían lo bonita que estaba y el gran trabajo que hacía mientras paseaba bandejas de comida y recogía los platos sucios y las sobras que iban dejando los invitados.

La enorme cocina era un hervidero de actividad. El constante ajetreo contrastaba con la serena estampa del patio, el terreno de césped y la zona de la piscina. Margie no pudo evitar darse cuenta de que todas las personas encargadas de mantener la cocina y el resto de la casa en perfecto estado eran negras y todo el personal que estaba a cargo de los jardines y los terrenos era latino; en cuanto a los invitados, todos y cada uno de ellos eran blancos.

Después de meter una pesada bandeja cargada de copas y cubiertos usados, le entraron ganas de ir al baño. Uno de los miembros del personal de cocina le dijo que podía ir al tocador —así se llamaba en plan finolis el baño— y le indicó que estaba al fondo del pasillo, tras una puerta abovedada. Resultó ser un pequeño oasis de elegancia donde había una araña de luces con abalorios que se encendía automáticamente, y un montoncito de toallas limpias que se suponía que había que tirar en una cestita después de usarlas una única vez. El papel de las paredes parecía un cuadro francés y el lugar olía tan bien que nadie diría que se trataba de un baño. Ella se tomó su tiempo mientras se lavaba las manos con el fragante jabón y se enjuagaba en el lustroso lavamanos de porcelana.

Al salir al pasillo vio que estaba desierto y, después de mirar a izquierda y derecha, decidió que tenía vía libre para explorar; solo un poquito. No estaba fisgoneando, solo quería echar un vistazo. Recorrió un pasillo que conducía al vestíbulo, uno majestuoso con suelos de mármol y pilares y una enorme y reluciente araña de luces. El lugar estaba flanqueado por no una, sino dos escalinatas curvadas que parecían ascender hacia los mismísimos cielos.

Fue incapaz de resistir la tentación y subió de puntillas los escalones. El aire estaba impregnado del olor a aceite de limón, ropa limpia y flores frescas.

En la planta superior había largos pasillos que conducían a elegantes salas de elevados techos y sofisticadas camas y preciosas

242

chimeneas. Al final de uno de ellos había un balcón en plan Romeo y Julieta con vistas al terreno donde los invitados jugaban al cróquet. El personal del *catering* circulaba de acá para allá con bandejas, mamá derrochaba sonrisas y la gente —en especial los hombres— se acercaba para servirse un sándwich e intercambiar unas palabras amables con ella.

Su madre estaba en su salsa, haciendo feliz a la gente con la comida que preparaba, y Margie la contempló con una mezcla de orgullo y melancolía. Se preguntó por qué había personas que disfrutaban de semejante vida mientras otras se encargaban de preservar la belleza de ese mundo a base de preparar sándwiches, limpiar casas y podar setos. Sabía la respuesta que le daría su madre, porque habían hablado del tema en múltiples ocasiones.

—Cariño mío… Cada cual encuentra su felicidad en sitios distintos.

—¿Dónde encuentras tú la tuya, mamá? —preguntaba entonces ella.

Y su madre siempre respondía lo mismo:

—En ti, mi cielo. Tú eres mi felicidad.

«Pues yo podría ser feliz aquí», pensó Margie para sus adentros, mientras seguía recorriendo la elegante casa. Se asomó a ver varias habitaciones más: una biblioteca, una salita en penumbra dotada de una barra de bar y una mesa de billar, un gimnasio… Vio una puerta entreabierta y, al asomarse a echar un vistazo, vio que se trataba de un dormitorio donde predominaba el rosa —una tonalidad de buen gusto, nada empalagosa—. El empapelado de las paredes tenía salpicaduras doradas, una mullida y suave alfombra cubría el suelo, la cama con dosel estaba rodeada de delicados cortinajes y había una colección de animales de peluche. Un olor extraño, como a pino, impregnaba el aire. Más allá de la chimenea había una salita adyacente muy luminosa.

Se puso de rodillas para ver bien una impresionante casa de muñecas que estaba expuesta sobre una mesa. Era demasiado mayor para jugar con muñecas, pero aquella casa era fascinante y estaba repleta de pequeños detalles: un majestuoso salón de baile, un comedor, incluso había una cocina equipada con lo que parecía ser un horno para hacer pizzas. El pequeño chef, pala en ristre, estaba tirado de costado, así que alargó la mano y lo puso de pie.

—Ah, hola.

La inesperada voz la sobresaltó. Se levantó como un resorte y estuvo a punto de hacerse pis encima. Varios muebles se volcaron en el interior de la casita de muñecas. Miró hacia la puerta y sintió el impulso de salir corriendo de allí, pero estaba demasiado asustada como para moverse.

Dos chicas la miraban con curiosidad desde el otro extremo de la habitación, junto a una ventana abierta. Una de ellas era asiática y rubia. Estaban reclinadas en unos pufs mientras fumaban relajadamente, dejando que el humo se fuera por la ventana.

Margie se cubrió la boca con una mano y empezó a retroceder con lentitud hacia la puerta.

—Eh… perdón —dijo a través de los dedos—. Estaba… no era mi intención… es que estaba buscando el baño.

—Venga ya, estabas fisgando —dijo la adolescente rubia.

No se la veía molesta; de hecho, se limitó a sonreír de oreja a oreja.

—¡Qué va! —Su primera reacción fue negarlo, pero entonces bajó la mirada hacia sus desgastados zapatos y confesó—. La verdad es que sí. Perdón.

—No te preocupes, no pasa nada. ¿Cómo te llamas?

—Margie Salinas.

—Yo soy Autumn y esta es mi hermana, Tamara.

—No tenéis pinta de ser hermanas.

La tal Tamara se echó a reír.

—¡Brillante observación! Soy adoptada, está claro clarinete.

—Ah, vale. Bueno, será mejor que me vaya.

—No, quédate. No pasa nada —dijo Autumn, y le ofreció una especie de cigarro—. ¿Alguna vez has fumado hierba?

—¿Marihuana? No.

La mera idea era absurda, ¿de dónde iba a sacar algo así?

—¿Quieres probar?

Margie titubeó por un instante.

—¿Qué se siente?

—Felicidad, te sientes como atontada —contestó Tamara. Tenía pinta de ser más joven que su hermana y parecía igual de amable—. Es divertido.

—Vale.

Se acercó a ellas y Autumn le enseñó a hacerlo.

—Tienes que inhalar como si estuvieras a punto de meterte de un salto en el agua, y entonces aguantas la respiración. Es un poco fuerte al principio, pero te acostumbras.

Lo de «un poco fuerte» no iba en broma. Margie inhaló aquel humo con olor a pino y por poco le estalla la cabeza. Contuvo el aliento y lo soltó con un ataque de tos.

—¿Cómo puede gustaros esto?

—Te acostumbras, y ya verás después —le aseguró Autumn.

—Tose más para expulsar todo el humo —le aconsejó Tamara.

Margie lo intentó otra vez, y luego otra vez más; poco después, una sensación extrañamente agradable empezó a inundarla. Esbozó una sonrisa.

—¿Lo ves? ¿A que mola? —dijo Tamara.

—Ajá.

Sentía los labios un poco entumecidos y gruesos, era como si tuviera la boca llena de algodón invisible. La verdad es que no le encontraba la gracia a aquella sensación, pero estaba fascinada por aquella familia y el castillo de cuento de hadas donde vivía, por sus amigos blancos con níveos atuendos, por todas las cosas elegantes y bonitas que tenía, por aquella casa tan pulcra y ordenada.

—¿Son de verdad? —preguntó señalando los tatuajes idénticos que las hermanas tenían en sus respectivas muñecas: un pequeño dibujo lineal de un pájaro en vuelo.

—Sí —asintió Autumn—. Son halcones, somos las hermanas Falcon[*].

—Nuestros padres se pusieron hechos una furia, amenazaron con enviarnos a un internado militar —le contó Tamara. Entonces dirigió la mirada hacia la puerta y la expresión de su rostro cambió de golpe e intentó tapar con su cuerpo el cuenco que contenía los porros y los encendedores—. ¡Hola, Missy!

Una doncella uniformada con una falda oscura y un delantal blanco se acercó a toda prisa.

—¡No te hagas la tonta! Ya podéis estar guardando todo esto, tenéis que sacarlo de la casa cuanto antes.

—Perdona —dijo Autumn.

Missy se volvió de golpe hacia Margie, que estaba temblando de miedo.

—¿Y quién diablos eres tú?

—So-soy Margie —alcanzó a decir, con una vocecilla aguda.

—Pues no tendrías que estar aquí, metiéndote en problemas con este par de delincuentes —apuntó, y la observó con atención… el rostro, el pelo, el logo del delantal—. Eres la hija de la señora del *catering,* no tendrías que estar aquí.

—Ya lo sé, lo siento.

—Ella no tiene la culpa, la hemos invitado a pasar un rato con nosotras —protestó Autumn.

—Sí, prácticamente la hemos obligado a quedarse —añadió Tamara.

—Pues tendría que haber dicho que no, que para algo tiene el cerebro. ¡No seas tonta, muchacha! Fumar ese tipo de cosas solo te traerá problemas.

Margie permaneció allí de pie, avergonzada, mientras se sentía como si estuviera flotando en una nube. Missy se volvió de nuevo hacia las hermanas.

---

[*] N. de la T.: «Falcon» significa «halcón».

—¿Sabéis lo que os pasaría si vuestros padres se enteraran? ¿Lo sabéis?

Autumn y Tamara agacharon la cabeza y fue la segunda quien contestó en voz baja:

—Nos enviarían al internado militar.

Margie no sabía gran cosa acerca de ese tipo de sitios, pero debían de ser horribles, como una especie de cárcel.

—¿Qué es lo que pasa? —La señora Falcon, una mujer alta de aspecto imponente, entró de improviso en la habitación. Llevaba un peinado recién salido de algún exclusivo salón de belleza y relucientes joyas que tenían aspecto de ser reales. Olfateó el aire cual sabueso que detecta el olor de la presa—. ¡Aquí huele a marihuana!

—Mamá… —Autumn empalideció de golpe.

—¡Estabais fumando marihuana!

Tamara se echó a llorar.

—¡No, mamá! ¡Te juro que no!

Dio la impresión de que el cuerpo entero de la mujer se henchía de furia.

—¿Tenéis la más mínima idea de lo que supone esto para vuestro padre? Para su reputación, la de nuestra familia.

Las dos hermanas estaban tan abatidas que Margie soltó sin pensar:

—¡He sido yo!

La señora Falcon se volvió hacia ella como una exhalación y la miró como si acabara de percatarse de su presencia. Sus ojos y las aletas de su nariz se agrandaron tanto que la imagen resultaba casi cómica.

—¿Y quién eres tú?

—Margie Salinas. Sus hijas no tienen nada que ver en esto —afirmó. Hablaba de forma totalmente impulsiva, se sentía casi desafiante al defender a aquellas dos desconocidas de un destino que parecía aterrarlas—. Yo tengo toda la culpa. Así que no las riña, por favor.

La madre parecía estar deseando creerla. Seguro que, en el fondo, no quería tener que enviar a sus hijas al internado aquel. Se volvió hacia Missy con semblante implacable.

—Muy bien, no hay nada más que decir. Por favor, acompaña a la puerta a la señorita… Salinas —dijo, siseando el nombre con furia.

Las hermanas estaban mirando a Margie con los ojos como platos, llenas de sorpresa y gratitud. Tamara juntó las palmas de las manos en un gesto mudo de agradecimiento.

Missy obedeció de inmediato la orden de la señora de la casa. Se volvió hacia Margie y le indicó la puerta.

—Qué ganas tienes de meterte en problemas, ¿no? Venga, vamos —dijo. Una vez en el pasillo, la instó a ir hacia la escalinata y guardó silencio al ver que bajaba con torpeza, intentando asirse sin éxito a la baranda. Se la entregó a su madre como quien saca la basura—. Procure que esta jovencita no se meta en más problemas.

A mamá le bastó con mirarla a los ojos para adivinar lo que pasaba. Le dio las gracias a la doncella y se disculpó, pero Margie vio cómo se le hinchaban las venas en las sienes y supo que estaba hecha una furia por dentro. Su madre casi nunca se enfadaba, pero cuando lo hacía era como el súbito bofetón de calor propinado por un horno al rojo vivo.

De camino a casa, le cayó una buena regañina.

—¿Eres consciente del problema en que podrías haberme metido? ¿Cómo se te ocurre hacer algo así?

Mientras Margie se encogía avergonzada en el asiento de la furgoneta del *catering,* mamá abrió el encendedor con un experto movimiento y encendió un cigarro. Abrió la ventanilla y expulsó una nube de color gris azulado.

—Y no me vengas con la excusa de que yo fumo, esto por lo menos es legal —añadió, adelantándose a lo que pudiera argumentar Margie—. ¿Cómo se te ocurre hacer algo así? —reiteró.

—Me picó la curiosidad. Estaba explorando y las chicas me invitaron.

—Claro, y tú vas y aceptas encantada. Qué estupidez, qué estupidez tan grande has cometido.

—Ya lo sé, no tendría que haberlo hecho —admitió Margie, mientras se rascaba con nerviosismo el borde de las uñas—. Es que eran muy amables conmigo, como si quisieran que fuéramos amigas.

—¡No tienes ni idea! Esas chicas no son tus amigas, no te conocen de nada. Si las sorprenden con marihuana, no pasa nada. A lo mejor las castigan sin ir a clase de equitación o sin viajar a Europa, pero la cosa es muy distinta en tu caso. Si te pillaran a ti, te mandarían al reformatorio. Sabes lo que es eso, ¿no? Un reformatorio juvenil, con uniformes y alambre de espino y Dios sabe qué más. Terminarías con antecedentes y tu vida quedaría marcada para siempre, ¿es eso lo que quieres?

—No, mamá, ¡claro que no! Pero es que tenían mucho, pero que mucho miedo de que las pillaran porque su padre es un telepredicador famoso. Si las pillaban, las enviarían a un internado militar, así que le dije a la señora Falcon que la culpa era mía.

—¡Santo Dios bendito! ¿Por qué? No lo entiendo, ¡no son amigas tuyas!

—Tenían miedo, lo solté sin pensar para protegerlas.

—Genial, ahora resulta que mi hija es una especie de Juana de Arco. Igual te vendría bien pasar un tiempo en el reformatorio.

Margie se reclinó en su asiento y miró por la ventanilla en silencio. El efecto de la marihuana había pasado y ahora se sentía cansada y sedienta. Sabía que su madre tenía razón al decir que a unos jóvenes se les trata de forma distinta que a otros por hacer lo mismo, pero no entendía por qué tenía que ser así.

—Una de las hijas es adoptada —comentó, para intentar cambiar de tema.

—¿Ah, sí? ¿Te lo ha dicho ella?

—Estaba claro clarinete —aseguró, tomando prestada la expresión usada por Tamara—. Ella es asiática y su hermana caucásica.

—Pues supongo que es una chica con suerte —dijo su madre.

—¿Porque la adoptó una familia rica?

—Sí.

—¿Y si ella hubiera preferido quedarse con su familia biológica en vez de ser rica?

—Bueno, puede que no tuviera esa posibilidad, puede que su madre biológica no tuviera más opción que entregarla en adopción.

Margie permaneció callada mientras miraba por la ventanilla. Al cabo de un largo momento, preguntó con voz suave:

—Cuando te quedaste embarazada, ¿te planteaste darme en adopción?

—Sí, por supuesto. Me planteé todas las opciones posibles, incluso el aborto y la adopción. A ver, cielo, tenía dieciséis años, mis padres dijeron que iba a tener que arreglármelas solita y mi novio salió huyendo por patas. De modo que sí, sopesé mis opciones. Y te seré sincera: para cuando me di cuenta de que estaba preñada, ya estaba en el segundo trimestre; de haberlo sabido antes, y si hubiera tenido el dinero necesario, habría optado por abortar sin lugar a duda. Pero casi todos los días me alegra no haberlo hecho, aunque hoy no lo tengo tan claro.

—Siento lo que ha pasado.

—Ya lo sé, cielo. Y yo sabía, incluso cuando era una jovencita necia como tú, que la mejor opción para las dos sería criarte y quererte con todo mi corazón por siempre jamás.

—Ah. Me alegro de que te quedaras conmigo.

—¿Preferirías que te hubiera entregado a alguna familia rica para que te criaran rodeada de lujos, como la hija de los Falcon?

Margie pensó en la gran casa, en la piscina, en los jardines y en los caballos. Y entonces pensó en El Arroyo, el parque de casas móviles donde vivía con su madre, y en la cocina a la que esta acudía todas las mañanas para preparar sándwiches. Pensó en las risitas y los arrumacos a la hora de acostarse, en cómo bailaban juntas *Waltz Across Texas,* en los días calurosos en que se lanzaban a las límpidas y frías aguas de Barton Springs, en cuánto adoraba el sonido de la risa de su madre, y no pudo imaginarse ninguna otra vida.

—Qué va. Esas dos hermanas no parecían ni más contentas ni más tristes que cualquier otra chica de su edad. Además, su madre da miedo.

—Eres un alma vieja, Seesaw Marjorie Daw. Me alegra que seas mía.

—Lo mismo digo. Y perdón por haber fumado marihuana.

—Demos gracias a que el asunto no haya pasado a mayores. Espero que no se repita.

—No, de verdad que no. Además, la verdad es que la cosa esa tampoco me ha gustado demasiado.

Del había llegado a la vida de ambas poco después. Había entrado en escena pisando fuerte, como la estrella invitada de una serie. Margie estaba acostumbrada a que los hombres quisieran salir con su madre, siendo tan guapa como era; pero también era muy selectiva y ninguno de ellos duraba demasiado.

Del era distinto, o al menos eso parecía: trataba a su madre como a una reina y a ella como a una princesa. Trabajaba de repartidor de barriles de cerveza, pero se hizo daño en la espalda, pidió la baja y no volvió a retomar su empleo. Las cosas no eran iguales estando él en su vida, pero trataba bien a su madre.

Se trasladaron a otra casa móvil, una doble; tenía un baño más, pero seguía estando en El Arroyo. Del alegó que no quería alejar a Margie de sus amigas ni cambiarla de instituto a mitad de curso, y prometió que se mudarían a una casa propiamente dicha cuando ella terminara la secundaria. Solía hacer muchas promesas.

Margie dejó a un lado los recuerdos y miró a Truly Stone a través de la mampara de plexiglás. Después de relatarle lo ocurrido con la marihuana, añadió a modo de explicación:

—Mi madre me tuvo siendo muy joven. Me dijo que se quedó embarazada por accidente y que no se había dado cuenta de que lo estaba hasta que ya era demasiado tarde para hacer algo al respecto.

Esa era la parte en la que no podía dejar de pensar. Si su madre se hubiera dado cuenta a tiempo, habría interrumpido el embarazo y nada de todo aquello habría ocurrido. Ella misma no habría nacido, no estaría allí, Jimmy Hunt estaría vivo y el mundo seguiría girando.

Se dio cuenta de que Truly estaba observándola con un profundo interés, casi con fascinación.

—Esa es la única vez que he quebrantado la ley en mi vida, lo juro. Estás mirándome como si fuera una criminal.

—No, no es eso, es que... ¿Te has planteado alguna vez ser madre?

—¿Y tú?

—Solo en teoría —admitió Truly.

—Yo siempre pensé que tendría un hijo, pero no así. Mierda.

—Siento lo de tu madre.

—La echo de menos todos los días, era mi mejor amiga. Yo prácticamente había crecido lo suficiente para que pudiéramos compartir la ropa. La gente solía decir que parecíamos hermanas, aunque no sé hasta qué punto era cierto. Ella era guapísima.

—Era totalmente cierto, te pareces mucho a ella. Y también eres guapísima.

—¿Cómo lo sabes?

—Uno de los artículos iba acompañado de vuestras respectivas fotos, una al lado de la otra.

—¿A qué artículos te refieres?

—Vaya. Supongo que no viste nada estando aquí metida.

—Vi algo justo después de que pasara, pero... ¿artículos?

—El incidente fue noticia, incluso llegó a mencionarse en la revista *Texas Monthly* y en un blog que sigo, el *Lone Star Justice*.

—Lo lleva Buckley DeWitt.

—¿Lo conoces?

—Podría decirse que es un amigo, supongo.

Le sorprendió saber que él había estado escribiendo sobre su caso. La cuestión era si lo hacía como amigo o si la consideraba una asesina.

—La cuestión es que ni en los periódicos ni en las publicaciones electrónicas se da muy buena imagen de ti —dijo Truly, e hizo estallar una pompita de chicle—. Era de esperar, la familia no quiere creer que su hijito adorado fuera capaz de cometer una violación. Supongo que quieren que la fiscalía arme un caso a base de influenciar a la opinión pública.

A Margie le repugnaba la idea de que circularan artículos y fotos. No soportaba pensar que había gente haciendo conjeturas sobre aquella noche, llegando a conclusiones sin tener ni idea de nada, dando por sentado que era una asesina.

—Lo siento, no tendría que haber dicho nada al respecto —se disculpó Truly—. Pensaba que estabas enterada, que tu abogado te mantenía al tanto de todo.

—Apenas habla conmigo, apenas ejerce de abogado. Y, por lo que dices, da la impresión de que los medios de comunicación ya me están condenando. ¿Te parece justo?

—No, en absoluto. A ver si puedo encontrar a alguien que te ayude a conectar mejor con tu abogado. Y no descansaré hasta conseguir que autoricen tu intervención médica.

—Por favor —dijo Margie, intentando mantener un ápice de esperanza.

—Veré lo que puedo hacer —contestó Truly.

Cada día de espera se convertía en una eternidad que se alargaba aún más por la ansiedad y el temor que la embargaban. Margie visualizaba mentalmente que le bajaba la regla, intentaba que sucediera a base de fuerza de voluntad. No dejaba de pensar en los remedios y procedimientos caseros de los que había oído hablar en la cocina y por el patio. A veces pensaba que estaba enloqueciendo, pero no habría podido asegurarlo; al fin y al cabo, no sabía cómo se sentía una al perder la cabeza.

Bueno, la verdad era que había enloquecido el día en que su

madre había muerto de repente. Recordaba haber visto la furgoneta de Del aparcada y que él había salido al porche. Recordaba lo destrozada que se sentía, pero no, aquello no era estar loca. Era dolor, el desgarrador dolor de la pérdida. Y, en ese caso, sí que sabía lo que se sentía: era como intentar respirar después de que su madre exhalara su último aliento.

Ahora empezaba a pensar que sabía perfectamente bien lo que se sentía al enloquecer: el corazón parecía que se le iba a salir del pecho; los pulmones estaban tan llenos de miedo que no quedaba espacio para respirar; las manos le hormigueaban; sus piernas estaban inquietas y listas para echar a correr, aunque en aquel lugar no había adónde ir. El trabajo en la cocina era una bendición del cielo porque le daba algo con lo que entretenerse. Incluso lavar los platos, la tarea más prosaica, creaba una distracción temporal; pero el trabajo tan solo duraba unas horas, y el resto del tiempo lo pasaba invadida por el temor y la preocupación.

Detestaba cada uno de los minutos que iban pasando, porque cada uno de ellos hacía que el embarazo pareciera más y más real. Vomitaba a todas horas, perseguida por las endemoniadas náuseas y el pánico; tenía que hacer pis cada cinco minutos, sentía los pechos raros y doloridos.

Leía constantemente y seguía aprendiendo español, que practicaba con otras mujeres tanto en la cocina como en el patio; usaba las hojas en blanco que se llevaba de las reuniones del grupo de plegaria para ir anotando sus pensamientos y un día empezó a anotar también sus recetas, las que había desarrollado ella misma y las que había aprendido de su madre.

Tras la muerte de esta, aquella carpeta desorganizada y repleta de recetas arrancadas de viejos libros y revistas, o aprendidas a través de alguna amiga, se había convertido en su más preciado tesoro. Le obsesionaban en especial las observaciones que su madre había ido escribiendo a mano. *Demasiado picante, no se nota el sabor,* había escrito junto a una receta sacada de *Southern Living; Preparados para el 12º cumpleaños de Adam,* había anotado junto a su propia receta de pollo frito a la miel en esponjosos panecillos. ¿Quién era Adam?, ¿cuándo había cumplido doce años?

Cierta receta estaba marcada con una tira de fotomatón, una de fotos en blanco y negro donde su madre y ella estaban poniendo caras graciosas. Aquellas fotos habían sido tomadas en el que recordaba como el mejor día de su vida: el día en que su madre la había llevado a la playa de Corpus Christi para ver el océano por primera vez.

Aquel archivo de recetas era como una fascinante ventana que le permitía atisbar la mente de su madre, pero ahora no tenía la posibilidad de hacerle preguntas ni de ahondar más.

Siempre había tenido intención de escribir las recetas de forma más organizada. Ahora no tenía ni idea de lo que habría sido de todas sus pertenencias, las que se habían quedado en la casa que se había convertido en la escena de un crimen. Tenía la esperanza de que la carpeta siguiera allí, en un estante situado por encima del fregadero.

Intentó reconstruir las recetas de memoria y soñar con algunas nuevas. Había distintos estilos de comida a la brasa a lo largo y ancho del país y, aunque jamás había viajado a ningún sitio, solía ir a la biblioteca pública del condado de Hayden para tomar prestados libros sobre el tema. La salsa barbacoa partía siempre de los mismos ingredientes básicos, la sal y el azúcar, pero existían infinidad de variedades. En Kansas City, era célebre una salsa intensa y robusta con una reducción de tomate como base; en las Carolinas había una zona conocida como Low Country —no tenía ni idea de por qué se llamaba así— donde se preparaba una salsa suave y amarillenta a la mostaza; allí, en Texas, a la gente le iba el picante —desde jalapeños a serranos, e incluso los explosivos chiles fantasma—, ese sabor potente e intenso que hacía que los camareros del restaurante de Cubby tuvieran que ir a toda prisa a por jarras de cerveza y litros de té endulzado.

En la sala común encontró una revista de viajes con un mapa ilustrado de Estados Unidos donde se mostraba la comida típica de cada ciudad. Deseó poder visitar todos y cada uno de aquellos sitios, incluso las zonas ventosas como Milwaukee y Ann Arbor, Vermont y Montana. Sin embargo, el destino que más deseaba visitar era San Francisco, en California. Jamás había estado allí en persona, por supuesto, pero sabía que le encantarían la famosa ciudad, los tranvías, el pan de masa madre y las casas pintadas, las colinas y los puentes y el océano Pacífico bañando la costa.

Nunca había ido a ninguna parte. Una excursión escolar a Austin, la capital del estado, ya era todo un acontecimiento. A su madre le gustaba llevarla a pasear por la galería al aire libre HOPE, donde no había que pagar por ver las obras de arte. En una ocasión fueron a la ciudad para visitar el puente de los murciélagos al atardecer, y contemplaron con una mezcla de horror y fascinación cómo miles de aquellos pequeños animales emergían hacia el anaranjado cielo. Su madre solía reservar un domingo entero en abril todos los años para ir a ver los campos de aciano, a las dos les fascinaban las gloriosas extensiones de terreno alfombradas de un intenso tono añil.

A veces hablaban de los lugares a los que les gustaría ir juntas, solas las dos: Cancún y Cozumel, donde las olas del golfo de México bañaban kilómetros de playas de arena, las Montañas Rocosas, Big Sur, la costa de Oregón, las Carolinas e incluso Nueva Inglaterra. Todo sonaba de lo más lejano, pero Margie jamás había dudado de que algún día llegaría a ver aquellos lugares.

Durante la agónica espera en la cárcel, empezó a temer que jamás llegaría a ir a ningún sitio.

16

—Tengo buenas noticias para ti, la visita a la clínica se ha programado para el próximo lunes —dijo Truly Stone por teléfono.

—¡Gracias a Dios!

Margie se desplomó contra la pared. Estaba exhausta por la preocupación y por las náuseas constantes; daba la impresión de que le daban arcadas después de todas las comidas, no solo por la mañana. Los estragos emocionales en sí eran agotadores. En sus sueños la perseguía el recuerdo de la violación y de todo lo que había ocurrido después, la vulneración de todo aquello que la definía como persona.

—En cuanto al coste…

—La fundación lo cubre —le aseguró Truly.

—¡Vaya! Os estoy muy agradecida.

Y así era, pero, por otra parte, en su corazón se estaba librando una batalla. Las células que estaban dividiéndose en su interior no le habían hecho ningún mal a nadie, pero eran el resultado del mayor daño imaginable. Dios, cuanto antes se llevara a cabo la intervención, mucho mejor.

—¿Fuiste a mi casa? ¿Viste a mi gato?

—Sí, y ya tienes el alquiler del mes que viene pagado también. Y no, lo siento, no vi ningún gato, pero dejé fuera varios tipos de comida.

—Gracias por intentarlo.

Soltó un largo suspiro de alivio y resignación. Después del lunes, todo habría terminado. Se habría liberado de Jimmy Hunt y de su brutal ataque, y de la agresión del sistema penitenciario del condado contra sus derechos. Hacía semanas que no se sentía tan esperanzada, e incluso saludó a Landry Yates con una sonrisa cuando él fue a verla horas después.

—Espero que me traiga buenas noticias, algo así como que el gran jurado se reunió antes de lo esperado y no existe acusación.

Él se movió con nerviosismo en la silla y se puso bien las gafas. Su teléfono empezó a vibrar, pero lo ignoró y, tras depositar su maletín sobre la mesa, sacó unos papeles.

—Es sobre su permiso del lunes.

Margie sintió una aprensión incipiente en el estómago.

—¿Qué pasa?

—Ha sido pospuesto. Se ha presentado una orden temporal de restricción.

—¿Qué mierda significa eso?

—Es para evitar que interrumpa su embarazo.

La visceral aprensión se solidificó, se volvió dura y gélida como el hielo.

—Pero ¿qué...? ¿Quién...?

—La familia, los Hunt. Se presentó en su nombre.

—Bueno, pues espero que les diga que mi decisión personal, protegida por mandato constitucional, no es de su jodida incumbencia.

—No es tan fácil. La intervención se aplazará para celebrar una vista.

—¿Una vista centrada en la decisión privada que he tomado relativa a mi propia salud, a mi propio cuerpo? A ver, déjeme adivinar: el juez es uno de los amiguitos del club de campo de la familia.

—No sabría qué decirle —contestó Landry, mientras su teléfono vibraba de nuevo.

—¿Y se puede saber cuál es el propósito de esa vista? ¿Podré estar presente? ¿Mi opinión cuenta para algo?

—El propósito es designar un guardián para el bebé nonato.

—¿¡El qué!?

No podía dar crédito a lo que estaba oyendo.

—Según alegan, el nonato tiene derecho a que se le asigne un guardián.

Margie no entendía nada. No sabía de leyes, pero había estado leyendo sin parar e incluso ella se daba cuenta de que la situación era claramente absurda.

—¿Cómo cojones se enteraron de esto los Hunt?

—Son una familia influyente, les llega mucha información.

—Pues no van a evitar que ejerza mi derecho a optar por el aborto.

—Tiene derecho a impugnar la orden, pero existen cauces judiciales que hay que seguir. Puede presentar un recurso de urgencia…

—Vale, muy bien, pues hágalo. De inmediato.

—Necesitará un abogado para que se encargue del asunto.

—¿Y usted qué es? ¿Astronauta?

—Soy el abogado de oficio en su caso penal, no es la primera vez que se lo aclaro. Estamos hablando de una cuestión aparte. Tendrá que contratar a un abogado particular para que se encargue del asunto, porque no forma parte de la defensa que debo procurarle.

—No tengo dinero para pagar a un abogado particular.

—Podría intentar impugnar la orden sin contar con uno, pero sería una dura batalla.

—Ah, ¿y esto no lo es? Estar encerrada, que me ignoren, que me mientan, la preocupación por mi gato, haber quedado embarazada del hombre que me violó. ¿Cree que presentar un jodido recurso es más difícil que esto?

—Lo siento mucho.

Al menos tuvo la decencia de ruborizarse.

—Ayúdeme, Landry. Dígame lo que debo hacer.

Él respiró hondo e hizo un pequeño gesto de negación con la cabeza.

—Tengo una relación contractual con el estado. Mi trabajo consiste en defenderla en el caso penal.

—No estoy pidiéndole que se tome esto como un trabajo más, le pido que acepte representarme porque sería lo correcto. Nadie, ni siquiera los Hunt, puede obligarme a dar a luz en contra de mi voluntad. Eso es… es una barbaridad, ¡es algo que parece sacado de *El cuento de la criada*! —Sentía que había cambiado, que ya no era la aturdida y traumatizada muchacha que había llegado a la cárcel. Los Hunt estaban locos de atar, pero estaban fortaleciendo su sentido de la justicia y su seguridad en sí misma—. Sí, comprendo que su tarea consiste en defenderme, pero ayudarme a luchar contra esta absurda orden de restricción es… su deber, siendo como es un profesional que conoce al dedillo el funcionamiento de la ley.

Él apartó la mirada por un segundo, y entonces se volvió de nuevo hacia ella y se limitó a decir:

—Yo no trabajo así.

Y en ese preciso momento, al ver la frialdad que había en sus ojos y cómo apretaba los labios, Margie comprendió por fin lo que pasaba. La verdad la golpeó como un puñetazo en el estómago.

—Santo Dios —susurró—. Dios bendito. Cree que a una mujer no se le debería permitir tomar decisiones privadas sobre su propia salud.

Él no dijo nada, no hizo falta que lo hiciera. La invadió una aplastante sensación de derrota que la dejó sin fuerzas.

—Supongo que también cree que soy una asesina, que maté a Jimmy Hunt deliberadamente.

—No soy yo quien debe decidir eso. Estoy aquí para defenderla, de acuerdo a su derecho constitucional.

—Tengo otro derecho constitucional, ¿sabe cuál es? Someterme a un aborto. ¡Usted no tiene el poder de decidir qué derechos tengo!

—Esperaba que su mirada fuera tan fría como el acero mientras le sostenía la mirada—. Estoy embarazada porque un monstruo me atacó. En este momento, la intervención es segura y sencilla, pero se me está agotando el tiempo. ¿Qué pasará si permite que me obliguen a llevar este embarazo a término? Venga, Landry, explíqueme cómo iría la cosa. ¿Me veré obligada a dar a luz al hijo de un violador en la cárcel?

—Por supuesto que no, la trasladarían al hospital.

—Ah, sí, es verdad. Tengo que cubrir el coste del transporte y la seguridad, aunque usted sabe perfectamente bien que no puedo permitírmelo. ¿Me esposarán a la cama? ¿Y qué pasará con el bebé?, ¿lo esposarán también? ¿Podré traérmelo a la cárcel? ¿Criaré tras las rejas al hijo de un violador?

—Los Hunt están haciendo valer los derechos del padre —dijo señalando el expediente que había dejado sobre la mesa.

—¿¡Que qué!? Eso es absurdo, ¡no hay padre! En este momento, ni siquiera hay un bebé.

—Los Hunt se han comprometido a asumir la custodia de su nieto…

—¡Por el amor de Dios! ¿Está escuchando lo que está soltando por la boca? Quiere que incube esta cosa como si fuera una yegua de cría, y que se lo entregue a una familia para que pueda criarlo y que termine igual que Jimmy: siendo un borracho, un violador violento…

—Yo no quiero nada, tan solo he venido a ponerla al tanto de la orden temporal de restricción.

—¿Hasta qué punto es «temporal»? ¿De cuánto tiempo dispongo?

Él tamborileó con los dedos sobre la mesa, su teléfono vibró de nuevo y Margie supo en ese preciso momento que estaba jodida, y no solo con lo del aborto, sino también con su propia defensa. Landry tenía demasiados casos entre manos y no contaba con recursos suficientes; además, no creía en ella. No creía en los derechos de la mujer; todo lo contrario, estaba convencido de que estaba justificado controlarlas. No iba a luchar por ella, no era más que una obligación para él.

Le fulminó con la mirada y llamó al guardia.

—No sé qué decir —admitió Truly, atónita, cuando Margie la llamó desesperada—. Qué dilema tan horrible para ti. He hecho unas cien llamadas a mis contactos y espero que esto se resuelva a tiempo.

Pero el tiempo era el enemigo. Los minutos se hacían eternos, pero los días pasaban volando.

Gracias a lo que había leído sobre traumas derivados de una agresión sexual, Margie sabía que no es que estuviera loca, sino que padecía trastorno de estrés postraumático. Ya estaba destrozada por el terror y la preocupación y, por si fuera poco, ahora tenía la presión añadida de aquel nuevo desastre. El aplazamiento del aborto ya le había infligido un sufrimiento emocional extremo, y sabía que los riesgos médicos a los que iba a enfrentarse irían incrementándose con cada día que pasara. Estaban perfectamente documentadas las consecuencias que podría tener en la salud mental de una mujer el hecho de ser obligada a dar a luz al hijo de su violador, de tener que criarlo a pesar de lo incierto que era su futuro. Quién sabe, puede que terminara por enloquecer después de todo.

No se veía capaz de seguir soportando aquella espera mucho tiempo más.

Truly contactó con grupos de defensa de los derechos de la mujer, centros de salud femenina y voluntarios legales. Todos ellos coincidían en que la orden de restricción era objetable desde un punto de vista objetivo y sería retirada.

Sin embargo, el proceso requería tiempo, y eso era algo que Margie no tenía.

Al final se le permitió recibir la visita de un abogado de oficio en prácticas llamado Harry Brooks, un chico tan joven como Truly e igual de sincero. Hubo un atisbo de esperanza. Él le dio información alentadora al citar la ley palabra por palabra, justificando el claro derecho de una mujer —incluso de una que estaba encarcelada— a tomar sus propias decisiones privadas en lo relativo a su salud, pero tuvo que presentar un recurso para impugnar la orden. Era cuestión de cumplimentar los documentos necesarios, y de hacerlo debidamente y en su debido plazo.

Se toparon con obstáculos que parecían haber sido erigidos por un sistema corrupto. Les asignaban una fecha para la vista y, de buenas a primeras, la agenda sufría cambios y la cosa volvía a retrasarse. Estaban a merced de la coordinadora del juzgado, una mujer llamada Karen Castro que resulta que era gran amiga de una ayudante del *sheriff* llamada Belle Fields. Y, mira por dónde, el apellido de soltera de esta última era Hunt. Aquella familia tenía tentáculos en todas partes.

Harry presentó dos recursos de urgencia, uno de ellos dirigido al Tribunal Supremo del estado. El juzgado de apelaciones declinó actuar de inmediato.

—Tenemos fecha tentativa ante el juez de apelaciones en cuatro semanas —le dijo Harry.

Margie lo miró horrorizada.

—Pero no… ¡No podemos esperar tanto! ¿Qué parte de «recurso de urgencia» no entienden?

—Es lo más pronto que pudieron ofrecernos.

—No. Eso me llevaría al segundo trimestre. Sabes lo que significa eso, ¿verdad?

Sintió que empalidecía de golpe. Interrumpir un embarazo más avanzado comportaba que se acrecentara el riesgo de que surgieran complicaciones. Más normas y limitaciones, más restricciones, más pesadillas sobre lo que iba a suceder.

En el fondo de su mente acechaba una realidad que iba haciéndose notar más y más: cada vez faltaba menos para que el feto fuera viable, para que no fuera una agrupación de células, sino una persona.

—Insistí en que se trata de una emergencia —le aseguró Harry, antes de que pudiera preguntárselo.

Daba vueltas en el catre noche tras noche, no podía conciliar el sueño; vomitaba y perdió peso. Solía darle demasiadas vueltas a la cabeza mientras yacía en el fino colchón, contemplando el techo. Pensaba en división celular y extremidades incipientes y en la idea de que un pequeño grupo de células que tenía dentro estaba adueñándose por completo de su cuerpo.

Y entonces reflexionaba sobre el hecho de que la mitad del ADN procedía de Jimmy Hunt… universitario, atleta estelar, hijo del hombre más adinerado del condado. Violador.

Una noche en particular, tras despertar de un sueño inquieto, probó a ponerse de espaldas y a hacer los ejercicios de respiración que, según la señora Renfro, podrían ayudarla con la ansiedad. Permaneció allí tumbada, inhalando: dos, tres cuatro; aguanta, dos, tres cuatro. Y en ese momento notó… algo. Una especie de revoloteo que no se debía a la ansiedad —bien sabe Dios que esa sensación la conocía a la perfección—, sino que era como si algo se agitara de forma casi imperceptible en su interior, algo vital, algo ajeno a su propio cuerpo.

Se esforzó por ignorar la sensación, por no pensar en todas las implicaciones que acarreaba, pero su mente se negaba a aquietarse. «¿Y si…?», insistía en preguntarse una y otra vez. Si no hacía nada, si se limitaba a rendirse y a renunciar a sus derechos personales, estaría aceptando un cambio radical en su vida: dar a luz al hijo de un violador. Su mente, su cuerpo y su alma sufrirían cambios permanentes por tener que soportar un embarazo obligado durante meses, por tener que pasar por un calvario que jamás habría elegido si la decisión estuviera en sus manos.

Si los Hunt se salían con la suya, un bebé llegaría al mundo en cuestión de meses. Y ella seguiría estando allí encerrada, a la espera de que se celebrara el juicio. A menos que hiciera algo drástico, la familia de Jimmy reclamaría la custodia del niño.

Al día siguiente, presentó una solicitud de urgencia para acudir a la enfermería; estaba tan desmejorada por la falta de sueño, por la ansiedad y las náuseas, que se le permitió ir de inmediato. Hasta el momento, daba la impresión de que nadie se había dado cuenta de que solo iba cuando la enfermera que atendía era la señora Renfro. Era la única persona que la veía como a un ser de carne y hueso, la única cuya compasión parecía real.

La señora Renfro había intentado apelar a la administración para que Margie recibiera más cuidados médicos, pero sus esfuerzos habían sido infructuosos.

—Eso demuestra que a los Hunt no les importa lo más mínimo el bebé —afirmó Margie—. De ser así, se asegurarían de que yo estuviera sana. Lo único que quieren es vengarse.

La señora Renfro le dio un ligero apretón de solidaridad en el hombro.

—Estoy documentándolo todo detalladamente, Margie —aseguró, y se inclinó un poco hacia delante para que la funcionaria no pudiera oírla—. Yo creo que lo que está pasando es ilegal. Mantendré los registros a buen recaudo, por si llegaras a necesitarlos en el futuro.

La idea de llegar a exigir que se hiciera justicia parecía descabellada en ese momento, pero la bondad de la enfermera hizo que los ojos de Margie se inundaran de lágrimas.

—¿Cómo es posible que mi vida se haya convertido en esto? —Hizo un amplio gesto con el brazo—. Me siento increíblemente indefensa, atrapada. Están provocando un retraso de forma deliberada, para que se me agote el tiempo y no pueda recurrir al aborto.

—Sí, eso es lo que parece.

—Al principio, la decisión era fácil, pero ahora… se complica más con cada día que pasa —señaló, y presionó los nudillos contra su labio inferior—. Resulta que anoche, cuando estaba tumbada en mi catre, me pareció notar algo.

—¿El qué?

Margie bajó las manos a su regazo antes de contestar.

—Un movimiento, una especie de… revoloteo.

—¿Notaste cómo se movía el bebé?

—Puede ser.

—Aún es pronto, podría tratarse de indigestión. Gases. Es algo bastante habitual.

—Esto me pareció distinto, estaba tumbada boca arriba y lo sentí.

—Bueno, estás delgadísima. Y existen dos fechas en las que pudiste concebir.

Margie retorció las manos sobre su regazo.

—Pues… eh… resulta que… en un principio, cuando me di cuenta de que estaba embarazada, tenía claro lo que tenía que hacer. Por mi propio bien. Estaba más claro que el agua, no había dudas. Tenía muy claro cuál era la decisión correcta.

—Fuiste muy clara conmigo y la ley está de tu parte —afirmó la señora Renfro. A continuación le tomó la tensión—. ¿Qué es lo que piensas ahora?

—Que. No. Quiero. Estar. Embarazada —dijo enfatizando cada palabra. Cuánto agradecería que ese deseo fuera una realidad. Bajó la mirada al suelo—. No puedo hacer nada al respecto por mi cuenta, pero ahora entiendo por qué, desde el principio de los tiempos, las mujeres han buscado y seguirán buscando la forma de interrumpir un embarazo indeseado.

—Ay, Margie, cuánto lo siento.

—Me han obligado a esperar tanto que ahora no puedo dejar de pensar en que no puedo evitar que siga pasando el tiempo. Al principio, mi actitud era clara: «Voy a hacerlo», pero ahora la cosa va progresando hacia «¿Seré capaz de hacerlo?».

—¿Qué tienes en mente?

—No puedo dejar de pensar en lo que pasaría si retrasan tanto el asunto que termino por dar a luz.

—¿Quieres tener un bebé?

—Dios, no, ahora no es el momento. Además, ¿el hijo de Jimmy Hunt? ¡Ni hablar! Sí, ya sé que el bebé no tiene la culpa de que su padre fuera un monstruo violento, pero yo sería consciente de esa realidad y viviría con esa carga a cuestas.

La señora Renfro tomó su termómetro para tomarle la temperatura y se limitó a decir:

—Ajá.

Margie estaba familiarizada con esa vaga respuesta. La empleaba cuando quería demostrar que estaba prestando atención, pero prefería guardarse su opinión.

—En fin… —Inhaló hondo para armarse de valor y entonces exhaló la pregunta—: ¿Qué pasa cuando una reclusa da a luz? Lo digo de forma hipotética.

—El bebé permanece con la madre hasta un máximo de dieciocho meses y entonces lo llevan a vivir con familiares o padres de acogida hasta que la madre sea puesta en libertad.

Margie no tenía familia, así que tan solo quedaba una opción: padres de acogida. ¿Tenía derecho a escogerlos ella? Queen y Cubby, quizás, o alguien de la iglesia.

—¿Qué pasa si tardan en soltarme?

La señora Renfro apartó la mirada y se puso a revisar algunos de los instrumentos que tenía en el carrito.

—Mientras la madre permanece en la cárcel, habría visitas, como con cualquier otra persona.

Margie intentó visualizar la situación. Un niño pequeño al que obligaban a entrar en la sala de visitas, debatiéndose y reacio a acercarse a la desconocida que permanecía tras la mampara de plexiglás. No era vida para un crío.

—He visto cómo lo viven otras reclusas y son mujeres que sí que quieren a sus hijos. Es una pesadilla.

—Lo siento, Margie. Ya sé que dista mucho de ser una situación ideal, pero los niños tienen mucho aguante.

—No tendrían por qué tenerlo. Deberían tener derecho a

267

disfrutar de su niñez —afirmó. Vio cómo el manguito del tensiómetro se desinflaba y el resultado apareció en la pantalla. Tomó una profunda y trémula inhalación y dio voz a la opción a la que estaba dando vueltas en la cabeza—: ¿Y darlo en adopción?

La idea se le había ocurrido en medio de la noche, se había colado en sus pensamientos como una sigilosa intrusa. Había recordado el encuentro del pasado con aquella chica llamada Tamara Falcon, que había sido adoptada por una familia adinerada y vivía como una princesa en una torre dorada.

—¿Estás poniendo esa opción sobre la mesa? —le preguntó la señora Renfro con voz suave.

—Se han puesto sobre la mesa todas las opciones habidas y por haber, menos la que necesito —apuntó, y se secó una lágrima furtiva—. A estas alturas, no estoy segura de nada. Renunciar a él para que lo adopten es una de las pocas opciones que tengo en mis manos, ¿verdad?

—Podría ser, pero ten en cuenta que lo de «renunciar a un niño» es una terminología que ahora aconsejan evitar.

—Pueden llamarlo como quieran, pero temo que se me agote el tiempo y terminar dando a luz a un bebé que no quiero.

—Los Hunt se han ofrecido a quedárselo —le recordó la señora Renfro.

—No. Santo Dios, no. A esa familia no le entregaría ni un perro rabioso. Ya criaron a un monstruo, ¿por qué iba a darles otra oportunidad para hacer lo mismo? No, ¡ni hablar! —Se le ocurrió una posibilidad horrible—. Ay, mierda, ¿podrían intentar arrebatármelo?

—Estando en un proceso de adopción, eso sería ilegal incluso para ellos. Como madre biológica, tienes pleno derecho a elegir.

—Y como ser humano tengo pleno derecho a defenderme cuando estoy sufriendo una violación, pero héteme aquí. Perdone, pero es que no confío lo más mínimo en este sistema.

—Vayamos paso a paso. Por tus palabras, interpreto que estás planteándote otras alternativas al aborto. ¿Estoy en lo cierto?

—Eh… no. O sí. A lo mejor. Bien sabe Dios que no sería mi primera opción, pero todos estos retrasos están empujándome en esa dirección. En caso de hacerlo, si optara por la adopción, tendría que asegurarme de que el bebé iría a parar lo más lejos posible de los Hunt. Querría buscar a unos completos desconocidos que pudieran darle una vida genial, que no le hicieran vivir con el hecho de que su padre murió de un tiro mientras violaba a su madre.

Sus propias palabras la impactaron, era como si estuviera oyéndolas por primera vez de boca de una desconocida. Guardó silencio durante unos segundos mientras imaginaba cómo se desarrollarían los acontecimientos a tiempo real… llevar a término el embarazo, dar a luz, entregar el bebé. ¿Cómo se sentiría una persona al pasar por algo así? Se estremeció y le dio vueltas y más vueltas a la pulsera de reclusa que le rodeaba la muñeca.

—¿Estás segura de querer plantearte esta opción, Margie? —le preguntó la señora Renfro—. Porque, una vez que se cancele la orden temporal de restricción, seguirás teniendo derecho a interrumpir tu embarazo.

—No, no estoy segura de nada. Si me ofrecieran la oportunidad de llevar a cabo el aborto ahora mismo, aceptaría sin dudarlo. Pero es que… dentro de poco será demasiado tarde.

—Si quieres, puedo contactar con los de servicios sociales y conseguirte información sobre los procesos de adopción.

—Vale, está bien. No digo que vaya a decidirme por esa opción, pero tampoco que la descarte. Tal y como van las cosas, estoy perdiendo las esperanzas. Necesito un plan B, joder.

17

Conseguir que alguien te hiciera caso cuando querías hablar de adopción resultó ser mucho más fácil que lograr que se hiciera justicia y te exoneraran de un crimen que no habías cometido. Una trabajadora social se presentó al día siguiente para explicarle a Margie cómo se desarrollaría una adopción privada y se ofreció a ponerla en contacto con los servicios de adopción; al parecer, había multitud de familias a la espera de adoptar a un recién nacido.

Le dieron un listado de agencias desconcertantemente largo. Casi todas ellas las dirigían abogados porque, al parecer, el proceso de darle un bebé a alguien era complejo desde un punto de vista legal.

Su actitud empezó a cambiar mientras leía toda aquella información. En calidad de jovencita preñada y encarcelada, estaba a merced del sistema; sin embargo, como potencial madre biológica que tenía el destino de una familia entera en sus manos, poseía un poder tremendo. Era algo totalmente inesperado: de buenas a primeras, era la piedra angular de los más profundos anhelos de otra persona.

—Llevo todo este tiempo pidiendo un abogado y todos me ignoraban —le dijo a la trabajadora social—. Supongo que solo era necesario tener la moneda adecuada.

—A ver, quiero dejar clara una cosa: no se trata de abogados defensores, y solo están autorizados a representarte en este asunto concreto. Su tarea consiste única y exclusivamente en organizar una adopción privada y legal.

—Ya lo sé. Soy consciente de que no puedo intercambiar un bebé por los servicios de un abogado como si fuera una jodida mercancía.

Recibió un permiso especial para mantener largas conversaciones telefónicas con potenciales especialistas en adopción. Uno de ellos era un hombre de lo más ferviente que le advirtió que ardería en el infierno si abortaba y, por si fuera poco, estaba en contra de permitir adoptar a parejas del mismo sexo o que no fueran cristianas. Huelga decir que le colgó de inmediato, ningún niño debería ser criado por gente seleccionada por alguien como él.

Otra abogada aseguró tener un elevado porcentaje de éxito, pero no ofreció ningún testimonio que lo confirmara. Margie la notó distraída, como si estuviera trabajando en su ordenador mientras hablaban; además, cada vez que le hacía una pregunta, la mujer contestaba que se la trasladaría a su socia, quien no había podido estar presente durante la llamada. Su frase favorita parecía ser «Haré que alguien busque esa información, ya le diré algo al respecto», y la impresión que Margie se llevó de ella no fue nada favorable. Necesitaba a alguien que ya tuviera las respuestas.

El grado de confianza que requería era elevadísimo, todavía estaba sopesando aquella decisión. Interrumpir el embarazo seguía siendo una posible opción, suponiendo que la orden de restricción se retirara a tiempo.

Finalmente habló con Maxine Maycomb, abogada y coordinadora de adopciones. Tenía uno de los porcentajes de adopciones completadas con éxito más altos del estado, y contaba con los testimonios certificados que lo demostraban. En el transcurso de la llamada la escuchó atentamente sin que diera la impresión de que estuviera juzgándola, y ofreció respuestas claras sin titubear. Cuando ella mencionó que todavía existía la posibilidad de que optara por abortar, Maxine contestó que apoyaba el derecho de una mujer a tomar sus propias decisiones sobre su salud y que, de hecho, era una activa voluntaria de Planned Parenthood. Margie no se sintió apremiada, ni presionada, ni obligada a dar ciertas respuestas concretas.

Después de todas las lentas semanas de espera, fue sorprendente ver la rapidez con la que se sucedieron los acontecimientos a partir de que Margie decidiera quién iba a encargarse de coordinar la adopción.

La elegida fue la señora Maycomb, quien fue a conocerla en persona aquella misma tarde. Era una mujer con cardado cabello plateado peinado hacia atrás y pendientes de aro que le recordó un poco a Ann Richards, la gobernadora favorita de su madre; le gustaba tanto que incluso tenía una foto suya pegada en la nevera. La señora Maycomb no se mostró fría con ella al ver las esposas y el uniforme carcelario de color beis, ni al oír su relato sobre la violación y el disparo. Tampoco se la veía incómoda por el hecho de que tuvieran que verse en una sombría sala de reuniones sin ventanas, con una funcionaria de prisiones haciendo guardia fuera.

—Madre mía, pero si no abultas nada. ¿Cómo estás, cielo?

—Fatal. Tengo náuseas a todas horas, me mata la ansiedad.

—Lo siento mucho. Y también siento que estés pasando por todo esto, no imagino lo horrible que debe de ser.

—A veces me cuesta creer que esta sea mi vida. Era camarera, preparaba salsa barbacoa y cuidaba a mi gato. Y ahora esto. Me he esforzado al máximo por encontrar una forma de lidiar con la situación, he leído todos los libros que he encontrado, estoy recibiendo ayuda de la Fundación Amiga, pero sigo encerrada en la cárcel y se me están agotando las opciones. Esto es un infierno.

—¿Sabes lo que dijo Winston Churchill una vez? *Si estás pasando por un infierno, no te detengas, sigue adelante.*

—Quiero dejar claro que todavía no me he decidido al cien por cien —admitió Margie, mientras jugueteaba con nerviosismo con las esposas—. Tengo que enterarme bien de cómo funciona esto antes de decidir lo que voy a hacer.

—Mereces estudiar bien todas tus opciones. Hay una salida a todo esto, te lo prometo. Yo estoy aquí para ayudarte, pero al final serás tú quien decida cuál es la mejor opción para ti.

—¿Puede ayudarme a salir de la cárcel?

Sabía la respuesta de antemano, pero lo preguntó de todas formas.

—No estoy especializada en ese tipo de casos, pero… —se interrumpió y apartó la mirada por un segundo.

—¿Pero qué?

—Mi único objetivo es ayudarte a conseguir una adopción segura y legal, crear el mejor resultado posible para madre e hijo. Lo primero es que me plantees todas las dudas y preocupaciones que tengas.

Margie le entregó unas hojas de papel con la esquina doblada.

—Me permiten tener un lápiz, pero el papel hay que pagarlo con la cuenta de peculio. Así que he ido anotándolo todo en estas hojas que conseguí en el grupo de plegaria.

—Me aseguraré de que tengas suficiente dinero en tu cuenta para que puedas comprarlo.

—Ah, gracias —contestó; una súbita oleada de emoción la tomó por sorpresa.

La visita de Queen había sido la última vez en la que alguien se había ofrecido a darle algo, aunque fuera algo tan simple como unas hojas de papel donde poder escribir. Sus emociones eran como una montaña rusa, cambiaban cada dos por tres sin control alguno. La señora Renfro le había asegurado que debía de ser por los cambios hormonales asociados al embarazo.

El hecho de que Jimmy Hunt tuviera aún una especie de control sobre sus emociones era algo que le revolvía las entrañas.

—Si te parece bien, empezaré mostrándote cómo sería el proceso en caso de que decidieras llevar a cabo la adopción —expuso la señora Maycomb, y sacó un rotafolio portátil donde se mostraban los distintos pasos a seguir—. Antes de nada, hay que encontrarte la mejor atención prenatal posible.

Margie contempló en silencio la ilustración, que mostraba a una joven de rostro sereno acompañada de un médico y una enfermera. Estaban en una habitación de hospital que tenía pinta de ser de las caras y que le trajo a la memoria las clínicas baratas a las que solía acudir ella: lugares con instalaciones anticuadas, luces brillantes que te deslumbraban, mobiliario de plástico y personal exhausto.

—Parece un hotel de cinco estrellas.

—Se trata de un asunto de vital importancia para todos los implicados, así que el equipo médico se seleccionará especialmente para ti.

—¿Van a mandarme un equipo médico a la cárcel?

—Acordaremos un calendario de visitas, para llevarte a las revisiones con regularidad.

—¿Le han dicho lo que cuesta sacarme de la cárcel custodiada?

—Esto no te costará nada a ti. La familia adoptiva es la que cubre todos tus gastos antes, durante y después del parto, es el procedimiento habitual. Transporte, medidas de seguridad, asesoramiento psicológico, atención personalizada… son elementos que forman parte de todas las adopciones que coordino. Podría haber también un estipendio para otros gastos, aunque no es un requisito.

—Un momento, a ver si lo he oído bien. ¿Asesoramiento psicológico?, ¿atención personalizada?

—Por supuesto, son necesidades vitales de una madre biológica. Es un hecho probado que una adopción se realiza con éxito cuando una madre biológica cuenta con una buena estructura de apoyo.

—Y el administrador de la cárcel está de acuerdo con todo esto.

Maxine hizo un escueto gesto de asentimiento.

—Una vez elijas una familia, elaborarás un contrato legal con los padres adoptivos. Tendrás que tomar muchas decisiones. Por poner un ejemplo: puedes decidir el grado de contacto que deseas tener con la familia antes del nacimiento y lo abierta que quieres que sea la adopción. Después del parto, firmarás una renuncia final de tus derechos parentales y, tras un periodo de espera y una visita al hogar de la familia, los padres adoptivos asumirán plenamente la custodia.

—¿Y qué pasa después?, ¿me largo y me olvido del asunto como si nada? Pero resulta que no puedo largarme a ninguna parte —repuso Margie, y se estremeció—. Ando en círculos por el patio de este sitio.

Era una locura pensar que, después de incubar un bebé y entregárselo a alguien, seguiría estando allí, a la espera del juicio.

—Creo que terminarás por descubrir que las cosas no son así; no lo han sido para ninguna de las madres biológicas a las que he conocido. Una jamás se larga sin más, jamás olvida. Se trata de una de las cosas más trascendentales que te pasarán jamás, uno de los acontecimientos que más marcarán tu vida. Siempre formará parte de ti. Por eso mismo el asesoramiento psicológico y la atención personalizada forman parte del proceso.

Margie bajó la mirada hacia su propio regazo y frotó el borde de las esposas con el pulgar.

—Pero eso no quiere decir que vaya a ser un lastre para tu futuro; de hecho, todo lo contrario. Podrás seguir adelante con tu vida sabiendo que realizaste un acto desinteresado de amor por otro ser humano.

En la unidad no había secretos, los chismes circulaban entre las reclusas a través de una invisible red de murmuraciones y señales. Cuando se corrió la voz de que Margie estaba planteándose la adopción, su decisión se convirtió en un tema candente entre las reclusas y el personal penitenciario. Las otras chicas le ofrecían consejos a diestra y siniestra. Quién sabe si era por aburrimiento o por sincera compasión, pero sus compañeras se metieron de lleno en el proceso: que si escoge esto, que si escoge aquello; que si tienes que conseguir una familia forrada de dinero; que si una con más hijos, que si una pareja que quiera un único hijo, que si es mejor una madre soltera lo bastante lista para saber que no necesita a un hombre; que si perros, caballos; que si la garantía de un depósito de dinero para pagar los futuros estudios universitarios del niño; que si tenía que dejar establecido lo que pasaría con él en caso de que los padres se separaran o fallecieran. Todo el mundo tenía su propia opinión sobre el tema y no dudaba en dársela.

El incesante parloteo era entretenido, pero era una distracción y era por las noches, una vez que se apagaban las luces, cuando yacía en su catre, se aislaba del mundo que la rodeaba y se centraba de verdad en la decisión a la que estaba enfrentándose. Daba vueltas y más vueltas en la cabeza a sus limitadas opciones. El deseo de poder abortar y recobrar el control absoluto de su cuerpo seguía estando presente. Se imaginaba a sí misma como madre reclusa y el corazón se le rompía. Y no solo por sí misma, sino por el niño al que separarían a la fuerza de su madre a los dieciocho meses. Fantaseaba con recobrar su libertad y marcharse de Texas para siempre. Podría ir a Vermont y preparar una salsa a base de sirope de arce; podría irse a vivir a Seattle o a San Francisco o a Denver.

Con cada día que pasaba, la libertad le parecía una posibilidad cada vez más inalcanzable a pesar de que, irónicamente, ahora tenía de repente más apoyo que nunca: su abogado para lo de la adopción, su asistente social de la cárcel y una trabajadora social. El administrador de la cárcel iba a designar un mediador. Maxine debía de tener mucha labia, porque se las ingenió para conseguir no solo más tiempo de visita, sino que le permitieran entrar a verla con un portátil. Bajo estricta supervisión, Margie pudo ver perfiles y videos de posibles familias adoptivas. Se sentía un poco abrumada y desconcertada ante aquella sucesión de personas que anhelaban tener un hijo. Escuchaba sus esperanzas y sus sueños, los veía sincerarse en un aluvión de amor y desesperación, observaba con atención sus fotografías, leía sus cartas e intentaba imaginar cómo era su vida cotidiana. Los emotivos y en ocasiones desgarradores relatos y videos daban una idea de cómo eran aquellos desconocidos. Margie los veía relajándose en sus propias casas, paseando juntos y celebrando festividades con amigos y familiares.

Era surrealista elegirle una vida a una persona que ni existía todavía. Se pasaba el día entero imaginando los distintos caminos que podría ofrecerle a un niño.

¿Ciudad o campo? ¿Una doctora como madre y un padre locutor de radio? ¿Un hogar bilingüe? ¿Una gran casa con jardín o un apartamento en un edificio de muchas plantas? ¿Hijo único o hermanos? ¿Baptistas o budistas? ¿Veganos? ¿Viajeros u hogareños?

Todas aquellas familias sobre las que leía parecían maravillosas y conmovedoras. Había historias que te rompían el corazón sobre gente que no podía concebir debido a problemas de salud, había mujeres que habían sufrido un aborto espontáneo tras otro, gays que querían ser padres, parejas que anhelaban tanto tener hijos que prometían querer con todo el corazón a cualquier niño de cualquier edad y con cualquier necesidad especial.

Era consciente de que los perfiles estaban pensados para dar una imagen ideal de todos ellos. Se preguntaba cómo serían cuando se enfadaban o enfermaban, cómo reaccionarían en caso de caer en la bancarrota o sufrir un accidente.

La señora Maycomb la animó a plantear esas cuestiones a aquellos a los que quisiera conocer más a fondo.

Ni una sola de las familias candidatas vivía en un parque de casas móviles; ninguna de ellas tenía pinta de tener que preocuparse por cómo iba a conseguir el dinero para el alquiler, ni por si podría llenar el depósito de gasolina del coche. Se preguntó cómo habría sido su propia vida si su madre no hubiera tenido que luchar por ir tirando semana a semana. A veces tenía que tomar un respiro, porque ver todas aquellas historias la hacía reflexionar sobre la forma en que se había criado. Su madre y ella no tenían nada más que un espacio alquilado en un parque de casas móviles y un coche que tenía incluso más años que su madre y, aun así, jamás se había sentido desfavorecida. La vida que llevaban poseía una riqueza que no tenía nada que ver con la cuenta bancaria, el mundo de ambas estaba construido sobre unos cimientos de amor y confianza entre las dos. Daba igual dónde habían vivido, lo importante era lo que habían significado la una para lo otra. Ellas habían tenido una cosa que todas aquellas parejas tristes, esperanzadas y adineradas anhelaban con toda su alma.

«Gracias, mamá», pensó para sus adentros. «Espero haber sabido valorarte como merecías.»

Maxine le aconsejó que fuera eliminando opciones hasta quedarse con unas cuantas familias que le parecieran buenas candidatas a priori, para poder organizar entrevistas por videollamada. Según le dijo, quería que entre los padres y ella empezara a labrarse una relación de confianza basada en la honestidad y en el respeto mutuo, en hablar las cosas con sinceridad. No sería fácil conseguir una adopción que fuera un éxito, pero había elementos que harían que fuera un proceso significativo y gratificante.

—Casi todas las familias quieren conocer el historial médico, lo demás es decisión tuya —le explicó Maxine.

—También deberían saber lo que ya le comenté a usted, que aún no estoy decidida al cien por cien.

—Eso es totalmente válido. La adopción es el comienzo de un agridulce y complicado viaje emocional. Y también es lo más gratificante y desinteresado que he hecho en mi vida.

Margie se quedó boquiabierta al oír aquello.

—¿Usted ha pasado por esto?

—Sí, siendo incluso más joven que tú. Fue hace mucho, cuando el proceso era algo de lo que no se hablaba y que estaba envuelto en secretismo. No tuve un sistema de apoyo. Por eso me hice abogada y me especialicé en coordinación de adopciones. Y también fue lo que me llevó a colaborar con Planned Parenthood: quería ayudar a prevenir situaciones como esta.

—¿Sabe lo que pasó? O sea, después de la adopción.

—Fue una adopción cerrada, así que no —contestó. Cerró el portátil y lo guardó en su maletín—. Nunca llegué a tener al bebé en mis brazos. Hoy en día, hemos encontrado formas de facilitarle un poco las cosas a la madre biológica, de ayudarla a cerrar página lo mejor posible.

Margie observó en silencio las arrugas que surcaban su rostro y la forma en que se llevó la mano al corazón. Era una estampa preciosa, parecía la abuela de un libro de cuentos. Resultaba difícil imaginársela con el corazón roto, con una vida hecha añicos. «Todos tenemos nuestra propia historia», pensó para sí.

—Estas seis —dijo Margie, y depositó sobre la mesa de la sala las anotaciones que había hecho a lápiz, en gruesas y tersas hojas de papel compradas en el economato de la cárcel—. Quiero que estas seis familias me conozcan mejor.

—¿Cuánta información quieres darles?

—Toda. Quiero que tengan muy claro quién soy: una chica que no terminó los estudios y que prepara la mejor salsa barbacoa del mundo. Quiero que sepan dónde estoy y por qué estoy aquí. Quiero que sepan que este bebé fue concebido en un acto violento y que tiene el ADN de un violador, que maté de un tiro al donante de esperma mientras me defendía. Y quiero que sepan que estoy en la cárcel.

—Bueno, eso es decisión tuya, por supuesto. Supongo que eres consciente de que habrá familias a las que les costará digerirlo.

—Exacto. Si no pueden soportar quién soy y son incapaces de asimilar cómo se produjo este embarazo, no son la opción adecuada para mí.

Maxine la observó con ojos penetrantes y respiró hondo.

—Eres un alma vieja, Margie Salinas.

—Eso solía decir mi madre —admitió, sorprendida.

—Te conocía bien.

Su firme decisión de que las familias estuvieran informadas de todo sirvió de criba: solo quedaron tres candidatas, ya que las otras tres tenían reservas en lo referente a su pasado o a sus circunstancias. Las tres parejas restantes le aseguraron a Maxine que ni la forma en que había sido concebido el bebé ni las acusaciones que pesaban sobre Margie eran impedimento alguno.

Jason y Avery, de Abilene, incluso le mandaron un mensaje personal a través de Maxine en el que le aseguraban que los crímenes del padre no contaminaban en absoluto a aquella nueva alma que estaba desarrollándose en su vientre.

La pareja tenía un hijo con necesidades especiales y había sufrido varios abortos espontáneos. A juzgar por su ficha, tenían un atractivo natural y carente de artificio, parecían una pareja feliz sacada del anuncio de una inmobiliaria. Regentaban una próspera tienda de artículos de deporte, eran patrocinadores de la liga juvenil e iban a misa todos los domingos sin falta.

Brent y Erin se conocieron estando ambos en la reserva de la guardia costera y vivían en San Francisco. Les encantaba la naturaleza y tenían una gran familia. Ella era cirujana y él estaba estudiando Enfermería. En el video con escenas de su vida cotidiana aparecían practicando senderismo con sus dos perros adoptados por la costa de California y los bosques de secuoyas. Tenían pinta de ser inteligentes y nada pretenciosos. Erin había tenido que someterse a una histerectomía a los treinta años, y comentaba que Brent la había apoyado de forma incondicional y que se sentía inmensamente agradecida por ello. A Margie le encantó la casa que tenían: era preciosa, sin ser excesivamente sofisticada ni lujosa, y estaba anidada entre enormes árboles. Era fácil imaginar a un crío correteando y explorando por allí, daba la impresión de que eran personas que colmarían de amor a un niño.

La tercera pareja llevaba casada catorce años, Lindsey y Sanjay. El primero era director y fundador de una empresa tecnológica, el segundo concertista de piano y triatleta. Vivían en Austin. Tenían un contrato prenupcial, cosa que ellos mismos admitían que era poco convencional. También habían elaborado un plan de parentalidad porque, aunque no creían que fueran a necesitarlo jamás, querían que la madre biológica supiera que, en caso de que el matrimonio se fuera a pique, ya existía un plan de actuación en lo que al niño se refería. Lindsey afirmó, con una sonrisa traviesa: «Un matrimonio puede ser efímero, pero un divorcio es para siempre». A lo que Sanjay añadió: «Hay algo que también es para siempre: la paternidad. Una familia es para siempre».

A Margie le gustó la franqueza de ambos; en su opinión, la adopción era la decisión más clara y consciente que podía hacer una pareja que quería tener un hijo.

Maxine organizó las entrevistas, que requirieron de un permiso especial del administrador de la cárcel. Había un programa informático llamado Skype que conectaba a la gente por video en tiempo real, así que sería una especie de conversación cara a cara. Margie estaba nerviosa, pero se sentía esperanzada. Las chicas de la unidad habían hecho apuestas y cada una abogaba por su pareja preferida, con lo que ella volvió a verse en la situación de tener que aislarse del ruido y las especulaciones para tener la certeza de que la decisión era suya y de nadie más.

Cuando llegó el día de la primera de las entrevistas, se sentó en una de las salas de reuniones con el portátil de Maxine delante. Jason y Avery aparecieron en la pantalla con una luminosa cocina rústica de fondo. Estaban sentados el uno junto al otro en un soleado rincón, de lo más sonrientes. Tenían a su espalda un estante con botes de conservas caseras y a Margie le gustó de inmediato ese detalle. En las paredes había placas y cartelitos con afirmaciones escritas con caligrafía de filigrana, así como un *collage* de fotos familiares. Hablaron con sinceridad sobre la vida que llevaban y la comunidad donde vivían; le presentaron brevemente a su hijito, quien recibía fisioterapia después de pasar por el quirófano. Comentaron lo importante que era elegir una buena escuela, ir a misa y tener abuelos activos de ambos lados de la familia. Saltaba a la vista lo mucho que se amaban el uno al otro, y Margie sintió un profundo y melancólico anhelo.

Una vez terminado el encuentro, tenía más que claro que aquella sería una familia maravillosa para cualquier niño.

Miró a Maxine y dijo con firmeza:

—No son ellos.

—¿Cómo lo sabes?

—No han hecho ni una sola pregunta sobre mí.

—No es a ti a quien van a adoptar.

—Sí, ya lo sé, pero no han mostrado el más mínimo interés. No soy más que la incubadora.

—Les diste toda la información a través del expediente, es posible que no les quedara ninguna duda pendiente. También es posible que no hayan querido que te sintieras interrogada —explicó Maxine. Entonces hizo una pequeña pausa—. Pero está bien, es mejor que hagas caso a tu instinto.

—Espero que mi instinto haya acertado, porque me han parecido realmente fantásticos. Serán una gran familia para algún crío con suerte.

Erin y Brent también eran geniales. Estaban sentados en la terraza trasera de su casa, con un panorama de la bahía de San Francisco de fondo. A Margie le pareció una estampa mágica, uno de esos lugares que se ven en las revistas de viajes. Trataron satisfactoriamente todos los puntos que para ella eran importantes e incluso dijeron varias cosas que la sorprendieron. La sonrisa de Erin estaba acompañada de trémulas lágrimas, Brent le sostenía la mano y ella lo miraba cada dos por tres como para ganar seguridad. Prometieron una vida familiar segura y estable. Tenían la firme intención de asegurarse de que al niño no le faltara de nada, y el vínculo que había tanto entre ellos como con el resto de la familia parecía ser genuino y fuerte. Se interesaron por Margie, por los motivos que la habían llevado a dejar los estudios, por el futuro con el que soñaba, por si estaba recibiendo ayuda para lidiar con lo de la violación y con todo lo ocurrido después.

—Gracias por preguntar. No, no estoy recibiendo ninguna ayuda especial. Estoy casi segura de que sufro de estrés postraumático, pero en este lugar no tengo acceso a terapias ni asesoramiento especial.

—Debe de ser aterrador —dijo Erin, antes de lanzar una mirada a Brent—. Espero que el sistema judicial no te falle y puedas salir de todo esto. Y estamos dispuestos a ver si podemos encontrarte algún tipo de ayuda… no solo para la atención médica, también podríamos buscar alguna terapia para ayudarte con lo de la violación —afirmó, y miró a su marido—. ¿Verdad que sí, cariño?

—Sí, nena, claro. Siento mucho lo que te pasó, Margie. No merecías algo así, eres una mujer preciosa.

¿Y qué pasaría si no lo fuera?, ¿seguirían interesados en adoptar a su bebé?

Puede que su rostro reflejara lo que estaba pensando, porque él se apresuró a añadir:

—O sea, no iba a hacer ningún comentario al respecto, pero la verdad es que Erin y tú podríais pasar por hermanas. No he podido evitar notar lo mucho que os parecéis.

Erin tenía una larga cabellera rubia y ojos azules, al igual que ella. Al igual que su madre.

—¿Ese es un factor importante?

—No, ¡por supuesto que no! —intervino Erin, antes de lanzarle una nueva mirada a su marido—. Lo único que nos importa es el niño. ¿Verdad que sí?

—Sí. Yo mismo soy adoptado. De niño, la gente comentaba lo mucho que me parecía a mi padre y me hacía ilusión, teniendo en cuenta que no nos unían lazos de sangre, pero no es algo que definiera nuestra relación. Lo que la definía era que mi padre era fantástico… lo sigue siendo. Vive en Sausalito, justo al otro lado de la bahía —indicó con un gesto en aquella dirección—, y será un gran abuelo.

—¿Conoces a tu madre biológica? —preguntó Margie.

Notó que él se tensaba ligeramente.

—Sí, nos vimos cuando yo tenía dieciocho años. Ella… lleva toda su vida batallando con problemas de salud mental, le estoy agradecido por haberme dejado en manos de mi familia adoptiva. Sé que no fue fácil para ella, pero podría decirse que fue un acto de amor incondicional por su parte.

—Esperamos que contactes con nosotros cuando quieras —dijo Erin—. Si quieres hacernos alguna pregunta o simplemente hablar, o si quieres conocernos mejor. Aquí estamos, Margie, a cualquier hora. ¿Verdad que sí? —añadió mirando a Brent.

—Claro que sí, nena —contestó él alzando el pulgar en señal de aprobación.

Después de la entrevista, Maxine se volvió hacia ella con semblante interrogante.

—¿Qué tal?

—Me han encantado. De verdad, qué bien. Se les ve muy buena gente y se han interesado por mí —indicó. Se sentía al borde de las lágrimas—. Como si no solo les importara por el hecho de que voy a tener un bebé.

No sabía si las hormonas del embarazo estaban adueñándose de ella o si aquel proceso extraño, triste y agridulce empezaba a afectarla profundamente.

—Me alegra que te hayas llevado tan buena impresión de ellos, pero recuerda que no hay ninguna prisa. Apenas acabas de iniciar el proceso, dispones de mucho tiempo para encontrar a la familia que mejor encaje contigo.

La pareja de San Francisco había puesto el listón muy alto y Margie tenía sentimientos encontrados al comienzo de la tercera entrevista. Aquel proceso no tenía nada de sencillo, no había certeza alguna y, aunque tampoco esperaba que la hubiera, creía que habría al menos un momento de claridad cristalina en el que tendría claro lo que debía hacer. Sin embargo, lo único que sentía de momento era un sentimiento de indecisión y duda constante salpicado de pequeños fogonazos de esperanza. Seguro que a las chicas de su unidad les encantaría Brent y votarían por él como locas, ya que era tan guapo como un superhéroe de película; su mujer era cirujana y vivían en una ciudad que ella siempre había soñado con poder visitar, pero todavía seguía sopesando las otras dos opciones: quedarse con el bebé o interrumpir el embarazo.

Cerró los ojos y respiró hondo mientras Maxine iniciaba la tercera entrevista. Esperó a que apareciera la pareja. Qué forma tan extraña de conocer a unos desconocidos… estabas ahí sentada viéndolos sonreír con nerviosismo a través de una pantalla. Cabía preguntarse si era realmente posible llegar a conocer a alguien de esa forma. Maxine le había comentado que, si encontraba una familia que la convenciera, podría programarse un encuentro en persona con permiso del administrador.

Lindsey y Sanjay estaban sentados el uno junto al otro frente a un lustroso piano de cola negro. De fondo se veía una pared de cristal y lo que parecía ser una selva tropical.

A esas alturas ya estaba lista para las miradas llenas de nerviosismo y esperanza, y para los comentarios de rigor para inspirarle confianza.

—Los dos procedemos de familias muy unidas —dijo Sanjay, indicando las fotografías que había sobre el piano—. ¿Y tú? Si no te molesta hablar del tema, claro.

—No, no me molesta —aseguró Margie, y se cruzó de brazos como buenamente pudo, teniendo en cuenta que estaba esposada—. Bueno, supongo que sabéis cómo he llegado hasta aquí.

—Leímos con atención tu expediente, una y otra vez —afirmó Lindsey—. Lo sentimos de corazón, ningún ser humano merece pasar por algo así. No puedo ni imaginar lo duro que debe de ser.

—Esta extraordinaria y altruista decisión que has tomado es increíble —dijo Sanjay.

Quizás estuviera exhausta por los dos encuentros anteriores, a lo mejor tenía hambre porque se había perdido el turno de comida del mediodía; fuera por el motivo que fuese, no estaba de buen humor y aquellas palabras elogiosas solo sirvieron para molestarla. Decidió expresarse con total libertad.

—No es extraordinario ni increíble. Y ser madre soltera no es lo peor que me ha pasado, cometí el grave error de enrollarme con un tipo que resultó ser un criminal violento. Y, cuando se negó a aceptar un no por respuesta, me violó y terminó muerto de un tiro. Así que no, no soy extraordinaria. No soy más que una persona que tuvo que cometer un acto horrible para poder sobrevivir.

Hubo un momento de silencio. Los vio intercambiar una mirada. A lo mejor los había descolocado que fuera tan directa, quizás estuvieran empezando a replantearse las cosas debido a su actitud. Pues muy bien. Si no sabían cómo lidiar con su súbito enfado, vete tú a saber cómo se las arreglarían para criar a un niño.

—La verdad es que hice todo lo que pude para evitar tener este hijo. Quería abortar y es una opción que todavía no he descartado del todo, pero el tiempo se me está agotando, así que supongo que al final no me va a quedar más remedio que llevar este embarazo a término. Y me da mucha rabia.

Ellos intercambiaron otra breve mirada antes de volverse hacia la cámara, y fue Lindsey quien tomó la palabra.

—Te ha tocado soportar una carga terrible y no vamos a intentar influenciar tu decisión. Si decides dejar al bebé en nuestras manos, haremos todo lo que esté en nuestro poder por ayudarte.

Margie contempló sus rostros en aquella pequeña pantalla. Eran atractivos y sinceros, al igual que las otras dos parejas.

—En fin, comprendo que el bebé tampoco ha tenido elección. Al igual que yo, no tiene la culpa de lo que ha pasado. Lo único que puedo hacer es intentar tomar una buena decisión en medio de esta desastrosa situación. Puede que me decida por vosotros, puede que no. Podríais pensar que estoy siendo altruista y desinteresada, pero no es verdad. Lo único que hago es intentar manejar esto como buenamente puedo.

Al igual que las otras dos parejas, hablaron con una desgarradora sinceridad sobre sus esperanzas y la familia que soñaban tener. Les encantaba la naturaleza, el excursionismo y la acampada. En un momento dado, un perrito apareció correteando en la pantalla. Se llamaba Wally, lo habían adoptado en un refugio de animales de la zona donde vivían. No pasaban mucho tiempo viendo deporte por la tele, pero Sanjay entrenaba duro para las carreras en las que participaba y a los dos les gustaba jugar al tenis y practicar esquí acuático. Le dijeron que tenían un jardín y una casa con espacio de sobra, que había buenas escuelas por la zona.

Se les veía totalmente sinceros y todas sus respuestas daban en el clavo: desde su lugar preferido para ir a comer tacos —Torchy's, por supuesto—, hasta la disputa que tenían sobre cuál era la mejor peli infantil: *Toy Story* o *El rey león*.

La bella y la bestia, esa era la mejor para ella. Era la película que había visto una y otra vez con un reproductor de DVD medio escacharrado y una tele de segunda mano mientras su madre trabajaba, pero Margie no dijo nada al respecto; al fin y al cabo, no tendría ni voz ni voto en esa cuestión ni en ninguna otra si daba al bebé en adopción.

Y entonces hubo un momento hacia el final de la entrevista que no estaba planeado, que surgió de forma aparentemente espontánea. El perrito subió de un salto al regazo de Sanjay, este se inclinó ligeramente hacia Lindsey y compartieron una mirada tan tierna que estuvo a punto de hacerla añicos.

—Hay tantas y tantas cosas que amo de este hombre… —dijo Lindsey—. Podría pasar el día entero enumerándolas, pero terminarías en coma diabético con tanta cursilería, Margie. Así que te ahorraré los detalles.

—La cuestión es que el niño al que adoptemos vivirá en un mundo de amor y aceptación —afirmó Sanjay—. No seremos unos padres perfectos, pero nos esforzaremos al máximo todos los días.

«Si algún día llegara a encontrar un amor así, podría ser mi salvación», pensó Margie.

18

Margie se sorprendió cuando una de las funcionarias de la cárcel fue a buscarla para llevarla al centro de visitas. No esperaba que nadie fuera a verla ese día, pero había empezado a atraer mucha más atención a raíz de lo del tumultuoso embarazo. Truly estaba esperándola en la sala mascando chicle con ahínco. Iba paseándose de acá para allá con energía apenas contenida y sus coletas brincaban cada vez que daba media vuelta. Se acercó a toda prisa a la mampara al verla aparecer.

—¡Traigo noticias! Dos cosas: en primer lugar, la orden que te impedía abortar ha sido revocada. El juez que la revisó quedó horrorizado y la revocó de inmediato, y fue muy severo en su argumentación. Dijo que nadie puede negarle a una mujer el derecho a tomar sus propias decisiones en lo que respecta a su propio cuerpo, que es inadmisible que este proceso se haya alargado tanto, que es una vergüenza el hecho de que este caso pasara por todas las cortes del sistema judicial y ninguna de ellas aplicara la ley. No solo eso, sino que el juez que concedió la orden ha sido censurado. Harry ha entregado el documento oficial a la administración esta misma mañana —la informó Truly. Entonces respiró hondo y se inclinó hacia la mampara de plexiglás—. Sabes lo que significa eso, ¿verdad? Vuelves a tener vía libre para interrumpir el embarazo.

Margie permaneció en silencio durante un largo momento, digiriendo aquello. Vale, la opción volvía a estar sobre la mesa. El aborto sería seguro y legal, aquella pesadilla habría terminado en cuestión de medio día. Su cuerpo, su vida, volverían a pertenecerle de nuevo. Le costaba asimilarlo.

—Vaya —susurró—. Vaya, eso es… es justo lo que yo quería.

—Se te ve estupefacta, Margie.

—Bueno, cuatro semanas atrás habría recibido encantada esta noticia, habría sido un alivio enorme.

—¿Y ahora?

—Para serte sincera, ni siquiera sé lo que siento. Tengo que reflexionar bien sobre todo esto. Es que ahora es distinto, he estado sopesando otras opciones.

Truly la miró sorprendida.

—¿Como cuáles?

—Bueno, aparte del aborto, solo se me ocurren dos: podría quedarme con el bebé. Permanecería aquí conmigo hasta los dieciocho meses y entonces estaría en acogida.

—¿¡Qué!? —Truly palideció de golpe—. Por Dios, Margie…

—Tranquila, no pienso quedarme con el hijo del tipejo que me violó. Y jamás se lo entregaría a los Hunt, por el amor de Dios.

Truly se desplomó aliviada en su asiento.

—Uf, gracias a Dios.

—Así que solo queda la adopción, una legal y privada —señaló. Le contó que había elegido una coordinadora y que se había entrevistado con posibles familias de adopción—. Esta situación no estaba en mis planes, te lo aseguro, pero así están las cosas.

—Es alucinante, ¡eres increíble!

—No, no lo soy. Estoy furiosa con el sistema de mierda que me ha empujado en esta dirección. Me han puesto a la fuerza en una situación horrible.

Se calló y fijó la mirada en su regazo. La zona del vientre había crecido un poco últimamente; el cambio era sutil, pero innegable.

Si ella así lo deseaba, el ensanchamiento podría desaparecer en cuestión de horas. Ahora tenía el derecho de conseguir lo que había querido desde el principio: poner fin a un embarazo indeseado que había sido resultado de una violación.

No fue consciente de estar llorando hasta que alzó la mirada hacia Truly y vio su propio reflejo en la mampara de separación.

—Lo que voy a hacer es horrible para mí, pero ahora siento que es la única opción que tengo. Tendré que encontrar la forma de vivir con esa decisión el resto de mi vida.

—Ah, imagino lo aliviada que debes de sentirte. ¿Quieres que te concierte otra cita en la clínica?

—No. A lo mejor puede salir algo bueno de esta pesadilla, voy a seguir adelante con el embarazo. En medio de todas las cosas terribles que están pasándome y sobre las que no tengo ningún tipo de control, puedo conseguir algo positivo. Hay una familia esperando y será una maravillosa.

Era la primera vez que admitía sus intenciones en voz alta. No se lo había contado a nadie, pero, no se sabe bien cómo, ya había tomado una decisión; de hecho, ni siquiera sentía que fuera una decisión. En ese preciso momento, por un instante, había sido como si ella misma no llevara las riendas, como si hubiera algo que la impulsara… una firme e incontrovertible certeza en el corazón.

—¡Joder! No sé qué decir, ¡me has dejado pasmada! —Truly se interrumpió y la observó en silencio unos segundos—. Pero tengo que preguntártelo, ¿estás totalmente segura? No te habrán presionado ni ofrecido algo a cambio, ¿verdad? Y tampoco te han… amenazado.

—Estoy asustadísima y sé que esto va a ser horrible para mí, pero es la decisión que he tomado. En serio, te lo juro. No me han presionado ni me han prometido nada, ni siquiera se lo he comunicado al abogado que se encargará del papeleo ni a los padres. Todavía estoy acostumbrándome a la idea. Eres la primera persona a la que se lo digo.

—No diré ni pío. Se trata de tu vida, de tu historia —afirmó Truly, que a estas alturas también estaba llorando. Se secó las lágrimas con la manga—. Y ya sé que no quieres que la gente piense que eres una persona increíble, pero lo eres. ¡Y punto!

—Lo que tú digas.

—Ah, quería comentarte otra cosa. Tranquila, no me mires así, ¡se trata de algo bueno! De hecho, podría ser la mejor noticia del mundo. Vas a tener un nuevo abogado.

—¿Qué quieres decir?

—Bueno, la decisión es tuya, claro. Puedes quedarte con el de oficio, pero ahora tienes otra opción. Alguien anónimo ha donado fondos para que sean destinados específicamente a tu defensa legal. Puedes contratar a tu propio abogado penal.

—¿Por la acusación de homicidio?

—Exacto. Uno privado, que trabaje solo para ti. No tendrás que pagar nada, el donante anónimo cubre todos los gastos a través de Amiga. Puedes elegir el que tú quieras.

—¿Alguien contactó con la fundación de buenas a primeras? ¿Sin más?

—Pues sí.

—Y no tienes ni idea de quién es.

—No. La directora de la fundación está al tanto de su identidad, pero es información confidencial.

Margie la miró sin saber qué pensar.

—A ver, ¿dónde está la trampa? ¿Por qué querría alguien pagarme un abogado?

—No lo sabemos. Bueno, puede que la directora sí. No hay trampa ni cartón, te lo juro. No estás obligada a nada. La prensa ha estado informando sobre tu caso, incluso la revista *Texas Monthly* trató el tema. Alguien sabe que estás viviendo una injusticia y quiere ayudar.

—Alguien con muchísima pasta.

—La fundación tiene mecenas de ese tipo. Esto va en serio, Margie, te lo juro.

—Pero es que no entiendo quién querría hacer algo así.

—Alguien que se preocupa por ti o que quiere que se haga justicia.

Cubby y Queen eran los únicos que se preocupaban lo más mínimo por ella, aunque dudaba mucho que pudieran permitirse cubrir los gastos de un abogado en un juicio por homicidio… a menos que hubieran hecho una colecta en la iglesia, esa podría ser una opción. Si bien, el hecho de que la donación fuera anónima era clave. A lo mejor querían ayudar, pero no querían que el resto de la comunidad se enterara.

—Vaya —repuso, reclinándose en la silla de plástico. El estómago le dio un vuelco, aunque puede que fuera el bebé moviéndose—. Supongamos que accedo. ¿Cómo funcionaría la cosa? No conozco a ningún abogado.

—Te traigo una recomendación del servicio de la asesoría general de la fundación. Es lo que se conoce como un superabogado, alguien que puede defenderte en condiciones.

Truly depositó una tarjeta sobre el mostrador.

Margie la leyó a través de la mampara: se llamaba Terence Swift y en la tarjeta aparecía una dirección cercana a los juzgados de Austin.

—No estás obligada a contratarlo. Puedes elegir a quien tú quieras, o no elegir a nadie si no quieres. Viene altamente recomendado. Lo único que tienes que hacer es comunicárselo a tu abogado de oficio y ellos se encargan de lo demás. Si quieres puede venir a verte para que lo conozcas, y así decides si quieres contar con él. Está a tu plena disposición.

Margie pensó en Landry Yates, en que siempre parecía tener un millón de asuntos entre manos, nunca tenía tiempo para ella y siempre tenía prisa. Recordó que él se había negado a ayudarla con lo de la orden de restricción que habían solicitado los Hunt, y con lo del aborto.

Dirigió la mirada hacia la tarjeta del nuevo abogado y asintió.

—Me parece bien que sea él quien me defienda.

* * *

Terence Swift era el típico sureño. En el restaurante de Cubby o en la fábrica de hielo que había justo enfrente lo definirían como «un buen tipo de por aquí». Vestía un traje de aspecto fino, unas botas vaqueras bien lustrosas y una corbata en tonos suaves. Lo más probable era que diera buenas propinas, aunque no tenía pinta de ser especialmente cordial ni amable.

En cualquier caso, le daba a Margie algo que esta necesitaba más que la cordialidad o la amabilidad: toda su atención estaba centrada en ella, en su caso. Y exudaba confianza al entregarle un documento para que lo firmara, uno que la convertía en su cliente y donde se estipulaba que la Fundación Amiga iba a hacerse cargo por completo de sus honorarios.

—Nunca he sido clienta de un abogado.

—En ese caso, considérese afortunada.

—¿Qué pasa a partir de ahora?

—Voy a hacer que desestimen los cargos en su contra.

—Eso quiere decir que los retirarían, ¿no?

—Así es, señorita.

—¿Cuándo?

—Pronto. Solicitaremos una audiencia expedita y será puesta en libertad cuando el juez emita su decisión.

—Vaya, eso es… vale, muy bien. ¿Qué tengo que hacer?

—Esperar sin impacientarse, pensar en positivo. Mi despacho la mantendrá informada.

—¿Qué pasa si no consigue que retiren los cargos? —le preguntó, al ver que hacía ademán de ponerse en pie—. ¿Tendré que seguir aquí, a la espera de un juicio?

—No habrá juicio.

—No estoy dispuesta a declararme culpable —le advirtió con firmeza—. El otro abogado me dijo que era la única forma de evitar la celebración de un juicio.

—Yo no manejo así las cosas.

—¿Quién le ha enviado para que me defienda? Es que… todo

esto parece demasiado fácil. ¿Van a retirar los cargos? ¿Así, sin más?

—Es un proceso. Yo me encargo.

La embargó un anhelo abrumador ante la idea de recuperar la libertad. Después, una vez estuvo de vuelta en el pabellón, Sadie se acercó a hablar con ella.

—Te has reunido con Terence Swift.

Margie había dejado de preguntarse cómo era posible que los chismes se propagaran por la unidad. La red de chismorreos de aquel lugar era más eficiente que el Internet de alta velocidad.

—¿Le conoces?

—He oído hablar de él, ¿tú no? —le preguntó Sadie.

—No, ¿debería sonarme de algo su nombre?

—Podría decirse que es como el Clarence Darrow de Texas. Clarence era…

—El abogado del caso de Leopold y Loeb. Sí, leí ese libro, pero hizo que se declararan culpables.

—Joder, chica, ¿hay algo que no sepas?

—Es que he estado leyendo un montón.

—Vale, muy bien, pues digamos que no es como Clarence Darrow —admitió Sadie, y la miró pensativa antes de proponer otro nombre—. ¿Te parece mejor Atticus Finch?

—Ese es un personaje de ficción —dijo Margie, aunque le encantaba *Matar a un ruiseñor*. Era uno de esos libros que, al terminar la última página, había empezado a releer de inmediato—. Pero, si mi abogado se parece en algo a él, supongo que me favorece tenerlo en mi equipo.

Cuando llegó la mañana de la audiencia, una oficial de guardia se presentó en la celda con una blusa blanca, una camisa azul marino y unos zapatos de tela sin cordones.

—Ponte esto para ir al juzgado —le dijo.

Según la etiqueta, la ropa era de Neiman Marcus. Era la primera vez en su vida que se ponía una prenda de aquella marca. Se trataba de un atuendo básico, pero la tela era de calidad y parecía cara. La cintura de la falda era ajustable.

Tuvo náuseas y vomitó un poco, pero eran arcadas principalmente.

Había decidido seguir adelante con el embarazo y empezaba a tomar conciencia de esa realidad. No, no era un embarazo deseado ni mucho menos y la enfurecía verse en esa situación a la fuerza, pero estaba dispuesta a seguir según lo planeado. Iba a hacerlo por aquel niño. Sí, empezaba a pesar en él como una persona. En contra de su voluntad, estaba creando a un ser humano en su interior.

El señor Swift parecía no sentir ni el más mínimo interés por aquel asunto en particular. Toda su atención estaba centrada en el caso de homicidio; más concretamente, en el hecho de que no se había cometido homicidio alguno. Su ayudante y él habían pasado horas y más horas con ella en la sala de reuniones, repasando hasta el último segundo del incidente.

Recordar detalladamente lo ocurrido era como reabrir una herida, pero él era implacable y no le daba ni un momento de tregua. Su ayudante consiguió declaraciones de los vecinos, de compañeros del restaurante, de feligreses de la iglesia.

—Espero que sea consciente de que los Hunt lo controlan todo en este condado —le advirtió ella en una ocasión.

Él había esbozado una breve sonrisa carente por completo de calidez antes de afirmar:

—Roy Hunt y yo nos conocemos desde hace mucho.

—Ese hombre, el padre de Jimmy, se ha dedicado a atacarme a través de los periódicos. Y seguro que también en Internet. Era juez, pero se retiró.

—Yo soy el motivo de que lo hiciera —contestó el señor Swift.

* * *

La fiscalía solicitó la cancelación del procedimiento en curso, alegando que el hecho de que Margie tuviera un nuevo abogado no le daba derecho a que se celebrara una nueva vista.

—Su señoría, los hechos relativos a este caso no han cambiado. Ya quedaron establecidos por la propia acusada. Por una parte, tenemos a una mujer que asesinó a su novio en medio de una discusión de enamorados; por la otra, tenemos a James Bryant Hunt, quien llevaba toda su vida en Banner Creek. Era una promesa del deporte, miembro de una familia honorable y profundamente religiosa, y fue asesinado a sangre fría por una mujer vengativa. Existen pruebas más que suficientes para una condena.

Margie mantuvo la mirada al frente. A esas alturas, debería estar lo bastante curtida como para ser inmune al impacto de esas palabras, pero cada una de ellas fue como un mazazo.

El señor Swift permaneció callado, no objetó a nada de lo que decía la fiscal. Permaneció allí, sentado tan tranquilo, y Margie empezó a pensar que quizás había cometido un terrible error. ¿Y si todo aquello no era más que una estratagema de los Hunt para conseguir que se declarara culpable? A lo mejor eran ellos los donantes anónimos. El pánico empezó a adueñarse de ella. Tendría que haberse informado más, tendría que haberle exigido a aquel hombre que le dijera para quién trabajaba en realidad.

Llegado el momento, él se levantó de la silla con serenidad, con movimientos medidos, y procedió a exponer sus argumentos.

—Dejaremos a un lado por el momento las múltiples ocasiones en las que el sistema ha fallado a mi clienta. Dejemos a un lado que no se presentaran cargos en su contra en un plazo de tiempo razonable, que los investigadores emplearan tácticas manipuladoras, que no se respetara su derecho a que se le asignara un abogado con prontitud, que no se le facilitara asistencia médica ni apoyo psicológico después de sufrir una brutal agresión sexual, que elementos clave del examen forense de asalto sexual no fueran presentados como prueba.

—¡Protesto! —exclamó la fiscal—. Está testificando, su señoría. Este no es lugar para…

Swift agitó la mano como quien espanta una mosca y procedió entonces a dar información sobre el propio Jimmy Hunt. La fiscal presentó una objeción que fue rechazada porque, dado que ella misma había ensalzado las supuestas virtudes del fallecido, la defensa también tenía abierta esa puerta. Existían quejas presentadas por compañeras de universidad, quejas que el departamento de deportes se había encargado de sepultar. Y también había sanciones por conducir bajo los efectos del alcohol.

—Muy bien, también dejaremos a un lado todo eso —dijo el señor Swift con actitud magnánima—. El asunto que nos ocupa puede resolverse examinando los hechos del caso. Mi clienta fue agredida en su propia casa. Fue un ataque no provocado y en el que su vida corrió claro peligro. Se defendió de su agresor y, mientras luchaba por salvar su vida contra un hombre que la doblaba en tamaño, el arma que él tenía en su poder, la pistola con la que la había amenazado poco antes, se disparó. Tenía derecho a defenderse, según lo que conocemos como la Doctrina del Castillo. Bajo la ley de Texas y, en concreto, la revisión de la legislatura de 2007 de dicha ley, tiene derecho a inmunidad de enjuiciamiento.

—Es obvio que esa defensa no es aplicable en este caso —afirmó la fiscal—. La misma acusada admitió que conocía a la víctima, eso no está en discusión. Tuvo una cita con él, mantuvo relaciones sexuales con él. Eso tampoco está en discusión. Y, en la noche en que él fue a visitarla, creyendo inocentemente que tenían una relación sentimental y que ella le recibiría de buen grado, la acusada se burló de él y le provocó.

En la pantalla aparecieron unos mensajes de texto. Después se mostró la imagen agrandada de una mano y la fiscal prosiguió.

—Como pueden ver, esta herida fue infligida por un cuchillo de cocina que pertenecía a la acusada. La señorita Salinas le rajó la mano con un cuchillo.

Se mostraron entonces imágenes de la casa después del incidente.

Margie reconoció su casa, pero, al mismo tiempo, no la reconoció en absoluto. Había muebles volcados, marcadores numerados colocados en lugares clave, manchas de sangre, la huella de una mano en la puerta principal… Alguien —la madre o la hermana de Jimmy, quizás— solló y se sorbió las lágrimas quedamente. Margie sintió que se le constreñía la garganta, le costaba respirar.

La inspectora Glover testificó sobre la declaración que le había tomado. La propia declaración apareció en la pantalla y la firma de Margie estampada al pie de la hoja atestiguaba su veracidad.

Margie aguzó la mirada y, cuando logró ver a duras penas la ruta del archivo impresa en la parte inferior, tomó un lápiz y se apresuró a escribirle un escueto mensaje al señor Swift. Este bajó la mirada hacia el papel por un momento, como si no tuviera ninguna importancia, y entonces se volvió de nuevo hacia la inspectora.

—Según el informe del arresto, a la señorita Salinas se le leyeron sus derechos a las 12:40. ¿Es eso correcto?

—Que yo sepa, sí.

—¿A qué hora ha dicho que se le tomó declaración?

—En el documento figura la hora, eran las 13:45.

—Sí, ya lo veo. La pregunta es, ¿a qué hora le tomó usted declaración?

—Eh… se lo repito, el documento tiene la hora impresa.

—Entonces, usted está testificando que la señorita Salinas firmó a la hora que aparece impresa —indicó Swift, y en vez de esperar a que contestara, señaló la pantalla—. Aquí tenemos un video de la acusada firmando el documento que usted le entregó. 09:58.

Margie se quedó boquiabierta. Landry le había dicho que el video no existía, pero hételo allí, a la vista de todos.

Terence Swift dio un paso hacia el estrado.

—¿Desea usted revisar sus afirmaciones, inspectora?

La fiscal solicitó poder acercarse a hablar con el juez. Margie notó que la actitud de Swift había experimentado un ligero cambio… la forma en que alzaba ligeramente la barbilla, quizás. No es que estuviera regodeándose ni que tuviera aires de suficiencia, tan solo se le veía… satisfecho.

El médico forense testificó que se habían hallado residuos de pólvora en la mano derecha de Margie, lo que sirvió para abrirle otra puerta más a Terence Swift.

—¿Examinó también muestras recogidas bajo las uñas de la acusada?

La respuesta tardó unos segundos en llegar.

—Sí.

—¿Cuál fue el resultado?

El testigo desvió la mirada.

—Creo que no tengo esa información.

—Vaya, pues eso es de lo más interesante, porque yo sí que la tengo.

La fiscal protestó con vehemencia, solicitó de nuevo acercarse a hablar con el juez.

El señor Swift se levantó de la silla y se dirigió también a la tarima. Margie observó con atención el acalorado intercambio y, al ver que la barbilla de su abogado se alzaba ligeramente, supo que le habían dado la razón.

Angela Garza, la enfermera que la había examinado tras la agresión, estaba en la sala y, cuando el señor Swift la llamó a declarar, se acercó al estrado sin titubear y juró decir la verdad con voz firme y clara.

Sus credenciales quedaron establecidas con rapidez. Después de la agresión, había documentado treinta y tres lesiones específicas. Margie reprimió el impulso de taparse los oídos. Oír los detalles y expuestos así, de forma tan clínica, la llevó de vuelta al horror de aquella noche. Tal y como era de esperar, la fiscal puso peros y objeciones, pero los hechos eran irrefutables. El señor Swift preguntó repetidamente a la testigo sobre los resultados del examen e hizo hincapié en el material extraído de debajo de las uñas; al parecer, el médico forense había omitido incluir en su informe que las muestras de piel —jirones de piel que incluían capas profundas, no solo la superficial— procedían de su agresor.

La fiscal protestó ante el uso de ese término, pero Swift se limitó a hacer un ademán con la mano y se refirió a él como «el difunto». Había dejado claros los hechos.

—Existen multitud de pruebas que demuestran que la señorita Salinas se defendió de forma no letal cuando él inició la agresión. Una preponderancia de hechos demuestra que actuó en defensa propia y que estaba en su pleno derecho a hacerlo. Los registros telefónicos demuestran que llamó al 911. Sin embargo, como eso no sirvió para disuadirlo y su agresividad se intensificó, como la estranguló y la inmovilizó, la señorita Salinas temió por su vida. Teniendo en cuenta la gran cantidad de errores y omisiones que hemos visto por parte de la fiscalía, este caso debe ser desestimado. Mi clienta tiene derecho a inmunidad de enjuiciamiento.

Hubo otro acalorado intercambio de palabras en la tarima. El juez hablaba con semblante severo tanto a Swift como a la fiscal. Margie cometió el error de mirar hacia el público por encima del hombro derecho y vio a Briscoe Hunt, el hermano de Jimmy. Era como una versión mayor y más dura de su hermano, y estaba fulminándola con la mirada.

El señor Swift regresó entonces a la mesa y se sentó junto a ella. Margie lo observó en silencio, pero no habría sabido decir si tenía la barbilla ligeramente alzada; de hecho, notó que apretaba con fuerza la mandíbula y se preguntó qué habría pasado.

El juez entrelazó las manos y su mirada recorrió la sala antes de posarse en Margie. Se quedó observándola por primera vez con ojos penetrantes y ella tuvo que reprimir el impulso de apartar la mirada.

—Basándome en la información que ha sido presentada hoy, está claro que la acusada corría peligro de perder la vida. Sus heridas son consistentes con una agresión sexual. Actuó en legítima defensa. Este caso queda desestimado.

El mazo golpeó la mesa.

¡Bang!

19

Margie salió de la sala del juzgado inmersa en una nube de aturdimiento. Iba escoltada por varios agentes del departamento del *sheriff* y no comprendió el porqué hasta que salió del edificio junto al señor Swift.

—¿Ya está? —preguntó, incrédula—. ¿Ha terminado todo de verdad? ¿El asunto ha quedado zanjado definitivamente?

—Así es, señorita.

—Ni… ni siquiera sé qué decir. Gracias. Desde el fondo de mi corazón, gracias.

Él se puso un sombrero vaquero que tenía pinta de ser muy caro y unas gafas de sol.

—Es mi trabajo.

—Por favor, transmítale mi agradecimiento a la persona que ha pagado por sus servicios. No sé si alguna vez podré hacerlo en persona, porque prefiere permanecer en el anonimato.

No había palabras para expresar la gratitud y el alivio tan inmensos que sentía. El aluvión de emociones hizo que le flaquearan las piernas.

—El hecho de que el caso se haya desestimado no significa que las cosas vayan a ser fáciles para usted —le advirtió él.

Tenía toda la razón. Jimmy Hunt —héroe del fútbol americano, hijo predilecto— estaba muerto. La familia seguía empeñada en

301

que la castigaran, como si sobrevivir a una violación y quedar embarazada a la fuerza no fuera castigo suficiente. Seguro que los Hunt estaban furiosos al verla quedar en libertad.

Truly Stone la estaba esperando y pudieron saludarse por primera vez sin la mampara de por medio. Se dieron un fuerte y largo abrazo; para Margie, aquel sencillo contacto humano fue extraño y maravilloso a la vez. Se quedó allí de pie, aturdida aún, mientras Terence Swift y Truly intercambiaban unas palabras, pero él y su ayudante tuvieron que salir al paso del enjambre de medios de comunicación que se acercó a toda prisa a las puertas del juzgado.

Mientras ellos se encargaban de atender a la prensa, Truly y ella aprovecharon para marcharse en dirección contraria.

—Da igual que hayan desestimado mi caso, da igual lo que él me hizo. Siempre se me juzgará por lo que hice para defenderme —dijo estremecida, mientras se alejaban del gentío.

—Lo siento mucho, Margie. Mereces empezar de cero. Mi coche está al otro lado del edificio —indicó, y le pasó un sombrero de ala ancha y unas gafas de sol—. Ten, ponte esto. Deja que tu abogado se encargue de los chismosos.

Margie la siguió hasta un Prius plateado y se alejaron de allí. Estaba yéndose de allí, alejándose por la carretera. Después de todo aquel tiempo, se estaba yendo sin más.

—¿Adónde vamos?

—Tú decides. ¿Adónde te gustaría ir?

—No tengo casa. Agradezco mucho que la fundación me pagara el alquiler, pero no puedo pasar ni una sola noche más en ese lugar. Sin embargo, tengo que volver para ver si encuentro a mi gato.

Tan solo había unas cuantas cosas que estaba desesperada por salvar de los escombros de su antigua vida: su gato, el juego de cocina de su madre para preparar conservas y la colección de recetas. Sabía que era improbable que encontrara a Kevin después de tanto tiempo, pero a lo mejor había permanecido por los alrededores de la casa y estaba merodeando por el porche, por la orilla del río.

—Ve indicándome por dónde tengo que ir —le dijo Truly. Sonrió de oreja a oreja mientras tomaban un camino vecinal—. Me alegro muchísimo por ti, Margie. Imagino el alivio que estarás sintiendo.

Margie se volvió a mirar por la ventanilla y contempló en silencio los campos de sorgo, los serpenteantes arroyos, los pastos y los silos cubiertos de una pálida capa de polvo del campo. Era increíble lo mucho que había echado de menos incluso el más sencillo de los paisajes mientras estaba encarcelada… una loma coronada por un roble, un granero con techumbre de hojalata, una vieja granja y una bomba de agua eólica, un amarillo autobús escolar que avanzaba sin prisa… El mundo parecía distinto, todo había cambiado en cuestión de unos meses. Y el cambio más grande se había producido en su interior.

—Por cierto, tengo un teléfono para ti de parte de la fundación —dijo Truly—. Es una de las primeras cosas que necesita una mujer cuando está empezando de cero. Vas a tener que volver a desenvolverte en el mundo. Es esa caja que tienes a tus pies, está activado y listo para usarlo. Solo tienes que crear un pin y personalizarlo.

—Vaya, eso es… gracias.

Le habían quitado su móvil al arrestarla. Se lo habían devuelto, pero ya no funcionaba y el plan de llamadas que tenía contratado había sido cancelado tiempo atrás. Abrió la caja y vio un objeto plano con una pantalla negra de cristal.

—¿Qué es esto?, ¿un iPod?

—Algo mejor aún: un iPhone. Un modelo nuevo que acaba de salir al mercado. Rockler, una empresa de Austin, regaló uno a todos los miembros de la fundación. Te va a encantar, ya lo verás.

Margie aprovechó el trayecto hasta Banner Creek para ir aprendiendo a usar el nuevo teléfono, que resultó ser un aparato de última generación cuya pantalla era capaz de hacer todo tipo de cosas increíbles. Pudo entrar en su cuenta de correo electrónico y encontró sus contactos, pero no tenía a nadie a quien llamar por el momento.

—Bueno, ¿cómo te sientes en lo que respecta al bebé ahora que eres libre?

—Embarazada, así me siento —respondió, y entonces se dio cuenta de lo que Truly quería decir—. Ah, ¿te refieres a si he cambiado de opinión sobre lo de la adopción?, ¿si pienso abortar? Es demasiado tarde para eso, gracias al estúpido sistema penitenciario del condado. Y quedármelo está descartado por completo. Da igual dónde me encuentre o a qué me dedique, no puedo criar al hijo de Jimmy Hunt. Sería demasiado doloroso para mí y eso no es justo para el niño.

—Ya, te entiendo.

Truly no apartó los ojos de la carretera.

Margie envió un mensaje de texto a Maxine para hacerle saber que lo de la acusación de homicidio se había solucionado y que tenía intención de seguir adelante con la adopción.

El letrero de bienvenida de Banner Creek seguía estando en la entrada del pueblo, pero tenía en la base una placa en recuerdo a Jimmy Hunt. El estadio del instituto estaba salpicado de carteles donde se pedía justicia para Jimmy Hunt, carteles que habían quedado desgastados y ajados con el paso del tiempo. Se quedó atónita al ver que el restaurante de Cubby tenía un cartel en la puerta donde ponía que estaba cerrado por reformas.

—¿Pero qué...? Detente aquí, por favor.

—Hubo un incidente, un caso de vandalismo —le explicó Truly, mientras detenía el coche al otro lado de la calle.

Se asomaron a ver a través de una ventana nueva que todavía tenía puesto el adhesivo protector. En el interior del local, trabajadores enfundados en monos blancos estaban instalando elementos del mobiliario. Había un techo nuevo con una constelación de medialunas, cada una de las cuales contenía una cámara de seguridad.

—¿Qué pasó? —preguntó Margie.

—Ventanas rotas, principalmente. Y... lanzaron al interior algunas sustancias desagradables.

—Mierda, ¿los Watson fueron los donantes anónimos y les hicieron esto como represalia?

—Lo dudo. A ver, no lo sé con seguridad, pero es improbable.

—Entonces lo hicieron porque yo trabajaba aquí.

Margie se sentía descompuesta. Cubby había trabajado toda la vida para que aquel restaurante prosperara, era la garantía para su futura jubilación, y había sufrido un ataque vandálico porque ella había trabajado allí. Esperaba poder ir a ver a los Watson, pero ahora no lo tenía tan claro. Era tóxica.

Al final, fue a verlos de camino a las afueras del pueblo. No se quitó ni el sombrero ni las gafas de sol por si alguien la veía. Cubby y Queen la recibieron con un abrazo, pero notó cierta cautela en ellos.

—Sé que por mi culpa lo habéis pasado fatal y lo lamento con toda mi alma. Sabéis que no fue esa mi intención.

—Claro que no, cielo —dijo Queen.

—El nuevo local quedará mejor que nunca —le aseguró Cubby—. No te preocupes, el seguro se ha hecho cargo de todo.

Margie se llevó las manos a su ligeramente abultado vientre.

—Supongo que ya os habréis enterado de que… estoy embarazada.

Queen asintió.

—Esperaba que fueran meras habladurías.

—No, no he tenido esa suerte.

Les relató la agónica disyuntiva a la que se había enfrentado, y cómo había terminado decantándose por la adopción.

—Escuchaste lo que te dictaba el corazón —afirmó Queen—. Sabes lo que siempre te digo: si le escuchas con la suficiente atención, tu corazón no te llevará por la senda equivocada.

—Espero que tengas razón. En fin, será mejor que me vaya —dijo. Anotó su nuevo número de teléfono y se lo entregó—. Pienso ir a vivir a otro sitio, no puedo quedarme en este pueblo.

No quería volver a ver a los Hunt en toda su vida, no quería saber nada más de ellos.

—Lo comprendemos —dijo Cubby.

—Me has enseñado tanto… pienso seguir en este negocio. Se me ocurrió la descabellada idea de que algún día podría llegar a abrir mi propio restaurante.

—Apuesto a que te irá bien —le aseguró él—. Sigue preparando esas salsas tuyas. Tienes un don, muchacha.

—Ojalá tengas razón.

—Ven aquí, cielo —dijo Queen, y la estrechó contra sí con fuerza—. Te deseo lo mejor del mundo, lo mejor.

La sensación de un cálido contacto humano la abrumó. El cariño de Queen quedó marcado a fuego en su alma y supo que no lo olvidaría jamás.

Se sentía vulnerable y con los sentimientos a flor de piel mientras se despedía de ellos. Todo parecía tan complicado, se sentía como si aquello fuera un adiós definitivo.

Se le encogió el estómago cuando el coche pasó por el vado del río, la zona en la que el agua cubría el camino cuando llovía con fuerza. Indicó el sendero de grava que arrancaba justo al pasar el vado y Truly enfiló por allí. La pequeña casa se veía abandonada, las dos ventanas de delante parecían mirar al vacío y los muebles del porche estaban amontonados. El coche seguía donde lo había dejado, bajo el cobertizo adyacente a la casa. Las ruedas estaban rodeadas de abrojos.

Una irrefrenable oleada de terror la envolvió al bajar del coche. Allí estaba el lugar donde Jimmy Hunt había aparcado su furgoneta tan de golpe que a punto había estado de chocar contra los escalones del porche; y allí estaba la puerta que había sido tan tonta como para no cerrar bien la noche de la agresión.

Le temblaba la mano mientras abría la puerta y entraba. El interior de la casa estaba hecho un desastre, había muebles y cajas tirados aquí y allá. Imaginó las furgonetas del laboratorio estatal de criminalística llegando al lugar, a los investigadores dictaminando que la casa y el patio eran la escena activa de un crimen. Al llegar a la cocina, inhaló una bocanada de aire mientras luchaba por contener las náuseas. Se dirigió al dormitorio y vio que se habían llevado el colchón y que el suelo estaba cubierto de lonas sucias. En el marco de la puerta había una huella de mano amarronada… su propia mano, cubierta de sangre.

No vio ni rastro de su gato. Tanto su comedero y su bebedero como su camita habían sido apartados a un rincón de la cocina.

—¿Estás bien? —le preguntó Truly.

Margie hizo un gesto con la mano, entró en el baño y vomitó. A esas alturas se había convertido en un acto reflejo, como estornudar. Se limpió con unas toallitas de papel. Habían vaciado el armario de debajo del lavamanos y sus cosas estaban tiradas por el suelo: un espray limpiador, maquinillas de afeitar desechables, una caja de tampones medio vacía… Los objetos de una vida normal y corriente, una vida que había dejado de pertenecerle.

—No he visto ni rastro de mi gato —le dijo a Truly al salir del baño—. Voy a preguntarles a los vecinos si saben algo de él.

Raylene Pratt salió a abrir y, en cuanto la vio, retrocedió un paso y no quitó la mano del pomo de la puerta. Margie se apresuró a explicarle que el caso había sido desestimado.

—Ya lo sé, la noticia está en Facebook.

Genial, pensó Margie para sí. Truly le había aconsejado que borrara su cuenta para no ver los comentarios desagradables ni las especulaciones.

—He venido a ver si encuentro a mi gato, ¿lo ha visto?

—No, hace tiempo que no se le ve por aquí —se apresuró a contestar Raylene—. Supongo que huyó por todo el barullo de ambulancias y policía.

Aquella noche, la sangre, las aturdidoras luces estroboscópicas de emergencia, enfermeros y policía enfundados en monos de trabajo… Qué asustado debía de estar su gato.

«Ay, Kevin…»

—¿Está segura? ¿No lo ha visto desde entonces?

—No. Me tengo que ir, lo siento.

Miró por encima del hombro y se encogió acobardada contra la puerta.

—Aquí tiene mi número de teléfono —repuso Margie, y lo anotó a toda prisa en un trozo de papel—. Por favor, avíseme si…

La puerta se cerró de golpe.

Margie suspiró y dejó el trozo de papel encajado en el quicio. Resultaba extraño darse cuenta de que una inspiraba miedo. La gente al mirarla veía a un monstruo, una asesina. El mundo entero estaba patas arriba.

Estaba alejándose de aquella casa cuando oyó un sonido procedente de su nuevo teléfono. Alguien estaba llamándola. Intentó contestar sin éxito hasta que se dio cuenta de que lo único que tenía que hacer era tocar la pantalla.

—Hola, Maxine.

—Que me parta un rayo, ¡eres una mujer libre!

Margie sintió que en su rostro se dibujaba una sonrisa.

—Pues sí.

—Vaya, ¡es la mejor noticia del mundo! Has sido mi principal prioridad, tengo los documentos preliminares preparados tal y como me los pediste. Lo primero es comunicarle a la pareja de adopción tu decisión. ¿Quieres que se lo diga yo o prefieres hacerlo tú? ¿Quieres que lo hagamos juntas?

Le había costado Dios y ayuda decidirse por una de las parejas, pero al final había optado por dejarse guiar por su instinto. Las personas seleccionadas iban a ser grandes padres y quería darles ella misma la noticia. Era incluso emocionante saber que la próxima vez que hablara con ellos sería para decirles que iban a adoptar a su bebé.

—Quiero hacerlo yo, me gustaría que se enteraran por mí directamente.

—Por supuesto, ¡como tú quieras!

Quedaron en que Margie iría a Austin para firmar la documentación. Maxine insistió en reservarle una habitación de hotel donde pudiera estar tranquila y segura, lejos de Banner Creek.

Cuando la llamada terminó, Margie se sentó junto a Truly en los escalones del porche y le dio la noticia.

—Bueno, parece ser que al final no voy a tener que quedarme a dormir en tu casa. Maxine ha dicho que va a reservarme una habitación de hotel en la ciudad. Estoy a punto de llamar a los padres.

—¿Cómo te sientes?

—Ahora mismo estoy acojonada, pero me siento bien. Al menos uno de los dos sí que tiene un futuro —dijo tocándose el vientre.

—Los dos lo tenéis. Saldrás adelante, te lo juro. Sé que suena a cliché, pero estoy realmente convencida de que te espera un futuro maravilloso. Conozco a muchas mujeres a través de Amiga, y tengo buen ojo para estas cosas.

Margie bajó la mirada hacia su móvil y admitió:

—Apenas sé cómo usar este cacharro.

—¿Quieres llamarles ahora mismo? Oye, ¿quieres hacer una videollamada con mi portátil? Tengo Skype y acceso a Internet.

—¿Crees que funcionará?

—Pues claro —afirmó Truly. Sacó el portátil y lo dispuso todo—. Mira, solo tienes que poner aquí el número de teléfono y hablar directamente a la pantalla. Te dejaré algo de privacidad.

—No hace falta, no tengo nada que esconder.

—Ya lo sé, pero es que… este es tu momento, Margie. Esperaré en el coche.

Margie se puso el portátil sobre las rodillas, se reclinó hacia atrás apoyada en los codos y alzó la mirada hacia el cielo. Era el mismo que había visto desde el patio de la cárcel, pero en ese momento le parecía totalmente distinto. Todo le parecía distinto. Antes solía pasar horas sentada allí, leyendo un libro o atendiendo las plantas. En los tres escalones que conducían a la puerta estaban las hierbas aromáticas, los chiles y las especias que usaba como ingredientes para sus salsas: cilantro y comino, laurel y tomillo, chiles ojo de pájaro para un picante toque sorpresa… Algunas de las macetas estaban volcadas; seguramente habían sido los agentes mientras examinaban la escena del crimen. Casi todas las plantas habían echado semillas y se habían secado por falta de cuidados. Tironeó de una ramita reseca de la hierba gatera preferida de Kevin y la deslizó por la arena que tenía a sus pies, dibujando formas aleatorias mientras se tomaba un momento para ordenar sus ideas.

La llamada que estaba a punto de hacer iba a cambiar cuatro vidas para siempre.

«Te he buscado la mejor familia que he podido», le dijo al desconocido que tenía en su interior. «Creo que te va a gustar la vida que tendrás junto a ellos.»

Introdujo el número de teléfono y, después de varios sonidos indistintos, la pantalla mostró *Conectado* y apareció un rostro.

—¡Margie! ¿Qué tal estás? ¿Va todo bien?

Le entraron ganas de vomitar. Se preguntó si se lo preguntaba porque realmente le importaba o porque quería que ella diera a luz a un bebé sano y se lo entregara.

—Acabo de salir de la cárcel, el juez ha desestimado el caso.

—¡Vaya!, ¡qué buena noticia! No, más que buena, ¡es genial! Siento mucho todo lo que has tenido que pasar, pero es fantástico que ahora seas una mujer libre. ¿Desde dónde llamas?

—Desde la casa donde vivía. He venido a ver si encontraba a mi gato, pero no he visto ni rastro de él, supongo que huyó —dijo. Suspiró y sintió que los ojos se le inundaban de lágrimas—. Adoraba a ese gato.

—Ay, Margie, cuánto lo siento. Ojalá pudiera ayudarte.

—Quería hablar con vosotros, ¿os pillo en buen momento?

Decidirse había sido un suplicio, le había dado vueltas y más vueltas al asunto. Erin y Brent, en la casa situada en la zona de la bahía; o Lindsey y Sanjay, con su piano y su jardín. ¿A quién escogía? Las dos parejas eran estupendas, todos ellos parecían inteligentes y buenas personas. Sin embargo, al final había sentido que algo la encaminaba en una dirección. Esperaba de todo corazón haber tomado la decisión correcta.

—Claro, espera un segundo…

Llevó el portátil consigo al atravesar un amplio salón con suelos de mármol y columnas.

Margie supuso que a lo mejor estaban en el banco o algo así, pero no, debía de ser su casa, porque de repente le vio sentarse en un gran espacio al aire libre, un amplio patio bordeado por una verde extensión de lustroso césped.

—¡Sanjay! Ven, ¡Margie quiere hablar con nosotros! —dijo Lindsey.

Erin y Brent iban a llevarse una decepción. Eran una pareja genial, pero algo en ellos no había terminado de convencerla. Quizás fuera la forma en que Erin se volvía cada dos por tres hacia Brent buscando su aprobación, preguntándole «¿Verdad que sí?». O porque Brent había llamado «nena» a su esposa, y eso le había recordado a Jimmy Hunt. Eso era algo de lo que él no tenía ni idea, claro, y seguro que era un tipo genial, pero ella sentía más afinidad con Sanjay y Lindsey, cuya dinámica de pareja parecía ser más equitativa. Por algún extraño motivo, en aspectos que ni ella misma entendía aún, había conectado con aquella pareja a un profundo nivel personal.

El perro apareció correteando en la pantalla con una pelota de tenis en la mano y tras él apareció Lindsey, enfundado en unos pantalones cortos de deporte y con el pecho desnudo y empapado de sudor. Agarró una camiseta que había en el respaldo de una silla y se la puso.

Margie tenía la sospecha de que el hecho de que ambos fueran hombres que no tenían ningún interés en agredir a una mujer había sido un factor de mucho peso en su elección, pero era más que eso. Era el amor que se reflejaba en sus rostros cuando se miraban el uno al otro; su firme compromiso de amarse abiertamente y con toda el alma, aunque la sociedad pudiera desaprobarlo. Teniendo en cuenta que había sido concebido durante una violenta agresión, era posible que aquel bebé necesitara también ese férreo compromiso y esa aceptación plena.

Se tomó un momento para contemplar sus rostros a través de la pantalla.

—Hola, chicos.

—¡Hola!

—Iré al grano —dijo. Sintió el peso de la magnitud del momento mientras observaba a aquellos dos desconocidos—. Lindsey Rockler y Sanjay Rai, me gustaría pediros que adoptéis a mi bebé.

Se quedaron mirándola boquiabiertos y entonces fue como si se fundieran el uno con el otro, embargados por emociones que reflejaban lo que ella misma sentía. Margie no se molestó en ocultar las lágrimas que le bajaban por la cara.

—Maxine tiene los papeles que hay que firmar para hacerlo oficial, pero quería decíroslo de inmediato.

Truly, que permanecía de pie junto al coche, estaba llorando también.

—No sé qué decir, jamás habrá palabras suficientes para agradecértelo —dijo Lindsey—. Nunca, ni en un millón de años. Que se nos confíe este regalo sagrado es completamente abrumador.

Ella asintió mientras seguía dibujando formas aleatorias en el suelo con la ramita de hierba gatera.

—Sí, todo es bastante abrumador, pero mi decisión está muy meditada. Conseguiremos salir adelante, ¿verdad?

Si estás pasando por un infierno, no te detengas, sigue adelante.

—Sí, por supuesto que sí —afirmó Sanjay—. Estamos deseando verte en persona… es decir, siempre y cuando tú estés abierta a ello.

—Pues claro que sí. Maxine me ha dicho que podríamos vernos en su despacho, en Austin.

Todavía se sentía desorientada por su súbita puesta en libertad. Qué sensación tan rara no tener a dónde ir.

—Haremos lo que sea más conveniente para ti —le aseguró Sanjay.

—Acabo de salir de la cárcel, literalmente. Tengo que ver si mi coche arranca y decidir lo que voy a hacer a partir de aquí.

—¿Tienes dónde quedarte?

—Esta noche la pasaré en un hotel de Austin; después de eso, veré lo que hago.

—Queremos que tengas todo lo que necesites para seguir adelante con tu vida —dijo Sanjay—. Podemos ofrecerte ayuda a todos los niveles, en el grado en que te sientas cómoda.

—Y eso incluye cualquier tipo de ayuda —afirmó Lindsey—. Asistencia médica, asesoramiento psicológico, vivienda, estudios… Tú di lo que necesitas y nosotros nos encargamos de conseguírtelo.

Margie lanzó una mirada hacia Truly.

—Ya os diré… ¡ay, Dios mío!

Truly se acercó a la carrera.

—¿¡Qué pasa!?

Margie dejó el portátil a un lado. Una patita atigrada asomó de debajo de los escalones del porche para juguetear con la rama de hierba gatera que tenía en la mano.

—¡Kevin! —exclamó, y agitó la rama para incitarlo a salir—. ¡Hola, cielo! Aquí estás, aquí estás…

El gato emergió de debajo de los escalones y se subió con delicadeza a su regazo. Estaba más delgado y tenía el pelaje algo sucio, pero se puso a ronronear mientras se relajaba contra su cuerpo.

—¡Margie! ¿Va todo bien por ahí? —preguntó Lindsey.

—¡Sí! —Alzó a Kevin para que lo vieran—. Todo bien. Me parece que todo irá bien.

Volver a poner en marcha una vida que había descarrilado no era un proceso sencillo. Margie se llevó de la abandonada casa una muda de ropa, sus cuchillos y el juego de cocina para preparar conservas. Rompió en llanto de nuevo al encontrar la carpeta de su madre, repleta de recetas y anotaciones; a diferencia de todo lo demás, aquello era irremplazable.

El motor del coche tosió varias veces, pero terminó por ponerse en marcha. Margie lo dejó encendido y salió del vehículo para despedirse de Truly.

—Has sido mi salvación —le dijo.

—Pues tú me pareces una mujer increíble. Nunca había conocido a nadie como tú, Margie. No te olvidaré nunca.

—Lo mismo digo. Quizás podríamos seguir en contacto.

—Sí, me encantaría. Será agradable poder hablar contigo sin una mampara de por medio.

—¡Y que lo digas! —Margie le dio un fuerte abrazo—. Será mejor que me vaya, Maxine me ha reservado una habitación de hotel en la ciudad —confirmó. Releyó el mensaje que tenía en el móvil—. El Driskill.

—¿Lo dices en serio? ¿Has estado alguna vez en ese sitio?

—No, nunca me he alojado en un hotel.

—Pues ya puedes ir preparándote, el Driskill está muy por encima de una celda de la cárcel.

—No me digas.

—¡Espera y verás!

Truly sonrió y le ofreció un chicle.

La siguiente parada era la oficina de Maxine en Austin. Margie se perdió varias veces mientras la buscaba, pero entonces descubrió que tenía un mapa en su nuevo móvil. La oficina estaba ubicada en un sobrio edificio de estilo antiguo que no quedaba demasiado lejos de los juzgados, y en la zona de recepción había un mural con imágenes de familias felices y frases testimoniales que hablaban de adopciones llevadas con éxito.

Maxine la saludó con un abrazo. Era increíble cuánto había echado de menos los abrazos.

—Esto va a ir de maravilla, lo presiento —dijo Maxine. Le explicó detalladamente el contenido de los documentos y le aseguró que nada quedaba finalizado hasta después del parto—. Sanjay y Lindsey quieren ser aliados cercanos, pero la decisión es tuya. Solo tuya.

—Bueno, supongo que lo de tener algún aliado me vendrá bien.

—Mira, además de cubrir todos tus gastos médicos, esta pareja está dispuesta a ofrecer ayuda adicional. No tienes ninguna obligación de aceptarla, pero se trata de una oferta extremadamente generosa. Les gustaría conseguirte la vivienda que tú quieras además de asesoramiento psicológico, estudios, preparación laboral en el sector que quieras.

—Eso es… no sé qué decir, la verdad. Me parece demasiado.

¿Una vivienda?, ¿estudios? Era difícil de creer, parecía demasiado bueno para ser verdad.

—Están decididos a involucrarse de lleno en este proceso contigo. No te sientas presionada. Recuerda que no tienes por qué aceptar nada de todo esto y que lo ofrecen sin condiciones ni ataduras.

—Increíble. No sé qué decir.

—Elegiste bien. Llevo mucho tiempo en este trabajo y estoy convencida de que has hecho una elección maravillosa para tu bebé; más aún, ellos eligieron muy bien también, Margie.

—Han dicho que les gustaría conocerme en persona.

—La decisión es tuya. Yo me he reunido con ellos en varias ocasiones y puedo decirte que son tan agradables y encantadores como parece.

—Sí, la verdad es que me gustaría conocerlos.

Sí. Quería ver dónde viviría el niño, las habitaciones donde iba a jugar, a comer y a dormir; quería ver qué ambiente se respiraba en la casa donde él o ella iba a criarse, la calidad de la luz, el olor de las cosas…

—¿Te parece bien mañana mismo?

Su futuro era una hoja en blanco. No tenía trabajo ni casa, iba a pasar la noche en un hotel.

—Sí —contestó.

—Perfecto. Ve al hotel, regístrate. Apuesto a que te vendrá bien darte una buena ducha calentita, pedir algo de comida al servicio de habitaciones y disfrutar de una buena noche de sueño.

—Suena divino.

315

—Si necesitas algo, desde un cepillo de dientes a un pijama o una muda de ropa para mañana, lo que sea… puedes conseguirlo en el hotel, solo tienes que decir que lo pongan en la cuenta de tu habitación. Lo digo en serio, Margie. No dudes en pedir lo que necesites.

—Entonces, ¿entro sin más en el hotel y me registro?

Le daba un poco de vergüenza el hecho de no haberse alojado nunca ni en un simple motel.

—Exacto. Ve al mostrador de recepción, allí te darán las indicaciones necesarias. Acostúmbrate a pedir ayuda, Margie. Estás pasando por muchos cambios a la vez, pero este es uno positivo. Te lo prometo.

—Kevin viene conmigo. Estará en su transportín, pero viene conmigo.

—Llamaré para asegurarme de que no haya ningún problema con tu gato.

Su móvil nuevo la guio hasta el hotel Driskill. Al parar frente a la entrada, dos porteros uniformados le abrieron al instante la puerta y le dieron la bienvenida llamándola por su nombre, así que dedujo que Maxine debía de haber llamado para avisar de su llegada. Había un aparcacoches —otra experiencia novedosa más—, y se sintió un poco avergonzada por lo viejo y sucio que estaba su vehículo. Sacaron el transportín y su bolsa, una reutilizable de un supermercado, y los llevaron a un majestuoso vestíbulo de mármol con regias columnas, una cúpula acristalada, una gran escalinata y obras de arte que parecían dignas de un museo. Firmó una tarjeta y la condujeron a una suite dotada de un balcón con vistas a una céntrica y concurrida calle repleta de cafeterías y tiendas. Se sintió abrumada ante tanto lujo: el prístino mobiliario, el reluciente cuarto de baño donde habían colocado una arenera para Kevin, la cubitera, la cesta de fruta y aperitivos que, según la tarjetita, eran «cortesía de la gerencia». Era increíble pensar que, menos de veinticuatro horas atrás, estaba en un agujero infernal con rejas. Todo aquello le parecía irreal.

—Vaya, Kevin, ya no estamos en Kansas.

20

A la mañana siguiente, Maxine pasó a buscar a Margie en su utilitario para llevarla a conocer a los padres que había escogido.

—¿Cómo has pasado la noche?

—De maravilla. Pasé dos horas en la bañera leyendo un libro titulado *Come, reza, ama* y estuve viendo la tele. He dormido a pierna suelta por primera vez en cinco meses —aseguró. Iba vestida con un sencillo vestido tipo túnica y unas sandalias que había encontrado en la tienda de regalos del hotel—. No sé cómo agradecérselo, Maxine.

—No tienes que agradecerme nada, el hotel es cortesía de Lindsey y Sanjay. Quieren que dispongas de un lugar seguro y cómodo donde alojarte. Puedes quedarte el tiempo que quieras, no hay ninguna prisa para que decidas dónde quieres vivir.

—Eso es… no sé, no tengo palabras —se interrumpió por un momento. Había visto una tarjeta en la puerta, trescientos dólares por una noche, y la factura del servicio de habitaciones la había dejado ojiplática—. Es muy caro.

—No te preocupes por los gastos. Quieren que no te preocupes por nada.

—¿Puedo llevar a Kevin en el transportín? No puedo dejarlo solo en la habitación.

—Claro que sí, forma parte de la familia.

Después de meter el transportín en el coche, Margie entró en el vehículo y se puso el cinturón de seguridad. Se miró en la visera con espejo. El champú del hotel era mucho mejor que los toscos jabones de la cárcel y había aprovechado para mimar su pelo.

—¿Estoy bien?

—Perfecta, estás preciosa.

Margie guardó silencio mientras autovías, concurridas arterias comerciales y subdivisiones iban pasando más allá de la ventanilla y dando paso a una antigua y preciosa sección de la ciudad, con bulevares ensombrecidos por imponentes robles y calles con nombres interesantes tales como Paloma Avenue, Bull Mountain Cove o Toreador Drive. Casi ninguna de las casas era visible desde la carretera, ya que estaban protegidas por muros cubiertos de hiedra construidos con bloques de piedra y hierro forjado. De vez en cuando se atisbaban amplias extensiones de jardines bien cuidados.

Cuando doblaron por un camino densamente arbolado y pasaron por un arco de entrada con una placa donde ponía Rockler & Rai, contuvo el aliento.

—¿Aquí es donde viven?

—Sí. Es precioso, ¿verdad?

—Madre mía, no sabía que fueran ricos.

—Son una pareja encantadora y han tenido mucho éxito en sus respectivas carreras.

Maxine condujo lentamente por el camino de entrada.

Margie contempló los extensos jardines y su mirada se posó en lo que parecía ser una especie de castillo en la distancia.

—¿Son demasiado buenos para ser verdad?

—No, no es el caso. Son realmente maravillosos. Llevo varios años trabajando con ellos y puedo decirte que han mostrado una paciencia y una comprensión sobrehumanas en todo momento. Y han pasado por momentos muy difíciles.

—Se refiere a las dos adopciones previas que al final se truncaron, ¿verdad?

—Ah, ¿te lo han contado?

—Sí. Ayer, cuando les llamé. Hubo una madre de alquiler que tuvo dos abortos espontáneos, y una biológica que al final decidió permanecer junto al padre del bebé. Debió de ser muy duro.

—Este proceso está lleno de riesgos de principio a fin. Te premia con lo más maravilloso del mundo, pero a veces puede ser un camino duro que te rompe el corazón en pedazos.

—Procuraré no rompérselo a ellos.

Al llegar a un portón de hierro, Maxine introdujo un código en un panel y las puertas se abrieron con un sonido mecánico. El camino los condujo a través de pulcras extensiones de césped, pasaron junto a una cancha de tenis y Margie vio que un poco más allá había una piscina con vistas a las colinas del oeste de Austin. Aparcaron en el gran patio circular situado frente a la elegante casa de piedra. Dos curvadas escalinatas gemelas conducían a la imponente entrada.

Margie dirigió la mirada hacia el transportín de Kevin y le dijo en voz baja:

—Vale, Kevin, ahora sí que está clarísimo que ya no estamos en Kansas. Joder. Perdón por el taco, pero… joder. ¿Por qué no me lo dijo?

Maxine se volvió para mirarla.

—Creo que conoces la respuesta a eso.

—Sí, tiene razón. Me alegro de no haberlo sabido.

Un incipiente nerviosismo empezó a extenderse por sus entrañas. Los Hunt también eran ricos y ese tipo de gente sabía cómo manipular el sistema a su antojo para aprovecharse de personas como ella. «Esperemos que estos dos no sean así ni por asomo, ya veremos», se dijo para sus adentros.

Lindsey y Sanjay emergieron de la casa a toda velocidad en cuanto ellas salieron del coche. Bajaron apresuradamente los escalones y recibieron a Margie con los brazos abiertos y los ojos inundados de lágrimas.

—Soy Lindsey.

—Yo soy Sanjay.

—Sí, ya lo sé. Es un placer conoceros —dijo Margie.

Lidiaron con unos documentos, estuvieron charlando y disfrutaron de una deliciosa comida. Margie jamás habría imaginado que podría llegar a echar tanto de menos un buen plato de comida rica, elaborada con esmero.

—No sabíamos lo que te gusta comer, así que le pedimos a Rosalía que preparara un poco de todo —dijo Sanjay.

Cuánto había cambiado la vida de Margie en cuestión de unas horas. De estar hundida en un pozo de incertidumbre y desesperanza había pasado a encontrarse en otra situación, una que prometía seguridad y esperanza, o que parecía prometerlas, porque todavía veía todo aquello con cierto cinismo y suspicacia; al fin y al cabo, aquella pareja quería conseguir a su bebé.

Si bien, la verdad es que habían respetado todos y cada uno de sus deseos hasta el momento. No querían que ella sintiera que aquello era una transacción, que estaba intercambiando un bebé por todas las ventajas que ellos podían darle.

Se ofrecieron a conseguirle un lugar donde vivir durante el embarazo. Podía elegir lo que quisiera: una casita cercana al campus de la UT, un apartamento cercano al hospital, la casa de invitados que tenían en sus terrenos, dotada de jardín privado y servicio diario de limpieza…

Se decidió por esta última opción. La vivienda le recordó a la perfecta casita de muñecas que había visto tanto tiempo atrás en casa de Autumn y Tamara, las hermanas Falcon. Ahora que iba a dar en adopción a su bebé, recordaba a menudo aquel día. Una vida podía quedar determinada en un abrir y cerrar de ojos. Una firma estampada en una pantalla. Una vida entera. Se preguntó si el niño o niña sería feliz allí, rodeado de lujos, con unos padres complacientes e indulgentes que satisfarían cada uno de sus deseos o si, al igual que aquellas dos hermanas, se convertiría en un adolescente cínico.

Eso era algo que ella no llegaría a saber nunca, pero por el momento se conformó con llevar a Kevin a aquella casita de huéspedes perfectamente ordenada, con estanterías llenas de libros, ropa de cama que olía a limpio y una pequeña cocina a la que no le faltaba de nada.

—Has marcado los límites y vamos a respetarlos —le dijo Sanjay, una vez que estuvo instalada en la casa—. Nuestro objetivo es que te sientas apoyada, tú eres quien establece los parámetros para que eso suceda. Entra y sal a tu antojo, nosotros nos limitaremos a ser unos vecinos nada ruidosos.

Ahora que recibía atención médica con regularidad por primera vez en su vida, Margie estaba empezando a descubrir todo tipo de cosas: no tenía ninguna caries y su visión era perfecta; básicamente, estaba sana, aunque un poco baja de peso; y, a pesar de las semanas de náuseas constantes, el bebé también estaba sano. El bebé. Un bebé. Todavía estaba intentando acostumbrarse a la idea. Siempre había pensado que algún día llegaría a ser madre, pero lo había visto como algo vago y distante. La realidad que estaba viviendo no se parecía en nada a lo que había imaginado, aquello era como… alquilar de forma temporal un espacio en el interior de tu cuerpo.

El principal problema era la ansiedad, que podría ser a su vez el motivo de que vomitara tanto. La doctora le recomendó asistencia psicológica con una especialista en traumas por agresión sexual.

Lo de ir a terapia parecía algo de otro mundo, Margie no tenía ni idea de lo que le esperaba en la consulta. La terapeuta se llamaba Elke Taylor y, principalmente, se limitó a escuchar y a validar. Le dijo que era importante que encontrara su propio camino, y sentir así que tenía en sus manos el poder de tomar decisiones y seguir adelante con su vida. No existía una fórmula mágica para conseguir que la pesadilla del pasado se esfumara.

Elke le recomendó hacer un curso de autodefensa dirigido a personas que habían sufrido agresiones sexuales. Aquellas clases semanales le enseñaron que cuando te enfrentas a una amenaza y no es posible aplacar la situación, existen formas de patearle el culo a un agresor por muy grandote y fuerte que pueda ser.

No tenía permitido practicar ningún movimiento arriesgado debido al embarazo, pero tanto la clase como las sesiones de terapia la ayudaron. Aprendió a desconectar de los constantes *flashbacks* que la llevaban de vuelta a la noche de la violación. Sus recuerdos del ataque iban convirtiéndose gradualmente en recuerdos de manejo y control de la situación.

De vez en cuando notaba una especie de cálida lucecita en su interior y llegó a la conclusión de que debía de ser la llamita de la esperanza.

Alguna que otra tarde, Lindsey y Sanjay la invitaban a ir a la casa principal. Al principio lo hicieron de forma tentativa porque no querían presionarla, pero Margie disfrutaba de su compañía y le encantaba estar en aquella increíble mansión. Su estancia favorita era la biblioteca. Estantes repletos de libros abarcaban las paredes desde el techo hasta el suelo, y disfrutaba como una loca leyendo uno tras otro y comentándolos después con Lindsey, quien parecía haberlos leído todos y disfrutaba también de aquellas charlas. A decir verdad, ella agradecía tener compañía. Le gustaba especialmente oír a Sanjay tocar el piano y este incluso llegó a organizar una velada de karaoke. No es que fuera una cantante prodigiosa, pero tampoco era un desastre y logró interpretar de forma pasable la canción que se había convertido en su himno: *Let It Go,* de la película *Frozen*.

Una noche, después de la cena, hizo acopio de valor para hablar sobre la comida. Era sana y estaba bastante bien preparada, pero echaba de menos cocinar. Elke la animaba a hallar un propósito en todos los tipos de autoexpresión y, en su caso, eso significaba esbozar e idear su restaurante imaginario, aquel con el que su madre y ella soñaban, fantaseando con que algún día llegarían a regentarlo. Echaba de menos estar en una cocina, así que probó suerte y dijo:

—Ya sé que tenéis una cocinera fantástica, pero me gustaría que me dejarais cocinaros de vez en cuando.

—¡Estábamos deseando oírte decir eso! —dijo Lindsey—. Haz una lista con todo lo que necesites.

Fue justo el tipo de festín que le encantaba preparar. Hizo esas costillas suyas jugosas y deliciosas, ahumadas en la barbacoa del patio —una demasiado sofisticada, pero en fin— y con un acabado final en un horno a temperatura baja. Preparó también tres salsas distintas y sus mejores acompañamientos: pan de maíz casero con mermelada de pimiento, verduritas cocidas a fuego lento en un espeso caldo y una ensalada de tomates de proximidad acompañados de melocotones a la parrilla con hierbas aromáticas, todo ello comprado en el mercado al aire libre de la zona y coronado con burrata. Y una tarta colibrí de postre, porque ¿a quién no le gustaba semejante delicia?

Cuando se sentaron a la mesa, se debatía entre el temor a que no les gustara y la confianza de haber hecho un gran trabajo. En cuanto ellos probaron la comida y vio la cara que ponían, supo que había triunfado.

—Madre mía, esto está tan bueno que me dan ganas de echarme a llorar —dijo Sanjay.

—Está delicioso —afirmó Lindsey—. Tiene usted un talento increíble, señorita.

—Gracias. La verdad es que me encanta lo que hago.

Les habló de su pequeña producción de salsa y se mostraron muy interesados en el tema.

Después de eso, la invitaron a que hiciera gala de su buen hacer en la cocina siempre que quisiera. Les preparó pollo frito a la miel en esponjosos panecillos tal y como le había enseñado su madre, con la mantequilla pasada por un rallador y harina de la marca White Lily;

les sirvió berenjena asada con pesto de cilantro, lasaña de polenta, maíz asado y pepinillos fritos escabechados al eneldo. Al final sacó la envasadora a presión de su madre y retomó la elaboración de su salsa.

Sus comidas les volvían locos. En una ocasión, bien entrada la tarde, Sanjay le preguntó:

—¿Cómo quieres que sea tu vida después de que nazca el bebé?

—No sé, supongo que buscaré un trabajo en el sector de la hostelería, en algún restaurante. Se me da bien y es lo que me gusta. La encargada del restaurante del club de campo ya me ha dicho que está dispuesta a contratarme.

Ellos eran socios de ese club situado al pie de la colina y estaba autorizada a ir a comer allí de forma gratuita siempre que quisiera, pero no lo hacía, porque el comedor le parecía muy recargado y ostentoso. Se sentía mucho más cómoda con los tatuados cocineros y los camareros que salían a descansar al callejón de atrás.

—¿Quieres trabajar allí? —preguntó Sanjay.

—Siempre he trabajado. La temporada más larga que he pasado sin hacer nada fue la que pasé en la cárcel.

—Bueno, supongo que podrías hacer lo que tú quisieras. Lo que fuera. ¿Cómo te imaginas tu futuro?

Margie pensó en ello detenidamente. Su madre solía felicitarla por lo bien que le iba en el cole, por las notas tan altas que sacaba siempre.

—Hagas lo que hagas, sigue tu estrella —le aconsejaba su madre.

—¿Cuál es mi estrella, mamá?

Le encantaba hacer esa pregunta porque le encantaba la respuesta que ella le daba.

—Bueno, aquella que siga empujándote a hacer lo que más quieres.

Dejando a un lado los recuerdos, miró a Sanjay y a Lindsey y contestó finalmente.

—Yo creo que quien me creó decidió que debía dedicarme a cocinar para los demás.

—Pues eso tiene todo el sentido del mundo —afirmó Lindsey—. Las personas más felices que conozco trabajan en lo que aman.

Margie les mostró la carpeta repleta de recetas, a la que había añadido también páginas con esbozos y esquemas del restaurante con el que siempre había soñado. De noche, cuando no podía dormir y la ansiedad la carcomía, trabajaba en su proyecto. Los dibujos cada vez eran más detallados, la imagen que tenía en mente iba tomando forma.

Extendió las hojas de papel sobre la barra de la cocina y procedió a recorrer con ellos su sueño.

—Siempre he querido tener un restaurante. Uno tipo barbacoa, con platos a la brasa.

Trabajar en el de Cubby le había enseñado lo duro que podía llegar a ser, pero, por otro lado, era consciente de la profunda satisfacción que se sentía al crear una buena cocina y un comedor en condiciones. Era difícil describir la plenitud que sentía al ver cómo disfrutaban los clientes con los platos o el subidón de creatividad que experimentaba al elaborar sus salsas. Para ella, esa era una vida que tenía sentido y que mantenía su corazón conectado a su madre: preparar deliciosos platos de comida y hacer feliz a la gente.

Les habló de los sándwiches de su madre y de lo mucho que había aprendido de Cubby Watson. Y entonces, de buenas a primeras, añadió:

—San Francisco. —Les mostró un artículo que había rescatado de una vieja revista—. Es un lugar al que me gustaría ir. Allí abriría un restaurante.

—Me gusta tu forma de pensar, espero que tu sueño se haga realidad algún día —dijo Sanjay.

—¿Cuál es el plan? —le preguntó Lindsey.

—No tengo ningún plan, tan solo un montón de ideas —admitió, mientras recogía los papeles y volvía a guardarlos.

—Si tu sueño es abrir tu propio restaurante, es lo que deberías hacer.

—Ojalá pudiera.

—¿Lo ves imposible? —le preguntó Lindsey.

Ella se encogió de hombros.

—A ver, seamos realistas. Estamos hablando de algo que tardaría años en materializarse. Harían falta más dinero y conocimientos de los que tengo en este momento. Es algo tan enorme que no me cabe ni en la cabeza.

Sanjay se reclinó en la silla y miró de soslayo a su marido.

—Uy, ahora no habrá quien lo pare.

—No puedo evitarlo —dijo Lindsey—. Tenía tu edad más o menos cuando tuve la idea que dio pie a GreenTech, la primera empresa que creé. Me había quedado sin fondos para pagarme los estudios, así que tuve que dejarlos aparcados para poder ganar dinero. Y lo gané siguiendo mi sueño.

Lindsey Rockler era un triunfador y la historia de cómo había alcanzado el éxito era tan famosa que se habían escrito varios libros al respecto y se había grabado un documental. De hecho, incluso había salido en el programa *60 minutos.* En la actualidad, su empresa desarrollaba aplicaciones que funcionaban en el iPhone ese por el que todo el mundo había enloquecido.

Margie no sabía en quién llegaría a convertirse el bebé que llevaba en su seno, pero lo que estaba claro era que iba a ser un niño o niña con suerte.

—No voy a decirte que fue fácil, porque no lo fue —añadió Lindsey—. Es cuestión de desear algo lo suficiente como para estar dispuesto a trazar un plan y a trabajar duro para conseguirlo.

—Sé trabajar duro, lo que no domino es lo de la gestión y las finanzas.

—Eso se puede aprender —le aseguró él.

En las sesiones de terapia, Margie aprendió que el principal factor de su recuperación era responsabilizarse de su propia vida. Recobrar ese control era fundamental para conquistar a los demonios que la acechaban en los más oscuros rincones de la noche. Elke le recordó que saber cómo y cuándo pedir ayuda también te empoderaba.

—Tengo los conocimientos que tengo —les dijo—, pero también sé cuáles me faltan, y puede que eso sea más importante aún. Podría venirme bien que me ayudarais a planear todo esto.

Ellos intercambiaron una mirada y repitieron lo que ya habían dicho en alguna que otra ocasión:

—¡Estábamos deseando oírte decir eso!

Margie enumeró todo lo que tendría que aprender, porque no se trataba únicamente de encontrar la forma de hacer la mejor carne a la barbacoa del mundo; también tenía que saber cómo manejar el restaurante entero, de cabo a rabo. Sabía que iba a ser un duro y empinado camino, que seguramente tardaría años en hacer realidad su sueño, pero cuando algo valía realmente la pena, trabajar duro con tal de lograrlo tenía su recompensa.

Lindsey y Sanjay se metieron de lleno en la planificación y fue una experiencia reveladora para ella. Era la primera vez que alguien la ayudaba a unir los puntos, a pensar en cómo, partiendo de donde estaba, podría llegar adonde quería ir. Su madre había llevado una vida sencilla centrada en el día a día, como una mariposa que recoge néctar en verano. Ella jamás pensaba en el futuro. Teniendo a Lindsey como mentor, Margie se dio cuenta de que trazar un plan le daba una sensación de seguridad que no había experimentado jamás.

Planear su futuro no era fácil, tampoco era perfecto. No llenaba el profundo vacío de soledad que la atormentaba en medio de la noche, pero era un comienzo.

Cuando se apuntó a sus primeras clases en la universidad pública, Lindsey y Sanjay descorcharon una botella de champán y otra de Topo Chico para ella.

—¡Por los nuevos comienzos! —brindó Sanjay.

—¡Nuevos comienzos! —contestó ella.

La embargó una súbita oleada de afecto mientras los miraba. Durante aquellos breves meses, aquellos dos hombres habían sido más que sus mentores. Se sentía como si fueran de su familia.

Siempre había sabido que tener un bebé sería duro, pero en ese momento se dio cuenta de que despedirse de ellos tampoco sería nada fácil.

—¿Qué tal está el champán? —les preguntó, mientras chocaba la copa con las suyas.

Lindsey volvió a ponerle el tapón a la botella con firmeza antes de contestar.

—Eres demasiado joven y estás demasiado embarazada para beber.

La doctora de Margie recomendó paseos diarios y Elke la animó a explorar la práctica del yoga, así que se apuntó a un estudio que ofrecía una clase para embarazadas y que quedaba cerca de la casa.

—¿Podemos acompañarte Wally y yo? —le preguntó Sanjay al verla salir de la casita de huéspedes.

—Claro que sí —contestó. Se echó al hombro la bolsa donde llevaba la esterilla y la botella de agua y se puso unas gafas de sol y un sombrero de ala ancha—. Me vendrá bien algo de compañía.

—La verdad es que no socializas demasiado —comentó él, mientras le ponía la correa al perro—. ¿Es por decisión propia o porque no has conocido a nadie?

—Soy sociable, en el club de campo me relaciono con la gente del trabajo y he hecho un par de amigas en la universidad, pero es que… ahora que empieza a notarse la barriguita, la gente hace un montón de preguntas. Ya sabes.

Wally correteaba por la hilera de espumillas rosadas que ribeteaban el camino. Tomaron un sendero que bajaba dando un rodeo hasta la carretera principal.

—No, no lo sé, pero me lo imagino. Que si cuándo llegará el bebé, que si sabes si es niño o niña, que si has escogido ya el nombre, que si piensas seguir trabajando. ¿Te preguntan ese tipo de cosas?

—Exacto. A ver, no tengo ningún problema en explicar que voy a darlo en adopción, pero eso genera una pausa incómoda o un aluvión de preguntas. No es que quieran ser bordes, pero a veces me siento juzgada, en plan «se te ve de lo más sana y cómoda, ¿por qué quieres renunciar a tu bebé?». Y sí, ya sé que podría contarles lo que me pasó, pero no sé hasta qué punto quiero dar tantas explicaciones.

—Lo siento, debe de ser muy incómodo a veces.

Margie lo miró de soslayo. Sanjay era un hombre que tenía un físico impactante. Tenía cuarenta años, pero parecía mucho más joven; tenía cuerpo de deportista de élite y el cabello rubio y ondulado.

—Seguro que Lindsey y tú también viviréis una buena cantidad de momentos incómodos cuando empecéis a salir de acá para allá con un bebé.

Él sonrió de oreja a oreja.

—No me importa, puedo manejar la situación; de hecho, estoy deseando hacerlo.

La pareja todavía no había hecho pública la noticia. Seguramente se debía a que no querían gafar el proceso de adopción, que no se completaría hasta el momento en que ella estampara la firma para renunciar a sus derechos parentales.

A pesar de tener más que claro que no quería quedarse con aquel bebé, Margie estaba aprendiendo que el mundo entero podía cambiar en un instante, lo quisiera una o no. De modo que había un trocito minúsculo de su alma que estaba reservado a la posibilidad de que el bebé que estaba incubando en su interior pudiera ser la fuerza más poderosa del universo; una fuerza tan, pero tan poderosa, que ella se sintiera incapaz de alejarse sin más. Pero entonces se acordaba de Jimmy Hunt y pensaba «Sí, claro. Ni hablar».

El sendero que descendía por el barranco los condujo hasta una concurrida calle repleta de elegantes salones de belleza, restaurantes de comida china, taquerías, *boutiques*, tiendas de artículos para el hogar y gimnasios.

Era una gloriosa mañana otoñal. Se cruzaron con niñeras que empujaban carritos, con gente practicando *jogging*, con jardineros atareados cortando setos. Qué distinta a las mañanas que había pasado en El Arroyo, donde la gente se dedicaba a recoger botellas rotas, envoltorios de comida rápida y todo tipo de parafernalia para el consumo de droga. Su bebé iba a nacer en el mundo que ella estaba recorriendo ahora.

Se preguntó cómo habría transcurrido su propia vida si…

Al otro lado del bulevar flanqueado de árboles, una mujer descendió de un coche último modelo y cruzó la carretera. Se dirigía hacia ellos con paso rápido y resuelto, y llevaba en la mano un sobre de manila junto con un portapapeles. Wally se puso rígido, el pelo del lomo se le erizó y soltó un suave gruñido de advertencia.

Sanjay tiró ligeramente de la correa y murmuró:

—Tranquilo, chico.

—¿Margie Salinas? —preguntó la mujer, con una sonrisa de lo más falsa.

Margie retrocedió un paso, ¿de qué la conocía aquella desconocida?

—¿Quién es usted?

La mujer le entregó el sobre, presionándolo con firmeza contra su mano para que no lo soltara.

—Considérese notificada.

Sin más, dio media vuelta y regresó a su coche.

—¡Eh! ¿De qué va esto? —exclamó Margie.

La desconocida no se volvió, sino que se limitó a hacer un vago gesto con el brazo antes de entrar en el coche y marcharse de allí.

Margie miró desconcertada a Sanjay.

—¿Qué mierda ha pasado?

—Se ha comportado como una agente judicial.

Ella sabía lo que era eso, había leído al respecto en la cárcel. Era alguien que se aseguraba de que una citación judicial se entregara en mano al destinatario.

—A ver lo que te ha entregado —dijo él.

Se sentaron en el banco de una parada de autobús cercana y Margie abrió el sobre con manos trémulas; recibir una citación judicial no auguraba nada bueno. Leyeron por encima el documento de varias páginas.

Otra vez los Hunt. Se habían inscrito en el Registro de Padres Putativos en representación de su hijo fallecido.

Era consciente de que estaba blanca como una sábana cuando se volvió a mirar a Sanjay.

—¿Qué mierdas es eso?

—Una forma de documentar la paternidad de alguien —respondió él.

En la documentación aportada, los padres de Jimmy declaraban su intención de asumir el papel de la figura del padre, proveyendo apoyo y custodia, para conservar derechos parentales.

—Espera, ¿están diciendo que tienen derechos sobre este bebé?

Sintió que el estómago le daba un vuelco, pero entonces se dio cuenta de que era el bebé moviéndose.

—Regresemos a la casa para aclarar esto.

Por regla general, Sanjay era un hombre afable y sereno que se tomaba las cosas con tranquilidad, pero en ese momento tenía el rostro macilento. Le envió un mensaje de texto a Lindsey. Se le veía visiblemente agitado y durante el trayecto de regreso caminaba con zancadas tan largas que ella tuvo que acelerar el paso para no quedar rezagada.

Lindsey estaba esperándolos en la puerta de la casa, agarró las hojas del documento y las escaneó para enviárselas a uno de los múltiples abogados que trabajaban para ellos.

—Están reclamando derechos parentales —dijo Sanjay, antes de leerlo con más detenimiento—. Afirman que no estamos cualificados porque no practicamos los valores cristianos.

—¿Qué? —Margie soltó una carcajada seca—. Perdón, ya sé que esto no tiene ninguna gracia, pero es que ¡menuda gilipollez!

Al parecer, los Hunt se las habían ingeniado para recabar información sobre la adopción.

—¡Valores cristianos! —exclamó indignada—. Tengo muy claro cómo son los verdaderos cristianos. Estuve en misa con ellos en la iglesia de Cubby y Queen, y ninguno de ellos se dedicaba a violar a mujeres ni a encerrar a las víctimas en la cárcel. No me puedo creer lo que están diciendo de mí… por no hablar de lo que dicen sobre vosotros, chicos.

—Hemos oído de todo, te lo aseguro —dijo Lindsey—, a veces de boca de personas que sí que eran importantes para nosotros.

—Lo siento, qué asco. Para que quede constancia: yo creo que sois fantásticos.

La habían juzgado y criticado a más no poder por ser pobre y por dejar los estudios, y por ser una chica blanca que acudía a una iglesia negra, pero jamás había sufrido ese tipo de comentarios debido a la persona a la que amaba. Aunque jamás había sentido por nadie el amor que Sanjay y Lindsey compartían, claro. Sin embargo, en caso de que llegara a encontrar alguna vez un amor así, sabía que no se la condenaría por él.

—Te agradezco que digas eso, eres muy amable —dijo Lindsey.

Solía ser una persona muy positiva y animada, pero ahora se le veía cansado.

—Estoy siendo sincera. Leí unos cien perfiles antes de encontraros a vosotros y casi todas las parejas eran geniales, pero vosotros os llevabais la palma.

Ahora que los conocía mejor, les admiraba aún más por presentar un perfil lleno de sinceridad que mostraba quiénes eran sin hacer alardes de su riqueza.

—Vamos a hacer que esto quede desestimado de inmediato. Será tan rápido que a esa gente se le va a quedar cara de idiotas —dijo Lindsey.

Dicho y hecho. En cuestión de minutos, su móvil empezó a vibrar sobre la mesa. Aunque él tocó la pantalla para rechazar la llamada, Margie alcanzó a ver el nombre por un instante. Se le formó un nudo en el estómago.

—Te estaba llamando Terence Swift.

Lindsey asintió y su respuesta fue escueta.

—Sí.

—El abogado que consiguió que se retiraran los cargos en mi contra.

—Sí.

—¿Es vuestro abogado?

—Trabajamos con su bufete.

Ella ató cabos.

—Le pagasteis para que me sacara de la cárcel.

—Se le pagó a través de una subvención privada.

—Déjame adivinar: esa subvención procedía de vosotros dos —dedujo, y miró a uno y a otro—. ¿Pensabais llegar a decírmelo alguna vez?

—En ningún momento tuvimos intención de mentirte —le aseguró Lindsey—. Nuestro único objetivo era que tuvieras la mejor representación posible. En ocasiones, el dinero puede comprar una defensa mejor; es triste, pero cierto.

—Ni siquiera me había decidido aún por vosotros.

—Da igual. Habríamos pagado por tu defensa, aunque no hubiésemos sido los elegidos.

—Es demasiado, ¿por qué lo hicisteis? —protestó ella.

—Porque era lo correcto —contestó Lindsey—. Llevamos toda la vida trabajando duro. Tenemos la suerte de contar con los recursos necesarios para conseguirte la mejor ayuda posible y eso fue lo que hicimos. No se trata de una limosna, Margie. Tienes derecho a que se haga justicia. Esto no es una transacción, sino un acto de amor.

—¿Estás seguro? Porque yo ya no lo tengo tan claro. Ahora parece un acto de supervivencia —dijo, y se llevó las manos al vientre—. No me malinterpretes, os estoy muy agradecida por todo lo que habéis hecho por mí. Todo esto… —dijo indicando con un amplio gesto la sala— me parece a veces demasiado bueno para ser real. Jamás tuve motivos para confiar en mi propia suerte.

Uno de los abogados del bufete del señor Swift llegó de inmediato. Trabajaba en la sección de casos civiles y les explicó más detalladamente la iniciativa que habían tomado los Hunt.

—Están intentando hacerlo todo al pie de la letra. Han creado un fideicomiso para demostrar que van en serio con lo de proporcionar apoyo. El pastor de su iglesia y líderes de la comunidad han presentado escritos avalando sus valores y su moralidad.

Margie hizo una mueca al oír aquello.

—Lo único que sé es que el chico al que criaron resultó ser un abusón y un violador. ¿Y ahora resulta que quieren criar a otro? Sí, claro, porque hicieron un gran trabajo con Jimmy, ¿no? —«Por favor, no te parezcas en nada al hombre que te engendró», le pidió en silencio al niño, una y otra vez—. ¿Qué hago ahora? ¿Puedo limitarme a tirar estos papeles a la basura?

—Una vez que ha recibido la citación, no es buena idea ignorarla —le advirtió el abogado.

Margie se estremeció.

—¿Tendré que volver a los juzgados? ¿Tendré que volver a ver a esa gente?

—No, en absoluto.

Los Hunt habían accedido a información confidencial para averiguar cuáles eran sus planes y poder localizarla. Teniendo en cuenta los contactos que tenían en el condado, seguramente no había sido una tarea difícil para ellos. Sin embargo, para gran alivio de Margie, la acción judicial fue desestimada con rapidez. Ella no tenía claro cómo había sido, pero la verdad era que le daba igual.

Su vida diaria adoptó una rutina relajada y sin sobresaltos, lo cual era de agradecer. Las mañanas eran una sorpresa casi surrealista al despertar en una preciosa casita rodeada por un jardín, con su gato dormido junto a ella. Se sentía como Blancanieves, oculta del mundo por unos hombres que solo querían protegerla; pero, a diferencia de la princesa de cuento de hadas, ella no soñaba con un príncipe azul.

Se mantenía ocupada todos los días, diseñando el futuro que quería llegar a tener. Trabajaba en el club de campo, en el servicio del mediodía del restaurante, e iba a la universidad, donde seguía un itinerario de gestión de hostelería. Se tomaba las medicinas e iba a la consulta de la doctora y a las clases de yoga y de autodefensa. Estudiaba jardinería y obtención de materias primas, contabilidad y gestión hotelera. Era como si estuviera explotando con tanta novedad, como si su mente fuera expandiéndose al mismo tiempo que la nueva vida que tenía en su interior. Sus sueños parecían tan enormes en ocasiones que estaban a punto de aplastarla con su peso; otras veces, sin embargo, sentía que flotaba en una nube de grandeza.

Casi todas las noches, sus preocupaciones y la ansiedad seguían cerrándose alrededor de su cuello como las manazas de Jimmy Hunt. La estrangulaban y no la dejaban respirar, impedían que el oxígeno llegara a su cerebro. Entonces respiraba hondo, tal y como le habían enseñado en clase de yoga: inhala, dos, tres, cuatro; aguanta, dos, tres, cuatro; exhala, dos, tres, cuatro. También había alguna que otra bendita noche de sueño reparador, y aprovechaba para saborearla.

El bebé iba creciendo con terquedad, causándole incomodidad. Era una fuerza que estaba más allá de su control. Cuando bajaba la mirada, ni siquiera reconocía su propio cuerpo. Le parecía extraño, deforme. Optó por no asistir a las clases de preparto que le sugirió la doctora. Sabía que esta tenía razón al decir que era mejor que se preparara, pero estaba aprendiendo a escucharse a sí misma. Cuando había algo que no terminaba de convencerla, no había más que hablar. No quería estar sentada en una sala rodeada de parejas felices que esperaban con ilusión la llegada de sus respectivos hijos; no quería sentir el peso de sus miradas curiosas. De modo que, en vez de eso, propuso a Sanjay y a Lindsey que la acompañaran a hacer un recorrido por las instalaciones del centro de maternidad del hospital y tuvieron una visita privada con la matrona.

La doctora le había preguntado si quería saber el sexo del bebé. Habían hecho ecografías y Margie les había echado un vistazo. El feto parecía la curva interna de un guante de béisbol, pero no había sabido distinguir el sexo. Había contestado que gracias, pero no. Estaba intentando no imaginar al niño en su vida y parecía más fácil así.

21

El bebé llegó en medio de una tormenta, uno de esos épicos frentes fríos de Texas que azotó la ciudad con ráfagas de viento, lluvia y granizo procedentes del oeste.

Margie se disponía a agarrar una rosquilla de pan, la segunda del día, cuando se hizo pis encima. Se dio cuenta de lo que estaba pasando y se quedó paralizada unos tres segundos.

—Vaya —susurró antes de ir en busca de los papás.

El trayecto hasta el hospital fue visto y no visto y, en cuestión de minutos, estaba en una *suite* privada del mismo. El parto fue duro y rápido, las contracciones iban ganando fuerza y recorriéndola en poderosas oleadas. El dolor era tan intenso que ni siquiera lo sentía, era más bien como una fuerza de la naturaleza lo bastante poderosa como para alzarla de la cama. La matrona la guio a través de las contracciones como una socorrista que le lanzaba un salvavidas, esperaba a que se aferrara a él y volvía a arrastrarla a tierra firme.

En los momentos de espera entre contracción y contracción, se sentía extrañamente desconectada de la situación; a pesar del atareado personal que revoloteaba alrededor, estaba sola. No tenía a su lado una pareja que la ayudara, ni una mejor amiga, ni a su madre. Dios, cómo la echaba de menos en esos momentos. Por primera vez se preguntó quién habría estado junto a ella al dar a luz y lamentó no habérselo preguntado jamás. Su madre también estaba sola, aunque lo más probable era que no hubiera dado a luz en una elegante suite como aquella. Y seguro que tampoco tenía a su lado a una matrona particular, ni a una *doula,* ni a una enfermera privada para ayudarla a pasar por aquella dura prueba.

El plan consistía en ponerle una epidural para bloquear el dolor de cintura para abajo. Cuando le habían explicado el proceso por primera vez, le había parecido arriesgado y doloroso, pero ahora deseaba con todas sus fuerzas que algo, lo que fuera, terminara con las explosiones de dolor que sacudían su cuerpo.

Tal y como sucedía con tantas otras cosas, encontrar el momento justo era clave a la hora de dar a luz. Cuando estabas preparando pecho de ternera a la miel ahumado con madera de nogal, tenías que cocinar la carne lentamente hasta que, en el momento preciso, le dabas el toque final en la salamandra con placas radiantes para conseguir esa delicada capa caramelizada. En el hospital, cuando había que inyectar algo en la zona lumbar de una mujer, tenía que ser en el momento óptimo.

—Tu parto ha sido más rápido que la media, ya has dilatado ocho o nueve centímetros —dijo la doctora Wolf, alzando una enguantada mano y haciendo un gesto que parecía el saludo vulcano—. Y el anestesiólogo se retrasará porque está atendiendo a otra paciente.

—¿Cuánto… tardará? —preguntó.

Le castañeteaban los dientes.

—No puedo decírtelo con exactitud. Tendrías que poder sentarte y permanecer quieta mientras realizan la punción con una aguja de unos siete centímetros, y entonces tarda unos diez minutos en hacer efecto. El parto es inminente, ya no estamos a tiempo…

El resto de la explicación se desvaneció en medio de la neblina de la siguiente contracción. Lo único que había entendido era que la cosa que se suponía que le iba a quitar el dolor estaba descartada. Abrió la boca y lo que salió fue una especie de aullido que reverberó en la sala como los efectos de sonido de una película de terror.

—Pero hay un lado positivo en todo esto —le aseguró la matrona—. Ahora que estás totalmente dilatada, puedes empujar.

Le habían explicado que algunas primerizas pasaban horas y más horas empujando, y la idea de tener que pasar el día entero en las garras de aquella agonía le resultaba inaceptable. Así, pues, en cuanto le dieron luz verde, empujó con todas sus fuerzas.

Hubo un súbito revuelo a los pies de la cama. Gente con mascarilla y enfundada en ropa quirúrgica se puso en posición a toda prisa. La enfermera obstetra, una auxiliar y una enfermera de neonatología se colocaron alrededor. La pediatra llegó entonces con paso resuelto; las suelas de goma de sus zapatos rechinaban sobre el suelo de linóleo. Había otra enfermera posicionada junto a la servocuna situada junto a la puerta.

Mientras Margie se preparaba para volver a empujar, entró otra mujer que se presentó diciendo que era la técnico en obstetricia de la doctora Wolf. Traía una bandeja quirúrgica cubierta de instrumentos metidos en bolsitas selladas.

La señora Wolf, equipada con mascarilla, larga bata blanca y visor facial de protección, se colocó entre las piernas de Margie cual entrenadora de béisbol en la última base.

—Muy bien, ya casi estamos. ¿Cómo vas?

—¿Podemos terminar ya? —le pidió entre jadeos.

—Eres tú quien lleva la batuta. Eso es, lo estás haciendo genial. Eres toda una campeona.

La guiaron mientras respiraba, mientras empujaba una última vez… Hubo un súbito movimiento y otro revuelo de actividad y, de buenas a primeras, el bebé ya estaba allí. Había llegado al mundo con la piel de un oscuro tono rojizo y el cuerpo recubierto de blanquecina vérnix. La sala quedó sumida en un curioso silencio donde solo se oía la respiración jadeante de la propia Margie. Un fuerte dolor la recorrió de nuevo, pero en esa ocasión fue un dolor ahogado que pasó con rapidez; la placenta, el hogar temporal del bebé, había sido expulsada por completo.

El dolor se desvaneció al instante, como si no hubiera existido jamás, y una ingrávida sensación de maravillado asombro ocupó su lugar. El personal que estaba presente en la sala hablaba en voz baja, sus miradas se encontraban por encima de las mascarillas quirúrgicas y las comisuras de los ojos se arrugaban tras los visores.

Otro sonido inundó entonces la sala… el balido entrecortado de un corderito.

—¿Lista para tener en brazos a tu pequeño? —le preguntó la matrona.

Margie sentía una extraña sensación de entumecimiento, pero también se sentía suelta y relajada. Su cuerpo se había descargado al fin.

—Sí. Sí, vale.

Le habían aconsejado que sostuviera en sus brazos al bebé al que iba a renunciar para siempre, que estableciera un vínculo con él. Era el inicio del ritual para dejarlo ir. El dolor iba a ser inevitable y ocultarle a la madre el recién nacido no lo aliviaría en nada.

Pensando en el bienestar del bebé, se había bajado la intensidad de las luces. Margie alcanzaba a ver su mata de pelo, su cara ligeramente hundida y unos ojos incoloros que, a pesar de estar desenfocados, la miraban a la cara. Alzó los brazos y lo rodeó con ellos. Un piececito escapó de la mantita turquesa que lo envolvía y, por un momento, quedó silueteado contra el techo. Parecía imposiblemente vulnerable y, al mismo tiempo, increíblemente poderoso.

La recorrió un sentimiento… algo tan grandioso que ni siquiera pudo encontrar una palabra que lo definiera, como si una nueva emoción acabara de ser inventada para ese preciso momento.

Margie saboreó todas y cada una de las sensaciones: el dulce peso que tenía apoyado en el pecho, los movimientos extrañamente familiares del bebé que acababa de emerger de su oscuro refugio, los pequeños soniditos sordos, la sorprendida forma de estrella de mar de una manita…

Después de mucho tiempo, la matrona se le acercó.

—¿Cómo te sientes, dulce mamá?

—Bien —contestó, pero se le quebró la voz. Carraspeó ligeramente y volvió a intentarlo—. Estoy bien.

—Lo has conseguido, lo has hecho de maravilla. Realmente increíble. Ha sido un parto de ensueño, rápido y centrado.

Margie no podía apartar la mirada del pequeño que tenía en los brazos envuelto en una mantita, cálido, vibrante y lleno de vida con la carita enrojecida. No había fuerza en el universo lo bastante poderosa como para arrebatárselo.

Se sorprendió al darse cuenta de que todavía no sabía un importante detalle.

—¿Niño o niña? —susurró.

—Niño, un niñito perfecto —dijo la matrona.

La emoción imposible de describir la recorrió de nuevo, deslizándose por todas y cada una de las células de su cuerpo como la cola de un cometa. La sensación penetró hasta lo más hondo de su ser y supo que permanecería allí por siempre. «Mira lo que he hecho», pensó. «Mira lo que he hecho.»

Sentía el poderoso impulso de enroscarse alrededor del niño y dejar que el mundo entero se desvaneciera. Flotando en un estado onírico creado a base de agotamiento, alivio y júbilo, anhelaba que se le concedieran horas y días y semanas y décadas para poder procesar lo que acababa de ocurrir, para descubrir hasta el más mínimo detalle del niño; pero había algo que debía hacer, aunque sus brazos no querían que lo hiciera, y su corazón y su alma tampoco.

Contempló el precioso rostro, la nariz, la boquita sonrosada, el delicado cuello y las clavículas de su niñito, de aquel desconocido que había crecido bajo su corazón y que ahora era un ser humano plenamente formado e independiente. Bajó la cabeza y posó los labios en la caracola de su perfecta orejita. Su aroma era único, no había nada comparable en este mundo, y supo que lo recordaría hasta el día de su muerte.

—Aquí estás. No puedo creer que estés aquí —susurró. Su aliento no emitió sonido alguno—. Desearía que algún día pudieras llegar a saber que me salvaste la vida. En serio, me salvaste. Cuando no te quería, cuando quería deshacerme de ti, cuando lo único que quería era que desaparecieras, me diste un propósito. Hiciste que mi vida importara para algo. Llevarte en mi interior fue lo único que me mantuvo con vida.

La gratitud que sentía era lo suficientemente poderosa como para mover montañas; pero, al mismo tiempo, la embargaba el dolor más profundo que había sentido en la vida. Era incluso más profundo que el que había sentido tras la muerte de su madre.

Sí, había algo que tenía que hacer.

«Este es el final de nuestra historia compartida», le dijo, hablándole de corazón a corazón. Depositó otro beso en su orejita y entonces le besó la frente.

El sudor y las lágrimas la ahogaban, pero logró hacer emerger las palabras gracias a una reserva de fuerzas que no sabía que tenía.

—Tiene que conocer a sus papás —dijo.

Lindsey y Sanjay debían de estar a meros pasos de distancia, porque aparecieron en un abrir y cerrar de ojos, equipados con bata quirúrgica y mascarilla. Dio la impresión de que a Sanjay le fallaban las piernas y se desplomó contra Lindsey, quien le ayudó a enderezarse.

—Margie, cielo… —susurró Sanjay.

Ella era consciente de que su sonrisa estaba teñida de las desgarradoras emociones que le inundaban el pecho, unas emociones tan poderosas que le costaba contenerlas.

—¿Queréis sostener a vuestro hijo?

La enfermera les acercó una silla a cada uno, lo que fue una buena idea teniendo en cuenta que se les veía trémulos y tambaleantes.

Los brazos de Margie no querían soltar al niño, pero permitió que la enfermera se lo llevara. Al cabo de un momento, el pequeño estaba acurrucado entre los dos hombres, envuelto en un cálido refugio formado por los brazos de ambos. Ella se quitó la pulsera de hospital donde ponía *Madre* y se la puso a Lindsey.

Los nuevos padres se abrazaban el uno al otro y abrazaban al bebé; a los dos les temblaban las manos y los brazos, pero lo sostenían con firme delicadeza. Las mascarillas de ambos estaban empapándose de lágrimas mientras contemplaban al pequeño desconocido con la misma intensidad que ella había sentido. Al igual que ella, no podían apartar la mirada; al igual que ella, no soportaban la idea de soltarlo.

Cuarta parte

Decir la verdad es un acto hermoso, incluso en el caso de que la propia verdad sea horrible.

Glen Duncan, autor británico

22

Margot contempló la bahía. La anaranjada red del puente Golden Gate rayaba el horizonte; en la distancia, un velero navegaba bajo un cielo teñido de los intensos tonos dorados y morados del atardecer; la brisa había ido volviéndose más y más fría conforme iba cayendo la tarde, y se abrazó las rodillas contra el pecho. El aire olía al océano y al aroma de los cipreses zarandeados por el viento. No lograba descifrar la expresión que había en el rostro de Jerome, no habría sabido decir si era pasmo, tristeza o compasión.

Se sentía exhausta y en carne viva, como si hubiera estado corriendo demasiado tiempo bajo un sol ardiente.

—Bueno, ahora ya estás enterado. Desearía que esa no fuera mi historia, pero no puedo cambiar lo que pasó. Durante mucho tiempo intenté huir de mi pasado, pero siempre me acompaña. Forma parte de mí. Quería contártelo porque… en fin, cada vez tenemos una relación más estrecha y tú tienes hijos, y merecías saberlo.

—Ay, Margot. Me duele y me enfurece lo que te pasó, pero no detesto tu historia porque es tuya. Esto es… no sabes cuánto siento que tuvieras que pasar por todo eso.

Se puso en pie, la ayudó a levantarse y la apretó contra sí en un abrazo tan tierno y feroz a la vez, tan envolvente, que Margot anheló poder derretirse contra su cuerpo. Posó la mejilla en su pecho. Qué agotador era apartar el sudario tras el que se ocultaba su pasado.

—Me alegra que ahora estés aquí —dijo él. Las palabras sonaban apagadas porque tenía los labios posados en su pelo—. Me alegra que superaras aquello.

—No, la verdad es que no he llegado a superarlo del todo. Lo que pasó… no queda jamás en el olvido. Permanece conmigo vaya a donde vaya, esté con quien esté.

Él tomó sus manos y las sostuvo con firmeza.

—Mierda. Joder, detesto la idea de que te hicieran ese daño.

Margie se llevó la mano al cuello, pero, al darse cuenta de lo que estaba haciendo, la bajó de nuevo y volvió a tomar la de Jerome. Bajó la mirada y contempló aquellas manos entrelazadas. Su dedo había presionado el gatillo que había acabado con la vida de un hombre. Se preguntó si Jerome pensaría en eso, ahora que estaba enterado de todo.

—Supongo que tendrás preguntas.

—Sí, un montón, pero la principal es esta: ¿estás bien?

Ella se encogió de hombros y dirigió la mirada hacia el dentado acantilado.

—A veces creo que nunca llegaré a estar bien; otras veces, ya estoy bien. La mayor parte del tiempo, no sé lo que siento. Siempre me atormentará el hecho de haberle arrebatado la vida a una persona.

—No tuviste elección.

Margie volvió a tocarse el cuello y se frotó el nudo que tenía en la garganta.

—No, no la tuve, y lo único que hizo falta para demostrarlo fue un abogado demasiado caro para mí. Cuando estaba en la cárcel, había retrasos que parecían interminables. Supongo que siempre di por hecho que la justicia era igual para todos, fue un mazazo darme cuenta de cuánto depende del dinero y del poder.

Vio la cara que puso. Pues claro que él sabía el peso que tenían el dinero y el poder, eso era obvio; siendo como era un hombre negro, había visto inequidades y las había vivido en carne propia. Intentó imaginar lo que habría sucedido aquella noche si fuera una mujer de color… Lo más probable era que hubiera muerto a balazos en cuanto hubiera llegado la policía.

—Joder, cuánto me alegro de que lograras salir de allí —dijo él.

—Sí, pero intercambié un bebé por mi libertad. Tengo que vivir con eso.

—Venga ya, las cosas no fueron así.

—Vale, no del todo, pero intenté abortar en un principio —recordó. Era algo que Jerome debía tener muy claro porque, si esa realidad le suponía un problema, no había más que hablar—. La idea de verme obligada a tener un bebé, dar a luz en la cárcel, tener el hijo de mi violador… era espeluznante. No quería dar a luz a su bebé, detestaba la idea con toda mi alma. Solo podía pensar en interrumpir el embarazo. No sé cómo te sentirás al respecto, pero no pienso disculparme por querer hacerlo.

—No soy quién para juzgarte y jamás lo haría por interrumpir un embarazo indeseado —contestó él de inmediato—. Y el hecho de que optaras por la adopción… es increíble.

—No, eso fue un acto de desesperación —puntualizó. Quería ser clara—. Me arrebataron la decisión de las manos, pero eso tuvo una consecuencia inesperada: me hizo recobrar algo de control sobre mi situación. Resulta que una mujer que opta por la adopción, incluso siendo una reclusa, recibe mucho más apoyo que las que necesitan abortar o las que piensan quedarse con el bebé.

—Lo que sentiste, lo que hiciste… está bien, Margot. Todo está bien.

Le pasó un brazo por los hombros al ver que se estremecía y echaron a andar hacia el coche.

—Ahora me parece… apropiado. Una vida a cambio de otra.

—¿Mantienes…? No tienes por qué responder si no quieres. ¿Mantienes contacto con el niño?

Su pregunta despertó recuerdos que, incluso después de tanto tiempo, permanecían tan vívidos como si hubieran ocurrido el día anterior. Margot recordó estar sentada en una mecedora del hospital, sosteniendo al bebé contra sus pechos doloridos y henchidos, preparándose para dejarlo ir. Ese último adiós, susurrado al pequeñín envuelto en una manta que tenía en sus brazos, la había hecho añicos.

Le temblaba la mano al firmar los documentos donde renunciaba a sus derechos parentales. Aunque comprendía que a partir de ahí no había vuelta atrás, no podía evitar pensar en la vida que habría podido tener con el niño, no podía dejar de imaginar cómo habría sido. A lo mejor habría sido parecida a su propia niñez junto a su madre: una lucha diaria por salir adelante, pero siendo felices la una junto a la otra. Cabía también, sin embargo, la posibilidad de que mirara al niño y viera al brutal violador que la había preñado. La decisión que había tomado le había arrebatado ambas posibilidades.

Aun así, su destino estaba entrelazado al del pequeño ser humano que había creado. Jamás olvidaría la sensación de su dulce peso en los brazos ni dejaría de preguntarse acerca de los momentos importantes que no iba a compartir con él, momentos tales como cumpleaños, fiestas, sus primeros pasos, el primer día de cole, aprender a ir en bicicleta sin ruedines… No iba a ver cómo transcurría su vida, pero, adondequiera que él fuese, una parte de ella le acompañaba.

A veces deseaba con toda su alma atravesar la barrera que la separaba del niño, una que ella misma había erigido. Sus papás no habrían puesto ninguna objeción si hubiera decidido permanecer cerca o mantenerse en contacto para poder verle viviendo con su familia, pero siempre reprimía esos impulsos. Debía dejarle vivir la vida que ella misma había elegido para él.

La mayor parte del tiempo se sentía en paz consigo misma por la senda que había escogido para su bebé. Era un dolor que jamás se desvanecería, pero conseguía manejarlo.

Intentó explicárselo a Jerome.

—No, no mantengo ningún contacto, pero sucede algo cuando creas a otro ser humano… Tú tienes hijos, seguro que lo sabes tan bien como yo. Vuestros destinos están entrelazados. Sin embargo, cuando optas por la adopción, tu más sagrada creación desaparece sin ti. No puedes tenerlo en tus brazos, no puedes llegar a la barrera que os separa. Es una especie de vacío, como si me faltara una parte de mí misma.

—Ay, mi dulce Margot…

La apretó con más fuerza contra sí mientras caminaban hacia el coche.

—Todos los años sus papás me envían una carta en Navidad. Se llama Miles. Hace varios años llegó una hermanita, Jaya, adoptada en la India.

Se pasó la mano por las mejillas para secarse las lágrimas.

—Eso es… ojalá supiera qué decir para repararlo.

Y hete ahí la palabra mágica, «reparar», como si fuera un motor. No quería ser la novia a la que había que «reparar».

—Estoy cuidándome todo lo que puedo, con terapia y clases de autodefensa, trabajando duro.

—Sí, ya lo sé, pero la cuestión es cómo lo llevas, cómo estás.

Era increíble —y, en cierta medida, un poco desconcertante también— hablar por fin con alguien al que no pagabas para que escuchara tus problemas.

—Tengo claro lo que pasó, lo que hice al respecto y las consecuencias de mis actos; pero, para serte sincera, no puedo decir que no me arrepienta de nada. Pienso en cómo sería mi vida si tuviera a ese niño a mi lado. Hoy, cuando estaba con tus hijos, esa realidad me ha impactado de lleno, pero no en plan negativo —se apresuró a añadir, al ver la cara que ponía—. Lo que pasa es que me han hecho acordarme del niño. Hay una parte de mí que ni siquiera quiere que lo supere, que quiere que siga echando de menos a mi niño… un pequeñín que solo tuve un par de veces entre mis brazos. Es demasiado importante como para olvidarlo. Pienso en él e imagino cómo serían las cosas si estuviera aquí, yendo a merendar al campo, aprendiendo movimientos de artes marciales o haciendo gracias, como tus hijos. Me imagino cómo sería su dormitorio y pequeños actos cotidianos, como… llevarlo a que le corten el pelo, enseñarle a nadar o a montar en bici, todo lo que uno hace con un niño. Es una especie de anhelo profundo que me recorre en una incontenible oleada, y a estas alturas sé que es inútil intentar reprimirlo. A veces cierro los ojos y me quedo quieta y envío amor y buena energía desde lo más hondo de mi corazón, con la esperanza de que le llegue.

Jerome se detuvo en seco y tragó con dificultad. Margot vio el brillo de las lágrimas en sus ojos.

—Joder, Margot… —dijo, con voz quebrada—. No sé qué decir. Ojalá te hubiera conocido en aquel entonces, ojalá hubiera podido protegerte.

Sí, ella también desearía que hubiera sido así. Sin embargo, por otra parte, jamás habría llegado a conocerlo si las cosas hubieran sido distintas.

—Me alegra que ahora estés aquí, conmigo —añadió él—. Me encanta cómo has construido tu nueva vida. Te amo.

Ella retrocedió un poco y alzó la mirada hacia él. Sus ojos se encontraron y fue incapaz de apartarlos. Era la única persona que le había dicho esas palabras, aparte de su madre. Jerome jamás sería consciente del esfuerzo que ella había tenido que hacer para aprender a no huir de lo que estaba surgiendo entre los dos, aprender a aferrarse a ello y seguir adelante. Si bien, valía la pena hacer ese esfuerzo por él, eso lo tenía claro.

Jerome le puso una mano en la mejilla con delicadeza.

—Lo digo en serio, Margot. Este sentimiento lleva un tiempo creciendo más y más, he estado dándole vueltas y más vueltas al tema porque no sabía si confesártelo o no. No hace falta que digas ni hagas nada, pero quería decirte esas palabras y ahora…

—Cállate —susurró, posando dos dedos sobre sus labios—. Calla.

Alzó la cabeza para sustituir aquellos dos dedos con su boca y le besó, y se besaron el uno al otro, y el mundo dejó de girar. Varios minutos después, ella se apartó ligeramente y apoyó la mejilla contra su pecho, saboreó su calidez y el rítmico golpeteo de su corazón.

—Creo que ha sido el mejor beso del mundo —afirmó.

—Pues tengo muchos más guardados para ti —contestó él.

—Me cuesta confiar en la gente.

—Es normal. Me ganaré tu confianza.

—No se trata de ti. Soy yo de quien más desconfío, de mi propio juicio. No fui una víctima de violación escogida al azar, fui yo quien lo eligió a él. Salí con él, le invité a venir a casa, le preparé la cena. ¿En qué me convierte eso?

—Eras joven, no reconociste las señales de alarma. ¿Por qué ibas a pensar que un tipo te agrediría? —preguntó. Entonces le puso la mano bajo la barbilla y la instó a alzar el rostro—. Yo jamás te haré daño. Te lo juro.

—Me gustaría poder decirte lo mismo, pero nunca antes había estado enamorada. Y es la primera vez que alguien se enamora de mí. No tengo claro lo que hay que hacer.

Él soltó una suave carcajada que la llenó de calidez.

—¿Sabes lo que pienso? Que has tenido una vida difícil, más difícil que la de la mayoría, pero esta no es la parte difícil, sino la fácil.

Margot pensaba en Jerome a todas horas, en sus ojos, sus manos, sus labios. No es que hubiera caído rendida a sus pies, porque eso implicaría algo súbito, algo accidental, un error. No, no había sido así ni mucho menos. Podría decirse que iba aceptando poco a poco sus propios sentimientos, y resultaba excitante y aterrador y ocupaba sus pensamientos incluso cuando se suponía que debería estar centrada en el trabajo.

Finalmente, tras hacer acopio de valor, cruzó la cocina en dirección a la zona de Sugar y lo encontró atareado con el ordenador. En la panadería siempre había un olor de lo más dulce.

—¿Interrumpo?

—Sí —respondió él girando la silla de oficina para volverse a mirarla—. Pero no pasa nada, estaba a punto de dar por terminada la jornada.

—¿Puedes venir a cenar el lunes a mi casa? Y me gustaría que pasaras la noche allí.

Sintió que se ponía roja como un tomate. Quizás habría sido mejor invitarlo mediante un mensaje de texto, en vez de arrinconarlo de esa forma y obligarlo a tomar una decisión a toda velocidad.

El rostro de Jerome se iluminó con una lenta sonrisa.

—¿Qué llevo?

—Nada, tu propia persona —contestó ella.

—De acuerdo. Nos vemos.

Para la cena con Jerome, Margot preparó polenta con gambas y la acompañó de un *chardonnay* de Sonoma, un buen vino con cuerpo. De postre sirvió pastel de ajedrez de limón.

—Uy, cielo —dijo él, mientras la ayudaba a quitar la mesa—. Estaba todo tan bueno, que me siento como si ya me hubieras hecho el amor.

—Uy, cielo, apenas acabo de empezar —contestó ella, antes de tomarlo de la mano para conducirlo al dormitorio.

El gato se quedó mirándolos con curiosidad al verlos llegar, pero al final optó por bajar de la cama y esfumarse. Margot sonreía, pero el corazón le martilleaba en el pecho. Había tenido citas, pero la cosa se había ido a pique cuando se había negado a tener relaciones íntimas. Lo había intentado sin éxito en varias ocasiones y Jerome era tan importante para ella que no quería fallarle. Era la primera persona que le hacía desear algo más que contacto físico y placer; él llenaba su corazón. Exhaló una exclamación queda que sonó como un sollozo.

—¿Estás bien? —le preguntó él, mientras la apretaba contra sí.

—Sí, estoy… sí. Es que esto es muy grande, tú eres muy grande —afirmó respirando hondo—. Tienes mucho amor en tu vida,

Jerome. Sabes lo que se siente. Mientras que yo, sin embargo, apenas empiezo a saberlo.

—Quiero que sepas que jamás he sentido esto por nadie. Hasta que llegaste tú.

Él se movió con lentitud, la hizo sentir a salvo mientras se unían. Estaba totalmente inmersa en el momento con él; en su corazón y en su mente no había cabida para nada más: solo él. Era la primera vez que estaban juntos y hubo algo de torpeza y de incomodidad, pero también hubo humor y afecto y, en última instancia, júbilo.

Fue una larga noche, apenas durmieron. Margot se sentía en las nubes, ebria de felicidad, y se echó a reír al ver que el amanecer entraba por la ventana. Jerome se estiró y le besó el cuello antes de anunciar:

—Voy a tomarme el día libre.

—¡Vamos a pasarlo juntos! —sugirió, y suspiró gozosa.

—¿Qué quieres hacer?

En ese momento, nada parecía imposible.

—Ahora que lo dices, ¿sabes una cosa que siempre quise? ¡Hacerme un tatuaje!

—Espera, ¿¡qué!?

La miró atónito.

—Un tatuaje, no me he hecho ninguno.

—¿Tienes algo en mente?

—Pues… vale, no te rías. Estaba pensando en un salero —confesó. Tomó un bloc de notas de encima de la mesita y lo dibujó—. ¿Qué te parece?

—Un tatuaje friki, me gusta. ¿Dónde? Por favor, no me digas que en el cuello o en la base de la espalda.

—No, ¿para qué hacerse un tatuaje si no puedes verlo? Quizás estaría bien en la pantorrilla, justo por encima del borde de la bota.

—Si es lo que quieres, deberías hacértelo —afirmó, y frotó la mejilla rasposa, con barba incipiente, contra la suya.

—¿Me acompañas?

—¿Tienes miedo?

—A lo mejor tienes que sujetarme, quién sabe.

Fueron al Red Dog Tattoo, un estudio de tatuajes situado en la esquina de las calles Perdita y Encona. Nickel, la tatuadora, reconoció a Jerome.

—Ah, ¡el hombre de los *kolaches*! Satisficiste todos mis antojos cuando estaba embarazada. ¿En qué puedo ayudarte?

—Solo estoy aquí para apoyar a mi mujer.

—Anda, ¿ahora resulta que soy tu mujer? —repuso Margot sin poder dejar de sonreír.

Nickel hizo un esbozo y se puso manos a la obra. El ruido, el dolor y la sangre borraron la sonrisa del rostro de Margot, pero se aferró con fuerza a la mano de Jerome y aguantó como pudo. Jamás había sentido nada semejante, le ardía y a la vez sentía frío. Una vez terminó, se sintió extrañamente vulnerable.

—¿Y tú qué, grandullón?

Nickel le hizo esa pregunta a Jerome, quien dejó al descubierto su tobillo y asintió.

—Vale, uno para mí también.

—¿En serio? —Margot lo miró sorprendida—. ¡Qué guay!

—Pero necesito otro símbolo.

Jerome había estado buscando con el móvil, y le mostró a Nickel lo que quería.

—¿Qué es? —preguntó ella.

—¡Un azucarero! —dijo Margot con una sonrisa de oreja a oreja.

Para cuando los tatuajes de ambos sanaron por completo, ya eran pareja. Margot ya tenía más que claro que aquello era totalmente distinto a lo que había vivido con los escasos chicos con los que había salido, sentía que se trataba de algo especial. Soportaba impaciente el lento paso de los minutos cuando no estaba con él y el tiempo pasaba volando cuando estaban juntos. Los dos estaban muy ocupados con sus respectivos trabajos, por lo que a veces debían contentarse con intercambiar una mirada secreta al cruzarse en la cocina.

Ella siempre había dado por hecho que no tenía ni idea de cómo funcionaba eso del amor. Últimamente había estado pensando un montón en su madre, la echaba de menos y desearía poder hablarle de Jerome. Recordaba vívidamente el suave tono que empleaba cuando le decía *Eres mi felicidad.* Y entonces se dio cuenta de que, al fin y al cabo, sí que sabía cómo funcionaba el amor: sabía lo que se sentía cuando te llenaba el corazón. Gracias a su madre, lo había sabido siempre, pero lo había olvidado debido al caos del pasado.

Un día, cuando se cruzaron en la cocina del restaurante y él empezó a darle besitos en el cuello, Margot susurró:

—Si esto no funciona, tener que compartir este espacio será un infierno.

—Claro que va a funcionar, no te preocupes.

—Lo dices con mucha seguridad.

—Tengo más años que tú y he visto más mundo, tendrás que fiarte de mi palabra.

Días después, Jerome se acercó cuando Margot estaba lidiando con la tarea que más tediosa le resultaba: el papeleo. En esa ocasión en particular, eran un montón de formularios de una universidad pública de Oakland.

—Ayudas para las tasas académicas de los empleados —le dijo.

—Es realmente increíble que hayas tenido esa iniciativa —afirmó él—. Todo en ti es increíble.

—¡Venga ya!

—Lo digo en serio. Convertiste esta cocina en un lugar donde poder conseguir trabajo, un lugar seguro. Lo comprendí cuando me contaste lo que pasó en Texas.

La recorrió una oleada de orgullo.

—Gracias por expresarlo así.

También dedicaba un porcentaje de sus beneficios a Planned Parenthood y a la Fundación Amiga; y cada año, en Navidad y en Pascua, la Iglesia de la Esperanza de Banner Creek recibía una cuantiosa contribución anónima.

—Una cosa, ¿qué opinas de las bodas?

Aquello la tomó desprevenida, ¿a qué venía semejante pregunta?

—Bodas. Me he encargado del *catering* de unas cuantas.

—¿Te apetece acompañarme a una? No sería para preparar el *catering,* sino como invitada.

Margot soltó una exclamación ahogada al comprender lo que pasaba.

—¿Ida y Frank?

—Sí.

—¡No me digas! ¡Qué bien! Sí, ¡mil veces sí! Me sentiré honrada de asistir a su boda contigo.

Cuánto se alegraba por ellos, eran inseparables desde que se habían reencontrado. Jerome iba acostumbrándose a lo de Frank y, de hecho, había descubierto que tenía similitudes asombrosas con él: no era solo lo del asma, resulta que también eran zurdos los dos; el helado favorito de ambos era el de avellana y no les gustaba nada el sabor del cilantro; los dos tocaban el ukelele y, cuando estaban estudiando, la asignatura predilecta de ambos era Química.

Ida y Frank se habían negado desde el principio a guardar secretos y habían juntado a hijos y nietos sin más, con la esperanza de que todo saliera bien. De modo que Margot y Jerome habían conocido a los hijos y a los nietos de Frank. Todos se mostraban un poco cautos porque la cosa estaba muy reciente, pero, tal y como le había sucedido a Jerome, una vez que había pasado el impacto inicial de la sorpresa, Grady y Jenna se habían alegrado por la pareja.

* * *

Un día, cuando Margot estaba sentada tras su escritorio dándole vueltas y más vueltas a lo que iba a ponerse para la boda, un número desconocido apareció en la pantalla del móvil. El prefijo era de Texas. Se puso a la defensiva de golpe y estuvo a punto de hacer caso omiso a la llamada, pero, llevada por un impulso casi desafiante, optó por responder.

—Hola, soy Buckley DeWitt. ¿Te acuerdas de mí?

Margot sonrió al oír aquella voz de marcado acento sureño.

—¿Estás de coña? Claro que me acuerdo de ti, Buckley. Escribiste la primera valoración sobre mi salsa, allá por la prehistoria. Jamás olvidaría algo así. ¿De dónde has sacado mi número?

—Ahora soy reportero de investigación, me ha ido bien en la vida. Han quedado muy atrás los días en que era un subeditor de la sección gastronómica y llevaba un blog sobre temas judiciales usando un pseudónimo.

—¿En serio? Me alegro por ti.

—Ahora soy redactor jefe en *Texas Monthly*. Vi el artículo que publicaron en *Travel Far* sobre tu restaurante y reconocí tu foto. Felicidades, Margie. Por lo que parece, te va genial.

—Ahora me llamo Margot.

—Sí, lo vi en el artículo. Margot Salton, propietaria de un restaurante espectacular que se llama Salt. ¿Por qué cambiaste de nombre?

Margot no sabía hasta dónde estaba enterado de lo ocurrido; desde el momento en que había salido libre de la cárcel del condado, Lindsey y Sanjay habían protegido con celo su privacidad.

—Supongo que lo imaginarás, Buckley.

—El incidente con Jimmy Hunt.

El año que había pasado metida en un infierno era un «incidente». Se le aceleró el pulso y se llevó la mano al cuello.

—¿Qué es lo que quieres, Buckley?

—Elaborar un artículo para la revista sobre la noche de la muerte de Jimmy Hunt.

—No, ni hablar. Joder, Buckley, ¿por qué iba a querer desenterrar eso?

—Porque hay mucha gente que aún no sabe lo que ocurrió realmente.

—Y no es responsabilidad mía sacarlos de la ignorancia. Lo siento, Buckley.

—Margie… Margot. He conseguido buena parte de la historia gracias al derecho a la información, pero quiero colaborar y ser respetuoso. Preferiría tener tu versión de los hechos. Soy consciente de lo que te estoy pidiendo.

—No, no tienes ni idea —le espetó ella con voz trémula.

—Pues cuéntamelo, cuéntaselo al mundo. Es importante que lo cuentes en primera persona. Quiero que seas tú quien lo relate en vez de limitarme a trasladar la información que encuentre en los documentos.

Margot no quería que su historia fuera lo que la definiera como persona, no lo había querido jamás. Sin embargo, ¿acaso no era eso lo que estaba haciendo?, ¿lo que llevaba haciendo desde 2007? ¿No era ese el motivo de que jamás se hubiera permitido el lujo de enamorarse, de que fuera tan cauta con Jerome? Aun así, seguía siendo reacia.

—Aquello sucedió hace mucho tiempo, Buckley. El mundo no necesita saber de mí a estas alturas.

—Los Hunt acaban de presentar planes para la construcción de un nuevo estadio —se apresuró a decir él, antes de que pudiera colgar—. Han estado recaudando fondos desde hace años y ahora les han dado el visto bueno definitivo.

Margot hizo una mueca, aquello no le extrañaba lo más mínimo.

—El fútbol americano es como una religión en Texas. Que lo construyan si quieren, me trae sin cuidado.

—El estadio llevará el nombre de Jimmy Hunt y los planes incluyen una estatua suya de tres metros y medio en la entrada. Te mandaré un enlace para que veas las ilustraciones que presentaron ante la comisión de planificación estatal.

Margot sintió que el viejo fuego de la furia y la indignación cobraba vida en su interior.

—¡Eso es asqueroso!

Le entraron arcadas al imaginar la estatua de tres metros de un violador.

—Tú eliges: puedes hacer algo al respecto o dejar que los Hunt sigan manejando a su antojo la opinión pública. Si decidí cubrir la historia fue porque hicieron que una agencia de relaciones públicas contactara con la revista; querían que publicáramos un artículo sobre el tema ensalzándolos y poniéndolos por las nubes. Briscoe Hunt está iniciando una carrera política, así que está intentando abrillantar su imagen. Pintan a Jimmy como si fuera una especie de héroe trágico.

Aquello la hizo titubear. Pensó en la clase de mensaje que se estaría mandando a las mujeres, al mundo entero, si se enaltecía a un hombre que había muerto mientras cometía una violación brutal. Su propio silencio permitía que aquella situación se perpetuara. Puede que Buckley tuviera razón, a lo mejor debía tener el valor de dar voz a lo que había estado reprimiendo en su interior por tanto tiempo. Tenía que contar su verdad de una vez por todas. Aun así, le repugnaba la mera idea de volver a recordar el incidente.

—No sé, Buckley…

—Ah, por cierto, ¿he mencionado que Briscoe está en la Comisión Urbanística? Tiene intención de expropiar el restaurante de Cubby Watson para construir ahí el aparcamiento del estadio.

—¿¡Qué!? ¡Venga ya! —Sintió que la sangre le hervía en las venas—. Saca tu billete y ven ahora mismo, joder. Antes de que cambie de opinión.

23

La bandeja de entrada de Margot estaba repleta de alertas de motores de búsqueda por el artículo que se había publicado recientemente. Buckley se lo había mandado previamente y ella lo había leído con rapidez y una extraña sensación de desconexión. Ver sus propias palabras en negro sobre blanco creaba una especie de distancia rara entre lo ocurrido y ella; los viejos sentimientos de vulneración, de sentirse violada, empezaron a endurecerse y a convertirse en vindicación.

La entrevista se había desarrollado en el transcurso de tres días, y no solo por lo ocupada que estaba con el restaurante, sino porque revivir el incidente había sido muy duro. Hallar en su interior la fuerza necesaria para hablar alto y fuerte sobre lo ocurrido, para contar su verdad, había sido increíblemente liberador. No era lo mismo que contárselo a Jerome, eso había sido una conversación privada. Con Buckley se centró en los hechos, y esos hechos habían bastado para que nuevas oleadas de dolor y trauma la golpearan de lleno. Buckley había ido ganándose su confianza poco a poco, había creado un espacio donde ella había podido hablar y sentirse escuchada. Ir recordando de nuevo los hechos del caso había sido un ejercicio profundo que la había llevado a ahondar aún más en él, a ir arrancando una capa tras otra hasta llegar a un rincón de su ser que todavía estaba en carne viva, que no había sanado a pesar de los años de lucha para recobrar su equilibrio en el mundo. Para darse ánimo, se había recordado a sí misma que, una vez que saliera publicado el artículo, lo leerían mujeres que podrían llegar a encontrarse en una situación similar algún día. Quería que personas de todas partes supieran que tenían derecho a contar sus respectivas historias y que tenían derecho a seguir contándolas hasta que alguien las escuchara por fin.

Para darle algo de privacidad y para evitar que los trols de turno la emprendieran contra su restaurante en las redes, Buckley concluyó el artículo con la siguiente frase: *Margie Salinas se cambió de nombre y regenta un restaurante en California.*

Margot era consciente de que la publicación del artículo tendría consecuencias y estaba preparada para ello; al menos, eso creía. La reacción fue como una oleada que se originó en Texas, cuando la noticia llegó a los medios de comunicación, y se extendió a toda velocidad hasta llegar a California. Tal y como cabía esperar, el impacto fue polarizante: algunos se sintieron realmente conmovidos y se indignaron por lo sucedido; otros, por el contrario, afirmaron que no era más que otra mujer despechada que había cometido un asesinato con impunidad. Cuando se enteró de que los planes de construir el estadio y la estatua estaban siendo revisados, abrió una botella de cerveza importada Lambic y se la bebió enterita mientras contemplaba el cielo nocturno.

Margot estaba en su despacho al día siguiente, echándole un vistazo a las últimas publicaciones sobre el tema, cuando Anya la interrumpió con un tentativo toquecito en la puerta.

—Traigo noticias.

Aquellas simples palabras bastaron para que se le encogiera el estómago. Sabía que estaba asumiendo un riesgo al exponer su historia ante el mundo entero.

—¿Muy malas?

—No, a menos que te parezca horrible ser la ganadora del premio Divina de este año.

—¿¡Qué!? —Margot se levantó de la silla como un resorte—. ¿Quién?, ¿yo? ¡No puede ser!

El Divina era mucho más que un premio gastronómico, ya que no solo premiaba el aspecto culinario. También tenía en cuenta el temperamento y la humanidad de un chef, su carácter, sus valores, sus políticas de empresa, la forma en que manejaba el negocio, el ambiente que reinaba en la cocina y la imagen que tenían de esa persona tanto sus empleados como sus colegas de profesión. Los días en los que había chefs que montaban berrinches, que trataban fatal a sus trabajadores y que les pagaban una miseria estaban contados. Los nominados al premio no solo habían sido seleccionados por su maestría como cocineros, sino por el ambiente de trabajo que creaban para los empleados y por lo que aportaban a sus respectivas comunidades.

En ese momento, deseó no haberse terminado aquella cerveza Lambic la noche anterior, ya que era una selecta importación procedente de Bélgica.

—Necesito una cerveza —susurró, mientras intentaba asimilar semejante noticia.

—Son las diez de la mañana —le recordó Anya.

—Es que necesito algo en lo que verter las lágrimas —dijo Margot.

Jerome y sus muchachos habían lustrado bien sus zapatos para asistir a la entrega del premio de Margot. Tal y como él les dijo a Asher y Ernest, presenciar cómo le entregaban a alguien el preciado premio Divina al mejor chef emergente no era algo que ocurriera todos los días. Los niños no estaban demasiado entusiasmados con lo de la ceremonia, pero se les hacía la boca agua solo con pensar en el banquete posterior con comida gourmet.

Se sentía orgulloso al verlos vestidos con sus trajecitos y sus lustrosos zapatos, estaban guapísimos. La mayor parte de los asistentes pertenecía a la realeza culinaria: críticos gastronómicos con fama a nivel mundial, magnates del mundo de la hostelería, blogueros e *influencers* con cantidades ingentes de seguidores y representantes de las asociaciones sin ánimo de lucro que apoyaban a los trabajadores del sector. El Canal Culinario estaba cubriendo el evento en directo; Buckley DeWitt, el periodista de Texas, también estaba presente. Su artículo había provocado una fuerte marejada en Texas, y las olas habían ido extendiéndose hasta llegar a California. Leer el artículo había recordado a Jerome lo difícil que debía de haber sido para Margot recomponerse después de la pesadilla por la que había pasado. Sentía la necesidad de cobijarla en su corazón y protegerla allí por siempre.

Mientras contemplaba a toda aquella gente que había asistido a la ceremonia, pensó para sus adentros: «Esto, cielo, que esto sea lo que te ayude a dejar atrás el pasado por fin: conseguir un sueño rodeada de amigos y familiares».

Ese era el momento de Margot, se había matado a trabajar. Puede que él no llegara a saber jamás la totalidad de los desafíos a los que ella había tenido que enfrentarse, pero estaba claro que había luchado con uñas y dientes por salir adelante. Margot había soportado retos y sacrificios que destruirían a la mayoría de la gente, y esa ceremonia de premios era una merecida recompensa.

Se dio cuenta de que tenía un mensaje de texto de Florence, pero decidió dejarlo para después. Era el momento de Margot, su momento para brillar, y él quería saborearlo al máximo. Las cámaras grabaron toda la ceremonia: Margot recibió una medalla que colgaba de una cinta con los colores del arcoíris y la directora de la asociación dio un discurso en el que elogió sus logros. Jerome sonrió al verla ruborizarse ante tanto halago, el tono encendido de sus mejillas le recordó al color de las rosas preferidas de su madre.

Un fotógrafo de eventos capturó el momento y los invitados alzaron sus respectivos móviles para tomar sus propias fotos. Después, en el banquete posterior, la rodeó una multitud formada por empleados, inversores, periodistas y amigos; algunos de ellos eran fans y querían que les firmara el menú conmemorativo.

Sintió como si el corazón se le estuviera expandiendo en el pecho. Qué satisfacción llegar a ese punto en el que uno veía las cosas con total claridad. El amor que sentía hacia Margot era de los de para siempre, se lo decía el corazón. El sentimiento era tan claro que resultaba inconfundible, y contrastaba con la amarga decepción que le había atormentado tras el divorcio.

Fue a sentarse con Ida B. y Frank, que habían asistido al evento.

—Mirad a mi chica, está radiante.

—Sí, así es. Has elegido bien —dijo Ida.

—Y que lo digas.

—¿Quién es esa mujer? —preguntó ella de repente—. La que está agitando el bolígrafo y el menú.

—Ni idea, no la reconozco. A lo mejor es otra fan.

Se levantó y se abrió paso entre los invitados en dirección a Margot. Tenía grandes planes para esa noche. Ida y Frank iban a llevarse a los niños de vuelta a la ciudad y él iba a ir con Margot a la Hacienda Bella Vista, donde había reservado la suite Grande Patron para una celebración privada. Tenía el anillo en el bolsillo.

Llegó junto a ella justo cuando la desconocida la alcanzó por el otro lado.

—¿Margie Salinas?

Margot se tambaleó ligeramente. Frunció el ceño y miró a un lado y otro.

—¿Disculpe?

—Margie Salinas, también conocida como Margot Salton —dijo la mujer.

Margot se quedó como paralizada y su semblante empalideció visiblemente. Miró a un lado y otro de nuevo, pero daba la sensación de que no veía nada. Parecía un animal atrapado.

Y entonces fijó la mirada en la mujer y frunció el ceño.

—¿Quién cojones es usted?

La mujer le entregó el sobre, presionándolo con firmeza contra su mano para que no lo soltara.

—Considérese notificada.

—¿Una demanda por difamación?

Margot contempló fijamente el documento impreso e intentó no hiperventilar. «Inhala, dos, tres, cuatro; exhala, dos, tres, cuatro.»

Se había refugiado en la lujosa suite de la Hacienda Bella Vista. Jerome la había reservado con la intención de disfrutar de una velada romántica, pero en ese momento no estaban pensando en romanticismos ni mucho menos.

Roy y Octavia Hunt, demandantes, contra Margie Salinas, alias Margot Salton. Habían ido a por ella con una demanda por el artículo del periódico. Querían que les pagara una indemnización por contar la verdad sobre su fallecido hijo violador.

Si Jerome no le hubiera pasado un brazo por la cintura para sostenerla, lo más probable es que se hubiera caído desplomada.

—No nos dejemos arrastrar por el pánico —dijo él. Al ver la mirada que Margot le lanzó, se apresuró a añadir—: Perdona, no es buena idea decirle eso a alguien que está al borde de un ataque de pánico. Podremos solucionar esto juntos.

—Voy a vomitar.

—Respira hondo, cielo. Aquí me tienes, ya verás como todo se soluciona en un santiamén.

Margot no lo tenía tan claro, pero agradeció que intentara tranquilizarla.

—Menuda familia, son una pesadilla.

Se quitó la medalla y la dejó a un lado.

Jerome depositó el sobre doblado en una mesita auxiliar y se aflojó la corbata. Margot lo tomó entonces de las manos y alzó la mirada hacia él, consciente de cada latido de su propio corazón. Había sido cauta, había ido acostumbrándose a la idea de amarlo. Tenía claros sus sentimientos y, hasta la llegada de aquel sobre, había empezado a creer que su relación podría tener un futuro.

Sin embargo, la demanda de los Hunt la hacía plantearse si realmente tenía derecho a vivir la nueva vida que había ido construyéndose después de la violación, después de pasar por la cárcel, después de dejar a Miles con sus dos papás y seguir su propio camino. Con el artículo había desatado una tormenta en el condado de Hayden, Texas, y tenía la impresión de que Jerome no era consciente del alcance de la situación.

Él empleó una cerilla para encender el fuego en la chimenea, que ya estaba preparada, y el cálido resplandor de las llamas bañó la preciosa habitación de ambiente clásico. La tomó de la mano, la condujo hasta el sofá situado frente a la chimenea y tironeó con suavidad para que se sentara junto a él. Le quitó los zapatos y empezó a masajearle los pies con delicadeza.

—¿Qué te tiene tan pensativa? Espero que sea el premio, pero tengo la sensación de que no es así.

—Estoy orgullosísima de haber recibido ese premio, y lo que más me enorgullece es que tanto Ida y tú como los niños estuvierais allí conmigo. Me he sentido como si tuviera una familia, y no tengo palabras para explicarte lo que eso significa para mí.

Jerome le bajó el pie y la rodeó con los brazos.

—Significa que no tienes que enfrentarte sola a esto, que me tienes a tu lado. En las duras y en las maduras, siempre.

—No te merezco —susurró ella.

—Lo que no mereces es la absurda demanda esa.

—Absurda o no, tengo que hacerle frente. Los asuntos legales no se resuelven solos, por muy vengativos o frívolos que sean.

—Iré contigo.

—No, ni hablar. Los Hunt son problema mío, no tuyo. Hacen todo esto para intentar arruinarme, no permitiré que te involucres. No voy a dejar que te expongas ni que expongas tu patrimonio si el juez falla en mi contra.

—Eso no va a pasar.

—En el condado de Hayden, Texas, puede pasar cualquier cosa porque está controlado por los Hunt. Estuvieron a punto de condenarme a cadena perpetua por pegarle un tiro al tipo que estaba violándome, me vi obligada a tener un bebé porque me pusieron un obstáculo tras otro para que no pudiera interrumpir el embarazo a tiempo… Los Hunt están buscando la forma de arrebatarme todo lo que tengo, e intentarían haceros lo mismo a los niños y a ti si descubren lo importantes que sois para mí.

—Las cosas no funcionan así. No pueden tocarme y no permitiré que te toquen a ti.

Esa noche Margot durmió entre los brazos de Jerome, pero fue un sueño inquieto. Por mucho que le doliera admitirlo, era obvio que jamás podría dejar atrás del todo lo ocurrido en el pasado. Lo único que podía hacer era intentar mantenerlo tan alejado de su presente como pudiera.

Jerome había dicho que no iba a permitir que la tocaran; reflexionó sobre aquellas palabras, les dio vueltas y más vueltas en la cabeza. Ella no podía ser menos, estaba decidida a protegerlo a su vez.

Jerome estaba en el vestíbulo de su casa cuando oyó la voz de su exmujer.

—Jerome.

Se volvió sorprendido. A quien esperaba en ese momento era a Margot, quien pensaba regresar a Texas sin él porque estaba decidida a resolver aquel problema por sí sola. Deseaba con todas sus fuerzas ir con ella, pero se resistía a ese impulso porque, teniendo en cuenta la pesadilla que Margot había vivido, no quería inmiscuirse a la fuerza en la situación ni arrebatarle su independencia. Tenía que confiar en que ella se las arreglaría bien sin su ayuda. Le había prometido que pasaría a despedirse de camino al aeropuerto.

—Florence.

Abrió la puerta mosquitera y le indicó que pasara.

Ella contempló con semblante inescrutable la casa que habían compartido en el pasado. Era un día bastante caluroso y todas las ventanas estaban abiertas para dejar entrar un poco de aire.

No se veían casi nunca y apenas hablaban. Desde que habían resuelto lo del divorcio y el acuerdo de custodia de los niños, habían mantenido las distancias. Los niños iban de una casa a la otra como quien toma el tren para ir al trabajo: la puerta automática se cerraba tras uno de los progenitores y pasaban a estar con el otro. Aquello se había convertido en una rutina y, en las escasas ocasiones en las que tenían que comunicarse por algo, lo hacían a través de mensajes de texto. De modo que, cuando su exmujer le había preguntado si podían verse en persona, había sospechado de inmediato que pasaba algo. Aunque no esperaba que se presentara en ese preciso momento.

Aquella era la casa que habían compartido. Era el lugar que albergaba diez años de recuerdos, de rutinas compartidas y celebraciones, de momentos felices con los niños y de frustraciones y discusiones. Sin embargo, Florence se había convertido en una desconocida, era como tener delante a alguien con quien te cruzas alguna que otra vez en el gimnasio o en la iglesia. Y estaba embarazada. Verla así, con la barriguita prominente y de lo más lozana, le recordó a aquellos tiempos del pasado en los que nada parecía imposible, en los que su relación parecía viable.

—¿De qué quieres hablar? —le preguntó.

Esperaba que no se tratara de algo relacionado con Ernest otra vez.

—Los niños me han dicho que estás enamorado, que lo más probable es que termines casándote con ella.

«Si ella me acepta, claro que sí», pensó él para sus adentros, antes de contestar:

—De momento se llevan muy bien con ella. No te han dicho lo contrario, ¿verdad?

Ella lo miró ceñuda.

—Según ellos, es una especie de figura de acción de Barbie.

—Es una mujer genial.

No quería entrar en detalles. Cuando Florence se había ido a vivir con Lobo, él lo había encajado como un puñetazo en el estómago porque aquello significaba el cierre definitivo de una puerta que quizás, solo quizás, había quedado un pelín abierta. La imagen mental que tenía de la familia que había formado había cambiado de forma irrevocable. Ahora le tocaba a él dejar atrás el pasado y era Florence la que iba a tener que encajarlo.

—Estoy preocupada, Jerome. Cuando la busqué en Google…

—¿Que la buscaste…? Vaya, Flo, qué gran idea. Te felicito.

—Venga ya, ¿me estás diciendo que tú no buscaste información sobre Lobo cuando empecé a salir con él?

Jerome optó por no contestar. Pues claro que se había informado sobre aquel tipo.

—En fin, la cuestión es que estoy preocupada. No por ti, eso no es de mi incumbencia, sino por los niños.

—¿Porque es blanca?

—Eso no ayuda que digamos, pero no, no es ese el problema.

—¿Porque es joven?

—Déjate de tonterías. Es por esto, este es el problema —dijo, y estampó una revista en la mesa que había entre ellos.

Se había sentido inmensamente orgulloso de Margot cuando aquel artículo había salido publicado. En la portada de la revista salía una estilizada rubia sobre una bota vaquera de cuero, con el titular *El indomable espíritu de lucha de las mujeres de Texas.* Resultaba irónico, porque los Hunt parecían haberse olvidado de ese factor al insistir en meterse con Margot.

En el silencio provocado por las inesperadas palabras de Florence, oyó que la puerta de un coche se cerraba en el exterior.

—Tiene un pasado, al igual que nosotros. Todo el mundo lo tiene.

—Jerome, ¿eres consciente de lo que estás diciendo? Por el amor de Dios, ¡le pegó un tiro a un hombre!

—Se defendió de un violador.

—Lo que le pasó fue horrible, no lo niego, pero estamos hablando de mis hijos. No me gusta la idea de que la tengan cerca.

—A mí nunca me cayó bien Lobo, pero confío en tu buen juicio. Confía en el mío.

—Él no mató a nadie. Lo siento, Jerome, pero no puedo aceptarlo. Si decides seguir con ella, tengo intención de renegociar lo de la custodia de los niños.

—No serías capaz…

—Se trata de mis hijos. Estoy hablando muy en serio, Jerome. Eres un hombre fantástico, un buen padre. Mereces volver a encontrar el amor, pero esto… No, no puedo permitir que esa mujer esté cerca de mis hijos.

—La decisión no es tuya.

—Puede que sí —dijo Margot entrando en la casa. Tenía el semblante tenso y muy pálido, era obvio que les había escuchado—. Soy Margot —le dijo a Florence—. Perdón por interrumpir, no era mi intención. He pasado a despedirme de camino al aeropuerto.

Florence se llevó la mano al vientre en ese gesto protector que parecían adoptar todas las embarazadas.

—Mira, no tengo nada en contra de ti. Confío en el buen juicio de Jerome y me gustaría llevarme bien con su pareja, pero esto… lo que pasó en Texas. Debió de ser horrible, pero… estamos hablando de pegarle un tiro a alguien y eso me aterra. Solo estoy pensando en mis hijos.

—Porque eres una buena madre. Supongo que harías lo que fuera con tal de protegerlos y lo respeto.

—Has dejado clara tu posición —dijo Jerome, y mantuvo la puerta abierta para invitar a Florence a salir.

Ella le lanzó una mirada elocuente al marcharse, una que él recordaba bien: estaba advirtiéndole que aquella conversación no había terminado.

—Yo también tengo que irme —le dijo Margot—. Mi Lyft me espera fuera para llevarme al aeropuerto. Y no voy a discutir con tu ex, Jerome. Ella tiene razón, tiene derecho a sentirse como se siente. No quiero tener la culpa de que pases menos tiempo con tus hijos.

—Eso no sucederá —afirmó. Se sentía frustrado con Florence y sufría por Margot—. Te juro que…

—No es solo eso, se trata de mí. Es que… no creo que pueda seguir con esto, Jerome.

—¿A qué te refieres exactamente?

—A lo nuestro, a nuestra relación.

—Venga, cielo, no lo dirás en serio…

—Tengo que ir a Texas y lidiar con la situación y, para serte sincera, no sé si estoy lista para tener una relación. Pero tú sí. No puedo pedirte que me esperes.

—No me lo has pedido.

El conductor de su Lyft tocó el claxon.

—Tengo que irme, lo siento.

24

El edificio de los juzgados del condado de Hayden estaba plagado de pesadillas. Margot recordó al instante aquel olor a abrillantador de muebles y a limpiasuelos, el rítmico sonido de los ventiladores del techo y el susurrante eco de voces bajo la cúpula de mármol. Daba igual el tiempo que hubiera pasado, daba igual que ahora ya no fuera una muchacha asustada enfundada en unos zapatos de plástico y un mono carcelario. Aquel lugar le resultaba demasiado familiar y hacía emerger recuerdos impregnados de terror y dolor.

Al final había terminado por volver al lugar de partida, qué irónico. De una vida en la que había tenido que defenderse de un violador había pasado a la cárcel, donde había tenido que luchar por conseguir una defensa justa cuando tenía poderosas fuerzas en su contra. Qué indefensa se había sentido al tener que depender de la ayuda de los demás a cada paso del camino: voluntarios, enfermeras, personal de prisiones, jueces, abogados, el bebé, los futuros padres. Había sido arrastrada de acá para allá, como la hoja de un árbol en medio de una tormenta, mientras intentaba asirse a cualquier cosa que le permitiera recobrar algo de control sobre sus circunstancias. Y, justo cuando sentía por fin que su vida volvía a pertenecerle, los Hunt atacaban de nuevo.

Echaba de menos a Jerome. Gracias a él había descubierto una infinidad de cosas sobre el amor, incluyendo algo nuevo: el dolor que sentías al marcharte. Había cerrado esa puerta incluso antes de que se abriera del todo. Anhelaba con toda su alma tenerlo a su lado, pero, por muy grande que fuera el dolor que la embargaba, sabía que lograría sobrevivir. Si había podido despedirse de Miles, podía con cualquier despedida.

No obstante, se sentía mal por cómo habían quedado las cosas entre ellos. Esperaba que él llegara a entender algún día por qué habían empezado a asaltarla las dudas sobre si sería buena idea seguir con aquella relación. El recelo de la madre de los niños estaba justificado, no era de extrañar que no quisiera que sus hijos estuvieran cerca de una mujer que había matado a un hombre. A decir verdad, no podía evitar sentirse intimidada por aquella mujer, ya que había estado casada diez años con Jerome y le conocía mucho mejor que ella. Era la madre de sus hijos. No quería que él se viera obligado a elegir entre los niños y ella.

Además, si aquel juicio terminaba mal, se acentuaría más aún su temor a no poder liberarse jamás de lo que había ocurrido.

Jerome la habría acompañado a Texas si ella se lo hubiera pedido, pero estaría poniéndole en peligro si seguía manteniendo una relación con él. Quería dejarlo al margen de aquello por todos los medios. En la demanda se incluía una reclamación de los futuros ingresos y activos que ella pudiera tener, y no estaba dispuesta a arrastrar a Jerome a aquel oscuro pozo.

Intentó no sentirse derrotada antes de que diera inicio el proceso.

—¡Margot!

Alzó la mirada y vio a Buckley DeWitt cruzando el amplio vestíbulo circular.

—¿No has leído mi mensaje de texto? —añadió él.

—Ah, pues… —Tanteó su bolso—. Perdona. Como podrás imaginarte, he estado bastante distraída.

Él la condujo hacia una zona de espera donde había unos bancos.

—No sabes cuánto lamento que tengas que pasar por todo esto.

—Alguien me dijo una vez que, cuando uno está pasando por un infierno, no hay que detenerse, sino seguir adelante. Mira, era consciente de los riesgos cuando decidí hablar, pero tenía que hacerlo, Buckley. Hiciste lo correcto al darme la oportunidad de contar mi historia, no podía permitir que construyeran un jodido estadio y una estatua de Jimmy Hunt —afirmó. Se cruzó de brazos y se estremeció bajo el frío chorro del aire acondicionado—. Aunque no me apetece nada asistir a este acto de conciliación.

—Es preferible que ir a juicio —dijo él—. El juez escuchará a las dos partes, así podrás hacerte una idea de cuál sería su veredicto si la cosa fuera a juicio. Esta demanda es un intento absurdo de incordiarte por parte de los Hunt, no va a llegar a ninguna parte. Así me lo ha asegurado el departamento jurídico de la revista, pero lamento que tengas que pasar por esto.

—¿Los del departamento ese conocen a los Hunt? Porque mi abogada dice que todo depende del juez que nos toque en el acto de conciliación. Y, teniendo en cuenta que todos los jueces del distrito son muy amiguitos de esa familia, me parece que me espera una dura batalla.

Terence Swift, el abogado que se había encargado de la acusación de homicidio, no se ocupaba de casos civiles y la había puesto en contacto con Blair Auerbach. Tenía pinta de ser muy inteligente y estar preparada, aunque no tenía esa desenvuelta seguridad en sí misma que exudaba el señor Swift.

—En el mejor de los casos, la demanda quedará desestimada —dijo Buckley.

Margot lo miró ceñuda.

—Sí, claro. Y, en el peor de los casos, la cosa va a juicio y el jurado está lleno de fans de Jimmy Hunt.

Ese era su temor. Los Hunt llevaban toda la vida haciendo lo que les daba la gana en el condado de Hayden, avasallando a los demás para lograr sus propósitos, y ella dudaba mucho que eso llegara a cambiar algún día. Briscoe, el hermano de Jimmy, era abogado y el presidente de la Comisión Urbanística. Los jueces y los abogados del condado eran amigotes que iban al club de campo, que hacían tratos entre ellos mientras jugaban al golf.

El taconeo de unos lujosos zapatos en el suelo de mármol anunció la llegada de la abogada.

—No olvides apagar el teléfono, Margot. A los jueces no les gusta que suenen en la sala.

—Vale.

Blair se acercó a la vitrina donde estaba el listado con los números de sala y los jueces correspondientes.

—Quizás tengamos suerte y no nos toque ninguno de los amigotes de esa familia —murmuró Margot—. Tener otro juez podría ser determinante.

—Todo va a salir bien, ya lo verás —le aseguró Buckley—. No te olvides de controlar la respiración. Nos vemos después.

—Tienes tiempo de ir al baño si quieres —dijo Blair.

—Buena idea.

Margot recorrió un pasillo y entró en el baño de mujeres. Apoyó ambas manos en el borde del lavabo y se miró al espejo. Esa mañana se había aplicado una buena cantidad de antiojeras al maquillarse, y se había echado unas gotas en los ojos para aliviar el enrojecimiento. Pantalón negro ajustado, blusa blanca de seda, una de esas con sobaqueras ocultas porque estaba convencida de que iba a sudar, pelo alisado y zapatos bajos. No quería llamar la atención, no quería que aquel acto de conciliación se centrara en la ropa.

Alguien tiró de la cadena. Segundos después, una mujer enfundada en unos vaqueros salió de uno de los retretes y se acercó a lavarse las manos. Sus miradas se encontraron por un instante en el espejo y ambas la apartaron, pero la desconocida se volvió entonces hacia ella. Era joven, asiática, atractiva.

—Perdona, pero me suena de algo tu cara. ¿Nos conocemos?

—No lo creo —contestó Margot, mientras guardaba su estuche de maquillaje. Y entonces vio el pequeño pájaro que la mujer llevaba tatuado en la muñeca, era una imagen que le resultaba familiar… Un viejo recuerdo relampagueó en su mente—. Tamara Falcon.

—Sí, esa soy yo —asintió la mujer, y terminó de secarse las manos—. Recuérdame de qué nos conocemos.

—No creo que te acuerdes. Fue hace años, cuando éramos unas crías. Mi madre se encargó del *catering* de una fiesta en casa de tus padres. Soy Margot… Margie. Margie Salinas.

—¡Vaya! Madre mía, ¡claro que me acuerdo! ¡Qué fuerte! La verdad es que fue… un día memorable.

Margot sintió que se ruborizaba al recordar el incidente con la marihuana.

—Ha pasado mucho tiempo.

—Sí, pero estás fantástica —aseguró Tamara. Entonces echó un vistazo a su reloj y procedió a recoger una gruesa pila de documentos—. ¿Eres abogada? Tienes pinta de serlo.

—No, he venido por… un asunto legal —contestó, y esbozó una sonrisa forzada—. ¿Y tú?

—Trabajo aquí. Me han llamado a última hora para cubrir una baja, era mi día libre —dijo mientras se dirigía hacia la puerta—. Me voy ya, no quiero retrasarme. Me ha alegrado volver a verte.

Margot regresó junto a la abogada, recorrieron un largo pasillo y entraron en una sala de reuniones. Los Hunt ya estaban allí, esperando en compañía de su abogado.

Octavia Hunt la fulminó con la mirada mientras Margot depositaba su bolso sobre la mesa y se esforzaba por mostrarse calmada y segura de sí misma. Las oleadas de furia que irradiaban de aquella mujer eran perceptibles, como las ondas de calor que salen de la carretera en un día caluroso; notaba el peso de su mirada como rayos láser cargados de odio. Era atractiva y de mediana edad, iba perfectamente vestida y arreglada, tenía el pelo cobrizo y unas uñas largas y afiladas de color rosa. Margot se dio cuenta de un pequeño detalle revelador: se había mordido tres de esas uñas hasta despellejarse los dedos. La señora Hunt debió de notar la dirección de su mirada, ya que de pronto cerró los dedos en un puño.

Su marido, Roy, iba trajeado y llevaba una corbata de cordón que se enroscaba sobre su prominente barriga. Briscoe Hunt, el hijo de la pareja, tenía un inquietante parecido con Jimmy; de hecho, se parecía tanto a él que Margot sintió una punzada de terror en las entrañas.

Él se reclinó en la silla, la sometió a una indolente mirada que la recorrió de arriba abajo y dijo con semblante lacónico:

—Vaya, vaya, vaya… Mira a quién tenemos aquí, a la famosa Margot Salton.

Exageró su acento sureño mientras seguía observándola de pies a cabeza.

Margot no contestó. No tenía nada que decirle a la familia del hombre al que había matado de un tiro. Ellos no iban a aceptar jamás lo que había ocurrido realmente aquella noche. Habían perdido a un ser querido, alguien al que habían visto crecer. Habían conocido a un Jimmy distinto al que la había atacado aquella noche. El dolor de Octavia debía de ser enorme para generar semejante ira. Sintió una chispita de compasión que se apagó de inmediato. Aquella familia había intentado mantenerla en prisión y robarle el bebé que la habían obligado a tener, y ahora estaban demandándola. Jamás podría perdonarlos.

Se sentó junto a su abogada tras la larga mesa y esperó a que entrara el juez. En el centro de la mesa había un bloc de papel en blanco y unas botellas de agua.

—¿Han tenido ocasión de revisar nuestra oferta? —preguntó el abogado de los Hunt.

Blair lo miró con semblante inescrutable al contestar.

—Usted ya ha recibido mi respuesta. Solicitamos que retiren la demanda.

—¡Ni pensarlo! —exclamó Octavia con indignación.

El abogado se inclinó ligeramente hacia ella y le susurró algo.

—¡No tienen ni idea! —exclamó la mujer—. Ya veremos lo que dice el juez Hale.

Margot sintió náuseas. El juez Shelby Hale había sido el que se había negado a dejarla en libertad antes del juicio, poco después del arresto. Ella sabía que llevaba muchos años ejerciendo en el estado y seguro que mantenía una larga amistad con los Hunt.

La puerta se abrió y entró un alguacil.

—Perdón por el retraso, el juez Hale ha tenido una emergencia familiar. El acto de conciliación será presidido por otra magistrada, estará con ustedes enseguida.

—¿Una mujer? —Roy se volvió hacia su abogado—. ¿Se refiere a esa nueva?

—La jueza más joven del condado de Hayden —dijo Briscoe, con una sonrisita despectiva—. Consiguió el cargo el año pasado, con el cincuenta y uno por ciento de los votos.

—En ese caso, solicitaremos que este procedimiento se programe otro día —dijo el abogado de los Hunt.

—Me temo que eso no será posible.

La nueva jueza entró en la sala enfundada en su toga. Recorrió la sala con la mirada con semblante serio y apoyó las manos sobre la mesa. Por debajo del borde de la manga asomó el tatuaje de un pequeño pájaro en pleno vuelo.

El alguacil procedió a repartir varias carpetas que contenían la documentación pertinente antes de anunciar:

—Preside la honorable Tamara Falcon.

25

Margot estaba deseando largarse de Texas, pero había algo que quería hacer antes. Puso rumbo al restaurante de Cubby en su coche de alquiler y le encontró atareado en la parrilla. La imagen era tan gloriosa como la recordaba: parecía un dios rodeado de una nube de humo de color gris azulado, manejando sus tenazas cual director de orquesta. Se sorprendió al verla y, después de hacerle un gesto a su ayudante para que se encargara de la parrilla, salió a su encuentro a toda prisa.

—Vaya, ¡la señorita Margie! Pero mírate, ¡si estás hecha un primor! Y yo con estas fachas, sudoroso y oliendo a humo.

Ella le abrazó de todas formas, embargada por una profunda gratitud; en otra época de su vida, Queen y él habían sido su única familia.

—Se te ve muy bien, Cubby. Aquí estoy, lidiando con más problemas.

—Sí, ha salido en los periódicos.

Se limpió las manos en un trapo y la condujo a su despacho, que había sido remodelado junto con el resto del restaurante.

A juzgar por el equipamiento de última generación, el negocio iba viento en popa. Había una impresora de alta velocidad para imprimir los menús, un ordenador en cuya pantalla había un programa de gestión del inventario y una segunda pantalla donde aparecían imágenes de todas las cámaras de seguridad.

Queen estaba trabajando en el ordenador y soltó una exclamación de alegría al verla:

—¡Estás fantástica! —Después de un fuerte y largo abrazo, le indicó una silla—. Siéntate un ratito.

—La demanda ha sido desestimada —les explicó Margot—. No habrá vistas ni juicio, la han desestimado sin más.

—Pues claro —dijo Queen—. La verdad es tu defensa y por fin has podido contarla.

A Margot todavía le costaba asimilar cómo había terminado aquel asunto. Les contó lo del cambio de juez a última hora.

—Precisamente eso ha dicho la jueza Falcon: que, en un caso de difamación, injurias o calumnias, la verdad es una defensa absoluta ante las alegaciones. Ha afirmado que, como lo que yo conté es cierto, no hay caso.

—Muy bien, me alegro de haber votado por ella en las pasadas elecciones.

—Los Hunt ya están amenazando con apelar —advirtió Margot, y se estremeció—. Creen que podrían salirse con la suya si se encargara otro juez… su amigo Shelby Hale.

—Qué va, no se lo permitirían —dijo Cubby con firmeza—. Hale está liado desde hace años con la señora Hunt, todo el mundo lo sabe. Vienen al restaurante todos los martes porque es el día en que Roy va al club de campo para participar en la liga regular —explicó, e indicó con un gesto las imágenes de las cámaras de seguridad—. La verdad termina por salir a la luz, incluso tratándose de los Hunt.

Margot se quedó asombrada. Puede que ese fuera el motivo de la súbita «emergencia familiar» del juez Hale.

—Ah, y traigo otra noticia. Acabo de enterarme mientras salía de los juzgados y Buckley DeWitt ha dicho que es oficial: el proyecto del estadio ha quedado cancelado. No habrá ninguna jodida estatua en memoria de Jimmy Hunt, ni van a convertir vuestro restaurante en un aparcamiento.

—¿En serio? —Queen y Cubby intercambiaron una mirada—. ¿Estás segura?

—Según Buckley, la noticia saldrá mañana mismo en los periódicos.

—Gracias a Dios —suspiró Queen, y se llevó la mano a la frente.

Cubby le dio un tranquilizador apretón en el hombro a su mujer y dijo, con una sonrisa de oreja a oreja:

—¡Y gracias también a nuestra Margie! Si no hubieras contado tu historia, habrían demolido este lugar.

—Bueno, no sé si he tenido algo que ver…

—¡Claro que sí! —insistió Cubby con firmeza.

—Yo también estoy convencida de ello —afirmó Queen—. Eres un tesoro, ¡eso es lo que eres!

Margot sintió una oleada de afecto hacia ellos. Le habían abierto las puertas de su casa, le habían enseñado un oficio, la habían cobijado en su comunidad religiosa.

—Sois más de lo que llegué a merecer en mi vida. Jamás podré agradeceros lo suficiente que fuerais mi apoyo cuando nadie más estaba a mi lado.

—Ay, pequeña… cuánto me alegra volver a verte —dijo Queen, y le regaló la más dulce de las sonrisas.

—Siento haber tardado tanto en volver, pero es que no quería perjudicaros con mi presencia. Sin embargo, siempre habéis estado en mis pensamientos, os lo aseguro.

—Ven a vernos siempre que quieras, ¿me oyes? —aseguró Cubby.

—Sí, puede que lo haga. Y me sentiría honrada si pudierais venir a visitarme alguna vez.

—Me gusta la idea —asintió él.

—¿Estás feliz, cielo? —le preguntó Queen, mientras la acompañaba a la puerta—. Sé que te va bien, pero ¿eres feliz?

Margot ni siquiera intentó eludir la pregunta con una respuesta superficial, porque Queen siempre había sabido leerla como si fuese un libro abierto.

—Estoy en ello —dijo, con voz enronquecida por la emoción—. He estado trabajando muy duro, más de lo que jamás creí posible. He abierto un buen restaurante, he hecho buenos amigos, e incluso me he enamorado de un buen hombre.

—Bueno, eso es perfecto, ¿no?

—Pues… lo era. Quizás podría serlo algún día. Él tiene hijos y yo un pasado, y… es complicado —concluyó, e hizo el esfuerzo de sonreír para ellos—. Supongo que tengo la felicidad que merezco.

Margot pasó su última noche en Austin en el Driskill. Aquel opulento hotel había sido un refugio seguro para Kevin y para ella en una ocasión y, aunque parecía un capricho excesivo, decidió concedérselo. Estaba agotada, cualquiera diría que había corrido un maratón o que había hecho un turno de doce horas seguidas en el restaurante. Aquella jornada la había dejado exhausta tanto mental como emocionalmente, lo único que quería en ese momento era una copa y puede que comer un bocado en el bar del restaurante.

Subió la amplia escalinata que conducía hacia allí. Era un espacio poco iluminado con un techo de cobre batido y un cráneo de cuernos largos montados sobre la chimenea. Se sentó en un apartado reservado y pidió un Wild West, que contenía cuatro medidas de alcohol. Los ardientes sabores fueron relajándola poco a poco y permaneció allí sentada, oyendo la música que sonaba de fondo y algún que otro estallido de carcajadas masculinas. Recibió un mensaje de texto de Lindsey Rockler: *Nos gustaría verte si tienes tiempo.*

Se debatió sin saber qué hacer mientras intentaba imaginar cómo sería ver al niño que había depositado en los brazos de sus padres al nacer. Estaría bastante crecido a esas alturas. Tomó un sorbito de su copa y contestó: *Vale.*

Se produjo entonces un breve intercambio de mensajes. Ellos la invitaron a ir a su casa, pero no estaba segura de que fuera buena idea. Había vivido momentos inolvidables en ese lugar… Tenía recuerdos de la luminosa casita de invitados con jardín, de la enorme cocina y de las veladas que había pasado junto a personas que tenían fe en ella, pero esos recuerdos debían quedarse allí.

Además, no confiaba en absoluto en los Hunt. Cabía la posibilidad de que estuvieran espiándola, quién sabe, y no quería conducirlos a la casa de Miles. De modo que quedó en verse con ellos a la mañana siguiente en el parque Zilker, que quedaba cerca de los jardines botánicos. Era extraño estar de vuelta en Texas después de tanto tiempo, ver los lugares a los que solía ir con su madre. No tenía ningún sentimiento de nostalgia ligado a aquel lugar, pero recordar a su madre traía consigo aquella vieja y profunda pena. Cuánto la echaba de menos.

Solo había visto a Miles en fotos. Lindsey y Sanjay le habían contado lo de la adopción desde el primer momento y, conforme fue creciendo, respondieron a sus preguntas con sinceridad y le aseguraron que podía plantearles cualquier duda que tuviera. Al final terminaría por saber todo lo que él quisiera sobre su propio nacimiento y eso era algo en lo que ella estaba totalmente de acuerdo. El niño merecía conocer su propia historia personal, incluso las partes difíciles. Y eso incluía la forma en que había sido concebido. Según le aseguraron Lindsey y Sanjay, no era más que un niño feliz, un hermano, y el orgullo y la felicidad de sus papás.

Alguien se deslizó en el reservado de buenas a primeras, se sentó frente a ella y depositó sobre la mesa un vaso de tubo medio lleno de un líquido ámbar.

—Se me ha ocurrido pasarme por aquí —dijo Briscoe Hunt—. Quería ver si estabas planeando hacer algo más para arruinar la vida de mi familia.

Margot sintió que se le helaban las entrañas. Se parecía más que nunca a Jimmy, tenía los ojos desenfocados por el alcohol y la boca humedecida.

—Me has seguido hasta aquí.

—Es un país libre.

—Lárgate.

—Ni hablar, nenita. Has encontrado mi bar favorito.

La expresión de su rostro, lacónica a la par que hostil, desencadenó una respuesta inmediata en ella. Sin pensar siquiera, de forma automática, sintió cómo su cuerpo evaluaba la situación y sopesaba sus opciones. Se le aceleró el pulso, su piel se acaloró.

—¿Estás buscando más problemas, Briscoe? ¿En serio?

Margot sabía que no habría forma de deshacerse de él y no estaba de humor para aguantar aquella situación. Dejó su bebida a medio terminar y se fue del bar. Decidió no ir directamente a su habitación por si la seguía y, al ver el cartel de un baño de señoras al final de un pasillo con suelo de mármol, optó por esperar allí. Se sintió aliviada al ver que estaba vacío. Se apoyó en el lavamanos y cerró los ojos; el corazón le latía a mil por hora.

«Cálmate», se dijo. «Cálmate.» Aquel tipo era un abusón borracho, al igual que su hermano, pero ella ya no era una víctima.

Abrió los ojos y se miró en el espejo. Ojos azules como su madre, ¿los tendría Miles del mismo color?

Estaba pensando en que iba a verlo en persona por primera vez cuando la puerta del baño se abrió y apareció Briscoe Hunt. Se dio la vuelta como una exhalación y la sorpresa dio paso a la indignación y la furia.

—¿En serio? —preguntó en voz bien alta.

—¿Aún no te has dado cuenta? No acepto un no por respuesta —repuso él, y se abalanzó hacia ella.

«No, ¡ni hablar!»

Todos aquellos años de práctica y entrenamiento no habían sido en vano ni mucho menos: ejecutó un lanzamiento en cuatro direcciones, aprovechando la inercia de su oponente para lanzarlo contra el duro suelo de mármol. Oyó cómo el impacto le vaciaba el aire de los pulmones y vio cómo abría los ojos de par en par mientras luchaba por respirar. Pasó junto a él y dijo antes de salir:

—Espera aquí, voy a avisar a seguridad.

* * *

A la mañana siguiente, Margot acudió a su encuentro con Lindsey y Sanjay en el parque Zilker. No habían cambiado prácticamente nada. Eran todo sonrisas mientras, enfundados en ropa de ciclismo de alta costura, dejaban a un lado sus bicis y se apresuraban a acercarse a ella.

Después de una ronda de abrazos, Sanjay le dijo sonriente:

—Gracias por acceder a vernos.

A continuación indicó el sendero bordeado de árboles:

—Miles está allí. Su hermana está aprendiendo a ir sin ruedines y está ayudándola.

Margot sintió que se le aceleraba el corazón. Dirigió la mirada hacia un niño esbelto de cabello dorado que seguía el paso de una niña morena que avanzaba tambaleante en una pequeña bici de color rosa. «Hola, Miles.»

Un agridulce dolor emergió en su pecho.

—Qué hijos tan preciosos tenéis.

—Son el centro del universo —afirmó Lindsey.

El destello de los rayos de sol que se colaban entre las ramas de los árboles la deslumbró y se puso la mano a modo de visera.

—Mi madre solía traerme a este parque. En los días de mercado, el *food truck* solía estar allí, junto a Barton Creek.

—Se habría sentido muy orgullosa de ti por lo bien que lo has hecho —dijo Sanjay—. Y hemos oído que lograste que los Hunt se quedaran con el rabo entre las piernas.

Margot se estremeció al pensar en la noche anterior. Había informado a los de seguridad del hotel de que había un borracho tirado en el suelo del baño para señoras de la entreplanta, y entonces había subido a su habitación. Le habían hecho falta tres botellitas de alcohol del minibar para calmar los nervios, pero, después de eso, se había quedado dormida como un tronco.

—No estoy hecha para tanto drama. Me alegra que haya acabado todo, espero que no haya próxima vez.

—Ojalá —dijo Sanjay—. Oye, estás increíble. Cada vez que

apareces, me quedo esperando a que empiece a sonar el tema principal de una película.

—¡Venga ya! —exclamó ella, y lanzó otra mirada hacia el sendero para bicicletas.

—¿Lista para saludar? —le preguntó él.

Margot asintió y respiró hondo.

—Sí, me encantaría.

Ahora ya se sentía lo bastante fuerte, más fuerte que el dolor que la consumía después de entregarles el bebé a sus papás. Se sentía capaz de hacer aquello.

—¡Miles! ¡Jaya! Venid, quiero presentaros a la señorita Margot. Quiere deciros hola.

El niño aminoró la marcha hasta detener del todo la bici. Y entonces pareció olvidarse de su hermana, se volvió hacia Margot y la saludó.

—Hola.

—Me alegra conocerte —dijo ella.

Miles la observó con unos grandes ojos azules, unos igualitos a los de su abuela. Y puede que fuera por pura fuerza de voluntad, pero Margot no vio en él ni rastro de Jimmy Hunt. No quería que se sintiera avergonzado ni culpable jamás. Un niño merecía enorgullecerse de su propia identidad, sentirse feliz siendo quien era. Eso era todo cuanto Margot deseaba para él, ya que todo lo demás florecería a partir de ahí.

—Eres mi madre biológica.

—Sí.

Miles retrocedió un paso, sus mejillas se sonrojaron y bajó la barbilla en un gesto de timidez.

—Ah. Eh… hola.

—Quería ver qué tal estás. Le dije a tus padres que puedes preguntarme lo que quieras y cuando quieras con total libertad, así que… ¿hay algo que quieras preguntarme?

—Me parece que no —respondió encogiéndose de hombros.

—Lo más probable es que ya sepas esto, pero quería decírtelo yo misma. He hecho un montón de cosas en mi vida hasta el momento, y supongo que haré muchas más, pero tú eres la más importante. Ser tu madre biológica es lo mejor que he hecho en toda mi vida. Y dejarte con tus papás está en segundo lugar.

—Vale —dijo él, sonrojado aún—. Eh… ¿gracias?

Su actitud ligeramente titubeante la conmovió.

—No tienes por qué darme las gracias —repuso ella, y le entregó una tira de fotomatón en un sobre de celofán—. Esto es una copia de mis fotos preferidas junto a mi madre, son de cuando yo tenía tu edad más o menos. Puedes quedártelas si quieres.

Eran las fotos que su madre y ella se habían sacado en un fotomatón en Corpus Christi. Había escrito un mensaje en la parte de atrás. Puede que Miles lo viera, puede que no.

El niño se quedó mirando los dos rostros de las imágenes durante un largo momento. Ella se preguntó qué estaría viendo, qué estaría pensando. Deseaba con toda su alma conocerlo, saber quién era y quién llegaría a ser. Era consciente de que ella no podía ser parte de eso… pero, al mismo tiempo, siempre lo sería.

—Gracias —repitió él. En esa ocasión no lo dijo en tono interrogante—. Papá, ¿me lo guardas?

—Papi, ¿podemos comer helado? —preguntó la niña.

Su lustroso cabello estaba sujeto en dos coletas que se le habían ladeado; era una auténtica monada.

—Sí, enseguida vamos —contestó Lindsey, mientras guardaba la tira de fotomatón en su mochila con sumo cuidado—. ¿Te apuntas, Margot?

«Sí. Con todo mi corazón, sí.»

—No, tengo que ir ya al aeropuerto. Miles, Jaya, me alegra haber podido conoceros.

—Sí, lo mismo digo —dijo el niño, mientras su hermana se aferraba a su mano.

Margot se dispuso a cruzar la calle en dirección al aparcamiento. Sentía tal batiburrillo de intensas emociones que le costaba identificarlas: orgullo agridulce, anhelo, alivio… Miles era un niño maravilloso y precioso, se le veía tan ingenuo y alegre como una florecilla primaveral. «Intenta permanecer así», pensó, antes de mandarle una silenciosa despedida. «Te deseo todo lo bueno del mundo.»

Una vez que llegó al otro lado de la calle, se volvió y los vio alejarse. Los cuatro iban dados de la mano formando una cadena, iluminados de forma intermitente por el sol que se colaba entre los árboles.

26

Cuando Margot regresó a la zona de la bahía, el mundo le parecía distinto. Se sentía como si se hubiera marchado de allí cien años atrás, como si hubiera envejecido diez años de golpe. Su avión aterrizó en San Francisco un domingo por la mañana, y al llegar a casa tomó en brazos a Kevin y lo apretó contra su pecho. Una vecina se había encargado de darle de comer, pero estaba tan hambriento de afecto como ella misma. A pesar de la hora que era, se acurrucó en la cama y durmió hasta pasado el anochecer.

Despertó sintiéndose ligeramente desorientada. Eran las diez de la noche pasadas, pero ahora estaba demasiado despejada como para seguir durmiendo. Vale, pues a trabajar.

Se dio una ducha, se cambió de ropa y puso rumbo a Salt en su coche. Al ver que el lugar estaba desierto, decidió aprovechar para despachar la miríada de tareas que había ignorado durante su ausencia: correos electrónicos, papeleo y una ojeada general para ponerse al día. La plantilla había perdido algún miembro, se habían incorporado varias personas nuevas y el menú había experimentado algún que otro cambio.

Se sobresaltó al oír que llamaban a la puerta. Ida y Frank estaban fuera, saludando con la mano para que los dejara entrar.

—Hemos visto que la luz estaba encendida. ¡Bienvenida a casa! —dijo Ida.

—¿Habéis salido a disfrutar de la velada? —les preguntó, al ver que llevaban ropa formal: ella un elegante vestido de noche que le llegaba por encima del tobillo y él un traje de etiqueta.

—Sí —contestó Frank—. Hoy era la noche del estreno de *Bus Stop,* una vieja obra de teatro que ha vuelto a los escenarios. ¿Te apetece un café? El capuchino descafeinado me sale muy bueno.

—Genial, suena bien —asintió Margot.

—Pon el mío en un vaso para llevar, pronto me iré a la cama —dijo Ida.

—A sus órdenes, señora.

Frank se dirigió a la panadería para usar la reluciente cafetera que había allí.

—Bueno, sobre lo tuyo con Jerome… —dijo entonces Ida, sin andarse por las ramas.

—¿Leíste el artículo?

—Sí.

—En ese caso, sabes por qué tuve que marcharme —dijo Margot, y sintió el ardor de las lágrimas que pugnaban por brotar de sus ojos—. Aunque me fui de Texas, lo que pasó allí me perseguirá el resto de mi vida. Eso es algo que había olvidado gracias a Jerome. Me dejé llevar por lo que sentía por él, por esta familia, por la vida que soñaba compartir con él, y me perdí en ese sueño. Lo siento. Deseaba con todo mi corazón que esto funcionara, pero es demasiado complicado.

—Ah, te refieres a Florence —afirmó Ida, y apretó los labios—. Fue mi nuera durante diez años y la conozco. Tiene que acostumbrarse a ti, a tu historia. Lo que hiciste para salvar tu propia vida… Fuiste como una especie de fiera protectora, tal y como es ella con sus hijos. Se dará cuenta de ello cuando tenga tiempo de digerir mejor la situación. Necesita un poco de tiempo, eso es todo.

—No sé, Ida…

—Pues yo sí. Mira, a Jerome se le rompería el corazón si te marcharas y a ti también, pero si te quedas es posible que termines con algo que yo tardé cincuenta años en encontrar.

Frank llegó con el café en ese momento y charlaron sobre otros temas: la obra de teatro, el tiempo, los nietos de ambos. A Margot le encantaba ver lo felices que eran juntos, lo mucho que se adoraban. Pensó para sus adentros que una felicidad como esa incluso podía cambiar el mundo.

Cuando se fueron, recorrió con la mirada el apretado espacio que se había ido creando para trabajar. En el tablero de corcho situado por encima de la mesa tenía colgada la foto con su madre, unas cuantas de Kevin y otra más, una donde salía con Jerome y los niños en Angel Island. No tenían aspecto de ser su familia, pero su corazón le había hecho creer que aquello era posible, que podían tener un futuro juntos.

Sobre la mesa tenía un montón de cartas por abrir, y cajas y paquetes que habían sido entregados. Agarró un cúter y procedió a ir abriéndolos y organizando el contenido de forma metódica. No es que fuera su parte favorita del negocio, pero era una tarea ineludible. Cuando la voluminosa papelera azul estuvo llena de papel y cartón, se levantó para estirar las piernas y fue a vaciarla en los contenedores del callejón de atrás.

El amanecer empezaba a teñir el cielo y se oían los sonidos de la ciudad al ir despertando. Había perdido la noción del tiempo. Abrió el gran contenedor metálico, vació la papelera, se dispuso a regresar a la cocina… y se sobresaltó al ver la figura de un hombre corpulento.

Alzó las manos en actitud defensiva, pero entonces lo reconoció.

—Jerome.

—Bueno, esta situación me suena de algo. Puedes bajar la guardia, Margot. Has pasado la noche entera aquí, ¿verdad?

—No podía dormir, así que vine para poner al día el trabajo atrasado.

—¿Qué te parece si te pones al día conmigo?

Estaba tan atractivo, tan guapo, que Margot sintió que le daba un brinco el corazón. Se le veía especialmente arreglado, llevaba unos pantalones de vestir y una camisa blanca perfectamente planchada. A lo mejor tenía algún compromiso.

—Tu madre te ha dicho que estaba aquí.

—Será mejor que entremos.

Margot recordó su primer encuentro, cómo le había derribado llevada por el pánico. Y recordó también algo que él le había dicho la primera vez que la había llevado a navegar: *Debes tener fe en que siempre volveré a por ti.* Jerome había resultado ser una persona que jamás le haría ningún daño; la única persona que la veía de verdad y no apartaba la mirada.

Se sentaron el uno frente al otro en una de las mesas de la panadería. En el vacío local reinaba una profunda quietud a aquellas horas de la mañana. El aire estaba impregnado del cálido aroma del café y el pan recién salido del horno.

—Adelante, habla —dijo Jerome—. ¿O lo de hablar ya no se lleva?

Se le veía dolido y Margot sintió una punzada de dolor en el corazón.

—Me daba miedo dejar que formaras parte de mi vida, así que salí huyendo. Lo siento. No supe qué hacer.

—¿No podrías haber confiado en mí?

—Confío en ti, Jerome. Siempre lo he hecho, pero es que los Hunt… son implacables. Y muy vengativos —añadió, y se estremeció al recordar la cara de Briscoe al abalanzarse hacia ella—. Tienes hijos, una casa, un negocio. Gente que depende de ti. Y la madre de los niños… admítelo. Si no me conocieras, ¿querrías que una persona como yo formara parte de la vida de tus hijos?

—Pero sí que te conozco y sí que quiero que formes parte de su vida. Lo que me lleva al segundo punto: hay otro tema del que deberíamos hablar.

—¿De qué se trata?

—De una boda.

Margot soltó una exclamación ahogada.

—Jerome…

—Tranquila, me refiero a la de Ida. Dijiste que vendrías, ¿has cambiado de idea?

Le amaba tanto que sentía que le iba a estallar el corazón. Quizás fuera así cómo funcionaba eso del amor: si eras capaz de lidiar con el dolor, terminas por encontrar la dulce recompensa.

—No, en absoluto.

Jerome condujo a Ida por el pasillo. Era un arreglo poco convencional, pero lo mismo podía decirse de todo lo relacionado con la historia de amor de aquella pareja. Margot no había vivido jamás un ambiente familiar como aquel: dos clanes distintos que ahora estaban unidos. Parecía algo sacado de un cuento de hadas.

Ida lucía un precioso vestido de color marfil; a Frank se le veía alto e imponente enfundado en un esmoquin; en cuanto al lugar elegido para la boda, era realmente excepcional: la Hacienda Bella Vista, rodeada por los campos de árboles frutales y los viñedos de Sonoma. Los padrinos eran los nietos de la novia; Grady, el hijo de Frank, ejercía de oficiante.

Ida miró a Frank a los ojos y dijo, con una cálida sonrisa:

—En el mismo momento en que te conocí, te instalaste en mi corazón. He sido bendecida con una vida plena y maravillosa, y tú la has enriquecido aún más —aseguró. Hizo una pequeña pausa y dirigió la mirada hacia Jerome por un instante—. En cierto sentido, estuviste siempre conmigo, incluso cuando no sabía dónde estabas. Ahora estamos juntos con el apoyo de nuestras familias y todos los sueños que he tenido en mi vida están haciéndose realidad por fin.

Frank tuvo que carraspear varias veces para aclararse la garganta, y entonces sacó un pañuelo del bolsillo para secarse la frente y los ojos. Margot sintió que se le formaba un nudo en la garganta al contemplarlo. No le conocía demasiado bien, pero reconocía a la perfección las emociones que se reflejaban en su rostro.

—Nuestro amor es tan fuerte hoy como lo fue antaño —dijo él—. Todavía te conozco, Ida, pero sé que hay mucho por aprender sobre ti y pienso pasar el resto de mi vida redescubriéndote.

Al verlos rodeados de sus respectivas familias, Margot pensó maravillada que no había duda de que la dicha del amor verdadero podía cambiar una vida en una miríada de formas… no, no solo una vida, sino muchas. Era una luminosa fuerza que irradiaba hacia fuera en círculos cada vez más amplios.

Miró de soslayo a Jerome, alto y guapo, sentado junto a ella con la espalda erguida. Empezaba a ver por fin la vida que podría estar a su alcance si se permitía a sí misma dar rienda suelta a lo que sentía por él. Había recorrido un largo camino hasta llegar a ese punto. Se había desorientado, se había desviado de su curso debido a una horrible situación, y había tardado años en reajustar las velas y maniobrar hasta encauzarse de nuevo. Quizás fuera por lo bella que era la ceremonia, repleta de música y de gente dichosa, o quizás, después de todo, estaba tan emocionada porque por fin podía imaginarse viviendo un amor como ese.

—¿A qué vienen tantas lágrimas? —le preguntó Jerome.

Se sacó un paquete de pañuelos de papel del bolsillo y se lo dio.

—No quiero tardar cincuenta años en darme cuenta de que eres mi media naranja.

Él le cubrió la mano con la suya. Siguió mirando al frente, no dijo nada, pero Margot sintió de forma casi palpable la oleada de calor que emergió de su cuerpo junto con una sensación de expectantes posibilidades, unas posibilidades que de repente parecían muy reales.

El banquete se celebró bajo las titilantes luces del huerto de árboles frutales de la hacienda. El menú lo preparó la legendaria cocina del lugar y el vino procedía de las vecinas Bodegas Rossi. Era un opulento banquete elaborado con productos de proximidad que tuvo como colofón un espectacular pastel elaborado con limones orgánicos y glaseado de crema de mantequilla. La puesta de sol bañaba el lugar con un cálido manto dorado. Llegó la hora de los brindis y los hubo de todo tipo: graciosos y ocurrentes, tímidos, emotivos. Hubo música en vivo, y entre las canciones interpretadas se incluyeron muchas de las que se oían en el San Francisco de principios de los setenta. Jerome y Margot intentaron poner en práctica algunos de los movimientos que habían aprendido en las clases de baile, pero ella terminó por retirarse de la pista porque se moría de vergüenza.

—Tienes cara de necesitar una copa con urgencia —dijo Ida, antes de entregarle una copa de champán.

Ella la aceptó con una sonrisa.

—Gracias.

Ida la condujo entonces hacia una de las mesas.

—Ven, siéntate. Cuéntame lo que te pasa.

La barrera se alzó de golpe de forma automática, era un reflejo. Margot no estaba acostumbrada a tener cercanía con la gente, y mucho menos con alguien que le importara de corazón. Alguien como la madre de Jerome.

—Es una boda de ensueño, no quiero echarla a perder con lo mal que bailo.

—No digas eso. Solo se baila mal si una no está disfrutando al hacerlo.

—Lo tendré en cuenta. A Jerome se le da de maravilla.

—Puede que sea por la conexión que tiene con su pareja —sugirió Ida, y sonrió al ver su cara de sorpresa—. Nunca le había visto así, está radiante de felicidad. Es una dicha para mí.

—No sabes cuánto significa para mí oír eso. Ida, esta es la imagen que me viene a la mente cuando pienso en lo que significa tener una familia —confesó, e hizo un amplio gesto para indicar la idílica escena, la amplia extensión de terreno bañada por el sol crepuscular, los sonrientes invitados.

—Todos estamos procurando portarnos bien —comentó Ida. Su mirada se posó entonces en Asher, que estaba junto a la mesa de los postres con Jordan, llenándose los bolsillos de almendras—.

Bueno, casi todos, pero gracias por decirlo. Mi concepto de lo que es una familia ha evolucionado con todo esto, te lo aseguro.

Jerome se acercó en ese momento a la mesa.

—¿Sobre qué están cotilleando estas dos bellezas?

—Sobre ti —le contestó su madre—. Bueno, tengo que ir en busca de mi nuevo marido, para que vuelva a bailar conmigo.

Se alejó con un revuelo de faldas de color marfil ribeteadas de encaje.

Jerome la siguió unos segundos con la mirada y entonces se volvió de nuevo hacia Margot.

—Así que estabais hablando de mí, ¿no? —dijo con una sonrisa traviesa.

—Eres lo que tu madre y yo tenemos en común. Es una gran mujer, Jerome.

—Y tú también —repuso. La acercó a su cuerpo y depositó un beso en su sien—. Vayamos a otra boda juntos, me gusta asistir a bodas contigo.

—¿Ah, sí? Pues lo mismo te digo —contestó, y buscó con la mirada a la hija de Frank, Jenna, que había atrapado el ramo de novia. Acababa de pasar por una ruptura difícil y volvía a estar soltera, pero era obvio que anhelaba encontrar el amor—. ¿Crees que es demasiado pronto para Jenna? O sea, lleva menos de un año divorciada, pero quizás…

—Margot. Uno de estos días voy a casarme contigo, te lo digo en serio.

—Venga ya, ¡no digas tonterías!

Se le aceleró el pulso y, a pesar de todo, la embargó una oleada de dicha y esperanza.

—¿Crees que no puedo lidiar contigo?

—Estoy segura de que puedes lidiar con lo que sea, Jerome. El problema soy yo, no tú.

—¿Por qué no dejas que sea yo quien juzgue eso?

La tomó de la mano y la condujo a otra mesa, una situada en un rincón alejado de la gente.

—Nunca antes me había enamorado —dijo ella, con la cabeza gacha—. Apostar por mí podría ser un riesgo innecesario.

—Pero abriste un restaurante de comida a la brasa en la ciudad más cara de América, no eres una persona que evite asumir riesgos.

—No, en el trabajo no, pero contigo… —Le miró por encima de la mesa. Santo Dios, ¿cómo podía ser tan guapo?—. A veces… la mayor parte del tiempo, me abruma lo que siento por ti.

—¿Y eso es malo?

—Temía que si llegabas a conocerme, a conocerme de verdad, no quisieras estar conmigo. Y no solo por lo de la demanda, ni siquiera por lo de tu ex, sino porque… soy esa persona, la que acabó con la vida de un hombre.

—No, eso no te define como persona, eso es lo que hiciste porque no tuviste alternativa. Y no sabes cuánto agradezco que sobrevivieras y que ahora estés aquí, conmigo. A ver, ¿a qué le tienes miedo?

Margot se dio cuenta de que había cosas peores que la pesadilla que había vivido en Texas.

—A perderte. Cuando fui a Texas te echaba tanto de menos que quería morirme.

—¿Ah, sí?

Margot exhaló una exclamación ahogada al verle sacarse del bolsillo una cajita redonda. Se quedó enmudecida, olvidó hasta cómo se respiraba. Tuvo la impresión de que se le detenía el corazón, aunque sabía que eso era imposible.

—A ver, que no te entre el pánico —dijo Jerome—. He pensado que esto podría ser un paso en la dirección correcta —explicó, y abrió la cajita. Contenía un colgante con un diamante tan reluciente que parecía una de las estrellas que pendían del cielo nocturno—. No era así como lo había imaginado, pero no quiero esperar ni un minuto más. Esta es la promesa que te hago. Una promesa. No estoy pidiéndote nada ahora mismo. No tienes que hacer nada más allá de ser tú misma.

Margot estaba tan atónita que seguía sin poder articular palabra y dio la impresión de que él no sabía qué hacer al verla así, callada como un pasmarote.

—Eh… es un diamante del Kalahari, escogí un corte cuadrado porque parece un cristal de sal.

Ella alargó la mano por encima de la mesa y posó dos dedos en sus labios para silenciarlo.

—Es lo más bonito que he visto en mi vida.

Se le quebró la voz, una intensa emoción le inundó el pecho. Tenía los sentimientos a flor de piel, se sentía demasiado frágil para soportar el peso de un amor tan enorme. Los Hunt la habían hecho dudar de si merecía un amor así, una vida como aquella. Era la primera vez que se enamoraba y no sabía si sería capaz de manejar la situación; el trauma había dejado cicatrices indelebles en su corazón; entre Jerome y ella había cierta diferencia de edad y eran de razas distintas; él tenía hijos, se convertiría en madrastra; en caso de tener hijos con él, se enfrentaría al delicado desafío de criar a un niño birracial… Todas sus dudas explotaron en su interior.

—Soy un desastre, Jerome. Y no quiero echar a perder esto.

—Te ocurrió algo muy malo, pero podemos hacer que de esa experiencia salga algo bueno. Y puedo lidiar con un desastre, sé cómo ser cuidadoso. Y paciente. Mira, no eres ninguna criminal. Ni una víctima. Eres una superviviente. Quiérete a ti misma, cielo. Ama a aquella muchacha que perdió a su madre a una edad demasiado temprana y que eligió al tipo equivocado y que tuvo que luchar por defenderse. Ama a aquella muchacha, porque yo la amo.

Margot posó las palmas de las manos sobre la mesa y sintió que el corazón le batía como las alas de un pájaro enjaulado. Entonces cerró los ojos porque no se sentía capaz de mirarlo, y susurró:

—Jerome, si… si seguimos adelante con esto, no va a ser un camino fácil.

—No pasa nada. Te amo. Amo los trocitos rotos y las partes que son perfectas y todo lo demás, te amo por completo. No te abandonaré jamás ni dejaré que te pierdas en mí —aseguró.

Se puso de pie y la tomó entre los brazos. Margot apoyó el oído contra su pecho y oyó los latidos de su corazón. Y, en esos breves momentos, sintió que algo cambiaba en su interior. Sí, era un desastre, pero no era frágil. No iba a quebrarse.

A lo largo de su vida se había sentido indefensa y desamparada en muchas ocasiones, pero al empuñar por fin su propio poder se había dado cuenta de que dicho poder siempre había estado allí, a la espera de que lo encontrara en su interior. Y daba la impresión de que Jerome era consciente de ello. Él era su puerto seguro. Por fin tenía un sentido de pertenencia y era él quien lo definía, quien definía quién estaba a su lado apoyándola, quién la veía y la amaba.

—Eres como un sueño para mí, Jerome —susurró.

—En ese caso, sigue soñando, cielo. Sigue soñando.

Nota de la autora

Aunque la situación de Margie/Margot puede parecer inverosímil, está basada en hechos reales. El caso de Brittany Smith, quien mató de un tiro a su violador en 2018 y fue condenada por homicidio, salió en la prensa a nivel nacional; la única vía para salir en libertad era declararse culpable, con lo que quedó marcada como una criminal. Cyntoia Brown fue sentenciada a cadena perpetua a los dieciséis años por el asesinato del hombre que la había sometido a malos tratos y a explotación sexual; posteriormente, el gobernador Bill Haslam le concedió el indulto. Chrystul Kizer, que a los diecisiete años había sobrevivido a malos tratos y a la explotación sexual, fue acusada de homicidio intencionado en primer grado. LadyKathryn Williams-Julien mató a su marido durante un acto de violencia doméstica en el estado de Nueva York y se presentaron cargos en su contra. Era una mujer de treinta y seis años que no tenía antecedentes, tan solo un historial de malos tratos recibidos a manos de su padre y, después, de su marido. Hizo presión para que la asamblea legislativa estatal aprobara el Domestic Violence Survivors Justice Act, que otorga a los jueces potestad para, según su criterio, considerar el papel jugado por los malos tratos en situaciones de violencia sexual. Existen preocupantes pruebas que indican que la desestimación de un caso en base a la autodefensa se da con mucha más frecuencia cuando el acusado es un hombre que cuando se trata de una mujer.

También es cierto que ciertas organizaciones médicas tratan a las mujeres que han sido violadas con un medicamento que previene la fertilización, pero que no actúa contra un zigoto que ya ha sido concebido, con lo que se abre la posibilidad de que haya un embarazo como resultado de la violación.

Según informa la Iniciativa de Política Penitenciaria, debido al sistema de fianza en efectivo, hay personas encerradas en cárceles a lo largo y ancho de Estados Unidos que todavía no han sido acusadas de ningún crimen. Es posible que incluso aquellas que son inocentes permanezcan encarceladas días, semanas o incluso años por el mero hecho de no poder pagar la fianza.

Recetas con una de azúcar y otra de sal

Reunidas por Susan Wiggs e inspiradas en la novela

Cócteles

Bienvenidos a Salt

1 parte de mezcal ahumado
1 parte de zumo de lima
1 parte de Cointreau o Grand Marnier
1 rodaja de jalapeño
Sal marina ahumada

Humedece el borde de la copa con la lima y escárchalo con sal marina. Mete la copa en el congelador para que se enfríe. Mezcla los ingredientes en una coctelera junto con hielo y agita bien. Vierte en la copa previamente preparada, adorna con la rodaja de jalapeño y ya está listo para servir.

Baja Oklahoma

60 ml de tequila blanco o reposado
7,5-15 ml de zumo de lima recién exprimido
120 ml de Jarritos Toronja, Squirt o Fresca

Cáscara de pomelo
Sal gruesa

Humedece el borde de un vaso alto con la lima y escárchalo con sal gruesa. Llena el vaso con cubitos de hielo, añade los ingredientes, remueve y adorna con una cáscara de pomelo.

Primer Viernes

8 rodajas de pepino
8 hojas de menta
180 ml de agua tónica

Agita juntos el pepino y la menta en una coctelera, llena con hielo y vierte la tónica. Vierte en un vaso alto lleno de cubitos.

Platos principales, salsas y acompañamientos

Salsa barbacoa ultramegapicante

Aprovechando que ya estás cabreado, esta salsa hará que te salga fuego por las orejas.

4 tazas de azúcar moreno compacto
1/2 taza de melaza
1 taza de sirope de arce
1/2 taza de miel
1/2 taza de zumo de naranja
900 g de albaricoques, partidos en dos y deshuesados (pueden ser en almíbar)

3 cucharadas de sal
2 cucharadas de salsa Worcestershire
2 cucharadas de salsa de soja
4 tazas de vinagre de sidra
1 lata (800 g) de tomate triturado
1 taza de kétchup
1 taza de mostaza preparada
3 cucharadas de caldo de pollo granulado
4 cucharadas de escamas de chile rojo machacadas
2 cucharadas de ajo en polvo
2 cucharadas de cebolla en polvo
1 cucharada de pimienta negra molida
2 cucharadas de Liquid Smoke

Mézclalo todo excepto el Liquid Smoke en una olla de hierro fundido grande y lleva a ebullición, removiendo para que no se pegue. Baja el fuego y mantén la cocción a fuego lento sin la tapa durante dos horas, removiendo de vez en cuando. Hazlo puré con una batidora de mano. Vierte el Liquid Smoke. Echa la mezcla en botes y guárdalos en la nevera, o preserva empleando métodos tradicionales de conserva.

Receta adaptada de una procedente del libro *The Cowboy Cookbook*, de Bruce Fisher.

El jugoso pan de maíz de mamá

La vida es demasiado corta como para comer pan de maíz seco que se te desmenuza; aquí tienes el que estabas esperando. Ni siquiera necesitas una batidora para esta receta. Lo que sobre de un día para otro puedes cortarlo transversalmente, tostarlo y servirlo con mermelada de pimiento o de tomate.

Precalienta el horno a 175 ºC. Engrasa un molde cuadrado de 20 x 20 (puedes emplear también una sartén de hierro fundido engrasada).

Mezcla los ingredientes húmedos en un recipiente y deja que la harina de maíz se empape y se ablande:

> 1/2 taza de harina de maíz
> 4 cucharadas de mantequilla fundida
> 1/3 taza de aceite
> 1-1/2 taza de suero de mantequilla o de yogur natural rebajado con leche
> 2 huevos

Déjalo reposar mientras mezclas los ingredientes secos en un cuenco:

> 1-1/2 taza de harina
> 1/2 taza de azúcar
> 1 cucharada de levadura en polvo
> 1 cucharadita de sal
> 1/4 cucharadita de cayena

Mézclalo todo para que se humedezca, pero no lo batas y ten cuidado de no mezclar en exceso.

Incorpora a continuación:

> 1 lata pequeña de chiles verdes troceados
> 1 taza de queso rallado
> 1 taza de maíz fresco, congelado, o enlatado y escurrido

Incorpora con cuidado los siguientes ingredientes opcionales y combínalos como quieras. Procura no mezclarlos en exceso:

Cebolletas troceadas
Jalapeños troceados
Pimientos verdes, rojos y anaranjados salteados
Arándanos deshidratados endulzados
Nueces pacanas de Texas
Hierbas aromáticas troceadas (romero, salvia, tomillo…)

Vierte la masa en el molde y hornea durante unos 30 minutos. Si la parte central no está hecha del todo, hornea 5-10 minutos más. Sírvelo calentito con mantequilla y mermelada de tomate o de pimiento.

Pollo frito con miel y mantequilla

Vale la pena el esfuerzo.

900 g de pollo troceado (puedes pedir en la carnicería que te troceen uno entero)
473 ml de suero de mantequilla
1/2 cucharadita de sal kosher
1/4 cucharadita de pimienta negra molida
1/4 taza de almidón de patata
1/4 taza de harina
1/2 cucharadita de aceite para freír
Aceite de cacahuete para freír

Pon en salmuera el pollo entre 8 y 12 horas: en un baño de agua, con 200 gr de azúcar y 200 g de sal. Puedes añadir otros condimentos si quieres (limón, granos de pimienta, hierbas aromáticas…). Retira las porciones de pollo del agua, sécalas y colócalas en un recipiente junto con el suero de mantequilla. Mezcla los ingredientes secos en un cuenco amplio y poco profundo, y enharina el pollo con esta mezcla. Calienta el aceite en una sartén o en una freidora a 175 ºC. Emplea unas pinzas para ir metiendo las porciones de pollo en el aceite, comenzando por la carne oscura. Fríe durante unos 5 minutos por cada lado, dándoles la vuelta con las pinzas. El pollo estará listo cuando la temperatura interna alcance los 74 ºC. Déjalo escurrir en una rejilla sobre una bandeja de horno.

Para la salsa de miel y mantequilla:

56 g de mantequilla
3 dientes de ajo picados
1/4 taza de azúcar moreno
2 cucharaditas de salsa de soja
2 cucharaditas de miel

Derrite la mantequilla en una sartén, añade el ajo y saltea durante un minuto aproximadamente. Añade el resto de los ingredientes y cocina a fuego lento hasta que burbujee vigorosamente. Vierte la salsa sobre las porciones de pollo y ya puedes servir.

Galletitas

No hace falta sacar el cortador de galletas. Estas no son tan monas, pero saben mejor.

2 tazas de harina White Lily (se elabora con harina de invierno; las galletas quedan muy esponjosas)
2 cucharaditas de levadura en polvo
1/2 cucharadita de bicarbonato sódico
1 cucharadita de azúcar
3/4 cucharadita de sal de mesa
1 taza de suero de mantequilla frío

8 cucharadas de mantequilla sin sal derretida, más 2 cucharadas de mantequilla derretida para pintar las galletas
Sal Maldon (u otra en escamas)

Calienta el horno a 245 ºC. Bate los ingredientes secos en un cuenco grande. Mezcla el suero de mantequilla y las 8 cucharadas de mantequilla derretida en un recipiente, removiendo hasta que se formen gotitas en la mantequilla. Añade la mezcla a los ingredientes secos y remueve hasta que veas que la masa se despega de los bordes del recipiente. Engrasa una taza de medición de ingredientes secos de 1/4 y empléala para sacar masa del recipiente (que quede rasa). Vierte esa masa en una bandeja de horno recubierta de papel de hornear. Deberían salir unas 12 galletas. Hornea hasta que queden bien doraditas y crujientes, entre 12-14 minutos. Píntalas con mantequilla derretida y espolvorea una pizca de escamas de sal.

Bocadillos de ternera con *pepperoncini*

No escatimes en el ingrediente supuestamente «secreto»: patatas fritas a la barbacoa trituradas.

4 panecillos de Viena, untados de mantequilla y tostados al grill
400 g de pecho de ternera o champiñones portobello al grill
1 cebolla grandecita, caramelizada con mantequilla y sal en una sartén pesada
1 taza de salsa barbacoa
1/2 taza de salsa *remoulade*
4 pimientos *pepperoncini* en rodajas finas
Patatas fritas a la barbacoa trituradas

Pincela la carne por arriba y por abajo con salsa barbacoa. Añade sobre la carne o los champiñones una capa de cebolla caramelizada y otra de *remoulade*. Añade una capa de patatas fritas trituradas y corona el panecillo.

Finales felices

<u>Tarta al estilo de Texas</u>

    2 tazas de harina
    2 tazas de azúcar
    1/4 cucharadita de sal
    1/2 taza de suero de mantequilla
    1 cucharadita de bicarbonato sódico
    1 cucharadita de extracto de vainilla
    2 huevos
    226 g de mantequilla
    4 cucharadas colmadas de cacao en polvo

Para el glaseado:

    200 g de mantequilla
    4 cucharadas colmadas de cacao en polvo
    90 ml de leche
    1 cucharadita de extracto de vainilla
    450 g de azúcar glas

Precalienta el horno a 175 ºC. Mezcla la harina, el azúcar y la sal. En un recipiente separado mezcla el suero de mantequilla, el bicarbonato sódico, la vainilla y los huevos.

En una cacerola mediana, derrite la mantequilla y agrega el cacao mientras vas batiendo. Hierve 250 ml de agua y viértela en la cacerola, dejando que burbujee, y procede entonces a retirar del fuego. Vierte esta mezcla en los ingredientes secos y revuelve. Añade a la mezcla los huevos y sigue batiendo. Vierte en una lámina de 25 x 33 con borde para hornear y hornea durante 20 minutos.

Prepara el glaseado mientras tanto. Derrite la mantequilla, añade el cacao en polvo y a continuación la leche, la vainilla y el azúcar glas. Cuando saques el bizcocho del horno, estando aún caliente, vierte el glaseado templado por encima. Déjalo enfriar antes de servir.

Receta manuscrita de mi amiga Janece

Agradecimientos

Debido a la pandemia, el solitario proceso de escribir un libro fue más solitario aún. En mi caso, el vacío lo llenaron mis compañeras de profesión; siempre puedo contar con ellas, aunque tenga que ser a través de una pequeña pantalla brillante. Gracias a Anjali Banerjee, Lois Dyer y Sheila Roberts. Un saludo especial a K.B. por los animados debates generados en torno a los temas que se tratan en esta novela.

El verdadero Candy Elizondo es un hábil abogado que me aclaró cuestiones legales clave. Las observaciones de la poeta y escritora Faylita Hicks sobre el hecho de ser un detenido indigente me abrieron los ojos y fueron expresadas con elegancia en la revista *Texas Observer*. Un agradecimiento muy especial a Kashinda Carter por sus apreciaciones sabias, esclarecedoras y llenas de sensibilidad tras leer un primer borrador.

Gracias a Laurie McGee por su proceso de corrección hábil y perspicaz, y a Marilyn Row por ayudar con la revisión.

Agradezco además a Cindy Peters y a Ashley Hayes que mantengan actualizada toda la información en Internet.

Cada uno de los libros que escribo se enriquece y toma forma gracias a mi agente literaria, Meg Ruley, y a su socia, Annelise Robey. Cada uno de ellos se convierte en realidad gracias al increíble equipo editorial de HarperCollins/William Morrow Books: Rachel Kahan, Jennifer Hart, Liate Stehlik, Tavia Kowalchuk, Bianca Flores, y sus múltiples socios creativos; gracias a ellos, la edición es una gran aventura.

Printed in the USA
CPSIA information can be obtained
at www.ICGtesting.com
CBHW031353140424
6902CB00037B/276

9 788418 976315